어머니의 마당

어머니의 마당

모정(母情)의 세월

김영배 지음

좋은땅

♤ 인사말

어릴 적 칠 남매가 뛰어놀던 한없이 넓고 커다란 마당, 그곳은 우리의 놀이터요, 몸과 마음을 단련하는 운동장이요, 자애로운 어머니와 말수가 적은 성실하신 아버지의 보살핌 속에 작은 꿈을 키우던 아궁이와 같았다.
동창에 빛 들면 새벽잠 깨어 우르르 달려가 세수하고 동네 골목마다 뛰어다녔다. 헐떡이는 가슴으로 뒷산을 누비고도 동네 한 바퀴 돌고 나면 해가 진다. 너무나도 당연하고 당당하게 들어와도 조금도 꺼릴 것 없는 어머니의 마당이었다.

봄 꿈, 티 없이 맑은 하늘에 띄워 보내던 그 시절, 여름 장마에 지시랑물 떨어지는 자리에 동그라미 그리던 추억을 뒤로하고 품 안에 자식들 하나둘 낯설고 물선 한양 천릿길 떠나 빈 둥지가 되어 버린 어머니의 마당, 늦가을날 한가한 오후처럼 싸늘하고 고요하여 그 넓이를 잴 자(尸)가 없다.

마당 가에 텃밭을 일구어 새벽보다 먼저 일어나 뜨거운 밥에 달콤한 김치, 저녁이면 이리저리 둘러 된장국, 시래기국 어머니의 사랑은 식을 줄 몰랐다.
작은 손길 하나하나 얼마나 큰 사랑인지, 얼마나 소중한지 그의 삶은 하늘 향해 드리는 거룩한 제사와 같은 양식이었다.
이제는 한없이 멀어져 간 그 모습, 하지만 멀어질수록 더 가까이 다가

오는 어머니 삶의 흔적, 스치고 간 자리에 남은 고귀한 희생과 사랑, 끝없는 돌봄과 인내 그리고 자애로움을 잊지 못해 작게나마 글로 어머니의 그 손길과 마음, 하늘의 마음이 내려앉은 그 자취를 이 책에 담는다.

♤ 野花今愛(어머니) 28 / 야화

하늘과 땅 사이로 흐르는 별빛처럼 눌러앉은 시골집
홀로 선 당신, 빛과 어둠 사이 헛기침 한 번으로
두꺼운 여명 깨는 당신의 몸짓
그리움과 외로움 사이, 깊어 가는 갈등 이기지 못해
기어이 동창(東窓) 열어 발길 옮기는 당신
침묵과 어둠의 장막 누구의 허락 떨어지기 전
깨는 낡은 싸리 빗자루 소리
밤사이 도둑처럼 내린 앞마당에 쌓인 하얀 눈
행여 그리움 달래 줄 내 임 오시려나.
휜 허리로 겨우 쓸어 낸 작은 길
희뿌연 하늘만 애써 쳐다보고
천길 같은 마당 건너는 당신의 발걸음

* 시집《시월, 함께 걸어요》에서
2023년 2월 28일 화

5

♤ 차례

♠ 둘째 꽃
어머니와 함께 하는 행복(2009~2014년)

♠ 셋째 꽃
모정의 세월 (2014~2016년)

♤ 넷째 꽃
흔들리는 기둥(2016~2018년)

♤ 다섯째 꽃:
고목 나무에 새싹 (2019~2020년)

♠ 첫째 꽃:
봄이 오는 길목에서
(2009년~)

1. 쇼는 계속되어야 한다(Show must go on.)

보내고 싶지 않아도 사랑하는 임은 가고, 초대하고 싶지 않아도 불청객이 오고, 만나지 않았으면 하는 사람과 만날 수 있는 것이 인생이듯, 보내고 싶지 않은 2008년은 가고 2009년은 쏜살같이 눈앞에 다가와 팔을 벌리며 어서 오라고 손짓하는 듯하다. 힘들었던 사람은 2008년이 빨리 지나가고 새해가 어서 오기를 기다렸을 것이다. 새해가 큰 꿈을 곧 이루어 줄 것처럼 기대하고서 말이다. 하지만 고난의 세월이라고 다 나쁜 것이 아니고, 편안하고 어려움이 없는 나날이라고 다 복된 것은 아니다.

고난의 세월이라 할지라도 무엇을 하다가 그 어려움을 겪느냐에 따라 가치 있고 보람 있는 고난일 수 있고, 어리석고 허망한 일을 하다가 받는 고난이라면 그것은 원통할 것이다. 우리는 자신의 기대와 소원과 관계없이 태어나고, 한 부모 밑에서 사랑 가운데 자라나듯 우리는 싫든 좋든지 지난해를 보내고, 하나님의 은혜로 새해를 선물로 받았다. 참 감사하고 기쁜 일이다. 그것은 먼저 내가 마련하지 않은 시간과 좋은 환경과 자연을 선물로 받았고 생명의 연장시간을 받았기 때문이다.

어떤 사람은 1월 1일 새해가 되자마자 한 아기로 태어나 많은 사람의 축복 속에서 새해를 시작하지만, 어떤 사람은 1월 1일에 천수를 다하고 죽기도 하고 여러 가지 사고나 질병으로 원치 않는 죽음을 맞이하기도 한다. 인생은 태어나서 살아가는 삶 자체가 그의 역사가 된다. 어디서 태어나 무얼 하다 어디서 세상을 떠나든지 그의 삶은 후손에게 남겨지게 된다. 365일 한 해를 우리는 선물로 받았다. 선물이란 내가 대가를 내지 않고 거저 받았다는 것이다. 우리에게 주어진 시간은 돈으로 그

값을 매기지 못한 만큼 소중하다. 그래서 금보다 귀한 시간을 보석보다 소중하고 귀하게 보내야 하지 않을까?

새해를 큰 꿈과 포부 또는 큰 소망하고 맞이하는 사람도 있겠지만 어떤 사람은 환경에 이끌려서 또는 어려운 일에 매어 죽지 못해 한숨과 무(無) 재미로 시작하는 사람도 있을 것이다. "내일은 내일의 태양이 떠오른다."(Tomorrow is another day.)라는 희망적인 말이 있다. 악인과 선인에게도 햇빛과 비를 내려 주듯 하나님은 은혜와 소망으로 내일의 태양이 뜨게 하신다. 구름이 하늘에 잔뜩 끼었을지라도 햇빛은 여전히 비친다. 이 뜨거운 태양 아래 새해에 무엇을 위해 살 것인가?

이런 이야기가 있다. 어떤 사람이 아침에 사무실에서 서성거리며 혼잣말로 중얼거린다. "아니 이 사람이 왜 여태까지 안 오는 거야!?" 그는 자기 집에서 종처럼 일하는 사람을 기다리고 있다. 출근 시간이 좀 지나 헐레벌떡 그 사람이 도착했다. 기다리던 사람은 아무 이유나 사정을 들어보기도 전에 "왜 이렇게 늦은 거야?" 하며 야단이다. 늦게 온 사람은 잠시 머뭇거리다 입을 연다. "사실은 어젯밤에 병을 앓고 있던 딸이 죽어서 아침에 땅에 묻고 이제야 왔습니다. 죄송합니다." 그러면서 자기가 그 사무실에서 할 일을 계속했다.

이 글은 어느 대학 영어책의 "Show must go on."이란 글을 대략 요약한 것이다. 쇼는 계속되어야 한다. 선하고 아름다운 일은 계속되어야 한다. 복되고 귀한 일은 계속되어야 하고, 하나님을 사랑하고 이웃을 사랑하는 일은 계속되어야 한다.

예수님은 이 세상에서 하나님 아버지께로 돌아가실 때가 다 되어서 곧 십자가 지시기 바로 얼마 전 최후의 만찬 때 자기 사람들을 끝까지 사랑하셨다. 그는 친히 허리에 수건을 두르시고 먼지가 묻은 제자들의 발을 친히 씻어 주셨다.

그는 누구인가? 해와 달을 지으신 창조주요, 왕 중의 왕이요, 역사를 주관하는 하나님이시다. 그가 사람의 몸을 입고 이 땅에 내려와 죄인을 구원하시기 위해 십자가 지시기 전 제자들의 거친 발을 씻어 주시며 사랑의 쇼를 보여 주셨다. 사랑의 쇼는 계속되어야 한다. Show must go on!

2. 낮은 데서 피는 꽃

엊그제만 해도 2009년이 미래에 있어 낯설었는데 벌써 2009년이라는
새해에 들어와 있다. 흐르는 강물에 있는 작은 고깃배처럼 나의 의사와
관계없이 강물은 흐르고 강물에 있는 배는 그 물결 따라 미끄러지듯 어
디론가 흘러간다. 그 배는 어디로 흐르는지 태양은 떠올라 더 나은 기대
하고 붉은 태양을 가슴에 품으며 저마다 길을 재촉한다. 나는 한 달에
한 번씩 서울에 있는 광야교회에 가서 노숙자들에게 설교했다. 이곳은
대학동문 목사님이 길에 쓰러지고 술에 취한 사람들, 갈 곳을 잃고 헤매
는 많은 영혼을 사랑의 보금자리에 데리고 와서 나라도, 부모도 돌보지
않는 그들을 씻기고 입히고 잠까지 재워 준다. 모두가 무료 서비스다.
얼마나 감사한 일인지 모른다.

어떤 사람은 그 버려진 사람들에게 왜 돈을 써서 낭비하느냐고 반문하
기도 한다. 가족이, 부모가 돌보지 않는다고 내버려둬야 하는가? 이 추
운 겨울에 갈 곳이 없어서 추운 예배당에서 수많은 시간의 잠자리를 보
내고 많이 굶식? 했던 지난날들의 나를 생각해 보면, 지금 아늑하고 따
뜻한 집에서 흰쌀밥과 따끈한 국을 거저먹을 수 있는 그들이 얼마나 다
행이고 감사한 일인지 모른다.
한 달에 한 번 가는 서울 여행이라 그 길은 언제나 설렌다. 하루가 다르
게 건물도, 거리도 변하고, 사람들의 얼굴도 변한다. 거리를 방황하던
노숙자들이 광야교회에 모여들어 하나님께 경배와 찬양을 드리는 모습
에 언제나 감동한다. 그들은 거친 손을 마주 잡고 기도하며 더러운 말

을 쏟아냈던 그 입술에서,

"죄악에 썩은 내 육신을 주님이 쓰시려 했네.
죽음의 덫에 걸려 있는 몸 주님이 쓰시려 했네.
속죄하는 손 치유하시고 속죄하는 발 치유하셨네.
새 생명 얻은 이 몸 다 바쳐 주님께 영광 돌리리.

평생 갚아도 빚진 자 되어 주님의 빚진 자 되어
주님 가신 길 택하였건만 눈물만 솟구치네.
생명 주신이 주님이시라. 능력 주신이 주님이시라.
말씀 전하여 복음 전하여 주님의 빚을 갚으리."

하며 부르는 찬송에 가슴속까지 찡해 옴을 느낀다. 새 생명 얻은 인생, 새
생명의 길을 복되게, 아름답고 귀하게 살아가도록 은혜 주시길 기도하는
마음 간절해진다. 나도 잠자리 없어 이 집 저 집 기웃거리고, 신문 팔며
검정고시 공부하던 청소년 때의 일이 지난 어제처럼 떠오르곤 한다. 세
상에서 실패하고 쓰디쓴 잔을 다 마시고, 이혼, 고아, 실직, 질병, 온갖 아
픈 사연을 안고 살아가는 이 땅에 작은 사람들이 비단 여기뿐이랴!

우리 주님은 이 세상에 사람의 몸을 입고 종처럼 오셨다. 그는 부유하
시지만 가난하게 되셨고 그는 영광과 존귀에 있었지만, 일부러 낮아지
셨다. 그것은 세상의 약한 자와 가난한 사람들, 아픈 사람들과 소외되고
작은 사람들을 친히 이해하고 체험하고 긍휼히 여기시기 위해서였다.
오늘도 새해의 태양이 떠오르게 하시는 창조주 하나님을 저들이 길과
소망 삼았으면 참 좋겠다. 아무리 세상에 소망이 없는 절망뿐이라 할지

라도 예수 안에서 참 생명 얻고 더 나은 본향을 향해 힘차게 새 생명의
삶, 행복하고 향기로운 삶을 살아가길 기도한다.

3. 하나님과 함께하라

붉은 태양이 떠오르는 광경을 보는 것은 대단히 경이로운 일이다. 그래서 사람들은 새해 첫날 해맞이하기 위해 동해로 모여들고 또 지리산이나 설악산 높은 곳, 대청봉을 찾아 열린 가슴으로 첫 태양을 맞이하며 자신과 가족의 큰 소망을 담아 보내기도 한다. 새해 처음 뜨는 태양도 어제 우리가 바라본 태양이요, 오늘 그 태양이 따뜻한 빛을 발한다. 사실 그 태양은 변함없이 그 자리를 지키고 있다. 그런데 마치 큰 요술을 부리는 것처럼 봄 여름 가을 겨울의 사계절을 만들고, 거기에 수많은 새싹과 형형색색의 꽃들과 나무들, 그리고 숲속의 동물 왕국을 이루어 놓고, 신비하고 아름다운 세계를 이루어 간다.

이 태양 빛 아래 얼굴을 내밀 때마다 감사한 마음이 우러나와 기분이 좋아진다. 태양이 동해에서 떠서 서녘 하늘을 붉게 물들이고 지지만 사실 태양은 움직이지 않고 지구가 돈다. 하지만 우리의 언어로 말할 때는 태양이 뜬다고 하지 지구가 돈다고 말하지 않는다. 저 찬란한 태양이 지구를 비추어 온갖 조화를 다 부리고 밤이면 또 작은 조명이 비추어 신비한 밤의 역사를 이루어 놓는다.

코페르니쿠스(1473~1543)가 지동설(태양중심설)을 주장하기 전에는 모두 지구를 중심으로 태양도 돌고 우주가 움직인다고 생각했다. 하지만 그것은 바로 알지 못한 것이 됐다. 아무리 우리의 눈으로 볼 때는 태양이 도는 것처럼 보이지만 지구가 자전하며 태양 주위를 돌고 있다. 이런 세계를 보는 시각이 변하면서 중세교회의 신(神) 중심의 세계관에서 인간 중심의 세계관으로 바뀌게 되었는데 여기서 문제가 또 발생한다. 사실 중세 때는 신(神) 중심으로 살아가는 세계 같았으나 오히려 신의 이름으로 신 중심의 삶을 배제한 시기였다. 인간은 태양이 비추는 빛 없이 살 수 없는 것처럼 창조주 하나님을 떠나서는 살 수가 없다.

그런데도 중세의 신(神) 중심의 삶이 인간의 자유와 이성을 억압했기 때문에 여기서 벗어나고 자유롭고 싶은 욕망이 이제 신의 세계를 떠나서 곧 하나님을 인간세계에서 배제하고 인간 이성 중심으로 대전환을 가져왔다. 그래서 인간 중심의 세계관으로 모든 면에서 발전하고, 문명이 발달해서 하나님 없이도 인간이 얼마나 잘 살고 행복할 수 있는가를 보았고 만끽했다.

하지만 그것은 잠시다. 제1, 2차 세계 대전을 통해서 인간의 내면에 숨어 있는 죄의 비참함과 잔인함, 그리고 슬픔과 좌절, 절망과 죽음을 처절하게 맛보았다. 결국, 인간에게는 답이 없다. 인간이 지혜와 능력이 있어 많은 일을 할 수 있는 것 같은 첨단 시대에 살고 있지만, 인간은 피조물이요, 지혜와 능력과 생명에 한계가 있음을 인정하지 않을 수 없다.

영국의 저명한 설교가 로이드 존스는 이를 지적했다. "19세기 말부터 모든 생각과 철학적인 사색이 사람으로부터 시작하게 되었다. 사람이 우주의 중심에 위치하게 되었으며 보좌에 앉혀졌다. 그리고 하나님을 포함한 모든 것이 사람과의 관계 속에서 다루어지게 되었다. 사람이 스스로 권위를 세우며, 자신과 자신의 아이디어를 믿고 신뢰하며, 자신의 필요에 있어서나 조건에 있어서나 언제나 출발점이 되었다. 이와 같은 자세가 바로 최초의 실수였으며 대부분의 오해 근원이 되었다. 성경은 계속해서 우리 인간은 하나님과 더불어 매사를 시작해야만 한다는 것을 가르쳐 주고 있다."

인간은 우주의 중심일 수도 없고, 인간이 자신의 생명의 주인도 아니다. 우리가 태양을 떠나서 살 수 없듯이 창조주를 떠나서는 살 수 없다. 우리는 창조주 하나님이 만든 태양 아래 그 은혜를 누리고 있고, 그분이 허락한 시간과 역사의 무대 위에 있다. 생명과 시간의 감독 되신 하나님이 부르면 우리는 언제나 그 무대를 떠나야만 한다.

우주의 중심이요, 역사의 주인이신 하나님이 사람이 되어 오신 이가 예수님이다. 하나님과 예수님과 함께 하는 것이 역사의 중심에 사는 것이요, 실패를 반복하지 않고, 참 생명과 참사랑을 역사의 무대에서 살아가는 멋진 길이 된다. 당신의 삶을 하나님과 함께 시작하라.

4. 고향길 찾는 마음

함박눈이 온 세상에 내리니 설날이 눈앞이다. 어렸을 땐 꼭 함박눈이 오면 설날이 다가오곤 한 것으로 기억된다. 며칠 전부터 설레는 마음으로 기다렸다. 그 맛있는 떡국 먹고 나이도 한 살 더 먹고, 또 나이 한 살 더 먹는 것이 좋아 보였다. 하늘에서 내리는 눈도 사람들의 마음이 따듯해서인지 함박눈이 다소곳이 장독대에도 내리고, 초가지붕에도, 대나무 울타리에도 내려 가느다란 가지를 더욱 휘어지게 했다.

복실 강아지는 앞마당을 이리저리 뛰놀며 흰 발자국을 남기고, 우리는 세배하러 공동묘지 지나 있는 마을에 계시는 외할머니댁에 가면 '아이고! 내 강아지들! 어서 오너라.' 하시던 모습이 눈에 선하다.

부자는 아니었어도 꿀 같은 시루떡, 은근히 맛있는 쑥떡, 맛있게 입으로 들어갈 때면 큰 방 아랫목은 궁둥이를 붙일 수 없을 만큼 뜨거웠다. 집마다 설빔 준비하느라 연기는 하늘 높이 오르고, 골목마다 그저 신나게 뛰노는 아이들로 가득하고, 그 소리는 온 동네를 들었다 놓았다 할 만큼 시끌벅적했다. 그때는 아무런 근심 걱정 없이 말 그대로 설날을 즐기면 그만이었다. 설을 맞이하는 그 자체가 즐거움이었다. 그저 어머니께서 시키는 심부름만 잘하면 우리 형제들의 할 일은 끝이었다. 시루떡 가루 만들어 오라 하면 형과 함께 갔다 오고, 가래떡도 하러 다녀오기도 했다.

그때는 왜 그리 명절이 좋았는지 모르겠다. 집 걱정, 쌀 걱정, 돈 걱정할 책임도 없고, 자녀들에게 세뱃돈, 새 옷 사 줄 의무도 전혀 느끼지 못했다. 새 양말에 어쩌다 새 옷이라도 선물로 받으면 그 기쁨은 매우 오래 갔다. 이제는 오십 줄에 들어서서 돌이켜 보면 엊그제 같은데, 떠나가는 열차처럼 추억만 구름처럼 하늘에 매달아 놓고 점점 멀어져만 간다.

올해도 어김없이 설날이 다가온다. 우리 민족은 고향 떠나 타향에서 사는 사람이 많기에 명절이 오면 아무리 고향이 멀어도 천릿길 한걸음처럼 달려간다. 눈이 내려 길이 막히면 천천히 가면 된다. 날이 추우면 고향 집 아랫목에 따스한 밥 준비해 놓고 기다리시는 어머니의 포근한 정 생각하며 달려가면 되지 않으랴!

어떤 사람은 20년 만에 고향을 찾는다고 한다. 부모의 반대를 무릅쓰고 결혼하니 그때부터 부모 얼굴 보지 말라 하여 고향을 찾지 못했다. 자녀도 낳았고 부모님의 서운한 마음도 풀어져서 기다린다는 부모 마음 알고도 찾지 못한 지 20년 만에 가기로 했다는 것이다. 내 집도 마련하고 큰 차를 타고 고향에 가서 잘 사는 모습 보여 주려다 이제까지 미루었다고 한다.

하지만 멋있게 가려고 안 가는 것보다 얼굴을 보여 드리는 게 더 큰 효도가 될 것이라는 신랑의 설득에 드디어 고향을 찾는다는 것이다. 그동안 얼마나 마음 졸이고 살았을까! 또 집 나간 자식 그리워하던 부모 마음이 어떠했을까? 멋지게 하고 부모님 찾아뵈려 해도 그때는 기다려 주는 사람이 없어서 눈물 흘릴 때가 올 것이니 살아생전에 사랑하는 사람들 얼굴 찾아보는 것이 좋으리라. 마음의 선물, 사랑하는 마음만 있으면 이보다 더 큰 선물이 어디 있으랴!

우리 주위에는 명절이 되어 더욱 소외감 느끼고, 어려움을 겪는 이웃이 많음을 잊지 말아야 한다. 며칠 전에는 재개발로 이사 가야 하는 사람들이 시위하다가 여섯 명이나 그 뜨거운 불길에 휩싸여 타죽고 말았다. 얼마나 가슴이 아픈지, 어찌 우리는 이런 일을 반복적으로 겪어야 하는가!

재산권보다 생존권이 먼저다. 일의 순서가 어떠하고 경우야 어떻든 사람을 죽여서야 하는가? 설득하고 기다리고 합의해서 함께 사는 길로 가야 하지 않는가? 살길을 달라고 소리치는 그들에게 돌아오는 것이 처참한 죽음으로 끝나서야 하겠는가? 그 속에서 생존권을 달라고 소리치는 이가 내 형제, 내 부모라고 생각한다면 어떻게 했겠는가?

유족들은 즐거운 설날을 눈물로 보내야 하는 애통의 설이 되고 말았다. 그 누가 저들의 눈물을 닦아 줄 수 있는가! 한쪽 구석에서 소리도 제대로 내지 못하고 가난한 것을 자신의 못난 운명으로 여기고 한탄하며 보내는 이웃이 얼마나 많은가? 복권 당첨해서 기뻐 뛰는 것처럼 살아서야 하겠는가? 그가 손에 쥔 돈은 수많은 가난한 사람들의 소망 때가 묻어 있는 돈이다. 우리는 자신이 잘되고 형통할 때 어딘가 좌절과 실패를 맛보고, 얼굴을 가리고 있는 이웃을 기억해야 한다.

명절은 즐거운 날이다. 우리가 함께 즐거움을 나누고, 떡국과 떡도 나누고 마음도 나누자. 고통과 아픔이 있다면 고통 조금씩 나누어 반감되게 하여 소망 가운데 일어서게 하고, 격려의 박수를 보내는 이웃이 지켜보고 있음을 느낄 수 있도록 하자. 이번 설에는 "즐거워하는 자들과 함께 즐거워하고 우는 자들과 함께 울라."(롬 12:15)는 말씀이 마음에서 떠나지 않는다.

5. 함박눈이 길을 막을 때

언제나 기다리는 가슴에는 설레는 마음이 있다. 물론 기다린다는 것은 소망과 기대를 담고 있다. 누가 불행한 일을 기다리랴마는 불행은 언제나 예기치 않게 찾아오기에 놀라고 당황하게 된다. 가난한 서민들에게도 작은 것으로 큰 기쁨을 갖게 하는 것이 우리들의 명절일 것이다. 일년에 추석과 설날이 있어서 온 국민이 함께 즐거움의 잔치에 참여한다. 큰돈을 벌고 높은 지위를 얻어서가 아니라 그리운 부모 형제 찾아가는 마음이 기쁘고 즐겁다. 물론 주위에는 두고 온 고향산천을 눈앞에 두고도 찾아갈 수 없는 실향민들이 있다는 것을 잊을 수 없다. 어서 빨리 하나님의 은혜로 남북이 하나가 되어 자유로이 부모 형제를 찾아가는 기쁨을 나누었으면 좋겠다.

양말 한 켤레라도 사서 천릿길 마다하지 않고 이리저리 고향 찾아가는 행렬이 올해도 변함없이 꼬리에 꼬리를 물고 이어진다. 이번엔 연휴가 짧아 얼마나 교통체증이 심할까 염려했는데 추위에 폭설까지 내려 어떤 이는 서울에서 대전까지 열일곱 시간 걸린 사람도 있고, 어떤 사람은 너무 눈이 많이 오고 차가 밀려서 중간에 되돌아오는 사람도 많이 있었다.

어떤 사람은 길에서 잠을 자거나 꼬박 밤을 새우고도 기어이 고향을 찾는 사람도 있다. 고향이 뭐길래 그렇게 간절하게 그리워하고 찾아가는가? 아마 창조주 하나님께서 고향을 찾는 마음을 통해 영원한 본향 하늘나라를 소망하도록 그런 마음을 우리 마음에 심어 놓았으리라.

우리는 주일예배 후에 점심 먹고 오후에 일찍 떠나 보려고 마음먹었으나 전날 폭설로 얼마나 길이 막힐지 예측할 수 없어서 망설였다. 뉴스에서도 도착 예측시간을 발표하지 않았다. 그래도 팔순 어머니 살아 계실 때 한 번이라도 더 찾아뵈는 게 도리가 아닌가? 사과 봉지 하나 챙겨 들고 그립고 사랑하는 선물 보따리만 가득히 챙겨 고향 가는 차에 몸을 실었다.

고향 찾는 길은 언제나 설레고 즐겁다. 호주머니에 돈이 두둑하지 않아도 고향 산천의 나무들이 손짓하고 땅 내음이 언제나 우리를 반기니 어찌 좋지 않으랴! 거기엔 어릴 적 수많은 추억이 골목에, 앞마당에, 뒷동산에 숨어 있다가 여기저기서 뛰어나와 반겨 준다. 지방도로를 따라 길을 가는데 아직도 눈이 사방을 덮고 한가히 노닐고 있는데 꼬리에 꼬리를 물며 고향 가는 사람들만 마음이 분주하다. 평택과 충청도 땅에 들어서니 눈이 어찌 많이 왔는지 나뭇가지가 무거운 짐을 진 듯이 축 처져 있으나 우리 눈에는 한 폭의 동양화요, 잊을 수 없는 멋진 그림이 아닐 수 없다. 생각 외로 막히지 않고 앞으로 간다.

휴게소에 들어서는 사람들의 얼굴에도 너나 할 것 없이 환한 얼굴로 가득하다. 보통 때보다는 좀 밀렸으나 밀려 돌아갈 마음은 어느새 사라졌다. 홍성 나들목을 통해 들어가니 고속도로는 소통이 원활하다. 지도에서 보면 한반도가 참 작은데 명절에 고향 갈 때마다 한반도는 거대한 대륙으로 변한다. 우리가 가족들과 만나 사랑과 정을 나눌 때 자신이 지켜야 할 자리를 지키는 전방 전선에도, 병원과 교통질서를 위해 애쓰는 사람들이 곳곳에 있다.

하지만 우리의 마음을 붙들고 놓지 않은 일들이 터지고 있다. 용산 철

거민들의 불타 죽은 모습을 잊을 수 없고, 군포에서 일어난 여대생 살인 사건이 온 국민의 마음을 졸이게 했는데 알고 보니 그는 보험금을 위해 전처와 장모를 불에 태워 죽인 의혹을 받고 있고, 모두 일곱 명이나 사람을 죽였다는 뉴스가 온 세상 사람들의 온몸을 떨게 하고 있다. 사람의 탈을 쓴 악인이 우리 주위에 있어 동네 사람들에게는 인사 잘하고 성실한 사람으로 알려졌으니 누구를 믿으며 살 수 있나?

죄는 무서운 것이다. 선악과를 따 먹은 인간은 한 번 죄를 저지르면 그 다음부터는 담대해진다. 사람의 생명은 하나님이 주신 것이다. 그래서 생명은 고귀한 것이고, 또 성경은 고의로 살해한 사람은 성소에 숨을지라도 반드시 사형시키도록 명하고 있다. 피는 생명이다. 억울하게 흘린 피에 대해 하나님은 반드시 그 값을 요구하신다. 그냥 용서한다고 되는 것이 아니다. 용서란 쉬운 것이 아니다. 그 죄에 대한 대가를 치러야 용서가 된다.

하나님이 세상 사람들의 죄를 용서하기 위해 말로 한마디한 것이 아니라 사랑하는 아들을 십자가에서 세상 사람의 죄를 대신해서 죽게 하셨다. 하나님의 아들이라도 대신 죽어야 용서가 된다. 오늘 우리는 용서받은 죄인이 아닌가? 말로 다 할 수 없는 사랑을 받은 우리가 아닌가? 피는 피를 부른다. 사랑으로 이 시대의 죄악을 맞설 수는 없을까?

스승의 은혜와 사랑에 보답하며 건강 장수하기를 기원한다. 잔칫상은 경제적으로 여유가 있으면 산해진미를 갖추고 떡, 조과, 과실 등을 1자 2치 이상으로 괴어 올린다. 환갑주의 부모가 살아 계시면 먼저 그 부모 앞에 큰 상을 차려놓고 술을 올리고 절하여 헌수(獻壽) 하는데, 이때 색동옷을 차려입고 춤을 추어 부모를 기쁘게 모시는 관례가 있다.

이어 환갑을 맞이한 부부가 큰 상을 받고 자녀 손과 일가친척 또는 제자들로부터 헌수를 받는다. 환갑을 앞두고 사전에 수연 시 운자(韻字)를 친척이나 친지에게 돌려 시 짓기를 권유하고 잔칫날 시부(試賦)를 주고받으며 즐겼으며, 이 시로 엮은 "수연시첩(壽宴詩帖)"을 자손에게 전하기도 한다. 수연 축사는 회갑주(回甲主)의 건강과 장수를 경축하고 자손들 근황과 당사자의 이력을 구체적으로 친밀감이 가도록 소개한다.

우리 형제 중 제일 큰형이 회갑을 맞았다. 말 그대로 60번째 생일을 맞이한다. 누구나 그러하겠지만 6.25 전쟁의 아픈 역사 속에서 태어나고 60년대 보릿고개를 지나온, 말 그대로 만고풍상을 겪고 하나님의 은혜로 화갑(華甲)을 맞이한 형의 생일을 진심으로 축하한다. 우리 형제는 5남 2녀로 다복한 가정에서 자라났다. 부모가 잘 길러 주셨겠지만, 돌아보면 형, 누나와 동생들 사이에서 나는 저절로 자란 것 같기도 하고, 우습지만 나 또한 동생들을 잘 챙기고? 크는 데 도와준 것 같다.

맏형의 기억을 떠올려 보면 어린 시절 뛰노는 모습은 한 번 본 적 없고, 맨 처음 내가 만난 것은 잠결에 부스럭거리는 소리 때문에 깨어서 형과 만났다. 형은 목포제일중학교에 유학을 다녔다. 학다리에서 목포까지 가서 공부한 것 보면 꽤 공부를 잘했나 보다. 통학 열차로 한 시간 가까이 걸렸는데 어머니는 새벽같이 일어나 따스한 밥을 지어 큰아들 입에 넣어 주고 정성으로 뒷바라지했다.

나는 형과 열 살 차이가 나는데 형이 중1 때 나는 네 살 때다. 새벽 통학열차를 놓치지 않기 위해 부지런히 준비하고 밥도 급히 먹고 간 것 같다. 우리 동생들은 자다가 깨어나서 형이 먹다 남긴 밥을 종종 먹곤 했다. 아마도 열차 시간이 급해 다 먹지 못하고 간 모양이다. 어머니 연세는 그때 서른다섯 살쯤이 된다. 어머니는 참 부지런도 하셔서 한 새벽도 거르지 않고, 아들 공부를 위해 잘 챙겨 드렸을 것이다.

형은 인물도 탤런트처럼 잘생겼고 머리도 똑똑했다. 그중에 주산을 잘해서 목포제일중학교까지 유학하러 간 것인데 매우 안타깝게도 중3까지 다니다 학교를 그만두고 말았다. 납부금을 다 내지 못해 같은 반 반장에게 뺨까지 맞다가 더는 압박감을 견디지 못하고, 스스로 학교를 그만둔 것이다. 지금도 그 아픔이 마음 한자리를 잡고 있으리라. 우리는 전남에서도 몇 안 되는 뛰어난 학교인 학다리중·고등학교가 있는 동네에서 자랐다. 그래서 언제나 학생들이 길마다 우글거렸고, 우리도 학교 운동장을 우리 앞마당 삼아 놀곤 했다.

어느 날 아침 동네에서 아이들과 뛰어놀고 있는데 큰형이 와서 나를 부른다. 오늘 초등학교 입학하는 날이니 학교에 가자며 내 손을 잡아 이끈다. 얼떨결에 형을 따라 큰 다리 두 개나 건너에 있는 꽤 먼 거리의 학다리 중앙초등학교에 입학하게 되었다. 약간 쌀쌀한 날씨에 봄내음이 물씬 풍기던 날 아침 수백 명 아이 틈새에 끼어 새로운 학교생활을 기대했던 날이 지금도 떠오른다.

형과 두 번째 만남의 기억은 내가 일곱 살 때인지 정확히 기억나지 않지만, 함평읍에 있는 고등학교에서 열리는 무슨 연합 체육대회 운동장에서다. 집에서 십 리가 넘는 거리에 있는 곳이지만 어린 애가 걸어서 체육대회 구경 갔다. 친구들과 간 것도 아니어서 아는 사람은 아무도 없었다. 오후 몇 시쯤인지 점심때도 지난 때라, 나는 이리저리 두리번거리며 경기를 구경하고 있는데 낯선 곳에서 어떤 사람이 나를 부른다. 이곳에서 나를 알아보고 부를 사람이 없는데 하며 고개를 돌려보니 큰형이 아닌가?

얼마나 반갑던지, 형은 주산을 매우 잘해서 스무 살도 되기 전에 엄다초등학교에서 주산 선생을 하게 되어 선생님으로 함평에 와서 나를 만난 것이다. "너 밥 먹었냐?", "아니", "이리 와라." 하며 천막으로 만든 운동장에 간이식당으로 데려가서 국수를 사 주었다. 사실 때도 지나 어린 몸에 배가 고팠으나 돈이 없어 어쩔 수 없이 경기 구경하는 기분으로 배고픔을 감추고 있었는데 15원쯤 하는 그 국수 한 그릇이 얼마나 맛있었는지 코를 훌쩍거리며 단숨에 먹어 치웠다. 그때같이 형이 반가울 때가 없었다.

맏형 회갑 때 감사 예배

형은 부모님의 사업실패로 어려서부터 가난의 쓰라린 경험을 했지만,
하나님이 주신 재능을 가지고 마음껏 실력을 발휘하여 열심히 살아갔
다. 형은 수천 미터 땅속에 들어가 석탄을 캐기도 하고, 닥치는 대로 일
을 하다가 자원해서 해병대에 입대했다. 큰형이 첫 휴가 오던 날 친구
성환 이가 우리 집에 와서 "영배야, 네 형 온다."라고 하니 형이 곧 탱자
나무, 구슬 나무가 있는 골목길을 돌아 마당에 들어선다. 어머니는 큰
아들의 이름을 부르면서 맨발로 뛰어나가 울면서 아들을 끌어안았다.
괜스레 우리도 눈물이 글썽거렸다.

그 후에 남은 네 형제가 육군 공군 다 군대 가고 휴가도 왔는데 한 번도
맨발로 뛰어나와 맞이하는 어머니의 모습은 본 적이 없다. 형은 그 고
된 해병대 생활을 멋지게 했다. 부대 내에서 하는 웅변대회 나가 상을

타더니 해병대 전체에서 열리는 웅변대회에도 나가 우승하여 해병대 신문에 실리기도 하고 상금도 탔다. 제대 후에는 버스 타는 사람들에게 표를 파는 일도하고, 우체국에서 전보를 자전거로 배달하느라 밤낮없이 뛰기도 했다. 그러다가 자신이 가진 재능을 충분히 발휘하여 국내외 주산대회에 아이들을 데리고 나가서 수많은 우승컵과 우승기를 타 왔다. 하지만 컴퓨터의 등장으로 주산이 사양길에 접어들어 그만두게 되고 지금은 반상(盤上)에서 수많은 인생사가 펼쳐지는 듯한 바둑을 가르치는 원장을 하고 있다. 자녀들은 큰딸이 미국 뉴욕에서 디자이너로 일하고 있고, 두 아들은 은행과 증권 회사에서 근무하고 있다. 환갑을 맞이한 사랑하는 형의 생신을 진심으로 축하한다.

기독교에서는 환갑을 맞이하면 특별한 의미를 주진 않지만, 먼저 이 땅에 고귀한 생명을 주어 태어나게 하신 하나님께 감사하며 예배를 드리고, 부모님 은혜에 감사하고 복된 자녀를 선물로 주신 하나님께 감사드린다. 이제는 인생은 육십부터란 말을 넘어 칠십부터란 말이 나올 만큼 모두가 장수하고 있다.

하지만 '우리 년 수가 칠십이요, 강건하면 팔십이라도 그 연수의 자랑은 수고와 슬픔뿐이요, 신속히 가니 우리가 날아가나이다.'(시 90:10)라고 앞서간 믿음의 사람 모세는 고백하며 '우리에게 우리 날 계수함을 가르쳐서 지혜의 마음을 얻게 하소서'라고 기도하고 있다. 지혜의 마음은 무엇일까? 전도자는 '일의 결국을 다 들었으니 하나님을 경외하고 그 명령을 지킬지어다. 이것이 사람의 본분이니라.'라고 말씀하고 있다. 바라기는 이 지혜의 마음을 얻고 장수하며 자녀 손들이 주 안에서 잘되고 형통한 복을 보고, 저 천국을 바라보며 소망 가운데 즐거운 삶을 살아가기를 바란다.

8. 함께 하는 기쁨

요 며칠 무척 쌀쌀하다. 봄이 곧 오나 보다 했는데 기어이 눈발이 날려온 천지를 하얗게 만들어 겨울의 건재함을 드러낸다. 남녘에는 유채꽃 소식으로 봄을 마중하고 있는데 조그마한 한반도에도 계절의 차이가 심하다. 지난주 토요일에는 큰형의 회갑 모임이 가족들만으로 조촐하게 가졌다. 토요일에 머나먼 길 갔다가 밤에 천릿길을 다시 와야 하는 큰 부담을 안고 있기에 지난 설 때 혹 그때 내려오기 어려울 것 같아 형님께 미리 축하하며 마음을 표했다.

밤에 운전하는 것은 딱 질색이다. 그래도 부득이한 경우에는 운전하지만 먼 거리는 자신이 없다. 내가 내 몸도 믿지 못할 만큼 연약한 육신이 되어 있는 것을 알기에 가족들을 위해서라도, 아니 나 자신이 아프고 쓰러지면 나 자신이 어쩔 도리가 없는 것을 알기에 겨울이 되면 더욱 조심한다. 왜냐하면, 뇌졸중 후유증으로 기능이 온전치 못해서다. 주중에 여동생에게 전화 와서 하는 말이 "오빠가 와야 한다. 그래야 예배도 드리고 분위기도 산다."라고 했다.

내가 분위기 몰이꾼은 아니지만 어려울 때 함께 모여 위로하고 형제들 간에 다 모여 보자며 생각해 보란다. 지난 설날에도 형제들이 두 가정이나 오지 못했다. 며칠 있다가 형 회갑 모임이 있기에 건너뛴 것이다. 다들 자신 앞의 있는 삶의 텃밭 가꾸기에도 버거워하고 있다.

무심한 세월은 흐르는데, 힘 있게 뻗어 나가는 형제는 없고, 잘 일어서다가 사기도 당하고, 보증서다가 덮어쓰고…. 누구나 그러하겠지만 마음에 깊은 상처 하나둘 가지고 있어서 모임 때에도 아킬레스건은 건드리지 않고, 재미있었던 어릴 적 시절 얘기로 밤 깊은 줄 모른다. 남동생도 금요일에 전화하여 고향에 가게 되면 열차표를 끊지 않고 함께 가겠다고 한다.

더구나 동생 가족 모두 가겠다고 하니 더욱 고민이 되어 생각하다가 그러면 가는 거로 하자고 했다. 동생은 지난 설에 내려오지 않았다. 명절이면 꼭 한두 가족이 빠진다. 그만큼 삶이 여의치 않아 이 핑계 저 핑계로 함께 모인 적이 거의 없다. 난 어머님이 사시면 얼마나 사시겠냐며 우리 가족 얼굴 보여드리는 게 가장 큰 선물이자 효도 아니겠냐고 설득해도 소용없다.

그러나 이번에는 칠 남매 중 누나는 주님이 그리워 먼저 하늘나라 갔고, 우리 육 남매가 모처럼 한자리에 모이게 되었다. 고향 가는 길은 항상 즐겁다. 우리는 설날 어머니 뵙고 2주 후 또다시 뵈니 행운 아닌가? 오고 가는 교통비도 부담이지만 기쁜 자리에 함께 만나는 게 훨씬 더 큰 보람이다. 큰형님은 어머니와 둘이 살다시피 한다. 자녀들은 출가하거나 객지에 나가 있으니 여간 쓸쓸하지 않다. 사업의 어려움과 교통사고 후유증으로 몸도 많이 망가지고 마음도 약해져 있다. 70회 생일 못 맞을 것 같다는 방정맞은? 생각으로 함께 만나자고 했다.

큰형이 못 오리라고 생각한 우리 가족이 시골 마당에 들어서니 무척이나 반가이 맞아 준다. 어머니와 셋째 형수님이 집에서 음식을 장만하고 있다. 원래는 큰형님의 자녀가 준비해야 하는데 타지에 나가 살다 보니 조카는 셋째 작은 엄마에게 돈을 드려 준비해 달라고 부탁했나 보다. 큰형님 자녀보다 우리 형제들이 먼저 왔다. 다른 조카들도 이제 거의 성인이 된 터라 굵직굵직하고 키가 천장을 닿으려 한다.

이웃이나 다른 친척들은 아무도 초청하지 않았다. 그럴 형편도 아니고 또 요즘 회갑이라고 떠들썩하게 하는 사람도 드물기도 하다. 나는 준비한 카메라로 온 가족들 사진을 찍어 주었다. 어머니와 각 형제를 찰칵, 육 남매 사진, 조카들끼리 찰칵하니 백여 장 찍었나 보다. 잘 나온 것 빼 드려야지. 우리는 먼저 살아 계시고 참되신 하나님께 감사예배를 드렸다. 조카들까지 함께하니 시골집 거실이 비좁다. 믿음이 아직 연약하여 하나님을 잘 알지 못하나 넷째인 내가 목사이기에 예배를 인도해도 모두 잘 따라준 것이 고맙다. 먼저 우리 가족이 즐겨 부르는 찬양을 했다.

1. 사철에 봄바람 불어 있고 하나님 아버지 모셨으니
   믿음의 반석도 든든하다 우리 집 즐거운 동산이라
   * 후렴: 고마워라 임마누엘 예수만 섬기는 우리 집
   고마워라 임마누엘 복되고 즐거운 하루하루

2. 어버이 우리를 고이시고 동기들 사랑에 뭉쳐 있고
   기쁨과 설움도 같이하니 한 간의 초가도 천국이라

3. 아침과 저녁에 수고하여 다 같이 일하는 온 식구가
   한 상에 둘러서 먹고 마셔 여기가 우리의 낙원이라

먼저 이 땅에 복된 가정에 태어나고 육십 평생을 지켜 주시고 삶을 인도하신 하나님께 감사드렸다. 사랑하는 형님! 형님의 영혼이 잘됨같이 범사에 잘되고, 강건하기를 축복하고, 자녀 손들이 잘되는 것을 보고 하나님을 사랑하고, 믿음으로 저 천국을 소망하여 살기를 소원하고 예배를 마쳤다. 예배 후에는 음식을 나누며 선물도 드리고, 또 둘째 형과 셋째 형이 쓴 시(詩)도 낭송하고, 나도 형과 어렸을 때 추억을 가진 글을 읽어 내려갈 때 모두 감동하여 박수로 축하를 보냈다. 큰 조카는 우

리 형제들에게 은 빛깔의 수저 세트를 선물한다. 밥 잘 먹고 건강하게 잘 살라는 뜻이리라.

우리 형제들은 모일 때마다 옛날 어렸을 적 있었던 다양한 얘기로 밤 깊은 줄 모른다. 이 재미난 얘기 속에 끼지 못하고 객이 된 셋째 형수는 형제들이 만나기만 하면 그 옛날얘기를 하고 또 하면서도 마치 처음 하는 것처럼 하는 모습에 우습기도 하고 또 감동이란다. 나는 주일을 위해 잠을 청하고 새벽같이 일어나 멋진 애마에 몸을 싣고 달리고 또 달렸다. 고속도로 중간에 한 번도 안 쉬고 두 눈을 부릅뜨고, 정신 바짝 차리고 달려왔다. 주의 날, 주의 마음자리 지키기 위해!

9. 전송하던 날

안산에 있는 같은 노회 목사님 전화다. 후배 목사님인데 V 국 선교사로 훈련받고 2월에 출국한다는 얘기를 듣고 있던 터인데, 날이 정해져서 20일 금요일에 나간다는 거다. 작년에는 선교사 훈련으로 말레이시아를 비롯하여 동남아 여러 나라를 다니면서 다섯 식구가 하나가 되어 고국을 떠나 훈련을 모두 소화하고 돌아 왔다. 그런데 이제 파송교회로부터 파송 받고 떠나게 되었는데 나보고 인천국제공항까지 좀 태워다 줄 수 있겠느냐고 부탁을 해 왔다. 나는 기꺼이 그러겠다고 약속했다.

하루 전날 다시 전화가 온다. 오늘부로 전화와 휴대전화기 모두 해지하게 되어 내일 새벽 우리 집으로 자신이 와서 나와 함께 자기 셋집으로 가자는 것이다. 오전 10시 비행기이기 때문에 두 시간 전에는 공항에 도착해야 출국 절차 밟는데, 지장이 없단다. 난 그러겠다고 약속하고 잠도 평소보다 일찍 자서 내일 일을 대비했다.

긴장해서인지 새벽 세 시가 조금 지났는데 깨는 게 아닌가? 다시 자기도 그렇고 해서 기독교 TV를 켜 놓고 시간을 보냈다. 새벽 여섯 시가 조금 지나니 선교사님이 우리 집에 왔다. 내가 그 집을 잘 알면 바로 가면 되는데 잘 몰라서 번거롭지만, 그가 와서 함께 갔다. 아내도 평소에 알고 지내는 목사님 가정이라 인사라도 하겠다며 따라나선다. 그런데 가정집 전화까지 다 해지해서 곤란하게 된 것이다. 전화국에 미리 전화 끊는 날짜를 정해 놓으면 이사 가는 날까지 다 쓸 수 있어 지장 없는데 목사님이 잘 몰라서 미리 끊고 말았다.

그런데 얘기를 듣다 보니 마음이 싸~하다. 아니 어젯밤에 난방도 안 된

방에서 다섯 식구가 잠은 잤다는 게다. 이유인즉 가스난방을 이사 가기 전에 미리 끊어서 그렇단다. 아니 하나님 나라를 위해 그 불쌍한 영혼들에 복음 전하러 가는 날, 선교사님 가족이 이 겨울에 냉방에서 잠을 잤다니 안타깝기 그지없다.

정든 이 땅 정 떼기 위한 작은 몸부림이었나? 미리 알았더라면 우리 집에 와서 자고 갔어도 됐을 텐데 하며 아내가 애처롭게 생각했다. 그 집에 가 보니 사모님이 반갑게 맞아 준다. 사모님은 고향이 전라도로 언제나 쌩쌩하다. 얘기도 잘하고 밝고, 명랑하다. 아이들도 반지하 냉방에서 자지 않은 것처럼 새벽부터 먼 나라 여행 떠날 몸으로 단장하고 씩씩하게 가방 하나씩 메고 있다.

저 애들이 추운 방에서 지난밤을 보냈다니 마음이 여간 개운치 않다. 그래도 사모님은 사람 온기가 있고, 반지하 방이어서 그렇게 추운 줄 몰랐다고 대답한다.

남 줄 것은 남 주고 버릴 것은 버리고 했는데도 선교지로 가서 살림할 것을 싸다 보니 짐 덩어리가 어른만 한 것이 두 개고, 작은 가방도 몇 개나 되었다. 미리 짐을 보내면 되는데 보내는 값이 수백만 원 든다나? 그래서 가능하면 줄이고, 또 사람 수대로 하면 일백 킬로그램은 함께 실을 수 있어서 그렇게 쌌다고 했다.

지하 방에서 큰 가방을 함께 들고나오는데도, 힘이 든다. 나는 아래 잡은 손가락이 펴지고 말았다. 두 사람이 끼끼대고야 겨우 승합차에 실을 수 있었다. 짐과 사람이 다 타니 한 차 가득하다. 거실을 보니 아직 쓰다 남은 그릇과 가구가 보인다. 그것들을 가져가기 위해 이웃 몇 아주머니가 서성대고 있었다.

어제 눈까지 내려 길이 미끄럽다. 다행히 녹은 곳이 많지만, 커브를 돌때 그늘진 곳에서 이리저리 미끄러져 깜짝 놀랐다. 오전 8시까지는 공항에 가야 했다. 나도 차 몰고는 처음 가는 길이라 어제 인터넷을 통해길을 알아보고, 지도도 인쇄해 두었다. 조심조심 서울 외곽고속도로를통해 공항 가는 길을 잡았다. 다행히 많이 밀리지는 않는다. 그래도 길이 미끄러워 주의해서 운전하여 공항 고속도로에 들어섰다. 드디어 서해가 눈에 들어온다. 공항대교를 건너가는데 바람이 세차게 불어 차가흔들린다. 아찔하다. 급히 속도를 줄여 안전하게 지나갔다.

공항터미널 탑승하는 곳으로 차를 대고 짐을 내렸다. 카트 두 대에 짐을 싣고 나니 사모님이 나에게 기도해 달라고 한다. 우리는 함께 빙 둘러섰다.

"사랑의 주님! 여기까지 인도하신 은혜를 감사합니다. 주께서 우리를구원하시기 위해 십자가에서 대속의 죽음을 죽어 주신 그 은혜에 감사하여 주의 부름을 따라 천국 복음을 전하기 위해 오늘 여기 공항까지왔습니다. 이 선교사님과 온 가족들을 주께서 붙들어 주시고, 동행하여주시기 원합니다. 이들이 낯설고 물선 곳으로 갑니다. 주님이 장막 칠곳을 예비해 주시고, 주의 백성들을 만나게 해 주시고, 복음을 전할 때에 마음 문을 열어 믿음의 역사가 일어나게 하옵소서.

사모님을 강건케 하셔서 잘 협력하게 도와주시고, 이제 고1, 중1, 초3올라가는 세 자녀가 그곳에서 잘 적응하고 건강케 하시며, 주의 종의자녀들을 통해 영광을 받으시옵소서. 주님의 이름으로 다시 만날 때까지 주님 함께 하여 주시고, 복된 소식으로 만나게 하옵소서. 예수님 이름으로 기도하옵나이다. 아멘." 하고 기도한 후 한 사람씩 뜨겁게 안아주고 작별했다.

나는 사모님이 기름값이라고 준비한 봉투를 큰딸 주머니에 도로 넣어 주고는 손을 흔들었다. 이제 그들이 총총히 출국 절차 받으러 들어간다. 나는 저들의 뒷모습이 아른거려 차 깜빡이 불을 켜 놓고 다시 안으로 들어가 보았으나 그들은 보이지 않았다.

"주여, 연약한 저들을 붙들어 주시고, 저들을 통해 생명의 복음이 전파되게 하시고, 영광을 받으소서."

마치 사랑하는 자녀를 전혀 낯선 땅으로 보내고 오는 것같이 뭔가 마음이 안쓰럽고 묵직하다. 집으로 돌아오는 길은 출근시간대가 되어 많이 밀렸으나 마음은 느긋했다.

10. 봄이 오는 길목에서

전국에 봄비가 내린다. 얼마나 기다린 봄비인가? 우리 모두 잠든 사이에도 우리를 사랑하는 이는 일하신다. 얼마 전 온 산을 불태워 액운을 막고 소원을 빌어 행복한 꿈을 꾸었건만, 화마 앞에 처절히 몸이 뒤틀리고 오그라져 사랑하는 사람들 앞에서 사라졌다. 봄비가 내려 저 남녘의 가뭄을 달래고, 시커먼 산에 봄기운 돌아 새싹의 미소를 바라보게 한다. 온 바다에 휘감겨 있어도 속 타듯 샘물이 말라 물을 구하러 작은 물병 들고 줄을 서는 그 자리에도 단비가 내려 땅속으로 생수가 스며든다.

고마운 비다. 만물을 소생케 하는 비가 전국에 내리니 하늘의 하나님께 기도한 사람들의 마음이 반가이 비를 마중한다. 바람이 차갑다. 손을 호호 불어 본다. 누구의 싸늘한 가슴을 스치고 왔기에 개구리가 잠을 깨는 이날에 바람이 차가운가? 아마도 봄을 봄으로 느끼지 못하고, 따스한 기운이 와도 마음에 아물지 않은 상처가 있는 이에게는 더욱 그러하리라.

이번 주에는 한 달에 한 번씩 가는 서울 나들이를 하고 왔다. 봄기운이 사방에 완연하여 나무 껍데기 사이를 뚫고, 칙칙한 땅을 가마솥 밥 뜸 들이듯이 부풀려 놓고 화창한 봄날을 기다리고 있는데 떡을 나누는 광야의 식탁에는 아직도 겨울옷을 벗지 못하고 따뜻한 밥, 뜨거운 국 한 그릇에 진정 고마움을 느끼는 지친 이웃들이 많이 서성거린다. 마음이 더 가난하고, 마음이 더 애통하여 낮은 데, 오셔서 우리의 모든 고난과 아픔을 맛보고 친히 우리의 죄악을 담당하신 그분, 예수님을 가까이서 알았으면 좋겠다.

대구에서 전화가 온다. 수원에 있는 신경외과병원에 가서 진료받기 위해 처제 부부가 오겠단다. 손님이 빗자루라고 했던가? 평소와 다르게 집을 정리하고 의자를 내놓고 좁은 방을 넓히고 쓸고 닦는다. 몸 돌볼 틈 없이 거친 세상에 살아남기 위해 앞만 보고 달려왔는데 어깨도 편치 않고, 머리도 아파 여기까지 왔다.

대구에도 병원이 없을 리 없지만, 사랑하는 언니도 볼 겸해서 밤길을 왔으리라. 방 하나에서 모든 식구가 잤다. 방바닥 온도를 꽤 높였는데도 방에 찬 기운이 느껴진다. 불을 끄고 잠을 청하는데 오랜만에 만난 자매는 내 청각이 감각을 잃을 때까지 얘기를 계속하였다. 아침을 일찍 먹고 우리 두 부부가 함께 병원으로 향했다. 나는 한 달분 약 타고, 아내도 머리 아픈 약 타고 X-레이도 찍었다. 동서는 대학병원에 가서 신경수술을 받으라는 처방을 받았다. 처제도 찌릿찌릿한 침을 맞았다. 교회 집사 직분을 가진 선생님은 언제나 환자를 친절히 살펴주고, 아픈 곳의 이유에 대해 사진도 보여 주고, 컴퓨터 모니터도 보여 주며 잘 설명해 준다.

요즘 집사님은 교회에서 성경공부를 하면서 은혜 많이 받는다며 묻지도 않은 말을 의사의 입으로 말한다. 여러 가지 질병이 있지만, 마음이 중요하다며 깨달은 말씀으로 마음이 즐거워 웃음 짓는다. 진료받고 나서 전에 몇 번 가 본 보리밥 뷔페식당으로 가서 점심을 대접했다. 열차표는 1시 50분 차 예매하여 여유가 있었다. 오순도순 얘기하며 보리밥 비빔밥에 팥죽도 갖다 먹고, 그 좋은 호박죽도 한 그릇씩 먹었다.

수원역까지 10분도 안 걸리는 거리인데 신호를 몇 번 받고 역 가까이 가니 차가 꼼짝을 하지 않는다. 마음이 바빠져 온다. 시간이 다 되어 가는데 어쩔 수가 없다. 저 차들 위로 날아가고 싶다. 토요일 오후라 그런지 기다려도 좀처럼 차가 빠지지 않는다. 안 되겠다. 핸들을 돌려 다른 곳으로 빙 돌아 수원역까지 숨 가쁘게 가니 1분 전이다. 수많은 차로 수원역 앞은 꽉 차 있다. 그 틈에 깜빡이 불을 잠시 켜 놓고 처제 부부를 내려 드리고, 나는 앞으로 차를 씽 몰았다.

저 멀리 빈자리에 차를 세우고 조심스레 전화하니 처제 대답은 차를 못 탔단다. 50% 삭감하여 차표를 물리고, 다시 1시간 후 표를 구했다. 너무 아쉽다. 조금만 더 서둘렀더라면, 차가 막히지만 않았어도…. 차를 몰고 집으로 돌아오는데 못내 아쉬운 마음이 든다. 그래도 우리는 모두 구원 열차에 지각하지 않고 저 천성을 향해 함께 가는 믿음을 가지고 집으로 향했다.

11. 호언장담

어떤 사람은 야구는 인생과도 같다고 얘기한다. 공 하나를 가지고 전후반 90분 동안 온 선수가 함께 골을 넣기 위해 뛰는 축구와는 그 경기방식만큼이나 그 즐기는 맛도 다르다. 세계야구대회(WBC)가 열리고있다. 현재 한국은 아시아 예선을 거쳐 본선에서 경기하기 위해 미국에가 있다. 야구를 보고 있노라면 한 편의 드라마와 같다. 희로애락이 곳곳에 숨어 있다. 지난 북경올림픽대회에서 사상 첫 금메달뿐 아니라 야구 종목에서 아마추어 최강이라는 쿠바마저 꺾고 9전 전승으로 우승하리라는 것은 꿈에도 생각 못 했다. 동메달이 목표였는데 우승을 하고말았다.

이 우승에 주인공 역할 한 사람은 국민타자 이승엽 선수라 하지만 숨은공로자가 많다. 그들이 있었기에 이승엽도 빛났다. 우승한 후 소감에서동료와 후배들에게 공을 돌리고, 감독과 후배들에게 미안함과 고마움을 표시했다. 기회 때마다 삼진당하거나 병살타를 쳐서 일본 호시노 감독에게 웃음거리가 되고, 그런저런 모든 아픈 기억 때문인지 우승 소감을 말할 때 목이 메어 말을 잇지 못하자 가슴이 찡해 와서 나도 눈에 이슬이 맺혔다.

야구는 한 명씩 주인공이 된다. 수비에서 투수가 공을 던질 때만, 시합이 진행되는 방식도 재미있다. 공격하는 마음으로 손에서 공을 던진 후엔 그는 수비 자세로 돌아서서 다른 동료 선수와 함께 호흡을 맞춰야하고, 홈으로 상대 선수가 들어올 때 투수는 홈 플레이트 뒤편에 가서 포수가 공을 놓치면 그 공을 잡도록 수비해야 한다. 뜬공이 되면 지난 WBC 대회에서 일본전 할 때 이진영 선수가 점프하여 공을 잡아 역전패를 막았던 정말 멋진 장면처럼 해야 한다. 또 타자가 타석에 들어서야 경기는 시작된다. 모든 사람이 자신에게 시선을 쏟는다.

그러므로 그는 자신의 팀의 최전방 대표선수로 타석에 서는 것이다. 자신이 살아 나가야 자신을 이어 타석에 들어설 선수에게 기회를 주게 된다. 또 앞 선수가 아무리 잘해서 주자 만루가 되어도 그 뒤를 이어 나온 선수가 잘하지 못하면 점수를 받을지도 알 수 없다. 또 야구에는 홈런이 있어서 재미있다. 축구나 핸드볼 등 대부분 구기 종목에서 한 골에 일 점이지만, 야구는 한 번 쳐서 1점도, 2점도 되고, 3점도 된다.

특히 9회까지 지다가 9회 말 2사 후 만루에서 역점 홈런 쳐서 대역전승하는 예도 있다. 그러기에 한순간도 방심할 수 없고, 또 혼자 잘한다고 이길 수 있는 것도 아니다. 서로 협력하고 돕지 않으면 할 수 없다. 특히 투수는 아무리 잘 던져도 수비와 타자들이 도와주지 않으면 이길 수 없는 위치에 있다.

지난 3월 7일 토요일에 WBC 대회 아시아 예선에서 한국과 일본이 숙명의 대결을 펼치게 되어 있었다. 일본은 우리에게 도전하는 정신으로 달려들었다. 한국야구보다 몇십 년 앞섰다고 자부하는 그들에게 지난 북경올림픽 대회에서 두 번이나 패했으니 자존심이 여간 상하지 않았을 것이다. 이런 면에서 일본의 무서운? 야심을 읽을 수 있었다. 그런데 경기 전 인터뷰한 내용이 시선을 사로잡았다.

일본 킬러로 명성이 자자한 김광현 선수에게 일본 기자들의 관심이 대단했다. 그는 기자회견에서 "이번에도 일본을 이기고 싶다.", "최선을 다해 이기도록 노력하겠다."라고 하지 않고, "무슨 일이 있어도 일본은 이긴다."라고 공언했다. 젊은 선수로 호기는 좋으나 위험한 발언이라는 것이 금방 감지되었다. 고교선수단만 해도 일본은 수천 개로 몇십 개에 불과한 우리와는 수적인 면에서나, 기반시설에서도 비교가 되지 않는다. 야구 역사도 더 길지만, 실력에서도 우리보다 더 섬세하다는 것을 야구인들은 모두 인정하고 있다. 우리는 전날 타이베이를 9:0으로 이겨 사기도 충만했다. 이 기세로 보아 일본전에서도 확실히 이길 것으로 생각했다. 그 전날 일본은 최약체로 평가되는 중국을 4:0으로 겨우 이겼기 때문이다.

드디어 결전의 날. 우리 투수는 일본 킬러의 명성을 가지고 있는 김광현이다. 그런데 이게 웬일인가? 2회 초 1사까지 8실점하고 강판당하고 말았다. 그가 경기 전에 했던 말 "무슨 일이 있어도 일본은 이긴다."라는 말이 고개 숙이고 더그아웃으로 걸어가는 그의 모습과 함께 클로즈업되어 나타났다. 경기결과는 우리가 다 알듯이 14:2, 7회 콜드게임으로 패하고 말았다. 이것은 우리나라가 일본과 가진 모든 경기에서 처음 당하는 콜드게임 패배다. 뭐라 할 말이 없어지는 상황이다. 다행히 그다음 예선 결승에서 1:0으로 이겨 빚을 갚긴 했지만 씁쓸하지 않을 수 없다.

히브리 속담에 "갑옷 입은 자가 갑옷 벗은 자같이 자랑치 못할 것이라." 라는 말이 있다. 이는 북이스라엘 왕 아합이 수많은 군대를 거느리고 이스라엘을 처들어온 아람 왕 벤하닷에게 이 말을 한다. 벤하닷은 그의 휘하 서른 두 왕과 함께 와서 사마리아 성을 포위하고 "왕의 처들과 자녀와 아름다운 것과 모든 은금을 취하여 가겠다."라고 호언장담했다. 결과가 어떻게 되었을까? 군인 수에서 보나, 전투 능력에서 이스라엘은 게임이 되지 않는다. 벤하닷은 더워서 싸울 수 없는 낮에 서른 두 왕과 이미 싸워 승리한 것처럼 먹고 마시고 취해 있다가 기습당해서 적은 수의 이스라엘 군대에 대패(大敗)하여 도망하고 말았다. 이스라엘은 하나님의 자비와 긍휼로 승리를 맛보았다. 하나님은 교만한 사람은 반드시 낮추신다. "사람의 마음의 교만은 멸망의 선봉이요, 겸손은 존귀의 앞잡이다."(잠 18:12). 천국은 겸손한 자의 누릴 곳이요, 교만한 자에게는 멀리 있다. 항상 겸손의 등불을 켜 두리라.

12. 배려

새벽에 일찍 일어나면 참 좋다. 그런데 오후가 되면 피곤이 몰려오기 시작한다. 종일 맑은 정신으로 보내기가 어렵다. 점심 먹고 나면 식곤증으로 나른하여 졸리기도 하고 집중력도 떨어져서 어떤 일을 해도 효과가 나지 않는다. 짧은 시간이라도 아끼려 쉬지 않고 책을 보면 오래 지나지 않아 눈꺼풀이 얼마나 무거운지 역기보다 더 무겁게 느껴진다. 몽롱해지기까지 한다. 이때는 잠시 눈을 붙이고 쉬어 주는 것도 좋다. 그러면 기분 전환되어 다시 일에 집중할 수 있다.

나는 오후 5~6시 사이에 탁구장에 가서 운동을 즐긴다. 전에는 이런 시간도 아깝게 생각했는데 한 번 뇌졸중으로 쓰러진 후에는 일부러 시간 내어 운동하려고 노력하고 있다. 물론 의사의 권유도 있지만 난 운동하는 것을 좋아한다. 어떤 때는 머뭇거리다가 못 가는 예도 있다. 하지만 그 시간을 박차고 일어나 탁구장으로 가서 힘써 운동하고 땀을 흘리고 나면 상쾌하고 기분이 좋아진다. 난 게임보다는 파트너와 함께 탁구 치는 것을 즐긴다. 게임을 하면 상대가 받지 못하게 공을 넘겨야 한다. 그러면 상대는 얼마나 괴롭겠는가? 사실 게임을 그렇게 해야 마땅하지만….

이 탁구장은 집에서 멀다. 전에는 집에서 가까운 탁구장에 다녔는데 그 탁구장 하던 사람이 그곳을 다른 사람에게 넘기고, 그 사람은 다시 탁구장을 개장했다. 그를 좋아하는 몇 사람들이 함께 갔다. 그런데 문제가 생겼다. 나보고 함께 그곳으로 가서 하자는 것이다. 알다시피 탁구는 혼자서 할 수 없는 운동이다.

반드시 자신의 실력과 비슷한 파트너가 있어야 재미있게 칠 수 있다. 나는 오랫동안 함께 운동하고, 게임도 재미있게 한 사람들이 그곳으로 갔기 때문에 고민에 빠졌다. 집에서 거리는 더 멀고, 시간은 더 걸리지, 또 그 탁구장을 인수한 사람과도 잘 알고 지내는 터라 곤란한 처지에 빠졌다. 어떻게 할까? 고민하다가 수박 한 통을 사 들고 탁구장을 찾아 그 관장에게 사정을 얘기했다. 나도 여기 계속 다니고 싶은데 함께 운동했던 사람들이 그곳으로 가서 같이 하자고 하니 어쩔 수 없다며 양해를 구했다. 그 일이 벌써 작년 봄이었다.

오늘도 무거운 몸을 으라차차 일으켜 탁구장으로 가서 재미있고 힘차게 운동하고 상쾌한 기분으로 구장을 나서서 집으로 향했다. 차는 먼 거리에 주차해 두었다. 이곳은 주차하기도 나쁘고 또 조금 걸어서 걷기 운동도 하고 기름값도 아끼기 위해서다. 왕복 4차선 거리의 신호등 있는 건널목을 건너가야 한다.

나는 차 있는 쪽으로 걸어가려는데, 사거리 신호등에 파란 불이 들어오자 사람들이 빠르게 길을 건넌다. 그런데 그 광경이 내 눈길을 사로잡고 놓아주지 않는다. 그리 긴 거리가 아니기에 사람들은 모두 건너고 신호등은 이미 빨간 불로 바뀌었는데, 두 여자분이 여태 중앙선 부분까지 밖에 오지 못했다.

차들은 녹색 신호등으로 바뀌어 쌩쌩 달릴 수도 있지만, 차들이 줄을 길게 늘어서 있음에도 아무도 경적을 울리지 않는다. 자세히 보니 어떤 할머니가 목발을 집고 천천히 걸어가고 있었다. 그때 한 오십 대쯤 보이는 아주머니가 그 할머니를 부축하여 함께 천천히 걸어가 주고 있는 것이 아닌가? 정말 아름다운 모습이다. 나는 가던 길을 멈추고 그들이

다 건너기까지 빤히 바라보다가 다 건넌 후에야 길을 재촉했다.

몇 년 전 일이 생각난다. 우리 가족이 아내의 형제들이 사는 대구에 갔다가 오던 길에 있었던 일이다. 대구에 내려가니 사람들이 자꾸 우리 차를 쳐다본다. 번호판은 분명히 서울 번호판인데, '아니, 서울에도 이런 차 있어요?' 하고 묻는다. 그 차는 15인승으로 K 회사 제품으로 형님이 학원 차로 쓰던 것인데 12년째 타고 다녀서 폐차한다는 것을 부탁해서 임시로 빌려 쓰고 있던 터였다.

어지간한 믿음과 인격을? 갖추지 않고는 차를 끌고 다닐 수 없다. 받치고 부딪쳐서 깨지고 일그러진 부분도 있고, 깜빡이 불도 깨져서 노란 비닐로 붙여 두었기 때문에 가관이었나 보다. 에어컨도 되지 않아 여름에 사람을 태워 주면 미안하고, 고속도로에서도 창을 열고 달려야만 했다. 대구에 갔다가 장모님과 처제와 조카 그리고 우리 네 식구가 함께 타고 서울로 올라오는 길이었다. 장모님과 처제에게는 미안했다. 잘나서 좋은 차로 모셔야 하는데…. 아쉽다.

8월의 여름이라 무더웠지만 여행하는 즐거움이 신나게 달리게 했다. 도로에서는 뜨거운 태양열에 아스팔트가 이글이글 타올랐다. 남이분기점을 지나기 전, 앞서가던 대형트럭에서 '펑!' 하는 소리가 들린다. 무더위 때문인지 차가 펑크 나서 갓길로 들어섰다. 우리는 차가 워낙 좋아서? 지정속도를 초과할 수 없다. 안전하게 앞의 산과 들의 풍경을 즐기면서 가는데 또 '펑' 하는 소리가 들린다. 이번에는 내 차에서 나는 소리다. 그것도 앞바퀴가 완전히 터진 것이다.

순간 머릿속에 밤 9시 사고뉴스가 스쳐 갔다. 대형 교통사고로 일가족이…. 찰나의 순간이었지만 아찔한 생각이 앞서고, 머리가 쭈뼛쭈뼛 섰다. 두 손으로 든든히 운전대를 붙잡고 있어서 차는 좌우로 쏠리지 않고 똑바로 달리고 있다. 고속도로에서 앞바퀴가 터지면 대형사고로 이어지기 쉽다는데 다행히 차는 빙글 돌지 않았다.

그 순간, 마음에 주님께 감사하고, 정신 차려 차를 갓길로 빼려고 하는데 옆 차선으로 오는 고속버스가 지나가지 않고 서행으로 따라오고 있다. 빨리 지나가야 내가 나갈 텐데 지나가지 않는다. 나는 얼른 그 뜻을 알아차리고 차를 갓길로 세울 수 있었다. 그것은 그 고속버스가 뒤차를 막아 주어 우리 차가 갓길로 안전하게 나가도록 배려해 준 것이다. 얼마나 고마운지.

나는 처음 해 보는 타이어 갈아 끼우는 일이라 낑낑대고, 장모님은 손자들 모기 쫓느라 연실 부채질하고, 아내는 차 뒤쪽 삼십여 미터 거리에서 손 신호로 차 조심하라고 알리고 있었다. 나와 처제는 드디어 새 바퀴로 교체하여 80km 속도를 유지하며 유유히 콧노래를 부르면서 기나긴 여름 길을 달려왔다.

13. 한 번 쏘세요

강원도 산간에 웬 폭설 주의보인가? 어떤 동네는 한순간에 눈이 많이 내려 외양간이 내려앉고, 어느 곳에서는 인삼밭의 덮개가 내려앉아 수확할 수 없게 되었다는 보도도 있다. 3월도 한참 지나서 쨍하고 해 뜨는 봄날인 줄 알았는데 아직도 겨울이 미련이 남아서일까? 아니면 겨울 추위를 더 견뎌내야만, 아름답게 꽃피울 봄날을 기대할 수 있기 때문일까? 그래도 아무렴 봄이야 안 오겠는가?

누구나 겨울은 짧고, 따스한 봄날, 쨍하고 해 뜰 날이 속히 오기를 기다린다. 가난한 사람들에게는 스키 타는 겨울보다는 냇가에서 시원하게 멱을 감고, 동각에 모여 앉아 모기 뜯기면서도 이야기꽃을 피울 수 있는 여름날이 좋으리라.

3월이 되면 새 학기가 시작되고 병아리 같은 아이들이 초등학교에 입학하고 다른 아이들은 한 학년씩 올라가 후배들에게 모범이 되려 하여 더욱 의젓하기도 하다. 멋진 선배들처럼 되고자 애쓰는 아이들도 있지만, 엉뚱한 겉멋을 부리느라 슬리퍼를 길바닥에 질질 끌고 다니는 아이들도 눈에 띄어 좋게 보이진 않는다. 우리는 사내아이만 둘이다.

하나는 중3이 되어 잘 다니던 태권도 체육관도 그만두고, 고교 입시를 위해 머리 싸매고 공부한답시고 엉덩이를 의자에 붙여 놓는 시간이 길어지고 있다. 대견스러운 일이다.

열심히 해서 하나님께 영광이 되고, 많은 사람에게 선한 영향력을 끼칠 수 있도록 실력을 부지런히 쌓았으면 좋겠다. 키도 아빠 키와 키를 재기하자며 등을 맞대더니 이제는 잠잠해졌다. 손을 위로 뻗으면 나보다 더 높은 곳에 닿는다.

"부지런히 배우고 익혀서 남을 섬길 수 있고, 손을 내밀어 베풀 수 있는 자리에 섰으면 좋겠다. 그러려면 벽돌을 한 장 한 장 쌓듯이 실천하고 또 연습하기를 바란다. 세계의 최고의 빌딩도 처음에 벽돌 하나 쌓기부터 시작한다. 그러니 오늘 벽돌 한 장 쌓으면 그 언젠가 벽돌 한 장 쌓을 때는 101층 쌓는 벽돌 되듯이, 너희들이 오늘 하는 공부 하나하나가 작은 벽돌이 된단다. 그래서 그 언젠가 수많은 사람에게 사랑을 베풀고 도움의 손길에 다가갈 수 있는 그 실력을 쌓는다."라고 누누이 얘기한다. 알아듣고 있는지 궁금하지만, 기대를 놓지 않는다.

둘째 명인이는 초등학교 6학년인데 새 반에 편성되어 반장 선거를 했다. 사실 반장 안 하려고 했는데 여러 아이가 반장으로 추천하고, 투표에서 일등으로 당선되자, 그러면 반을 위해서 열심히 해 보겠다고 다짐했단다. 사실 반장은 이번이 두 번째다. 지난 학기에 반장을 한 번 했다. 그것도 자기 엄마의 훈령을 무시하고 반장에 당선되어 온 것이다. 그의 엄마의 말인즉슨 "반장을 하면 학교에 선생님 찾아가야 하고, 반 아이들도 섬겨야 하기에 부담이 된다."라며 반장 선거에 나가지 말라고 그렇게 타일렀는데 덜컥 당선되어 임명장을 받아 오고 말았다.

이미 부반장, 부회장, 회장은 그 전에 다 해 보았다. 반장만 해 보지 않아서 아빠인 나는 "일부러 안 할 필요는 없지 않냐? 하고 싶다고 다 하는 것도 아닌데, 그런데 나가서 연설도 해 보고, 반 대표로 선출되어 지도자 역할도 하고, 어떻게 친구들을 섬기고 아름다운 학급으로 만들어 가야 하는지 고민도 해 보면 좋겠다."라며 찬성했다. 그때 명인이가 뭘 보았는지 "나 반장 했으니 한턱내라."라며 자기 엄마한테 졸랐단다.

난 "다른 사람처럼 꼭 할 필요 있느냐? 사람에 따라 형편 되는 대로 하면 되지. 남이 하니까 꼭 그대로 따라 할 필요는 없다."라고 말했다. 그 얘기를 들은 서울의 어느 교회 집사님이 10만 원을 주시며 막내아들 반장 되었으니 그 반을 위해 한턱내란다. 마지못해 감사한 마음으로 받아 학예회 때, 한 번 쏘긴 쏘았다.

앞으로 더 멋지고 아름다운 행위를 통해 많은 사람이 함께 기뻐할 것으로 많이 쓰고, 그것을 보는 사람도 모두 행복하고 즐거운 잔치에 참여하게 하는 그런 아이들로 자라났으면 좋겠다. 사실 머리는 경기도 교육위원회 테스트에서 '가정 형편이 되면 영재 교육을 해 보라'라고 권유하는 점수를 받았고, 아이큐 테스트에서는 꽤 높은 수가 나왔다. 그러나 내가 볼 때는 너무 경쟁심이 강하고 지기 싫어한다. 양보도 하고, 이겼으면 패배할 줄도 알고, 다른 사람 격려하고 칭찬하는 데도 인색하지 않았으면 좋겠다.

광야를 가는 이스라엘 백성에게 하나님은 모세를 통해 지도자를 세울 때, 창조주 하나님을 경외하고, 지혜만 있지 않고 지혜와 덕을 겸비한 사람을 택하여 세우라고 하셨다. 재주가 있고 덕이 없으면 교만해지기 쉽고, 덕이 있고 재주가 없으면 엘리베이터를 타고도 버튼을 누르지 못하고 가만히 있는 사람과도 같기 때문이다. 지도자이기 때문에 군림하는 것이 아니라, 다른 이에게 덕(德)이 되고 유익이 되도록 지혜롭게 섬기는 그런 우리 자녀들로 자랐으면 좋겠다.

14. 최후의 선택

난 어여쁜 딸이 있으면 좋겠다. 난 아들만 둘이다. 딸이 칠 공주라면 더욱 좋겠다. 난 어려서 칠 남매, 5남 2녀 중 4남으로 자랐다. 위로 누나하나, 밑으로 남동생과 여동생이 있다. 군대 갔다 온 후 내가 그렇게 그리던 대학에 들어가던 해, 누나는 1월 1일에 모든 수고, 슬픔을 가슴에 안은 채 저 하늘나라로 갔다.

어렸을 때 잘못하면 우리 동생들을 사정없이 때리고, 맞다가 넘어지면 발로 밟고 차기도 했던 누나다. 나는 누나가 호랑이띠라서 그렇게 사나운 줄로 어렸을 때는 생각했다. 매일 방과 마루를 쓸고 닦는 것은 내 몫이었다. 위에 있는 형은 공부해야 한다며 잘 안 시키고, 남동생과 여동생은 너무 어려서 시키지 않았다.

나는 초등학교 2학년 때부터 마을 앞 동각 밑으로 흐르는 시냇가에 가서 걸레를 빨았다. 시골 초가집은 가을 오후 쌀쌀한 바람 한 번 불고 지나가고 나면, 실컷 쓸고 닦아 두어도 허사가 된다. 마치 청소를 안 한 것처럼 감쪽같이 바꾸어 놓는다. 사실 놀다가 잘 안 할 때도 있었다. 그럴 때면 나보다 아홉 살이나 많은 누나는 너무 무섭게 나를 혼냈다.

사실 나는 누나에게 혼나는 게 무서워서 잘한 게 아니라 마땅히 내가일해야 할 것으로 생각했다. 부모님은 우리 칠 남매 먹여 살리기 위해장사 나가셔서 밤늦게야 들어오신다. 누나도 동네일 나가거나 나무하러 다니고, 돼지도 한 마리 길렀다.

한 번은 오일장에서 사 온 돼지를 대나무 울타리 밑에 다리를 묶어 놓았는데 그 돼지가 몸부림치는 바람에 도망치고 말았다. 좁은 개구멍을 빠져나가 남의 밭으로 도망가면, 누나는 씩씩대며 잡으러 갔다. 온몸이 땀에 다 젖도록 뛰어가서 잡아다가 망태에 넣어 두었다. 꽥꽥거리며 잘 있는 것 같더니, 또다시 도망치고 말았다.

그때 누나는 눈물을 철철 흘리면서 돼지가 이리 뛰면 누나도 이리 뛰고 저리 뛰면 저리 뛰어다니면서 잡으러 다녔다. 새끼가 작아서인지 망태에 넣어 둬도, 몸부림치면 몇 번이고 다시 빠져나와 도망갔다. 그러면 누나는 몇 번이고 다시 잡아다 가두었다. 그러던 내가 초등학교 고학년이 되어 갈 때 누나에 대한 기억이 없다. 초등학교 밖에 나오지 못한 누나는 벌써 힘든 직장생활을 하면서 "너희가 부모님 모시고 공부하느라 얼마나 고생이 많으냐?"며 안부 편지가 왔다. 그제야 누나가 저 멀리 천리 타향 서울에서 직장생활하고 있는 것을 알았다.

초등학교 2학년 때, 방 닦고 마루 닦기 위해 양은 세숫대야에 입다가 해진 옷으로 만든 걸레를 몇 개 담아 동네 앞 동각 밑으로 흐르는 시내에 가서 빨아 오곤 했다. 어느 날 동네 친구가 나보고 계집애라고 놀려댔다. 그리 안 해도 사내아이가 여자처럼 걸레 빨러 가는 것이 요즘 말로 하면 쪽팔렸는데, 놀림까지 받다니 온몸이 갑자기 확 달아올랐다.

"이 자식이 정말!" 두 주먹을 불끈 쥐었다. 다른 여자애들도 보고 있는 동각에서 놀림을 받다니, 참을 수가 없었다. "야 너 이리 와 봐! 뭐라고 다시 한번 얘기해 봐!", "뭐 계집애?", "에이 이 자식!" 하면서 대판 싸움이 벌어졌다.

사실 그 친구는 나쁜 친구도 아니다. 먼 친구도 아니고 같은 반 친구고, 골목길 하나 가로질러 있는 집 아이다. 하지만 그때는 놀림당하는데 분노가 치밀어 올라왔다. 한참 서로 치고받는데 그 친구가 코에 쌍코피가 나고, 두 눈에서 눈물 철철 흘러내렸다. 그는 엉엉 울면서 엄마에게 이르겠다며 양손으로 눈물을 훔치면서 집으로 갔다. 그때는, 싸우면 꼭 많이 때리고 코피를 나오게 해야 이기는 줄 알았다.

예수처럼 십자가에 달려서 모욕을 당할 때, 모욕하지 않은 것이 참 승리요, 참사랑이라는 것을 깨닫기에는 너무 어린 나이였다. 덜컥 겁이 났다. 이제 싸움은 이겼으나 집에 가려면 그 집 대문 앞을 지나쳐 가야 하는데 가슴이 두근거리고, 그 친구 엄마의 화난 얼굴을 생각하니 무서워졌다.

땅에 팽개쳐진 빨래를 빨리 대충 다시 씻어서 대야에 담고, 나는 저 멀리 다른 동네로 빙 돌아서 그의 집을 피해서 갔다. 하지만 그 뒤로 친구 집 앞을 살며시 지나갔지만, 친구 엄마에게 들켜 혼나지도 않았다. 아마도 어릴 때는 그렇게 싸우면서 크는 거지 하면서 잘 이해해 주셨나 보다.

우리에게 청소도 많이 시키고, 혼내는 일도 많았지만, 누나는 정도 많았다. 객지에서 늙으신 부모 건강 걱정하고, 우리에게는 어려워도 불평하거나 낙심하지 말고, 꿈을 가지고 열심히 배우라고 늘 격려 편지를 보내주었다. 또 그 낯설고 물선 서울에서 십 대 때부터 직장에 다니면서 밤잠을 설치며 눈도 많이 붙이지 못하고, 일해서 번 돈을 어린 동생들을 위해 학비에 보태라며 보내주곤 했다.

사실 부모님은 사업 실패로 늘 빚에 쪼들렸는데 돈 빌려 간 사람이 도망가는 바람에 그 빚을 우리가 떠안기까지 하여 부모님이 얼마나 힘들어하는지를 우린 똑똑히 보아 왔다. 그런 누나가 결혼생활 10년 만에 평화로운 천국으로 갔다. 알고 보니 매형에게 두들겨 맞아 돌아가신 것이다. 시집간 후에 가난한 집에서 시집왔다는 말 안 들으려, 얼마나 부지런하고 열심히 살았는지 모른다.

그런데 매형은 누나가 시어머니에게 말대답하는 것을 보는 날에는 가만히 두지 않았다고 한다. 쇠스랑으로 허리를 쳐서 어머니가 갔을 때 일어서서 맞이하지 못하고, 방문 열고 겨우 기어서 나왔다고 하면서 어머니는 애통해하셨다.

1985년 1월 1일 어머니가 작은 형 결혼 때문에 서울에 고속버스 타고 가시는 길에 누나는 차창을 향해 인사하며, 손을 흔들던 모습이 마지막이 되었다. 어머니가 형의 자취방에 도착해서 물을 한 잔 마시려 하는데 전화가 걸려 왔다. 누나가 죽었다는 청천벽력 같은 소리였다. 누나 나이 그때 서른다섯 살이다. 결혼 십 년째였다. 누나는 10년 동안 부지런히 농사짓고, 농사지은 것으로 장사하여 평생 먹어도 남는 재산을 장만해 놓았다.

누나가 그날 저녁밥 지으려다 갑자기 쓰러져서 전남대 의대 병원에 입원했는데 의사가 가망 없다고 하자 매형은 천만금이 들어도 좋으니 누나를 살려만 달라고 소리쳤다고 한다. 누나가 죽기 전에 어머니에게 했던 말은 "어머니, 이제 조금 덜 때리니 살 것 같아요." 했다고 한다. 죽은 후, 누나의 시신을 본 어머니는 매 맞은 후유증으로 누나의 몸이 까만 치마처럼 검었다며 몹쓸 놈이라고 슬퍼하셨다.

우리는 믿을 수 없는 현실 앞에서 모든 형제가 모여 거짓말이기를 간절히 바라며, 누나 집을 찾았을 때 이미 그곳에는 차양이 쳐 있어서 죽은 사람이 있다는 뜻을 알리고 있었다. 믿을 수 없다. 지금 죽어서는 안 된다. 아버지 돌아가신 지가 한 달 전이고 둘째 형 결혼식도 13일밖에 남지 않았는데 어찌하면 좋은가?

방에 들어가 보니 누나는 잠자는 사람처럼 조용히 누워 있어서 부르면 당장이라도 깨어나 반겨 줄 것만 같았다. 누나의 얼굴은 세상의 온갖 시련, 가난, 매 맞음, 눈물, 한을 다 잊어버리기라도 한 듯 너무나 평화로운 얼굴로 누워 있었다.

지난 2월에 맏형의 회갑연을 우리 가족들만 조용히 가졌다. 그때 깊이
묻어 두었던 얘기를 누군가 다시 꺼냈다. "이 자리에 누나가 있었으면
좋았을 텐데." 했다. 맏형은 바로 아래 동생인 누나 집에 한 번 가기라
도 하면, 누나는 공손히 절하며 "오빠 오셨어요." 하며 반가이 맞이하곤
했다 한다. 우리 오 형제 중 한 형은 그때 매형을 경찰에 고소해서 법의
심판을 받게 해야 했던 게 아니냐고 했다.
그러나 억울해도 어쩌랴! 누나는 이미 죽었고, 거기에 어린 세 조카가
있으니 어떻게 할 수도 없었다. 용서하는 것 외에는. 하지만 모두 가슴
에 깊이 묻어둔 안타까움, 원통함을 모두 지우지는 못했다. 가슴에 응
어리로 묻어 두면 어쩌랴! 나는 몇 년 전부터 그를 용서하고 위해 기도
하는 길을 선택했다. 그것이 우리 주님이 십자가에서 가르쳐 준 최후의
선택인 것을 깨닫게 해 주셨기 때문이다. 그것이 참사는 길이리라.

15. 창경궁 봄나들이

검은 가죽 같은 겨울 껍데기를 걷어 내고, 어린아이 같은 순결한 살결로 싹트는 봄이 너무나 좋다. 어린아이처럼 뛰어나가 그들과 손 맞잡고 춤이라도 추고 싶다. 모든 것을 얼어붙게 하고 잠들게 하고 움츠러들게 하는 겨울보다는 생명의 싹, 희망의 싹트는 봄의 계절이 내게는 너무도 좋다. 물론 긴 겨울잠이 있어야 봄이 오고, 생명의 기운이 돋아나고, 새 생명의 탄생을 알리는 새싹 움트는 것이 신비하리라. 그런데도 봄은 긴 겨울날을 소망 가운데 기다린 사람이 차지할 기쁨이다.

봄은 묵은 때를 벗어 버리고 상처에 새 살 나듯 생명의 힘이 돌고, 너도 나도 창문 열고 파란 하늘 보며, 해맑은 웃음을 띠어 정겨운 이웃과 눈

인사하며 노래로 화답하는 것이다. 봄을 맞는 우리는 그 누가 손뼉 치며 환영해 주지 않아도 저 들풀의 콧노래와 아기 진달래꽃, 햇병아리 개나리꽃의 저 합창 소리의 주인공으로 봄의 정원에 서 있다.

이 어찌 행복해하지 않으랴! 어린 강아지처럼 풀밭을 뛰며 이름 모를 들꽃과 장난치듯 흥겹게 놀지 않으랴! 마음은 행복에 겨워 새털처럼 봄 하늘을 날아 저 멀리 다가올 여름날의 왕성한 푸른 잎들과 마주한다.

오늘은 경기도 교육감 선거 날이란다. 중학교 큰아이나 초등학교 작은 아이도 학교를 쉬게 되어 우린 또 하나의 모의에 들어갔다. 이날을 어찌하여야 가족들이 함께 아름다운 추억을 만들 수 있느냐는 것이다. 주일날은 함께 어느 곳에 가는데 시간 내기 어렵고, 평일에는 학교 간다고 하여 함께 여행 가기 어려운데 평일 날 쉬게 되어 가족들이 함께 나설 좋은 기회의 시간이다.

아내는 유감스럽게도 학원이 쉬지 않아 거기 마음을 모으기로 하고, 우린 아침 일찍 둘째 다니는 초등학교에서 투표하고 서둘러 연암 박지원이 금강산에 비견한 명산(名山)인 북한산에 다녀오거나, 남산이나 아니면 비원이나 창경궁을 가기로 했다.

아침을 일찍 먹고 사진기를 둘러메고, 길을 나서니 학교 담장에 웅크리고 있던 개나리꽃이 우리를 알아보고 일제히 소리를 지르는 것이 아닌가? 우리도 반갑기 그지없어 웃으며 손을 흔들어 답례했다. 투표를 마치고, 환하게 웃는 개나리가 우리랑 얼굴을 맞대고 싶어 하여 나란히 서서 방긋 웃으며 사진을 찍었다.

창경궁 봄나들이, 두 아들 명진이와 명인이

나와 큰아들과 둘째 아들은 서울 구경하는 길을 선택했다. 상록수역으로 전철을 타기 위해 갔다. 주택가 골목길에 있는 목련꽃이 만개하여 그 아름다움의 절정을 이루어, 자신을 오래도록 기억해 달라기에 카메라에 앞모습, 옆모습, 또 아래서 위로 찍으며 기억 속에 저장해 두었다. 이렇게 부담 없는 여행은 마음을 설레게 하고, 무슨 좋은 일이 일어날 것 같은 은근한 기대로 길을 잡았다.

북한산 가기엔 출발 시각이 너무 늦어서 우리는 남산 아니면 창경궁을 선택해야 했는데 남산은 전에 한 번 가 보았기 때문에 창경궁이 우리의 목적지가 되었다. 난 지난번 경복궁 서울 나들이 때, 아들이 배고프다며 힘들게 했던 일이 기억되어 단단히 준비하리라 마음먹었다.

종로 3가에서 내려 종묘를 지날 때 많은 노인이 길가에 서성이고, 또 여러 노인이 하릴없이 작은 도로공원 의자에 앉아 보내지 않아야 할 시간을 무료하게 보내고 있다. 몇 걸음 더 걸어가니 아침을 못 드시고 오신

노인들인지 길가에서 파는 떡을 사 드시고 있다. 아마 홀로 사는 노인들이 아닐까 하는 생각이 든다. 늙은 것도 서러운데 누가 챙겨 주는 사람 없이 사는 것이 얼마나 고단할까? 늙어도 서로 등을 기대고, 마음을 나누며 작은 말동무가 되어 줄 사람이 있는 것이 얼마나 행복할까?

두 아들과 창경궁 봄나들이

우리는 눈길을 끄는 그 떡 파는 수레 가까이 가니 여러 종류의 떡이 있는데 그중에 달콤한 팥고물이 들어 있는 바람떡이 눈에 들어와 삼천 원에 세 접시를 샀다. 집에서 약과도 몇 개 싸서 가지고 왔기에 이것으로 어느 정도 점심은 준비된 것으로 생각했다. 지난번 경복궁 갔을 때는 점심 시간대였는데 그 안에서는 매식할 수도 없어 쫄쫄 굶다가 오후 4시 넘어서야 나와서 점심을 먹을 수 있었다.

그때 작은 아이는 배고픔을 참지 못해 사람들이 지나가면 "형, 우리 점심 안 먹었지? 점심 먹어야 하는데 아직 안 먹었다." 하면서 지나는 사람들에게 배고프다는 것을 알리기라도 하듯 졸라댔다. 하지만 그 궁궐 안에서는 어쩔 수 없었다. 이번에는 안심이다. 가방에 떡 몇 개 사 넣었으니 때맞춰 하나씩 먹고, 후에 식당가서 맛있는 자장면으로 한 번 쏘면 될 것 아닌가? 창경궁 가는 길가의 가로수는 마치 검은 옷을 입고 있는 것처럼 나무 표면이 시커멓게 돼 있다. 창경궁 입구까지 이르자 높은 담장 넘어 벚꽃이 고개를 쏙 내밀어 우리에게 밝은 인사를 보내며 환영해 준다. 서울 시내의 자동차 매연으로 찌든 나무와는 달리 역시 궁궐 안의 꽃과 나무들은 옛 조선 왕조의 아름다움을 그대로 담고 있다. 하지만 옛 영화를 뒤로하고 한때 일본 제국주의자들의 발아래 있는 수욕을 겪었고, 더군다나 창경궁을 창경원으로 바꾸어 동물원이 되게 만든 치욕스러운 일을 잊을 수 없다.

어렸을 때 사랑하는 누나의 서울 초청으로 창경원에 왔을 때는 원숭이, 사자, 호랑이 보는 즐거움에 역사의 아픔은 기억조차 할 수도, 알 수도 없었다. 창경궁의 처음 이름은 수강궁이었다. 1418년 세종대왕이 왕위에 오르자 생존한 상왕인 태종을 편안히 모시기 위해 수강궁을 지었다. 그 후 여러 왕후를 모시기 위해 성종 15년(1484)에 명정전, 문정전, 통명전 등 궁궐을 크게 짓고, 창경궁이라 이름을 고쳤다. 1911년 일제가 궁내에 박물관을 설치하면서 동, 식물원을 포함하여 창경원이라 이름을 고쳐 그 격을 떨어뜨렸다. 우리가 힘을 잃고, 명성대로 그 이름을 지키지 못할 때 도리어 그 명성에 반하는 수치와 부끄러움을 후대도 함께 짊어져야 한다는 것을 느끼게 되었다.
하나님은 하나님의 백성들이 예루살렘 성전을 그 거룩한 이름대로 사용하지 않을 때, 성전은 바벨론 군대의 군마에 짓밟히고, 파괴되게 하신 하나님을 기억해 본다. 귀한 것을 귀하게 여기고, 거룩한 것을 거룩히 여길 때, 이 찬란하고 화창한 봄날의 꽃도 더 빛나고 아름다우리라.

오늘은 연못이 바라보이는 곳에서 떡과 음료수를 나눠서인지 아이들은 만족해하면서 한 달에 한 번씩 이런 시간을 갖자고 한다. 창경궁의 아름다운 매화꽃이 집으로 돌아가는 길 내내 우릴 따라왔다.

16. 푸르른 오월

오월은 푸르다. 꿈 많은 이들이 춤을 추며 꿈을 키워 가는 오월이다. 새 싹들이 있고, 꽃피어 활짝 웃음 웃는 가정이 있다. 세상의 풍성한 것이 없어도 행복한 마음, 사랑의 마음이 있으면 그곳이 낙원이다. 이 땅에서 하나님의 은혜가 머물고, 용서가 있고, 치유가 있고, 안식이 있는 곳 가정이다.

삼월의 꽃, 추위의 틈을 열고 새싹 나더니, 이내 꽃이 온 산하에 피고, 푸른 잎들이 장기자랑 하는 사월, 꽃들과 함께 어울려 멋지게 치장하더니, 5월 사랑의 달, 행복을 꿈꾸는 달이 되었다. 봄은 어디를 보아도 소망이 가득하고, 봄의 향연을 맛보는 사람은 모두 다 행복의 주인공이다. 새싹들의 힘찬 기운에 함께 힘이 솟고 세수를 한 것보다 더 곱고, 어느 여인의 볼보다 더 부드럽고 고운 꽃잎들이 울타리에, 앞마당에. 길가에 가득하니 어딜 가나 꽃동네요, 희망을 꿈꾸는 계절이 되었다.

푸른 하늘이 손짓하고 형형색색의 꽃들이 단장하였으니 어서 나오란다. 작은 가방을 둘러매고 길을 나선다. 안산 호수공원은 걸어가기에 멀어서 자전거에 몸을 실었다. 안산천을 건너는데 물이 빠져서인지 잉어가 몇 마리 보이지 않는다. 밀물 때는 잉어 떼들이 말 그대로 장관을 이룬다. 누가 빵을 던져 주어 기른 고기가 아니다. 자연산 잉어들이 시커멓게 몰려드는 것을 보노라면 가슴이 뛴다. 이 아름다운 광경에 생명의 신비감을 느낀다.

오늘은 학교마다 운동회가 열리나 보다. 안산천 옆에 있는 초등학교에서 운동회 하느라 아이들의 함성이 요란하다. '우리 편아 잘해라. 저쪽 편도 잘해라. 우리는 다 같은 대한민국 초등학교 어린이.' 어릴 적 학교 다닐 때 부르던 노래가 귓가에 쟁쟁하다. 요즘 아이들은 서로 경쟁하여 이기는 것에만 힘을 쓰고, 또 그렇게 부모들이 가르친다. 다른 이에게 뒤지는 것에는 참을성이 부족하다. 지고 이기고를 떠나서 상대방이 잘 되게 하고, 함께 이겨 기뻐할 수 있는 길을 가르쳐야겠다.

이기는 사람만이 박수를 받는다면, 진 사람에게는 좌절과 한숨 그리고 또 다른 미움이 싹틀 수 있다. 서로 배려하고 사랑하며, 높여 주고 기뻐하며, 감싸 주고 행복을 느끼게 하는 교육이어야 한다. 그런 꿈을 향해 달려가고 또 그렇게 새싹들이 자라고 꽃을 피울 수 있도록 물주도 가꾸어야겠다. 어린이를 이 땅에 보내신 창조주 하나님은 어린이들을 축복하신다. 복을 받은 어린이로, 또 복되게 하고, 복의 나라에 참여하도록 어린이는 이 땅에 태어났다.

호수공원에 가니 라일락 향기가 진동하여 코를 즐겁게 한다. 호수공원을 둘러싸는 라일락과 푸른 나무들이 오월의 호수공원을 찾는 이들에게 향기와 함께 하늘에서 내려온 호수 위의 평화를 마음껏 맛보게 한다. 벤치에 앉아 평화로운 호수의 노래에 흠뻑 젖어 들었다. 돌아오는 길에 튤립 꽃들이 환하게 웃으면서 멀리까지 전송해 준다.

점심 먹고 막내아들 운동회에 가 보니 폐회식을 하고 있다. 조금이라도 함께 하고 싶었는데 아쉽다. 오늘은 다른 때보다 빨리 끝나나 보다. 난 6학년 막내와 중3 아들이 철봉에 매달려 노는 것을 사진 속에 담았다. 아들들이 구김살 없이 저 푸른 하늘처럼 높은 꿈을 갖고, 저 아름다운 꽃처럼 선하고 아름다운 꿈을 꾸어 많은 사람의 즐거움이 되고 기쁨과 자랑으로 자라나길 소망한다.

17. 꿈꾸는 호수공원

봄은 새싹들만의 잔치가 아니다. 아침을 먹고 나니 저 봄바람이 나랑 함께 데이트가자며 손짓한다. 나는 눈으로 그러겠다고 인사를 건네고 옷을 차려입는다. 저 멀리 호수공원에서 불어온 봄바람은 내 작은 가슴 속까지 들어와 조용히 속삭인다. 함께 걷고 싶고 함께 봄의 정취를 얘기하잔다. 걸어가기에는 부담스러우니 내 애마, 자전거를 꺼내 들고 거리로 나섰다.

위아래 운동복차림으로 서서히 페달을 밟으니 아까 속삭이던 따스한 봄바람은 어디 가고 차가운 시내를 돌아 나온 봄바람이 내 귀를 약간 아프도록 때린다. 하늘은 파랗고 해님은 따사롭게 빛을 쏟아내는데 커다란 건물 그림자에는 아직도 봄을 제대로 맛보지 못한 바람들이 서로 어깨를 마주하고는 봄놀이 가는 사람들의 귓가를 스치고 지나며 자기들도 보아달라고 자꾸 뒤를 따라온다.

안 되겠다. 페달을 빠르게 밟아야 온몸에 따스한 기운이 돌겠지. 빨리 밟으면 밟을수록 게으른 봄바람이 내 온몸을 휘감고 돌아간다. 신호등 둘을 지나니 작은 도로공원에 마중 나온 이들이 환호한다. 작은 앞마당 만 한 철쭉꽃 무리가 두 개나 있다. 그 웃음소리가 어찌나 큰지 지나는 사람 모두 쳐다본다. 온통 얼굴이 연분홍빛으로 화장하여 가까이 가니 나도 저들처럼 분홍빛으로 하나가 된다. 그래도 저들의 얼굴은 부드러운 살결로 내 손을 잡아 주었다.

길을 나서기만 하면 이 찬란한 봄을 만질 수 있는 행복감으로 발길을 재촉한다. 또 신호등 하나를 건너가니 이제부터는 나를 유명한 배우 대우라도 하듯 붉은 카펫 대신 초록빛 융단을 길게 깔아 놓고 거기로 걸어오란다. 차마 그 곱고 귀여운 토끼풀들의 얼굴은 다치게 할 수 없어 잘 다듬어진 인도로 걸으며 계속 눈은 그들을 바라보고 흥겨워한다. 저 푸른 초원 위에 그림 같은 집을 짓고 싶은 꿈이 내게도 있다. 그 푸른 초원을 지나기만 해도 낙원의 동쪽에 있는 기분이다.

흐르는 세월 속에 봄 마중하는 발걸음 신이 난다. 신호등 따라 건널목 건너니 커다란 꿈의 교회가 하늘 높이 팔을 내밀고 있어, 보란 듯 지나는 사람들을 내려다본다. 그래, 봄이면 누구나 꿈을 꾸지. 파란색 꿈, 노란색 꿈, 붉고도 찬란한 꿈, 그 꿈들이 무더운 여름날에는 모두 익어 가겠지. 꿈만은 맛있게 익어 가겠지. 저 꿈의 교회는 무슨 꿈을 꾸고, 그 건물은 무슨 꿈을 품에 안고 있을까? 사람들이 한 번이라도 물어봐 주었을까? 봄날에 온갖 꽃들의 꿈을 터뜨려 준 저 하늘은 무슨 꿈을 꾸고 있을까? 꿈 많은 봄의 향연을 이미 지나온 세월, 나는 무슨 꿈을 꾸며 다시 만나는 봄의 행진에 발맞춤하고 있나?

안양천 너머에서는 5월 어린이날을 전후해서 열리는 봄 운동회를 위해 하늘 높이 소리치며 선생님의 구령 소리에 화답하고 있다. 저 애들도 꼭 꿈을 꿀 거야. 어린이날의 푸른 꿈을, 나는 어렸을 때는 앞으로 달리기만 하면 저 푸른 하늘로 날아갈 것 같았고, 어떤 장애물도 가로막지 못할 것으로 생각했다. 이 아름다운 봄날에는 누구라도 예쁜 꿈을 꾸리라.

꿈꾸는 자의 행복을 잠시 멈추고 더 길을 가니 안산천(安山川) 다리에 이른다. 이곳을 지날 때마다 그냥 스쳐 가지 않는다. 왜? 어떤 때는 숭어 떼가 춤을 추어 한없이 바라보게 된다. 오늘은 검푸른 등허리를 물

밖으로 드러낸 숭어 떼들이 요란한 소리를 내며, 다리 밑에 약간의 물턱을 만들어 놓은 곳을 뛰어넘어 오느라 애를 쓰고 있다.

두세 마리씩 물을 휘저으며 유영하는 모습에 입이 딱 벌어진다. 분명 저들도 봄날에 외출 나와 흥겨워 노래하고 있으리라. 마음속에선 손을 길게 뻗어 만져 보고 싶은 욕망이 올라온다. 눈으로는 이미 잉어 떼의 그 힘찬 기운을 맛보고 침을 흘린다. 언제든지 이 다리를 건널 때면 숭어 떼가 반겨 주기에 그냥 지나치는 때가 없다.

수백 미터 뻗어선 물가로 황새와 해오라기들이 군인처럼 양쪽에 일렬로 서 있다. 시냇물이 저들의 낚시터이기도 한데 오늘은 물가에 서서 바라만 본다. 밀물 때라 물이 깊어서 인지 물가 둑으로 나와 빤히 쳐다보고 있다. 밀려오는 물은 사열이라도 하듯 유유히, 당당하게 걸어간다. 숭어 떼들은 황새와 해오라기 떼들을 아랑곳하지 않고 물 틈에 끼어서 신나게 앞으로 달려가고 있다.

이 천을 따라 튤립 꽃이 산책 나온 모든 사람에게 인사를 건넨다. 분홍색 튤립, 하얀 튤립, 진한 튤립, 붉은 치마에 끝단은 하얀색으로 두른 튤립도 있다. 산책길을 따라 오백여 미터의 거리에 튤립 꽃으로 채워진 길을 따라 즐기며 천천히 꽃들의 인사를 받았다.

호수가 맑아졌다. 지난겨울에는 물이 조금 고여 있어 냄새도 나고 물이 끼도 덩어리 되어 이리저리 떠다녔는데 오늘은 맑은 하늘을 담아내고 있다. 하늘은 드높기만 하고 파란 하늘은 반가움에 파란색 물감을 연시 호수 속으로 쏟아내고 있다. 운동장 몇 개를 합해 놓은 것만큼 드넓은 호수는 내 고향과도 같이 편안하다. 은근한 봄바람이 잔물결을 일으키니 호숫물이 아름다운 노래로 화답하며 잔물결을 일으킨다. 물가의 풀들은 간지러운 듯 연신 꼬무락꼬무락 이리저리 춤추듯 흔들어댄다.

공원 안으로 들어서니 맨 먼저 라일락 향기가 두 팔을 벌리고 맞아준다. 호수공원에는 작은 동산도 있고, 커다란 소나무와 잣나무 또 아카시아도 있고, 오동나무도 있다. 한꺼번에 다 걷기에는 너무 힘들어 자꾸 쉬어 가라고, 여러 곳에 의자도 있다. 모두가 잔디여서 어디서도 쉼터가 된다. 길은 걷기 운동하는 사람들을 위해 보드라운 재질로 만들어져 있어서 걸어가면 약간의 쿠션을 느끼게 한다. 새봄 맞아 어디선가 옮겨온 나무들은 생존을 위해 몸부림하듯 새싹들을 내고 있다.

호수를 한 바퀴 돌아 산책길로 가니 새로 단장한 커다란 돌덩이들이 서 있다. 가까이 다가가니 커다란 돌덩이마다 시(詩)가 하나씩 적혀 있다. 하나하나 읽어 가는데 〈그날이 오면〉 심훈 님의 시에 서게 되었다. 그런데 그 시를 다 읽어 가는데 가슴이 뜨거워진다. 너와 내가 함께 뜨거운 가슴 안고 그렇게 기뻐 울음 울 수 있을까?

그날이 오면 자신의 살가죽을 벗겨 북이라도 만들어 그 북을 두들기며 기뻐하겠단다. 그에게 그날이 무엇이었기에…. 광복이었을까? 기쁨에 겨워할 그 날을 봄날을 가는 우리도 꾸고 있으리라.

돌아오는 길을 잡으니 안산천의 물은 여전히 밀물에 있나 보다. 두려워 감히 물속으로 뛰어들지 못하는데 용감하게 황새 한 마리가 주린 배 참기 어려워서인지 몸을 물 가운데 던지고 두 발을 낚싯밥 삼아 찬찬히 기다리고 있다. 이 천(川)에는 숭어 떼, 잉어들이 물이 깨끗해지자 떼로 몰려온다. 다른 황새, 두루미들이 놀란 듯 그저 바라만 본다.

호수공원 끝자락에 서 있는 라일락 향기가 자꾸 나를 불러 가까이 오란다. 최고의 향기가 부르는데 그냥 갈 수 없어서 다가가니, 기어이 자기 품에 안고는 비벼대고 만다. 그리고 그 보랏빛 얼굴을 살며시 내 얼굴에 대고는 코를 킁킁댄다. 이에 나는 그 향에 취해서 아무 말이 없다.

그저 행복에 겨워할 뿐이다. 그도 내가 좋은지 아무 말 없이 진한 향기만을 뿜어낸다.

다시 오던 다리를 이제 위쪽으로 건너오는데 팔뚝만 한 잉어들이 떼 지어 노니는데 장난을 치는지 숨바꼭질하는지 이리저리 왔다 갔다 한다. 자전거를 다리 난간에 대고 자세히 살피니 사랑싸움하는 것도 같고, 사랑의 열매 풀숲에 뿌리는 작업을 하느라 요란한 듯 보이기도 하다. 물이 깊지 않아 그들의 거무스름한 등허리가 다 보이고 가끔 알몸까지 다 드러내는 데도 누가 훔쳐보는지 아랑곳하지 않고, 자기들만의 사랑을 만끽하고 있다. 이 안산천 길게 난 둑을 따라 풀을 뜯는 아낙네가 보인다. 바로 옆자리에서 누구나 들을 수 있는 잉어 떼들의 요란한 사랑놀이에도 아랑곳하지 않고, 봄의 정원에서 봄나물을 따는 여인네의 손길이 바쁘다. 파란 하늘 아래 라일락 꽃향기를 토하고, 제철인 듯 잉어 떼들 사랑놀이에 시간 가는 줄 모르는데 봄날의 꿈이 익어 가는 날에 나의 발길을 재촉해 본다.

* 2009년 4월 28일 호수공원 다녀와서

18. 닳은 신발

무더운 여름날을 느끼기에, 충분한 날씨다. 그냥 길을 걷기에는 좀 부담스럽다. 하지만 호수공원 가는 길에는 더위를 느끼기보다는 유월의 붉은 장미가 아파트 울타리에 백만 송이, 어느 초등학교, 중학교 울타리에 백만 송이 넘는 장미꽃 송이가 길에 나와 반겨 준다. 그저 입이 딱 벌어진다. 얼굴은 방긋, 가슴에는 기쁨과 평화가 가득하다.

멀리서 보아도 황홀하고, 가까이 다가가 보아도 연인의 품에 가까이 다가가듯 황홀하고 기분이 좋아진다. 어찌 말로 이 기분을 다 표현할까? 여전히 작은 강물에는 잉어 때가 시원스레 수영하고, 백로, 황새는 먹이를 찾아 노닐고, 갈대밭 물떼새는 깨글깨글, 깔깔 꿀꿀 깰깰, 예쁜 소리 요란하다. 아마도 '나 잡아 봐라' 술래잡기 하나 보다. 가을이 오기 전에 짝을 찾아 번식하여야 자신들의 본분을 다하겠지.

호숫가 벤치에서 잠잠히 푸른 하늘을 보노라면 평화로운 기운이 잔잔한 물결에 내려앉는다. 난 물 위에 뿌려 놓은 노란 연꽃에서 행복을 줍는다. 어느 곳이든지 평화로운 기운을 갖지 않고는 눈길 둘 곳을 찾을 수 없다. 하나님이 주신 자연의 아름다움을 만끽하며 집으로 가는 길에 자전거 페달 밟는다.

어느 중학교 근처 건널목에서 신호를 기다리며 서 있는데 한 땡땡 요구르트 아줌마가 옆에 서 있다. 요즘에는 전기로 바퀴가 굴러가게 장치가 되어 있어 조금은 무거운 수레를 끄는데, 힘을 덜어 주겠다고 생각했다. 그가 서 있는 모습에 눈길이 가서 보는데, 다리가 아픈지 한 발을 다른 발에 기대고 신발을 세우고 있다. 그런데 그 운동화 뒷굽이 많이 닳아 있다. 삶의 멍에를 지고 높고 낮은 길을 얼마나 많이 끌고 다녔을까? 뭔가 모를 진한 감동이 몰려 왔다.

아마도 사랑하는 가족들, 어린 자녀들을 집에 두고 이렇게 매일 나와 수고 하리라. 아이들하고 놀며 맛있는 것도 만들어 주고 싶겠지. 학교 갔다 올 때 아이들에게는 엄마가 얼마나 큰 선물인가. 그런데 오늘도 그 아쉬운 마음을 가슴에 안고, 더 나은 삶을 위해 오늘의 수고를 감내하고 있으리라. 난, 이 생각에 미치자 살짝 그 아주머니의 얼굴을 살피며 길을 건넜다.

나는 물건을 너무 아껴 써서 탈이다. 운동화를 신다 보면 신발 바닥과 접착 부분이 잘 떨어지는데 그냥 버리는 법이 없다. 접착제를 발라 약간 마른 다음에 붙여서 5kg 되는 아령으로 밤새 눌러 놓아 새 신처럼 고쳐 신는다. 실내화는 바닥과 접착 부분이 잘 떨어진다. 그것을 접착제로 붙이고 두꺼운 실로 어렵게 꿰매어 신는다. 참 보람이 있다고 생각하면서도 너무 힘이 든다. 시간이 오래 걸려서 어떤 땐, 그 일을 하고 나서 후회한다. 그냥 버리고 새로 사서 신으면 편하고 좋을 텐데, 시간을 아껴 책을 보면 좋을 텐데 하며 자책해 본다.

그런데도 내 품에? 들어온 것을 조금 못 쓰게 되었다고 쉽게 버릴 수 있으랴! 그냥 버리기엔 너무 아깝고 그 물건에도 미안해서 버릴 수 없다. 쉽게 버리면 내가 그 물건을 내 이기심으로 배신하는 생각도 든다. 정붙일 시간도 가져야지. 사람과 사귐에서도 한 번 사귀면 깊이 오래 사귀고 싶은 게 내 마음이다. 벗이 조금 어렵거나 잘못되거나 부족하다 하여 멀리하는 것은 양심이 허락지 않는다. 차라리 그가 잘되어 내가 짐이 된다면 그가 버리기 전에 내가 헌 신발처럼 자청해서 멀리 떠나겠다.

오늘도 사람들은 자신을 가장 낮은 자리에서 안전하게 받쳐 주는 신발의 고마움을 잊은 채 저마다 멋진 신발을 신고 자신의 이력서를 쓰고 있으리라.

19. 한밤중의 전화벨 소리

장맛비가 주룩주룩 내리다가 뚝 그쳐서 언제 그랬냐며 살짝 하늘마저 파란 얼굴을 내밀어 방긋 웃어 준다. 파란 하늘은 가을 하늘만이 아니다. 여름날에 소나기 후 하늘은 더욱 파랗고 뭉게구름은 더욱 희다. 남녘에는 이번 주 내내 비가 오나 보다. 이곳 안산에도 곧 비가 오려는지 온 하늘을 구름이 다 가려 놓고 이제 비 와도 좋다는 듯 잔뜩 긴장하고 있다.

지난주에는 처제가 우리 집에 전화하여 아내와 통화했다. 내용인즉 장모님께서 기운이 점점 떨어지고 몸이 아파서 서서히 삶을 정리한다는 것이다. 필요 없는 것은 태우고, 혹시 돈 빌린 것은 없나 확인하고, 보고 싶은 얼굴도 불러낸다고 했다. 하루쯤 지나 아내가 없을 때 나와 통화했는데 목소리에 아무 기운이 없다. 때가 가까이 온 것을 직감할 수 있었다. 평소에는 노인네가 목소리 쩌렁쩌렁하고 생기가 넘쳤는데 이번에는 전혀 다른 모습이다. 그래도 여전히 안동 장모님이 말씀하시는 경상도 방언은 잘 알아들을 수가 없다.

오후에 아내가 장모님께 전화를 건다. "모친!" 하는 아내의 목소리가 금방 눈물 섞인 목소리로 변한다. 엉엉 울면서 돌아가실 때가 가까이 온 장모님의 목소리를 들으면서 오랜만에 그리운 정을 나눈다. 저쪽 예배실에 가서 뭐라고, 뭐라고 대화를 나눈다. 심상치 않은 분위기다. 저녁 때라도 당장 안동 장모님 댁에 내려가든지 마음 준비를 해야 했다.

그런데 장모님이 다른 사람은 모두 불러, 보고 싶은 정을 모두 해소하시면서도 우리 집은 교회 하느라 바쁘고, 어려우니 내려오라는 말씀은 안 하셨단다. 아이들 기말고사라도 끝나면 한 번 내려가 봬야지 하는데 며칠 지나서 장모님 전화를 받았다. 이번에는 생기가 철철까지는 아니어도 아직은 그때가 아니구나 하는 것을 직감할 수 있었다. 병원에 가서 진단받은 결과 돌아가실 병은 아니고 치료받으셨는데 많이 좋아져서 거의 평소에 목소리를 되찾았다. 얼마나 다행인지 모른다. 언제나 자녀 손자들을 위해 기도하고 남선교회 새벽 종소리를 울리는 분이다.

오늘 새벽 2시 반쯤인지 휴대전화기 벨 소리가 요란하여 자다가 깜짝 놀라 보니 휴대전화에 어머니 글자가 또 있다. 무슨 일일이? 놀란 가슴에 휴대전화를 들고 말을 하려는데 자다가 깨서인지 말도 잘 나오지 않는다.

"네, 어머니 무슨 일이세요?" 하니 숨 가쁜 목소리로 "가슴이 찢어질 듯 아파서 죽것시야!" 하신다. 고향 함평군 학교면 사거리에 홀로 사시는데 안타깝게도 당장 내려갈 수도 없고, 처리할 방법이 없다. 가슴이 찢어지고 터질 듯이 아픈 데도 어찌 달리 손을 쓸 수도, 병원에 모시고 갈 수도 없다. 연세가 여든둘이 되신다. 장모님보다 두 살 더 많다.

평생 고생을 등에 짐처럼 지고 다녀서 성한 데가 별로 없고 온통 아픈 데뿐이다. 불쌍한 우리 어머니. 칠 남매를 온갖 수고와 눈물로 모두 가난한 살림에서 배 굶기지 않으시랴, 장사해서 학교 납부금 내시느라, 말 그대로 손발이 다 닳도록 고생만 하셨다. 아직도 자식들이 모두 잘되고 형통하기를 새벽마다 눈물로 하늘의 하나님께 기도하고 계신다. 그런데 때가 점점 가까이 오는 것을 느끼지만 평소에 목소리가 좋은 편이다.

당장 내가 내려갈 수 없어 119에서 그 새벽에 시골집에 와서 우리 자식들 대신하여 읍내 병원에 입원시켰다. 아침에 병원으로 전화해서 물으니 주사 맞고 링거 맞으며 주무신단다. 여주 셋째 형이 우리 집으로 어머니 모셔 오려고 아침에 내려갔다. "인생이 칠십이요 강건하면 팔십이라도 그 연수의 자랑은 수고와 슬픔뿐이요, 신속히 가니 다 날아가나이다."(시편 90편) 했다. 하나님의 사람 모세는 "우리에게 우리 날 계수함을 가르치사 하나님을 경외하는 지혜의 마음을 얻게 하소서."라고 기도했다.

우리는 아무리 청춘의 때가 있고, 영웅호걸이라 해도 연약한 육신을 가진 인생이다. 우리 육신은 땅으로 돌아가고 영혼은 하나님 앞에 서야 한다. 영원한 평화와 사랑의 나라로 초대하신 하나님의 부르심을 따라가는 두 분 어머니에게, 늘그막에 이제 육신의 고통에서 벗어나기를, 평화로운 가운데 자녀 손들이 믿음으로 하나가 되길, 그들이 잘 되고 형통한 것을 보게 되길 기도한다. 한밤중 전화 받고 당장 내가 어찌할 수 없어서 하나님의 도움을 구하며 이 마음을 하나님께 전했다.

20. 택배 왔던 날

어느 날 택배가 왔다. 열어 보니 어머니께서 보내 주신 여름용 얇은 이불 두 개와 침대에 까는 이불 하나였다. 전화하여 왜 이런 걸 보냈느냐고 어머니께 물으니 '내가 죽으면 이런 이불 안 갖다 덮을 것 아니냐'며 미리 보내신다는 것이다. 새 이불은 아니지만 난 감사하게 받았다. 우리 집에 이불이 없는 것도 아니다. 하지만 어머님의 마음을 받아 그 정과 사랑을 마음에 간직하고 싶어서 그 뜻을 받아들였다. 큰형은 그런 어머니의 행동을 이상하게 생각했으나 나는 어머니께서 삶을 정리해 가시는구나 하는 안타까움과 또 한편으로는 누구나 한 번 가야 하는 길에 대해 담담히 수용했다.

어머니는 나그네 된 인생길에서 영원한 본향인 저 천국을 소망하는 가운데 자신의 삶을 조금씩 마무리하시는 것 같았다. 이불을 펼쳐 보니 늙으셨지만 정겨운 어머니의 체취인 어머니의 사랑과 정을 가슴 깊이 느낄 수 있었다. 이제는 섬김을 받아야 마땅한 연세이지만 뭐라도 자식들에게 줘야 마음이 편하신 어머니의 마음에 내 마음이 아려 왔다.

얼마 전에 어머니께서 주무시다가 가슴 통증으로 고통을 견디기 힘들어 이른 새벽녘에 전화하신 적이 있는데 그 후로 몸이 정상이 아니셨다. 정신이 혼미하여 여주에서 내려간 형을 보고도 '선생님은 누구세요?'라고 묻기도 하고 정신이 깜빡깜빡하여 치매 증세가 심하게 나타나고, 악몽에 시달리고, 환청도 있고, 앞에 아무것도 없는데 마치 사람이 있는 것처럼 얘기도 하셨단다. 그런 셋째 형님이 고향에 내려가서 어머님을 모시고 왔다. 어머니를 위해 요강도 시골에서 가져오고 기저귀도 가져왔다. 마음에 덜컹하는 생각도 있었지만, 어차피 한 번은 겪어야 할 과정인데 성심으로 어머니를 잘 살펴 드리고 병원에 모시고 가서 잘 치료될 수 있도록 최선을 다해야겠다는 생각을 했다.

한편 어머니 당신은 얼마나 힘드실까? 생각해 본다. 어여쁜 젊은 시절, 건강한 몸 다 어디 가고 이제 병든 노구 이끌고 아들의 집에 기대어 치료받으러 오신 그 마음이 얼마나 안됐는지 그 마음을 위로해 드리고 싶었다.

♤ 둘째 꽃: 어머니와 함께 하는 행복

(2009~2014년)

21. 어머니와 함께 하는 행복

난 십칠 세의 어린 나이에 사랑하는 부모와 정든 집을 떠나, 낯설고 물선 타향 서울에서 생활했다. 그것도 공부하러 온 것이 아니고 가난 때문에 고등학교에 진학하지 못해서 서울에 오게 되었다. 공부를 계속하고 싶어서 새벽 4시에 일어나 책과 씨름하고, 당시에 국비로 배울 수 있는 철도고등학교에 들어가기 위해 열심히 공부했으나 중학교 졸업도 채 하지 못하고, 원치 않게 부모님 사랑을 멀리하고 타향에 와서 공장 생활을 하게 되었다.

그런데 공장에서 일하다가 교복을 입고 학교 가는 고등학생들을 보면 그렇게 부러울 수가 없었다. 그 서러운 마음은 겪어 보지 않은 사람은 모를 것이다. 남몰래 눈물도 흘렸으나 체념할 수밖에 없었다. 공장에서 번 돈으로 어린 동생들 학비에 조금이나마 보태고, 자취하느라 방세 내고, 아침저녁 밥해 먹고, 수제비 끓여 먹으면 그것으로 만족해야 했다.

그래서 공장에서 일하면서 고향이 그립고 부모 형제가 그리우면 창 너머 먼 하늘을 바라보기도 하고, 야간작업할 때는 '고향이 그리워도 못 가는 신세 저~ 하늘, 저 산 아래 아늑한 천~리… 내 부모 내 형제는 그 언제나 만~ 나리' 유행가가 내 가슴을 얼마나 달래 주었는지 모른다.

부모가 해 주는 따뜻한 밥에, 좋은 옷 입고 그 그늘에 뛰놀고 공부하는 것이 참 행복한 일인데 그렇지 못했다. 고향에 있을 때도 산에 나무하러 다니고, 농번기 때는 남의 집에 일하러 다니면서 학비에 조금이라도 보탬이 되기 위해 허리가 아프도록 일했다. 하지만 이제는 내가 부모님께 뭘 받는 것이 아니라 해 드리는 기쁨을 누리고 싶다. 이미 대학교 입학하기 전(前)해에 아버지가 돌아가셨고 늙으신 어머니만 살아 계신다. 사랑과 정이 많으신 어머니가 이제 몸을 마음대로 가누지 못하고 정신도 희미해져서 우리 집으로 오셨다. 참 안타깝고 안쓰러운 일이다. 하지만 한편으로 감사하다. 늙고 병든 어머니지만 우리 집에 모시고 병원에 치료받게 할 수 있어서 하늘의 하나님께 감사한 마음으로 기도드렸다.

여주 형님이 어머니를 안산 우리 집으로 모시고 왔을 때, 요강도 챙겨 오고 기저귀도 가지고 왔을 때 마음이 너무 아팠다. 어쩌면 저렇게 되어야 할까? 늙기도 서러운데 몸까지 맘대로 못 쓰니 얼마나 어머니께서 불편하실까? 거기에 다가 치매 증세도 있어서 바로 전에 하신 일도 까먹고 기억지 못하신다. 걸음도 제대로 걷지 못하고 기운도 없다.
참 좋으신 어머니, 어릴 때 맛있는 반찬, 맛있는 참외랑 수박이랑 사 주신 어머니, 밤고구마, 물고구마도 맛있게 쪄 주셨던 어머니가 저렇게 망가지게 된다니 마음이 아프다. 단 하루도 지체할 수 없어서 천 리 길을 오셨지만, 어머니 모시고 일단 신경외과에 아는 선생님께 치매 증세라도 진단받게 하려고 수원에 있는 병원으로 찾아갔다.

의사에게 가서 '가슴이 찢어질 듯 아프고 쓰러져서 119에 의해 병원에 긴급히 후송된 일'을 얘기하니 그 담당 의사는 '치매 증세는 이 심장 증세에 비하면 먼 산의 불구경하는 것과 같다.'라면서 일 초를 다투어 심장병 검사를 하고 속히 치료를 받으라고 권한다. 그러면서 아주대병원 심장 전문의를 소개하면서 소견서를 써 주고, 그 병원 의사에게 전화하여 예약까지 해 주겠다고 하셨다. 감사한 마음을 전하고 어머니 모시고 집에 왔다. 다음 날 수요일 아침에 전화를 받으니 금요일 정오에 심장병 시술에 가장 잘 보는 의사에게 진료 예약이 잡혔다고 연락이 왔다. 그 의사에게 시술받으려면 3개월은 기다려야 한다는데 참 잘되었다.

우리는 금요일 진료를 기다리며 어머니에게 정성껏 음식도 해 드리려고 애를 썼다. 하지만 어머니는 치아가 별로 없어 식사를 제대로 못해서 서울 둘째 형이 사 온 잣죽, 팥죽, 호박죽과 함께 드시도록 도와드렸다. 조금만 건강해도 아주 부지런하고 씩씩한 어머니신데 저렇게 되었다. 그래도 죽이라도 드시고 힘을 내니 다행스럽다. 비록 아프지만, 어머니와 한 상에 둘러앉아 식사하니 행복한 마음 금할 길 없다.

22. 병원에서 첫날

오랫동안 어머니와 떨어져서 생활한 나는 어머니와 우리 집에 함께 있는 시간이 정말 행복하고 즐겁다. 육신이 약하고 병들어 안타까운 마음이 있지만, 잠시나마 모시고 같이 숨 쉬고, 같이 한 밥상에서 밥 먹고 한 방에서 자는 것도 행복하다. 금요일 진료시간이 다가오니 어머니는 전날 목욕을 하신다.

무슨 일이든 시간을 잡아놓으면 빨리 다가오는데 어머니는 어찌나 서둘러 준비하시는지 조금 천천히 해도 될 것을 하며 마음에 생각해 본다. 이번 병원에 가서 진단받고 수술해야 할 것 같으면 수술 잘해서 완전히 나아 남은 생애 동안 육신이 건강하고 평안과 기쁨을 누렸으면 좋겠다.

수원에 있는 병원에 서둘러 갔다. 대형병원이라 그런지 접수하고 또 특진 요금까지 내라고 하여 내고, 어머니 모시고 3층 순환기내과 진료실 앞으로 갔다. 이미 날짜와 시간이 예약되어 있었기 때문에 정오에 맞추어 기다렸다. 소견서와 증세를 들어보더니 담당 의사는 입원하라고 한다. 병실이 없다고 간호사가 말하니 응급실에라도 입원시키라고 했다. 어머니는 걷기도 불편해서 휠체어를 빌려 거기 태우고 1층 응급실로 갔다. 피 검사도 몇 번 하고 소변검사, 혈압측정도 하고, 엑스레이 찍고 응급실에서 기다렸다.

응급실에서 입원 첫날은 내가 밤에 간호 담당하기로 했다. 집사람은 아이들 식사도 해 줘야 하니까 집에 갔다. 응급실에는 이런저런 병을 가진 사람들이 끊이지 않게 들어오고, 신음도 나고, 간호하는 보호자들도 애를 태운다.

난 병원에 단둘이 어머니와 함께 있는 것도 좋다. 화장실 갈 때는 링거 받침대 끌고 어머니 모시고 여자 화장실까지 들어갔다. 일을 보고 나서 다시 침대로 모시고 천천히 걸어갔다.

밤이 깊어 간다. 작은 소지품은 침대 끝 선반에 두고 개인용 의자에 앉아 조금씩 잠을 청했다. 평소에 오래 서 있는 것이 불편한 나는 의자에 앉아 잠자기가 어려웠다. 그래서 침대 옆에 개인용 의자를 나란히 하고 누워 보았다. 손잡이가 있어서 바로 누울 수도 없다. 구부려 억지로 누워서 잠을 청해 보았지만 잠을 잘 수 없다. 선잠 자다 다시 일어나 링거 남은 양 확인하고, 어머니 불편한 것 없는지 살피고, 새벽이 오기 전 응급실 로비에 가서 TV 시청도 하다가 졸다가 다시 와서 어머니를 살폈다. 그러다가 어느새 아침이 밝아 왔다.

그런데 심장 내 혈관검사 하는데 월요일 9시에 검사하고 이상 있으면 바로 수술 들어간다고 했다. 그러기 위해서 주일 밤 8시까지 병원 12층에 와서 시술설명을 듣고 서명하라고 했다.

그래서 우리 둘째 형부터 셋째 형, 넷째 나, 막냇동생 부부들 모두 병원에 모였다. 당일 우리 모두 모였고, 시술에 대한 설명과 위험성도 다 듣고, 내가 보호자로서 서명란에 사인했다.

어렸을 때 어머니와 아버지께서 보호자로 우리의 아픔과 배고픔을 채워 주고 보살펴 주셨을 텐데 이제는 처지가 바뀌어서 기분이 묘했으나 난 어머니를 섬길 수 있어서 좋고, 감사했다.

23. 어머니 가슴에 심장박동기

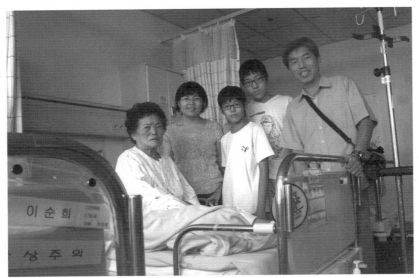
아주대학병원에서 심장박동기 시술

어머니는 다행히 병실이 생겨 응급실에서 11층 12호실로 옮겼다. 그곳에는 보호자용 기다란 의자가 있어서 피곤하면 누울 수도 있고, 밤에는 간이침대로도 쓴다. 토요일에 서울의 둘째 형이 왔다. 형수님은 피곤한지 형 혼자 왔다. 다음 날 어머니가 음식을 잘 못 드시니까 형은 잣죽, 호박죽, 채소죽 몇 가지를 섞어서 사 왔다.

우리 부부는 형이 밤에 간호한다기에 맡기고 주일 예배를 위해 안산으로 왔다. 형은 밤에 잠자리가 조금은 편하게 되어 다행이다. 어머니는 아침 금식하고 시술실로 내려갔다. 여주 형수와 난 기도하는 마음으로 심장 내 관상동맥검사 하는 것을 밖에서 지켜보았다. 다행히 관상동맥이 크게 막히지 않아 20분이 채 되지 않아 검사가 끝났다. 참으로 다행이다. 약물로 치료할 만큼 작게 막혔다고 했다.

저녁 5시경에 생활력이 강하고 억척스럽게 살아가는 막내 여동생이 익산에서 올라왔다. 어머니가 아파서 병원에서 만나지만 우리는 반가웠다. 집안에 일이 있을 때 어려운 일을 서로 돌아보고 나누어 짐 지니 좋았다.

오늘 밤은 막내 여동생과 여주 형수님이 어머니 간호하며 밤을 지새우기로 했다. 우리는 평소에 소화도 잘 안되고 흩트림도 많이 하시는 어머니를 위해 내시경 검사도 받아 보기로 했다. 화요일 오전에 검사하니 다행히 식도역류증만 발견되어 약물로 치료 가능하다고 했다.

그런데 심전도 검사를 받아 본 결과 어머니는 보통사람이 스무 번 뛰면 그중에 다섯 번을 뛰지 않는다고 검사결과가 나왔다. 이것은 매우 심각한 것이라고 하며 그대로 두면 그전과 같이 심장에 엄청난 고통을 느끼고 쓰러져 그대로 돌아가실 수 있다고 했다. 그러니 인공심장 박동기를 몸에 수술로 부착해야만 한다고 했다. 이 기계는 심장과 연결하여 심장이 멈출 때 자동으로 감지하여 심장을 뛰도록 도와준다는 것이다.

무엇을 망설이겠는가? 그렇게 심장박동기를 몸에 심는 수술을 하겠다고 쾌히 대답했다. 병원비가 얼마 나오는 게 문제인가? 어머니가 건강하고 편히 지낼 수 있고, 살아 계신 것만으로도 얼마나 감사하고 행복한 일인가? 병원비는 우리 오 형제가 나누어 내기로 했다. 중간에 비용 들어가는 것은 내가 카드로 결제하고 나중에 그것을 분담하기로 했다. 화요일 밤은 아내가 간호 담당하고, 수요일 밤에는 제수씨가 담당했다. 여러 형제간에 서로 나누어 간호하고 돌보니 참 좋다.

지난 토요일에는 서울 이모와 이모부도 다녀가시고 주일에는 성남 외삼촌과 외숙모도 다녀가셨다. 어머니는 반가우면서도 그것도 빚으로 생각하셨다. 수요일에는 어머니께서 왜 빨리 퇴원 안 하느냐며 야단이셨다. 이대로 살다 죽으면 되지, 돈 들여 수술해서 오래 살면 무엇 하느냐고 채근이시다.

목요일 오전 9시 40분에 어머니에게 인공심장 박동기 부착 수술이 성공적으로 끝났다. 어머니는 자꾸 수술 부위가 아프다고 하신다. 왼쪽 가슴에 생살을 찢어서 그곳에 오백 원 동전만 한 크기의 심장박동기를 넣었으니 어찌 안 아프랴.

그래도 이제는 안심이다. 그거야 살이 잘 아물면 되고, 심장이 갑자기 멈추는 일이 없을 것이기 때문이다. 기계는 2, 4, 6, 8개월째마다 계속 점검하도록 병원에서 연락한다고 했다. 7월 31일 금요일 아침까지는 침대에서 내려오면 안 되고 왼팔을 위로 올려서도 안 된다고 한다. 그동안 대소변을 침대에서 받아 내야만 했다.

난 매일 집에서 병원에 갔다가 집에 가서 자고 또 병원으로 왔다. 8월 1일 토요일 낮에 퇴원해도 된단다. 나는 금요일 낮에 어머니 모시고 아주대병원 앞 정원에 휠체어로 내려갔다. 하늘은 푸르고 태양은 내리쬔다. 하지만 나무 그늘의 바람은 우리 모두에게 시원한 마음을 갖게 했다. 어머니와 우리 가족은 사진도 몇 장 찍었다.

아주대학병원에서 심장박동기 시술하고 퇴원하면서

"어머니 내일 퇴원합니다. 이제 몸조리만 잘하면 돼요. 아무 걱정하지
마세요."

온 형제들이 교대로 간호하고 밤 근무? 도 잘 서서 어머니 수술과 치료
도 잘 끝났다. 먼저 모든 것을 도우신 하나님께 감사드리고 형제들도
고맙고 수고 많았다. 퇴원 절차를 마치고 안산 집으로 오려는데 전에
보리밥 뷔페식당을 들른 적이 있는데 그곳에 가서 점심 먹고 가자고 어
머니께서 제안하신다.

"와우! 좋죠. 가시죠.", "어머니 덕분에 맛있는 뷔페식 먹겠네요."

어머니는 호박죽만 드셨지만 감사하다. 수고한 아내도, 제수씨도 함께
식사해서 좋았다. 감사와 행복을 실은 차는 어머니를 모시고 안산(安
山) 집으로 향했다.

24. 드디어 고향으로

어머니 병원비가 꽤 많이 나왔지만, 의료보험 혜택을 보고, 또 5형제들이 나눠서 감당하기로 하고 카드로 결제했다. 지루하게만 여겨 어서 집에 가자며 병원 짐을 싸시던 어머님이 퇴원하시니 훨씬 마음이 가볍다. 더구나 인공심장 박동기를 몸에 부착하는 수술도 잘되고, 기계도 잘 작동되니 안심이 된다. 열흘 후에 다시 병원에 가서 수술이 잘되고 작동도 잘되는지, 수술자리 염증은 생기지 않았는지 검사받아야 한다.

팔월 초에 춘천 외삼촌 부부께서 어머니 퇴원하셨다는 소식을 듣고, 한걸음에 달려오셔서 어머니를 반가이 만나 위로하신다. 이제는 모두 머리에 서리가 내려 인생의 황혼 길을 달려가고 있다. 2~3년 전 외삼촌의 서른이 넘는 딸이 결혼도 하기 전 몹쓸 암에 걸려 서울대병원에서 몇 년간 치료받으며 집 한 채 값 병원비로 날리고, 결국 세상을 떠나고 말았다.

병원에 있을 때 우리 형제들이 찾아가 위로하고 함께 기도도 했다. 사진 찍어 와 전해 주지 못했는데 시골에서 딸의 사진을 받아 본 외삼촌은 눈물을 흘렸다고 했다. 나머지 사진을 드리니 외삼촌은 딸의 사진을 보지도 않으신다. 얼마나 마음이 쓰릴까? 참 예뻤었는데….

그래도 외삼촌 부부 모두 건강해 보여서 감사했다. 외숙모는 매일 산에 다니고, 외삼촌은 70이 넘었는데 퇴직 후 놀면 뭐하겠느냐며 경비 근무하면서 그 학교에서 운동장을 열다섯 바퀴씩 돌며 건강을 유지하신단다. 어머니와 외삼촌은 반가운 만남을 뒤로하고 춘천으로 서둘러 돌아가셨다. 어머니는 넓은 차도까지 따라와 계속 손을 흔드신다. 난 전철

역까지 모셔다드리며 고마운 마음을 표했다.

어머니는 도시 생활을 잘 못 하신다. 몸이 아픈 것도 있지만 도시는 어디 마음대로 갈 곳도 없고, 또 계단을 내려가야 하니 집 안에 갇힌 듯 힘들어하신다. 그래서 어머니 모시고 여주 셋째 형 집으로 모시고 갔다. 잠시 바람도 쐬고 또 형 집에서 추억도 쌓고 좋은 공기 마시며 즐겁게 지내시도록 모시고 갔다.

한 이틀 지나서 여주에서 전화가 왔다. 어머니 상태가 더 안 좋아진다고 했다. 정신도 흐리고 몸의 기능이 떨어져 용변 보는 것도 원활하지 못하다고 했다. 그래서 토요일 아침에 다시 어머니 모시려 여주로 향했다. 어머니와 함께하는 시간은 어린아이처럼 즐겁다.

어머니 모시고 다시 안산 우리 집으로 오는데 전화가 왔다. 서울 이모님 부부께서 안산에 오신단다. 서울 이모는 어머니 여동생이다. 참 정이 많고 따뜻한 마음을 갖고 있다. 1975년에 내가 처음 서울에 올라와 목동에서 자취할 때 많이 도와주셨고, 어려울 때 모진 고생하며 자녀들을 잘 길러내는 것을 보았다. 어려울 때 함께 지내서인지 이모님은 언제나 정겹다.

저녁 5시가 넘어서 목포에서 바둑학원 하시는 큰형이 여기서는 구하기 어렵다며 무화과 한 상자 사 들고 집에 도착했다. 사실 어머니 아프신 것은 좋은 일은 아니지만, 그 아픔을 통해 친척들과 형제들이 서로 왕래하고, 마음을 서로 나누고 사랑하는 모습을 보니 난 참 즐겁고 잔치하는 기분이다.

어머니는 팔월 중순에 치매증세 때문에 C.T 촬영을 했다. 결과는 일주일 있다가 나온다고 했다. 어머니는 자꾸 시골에 보내 달라 하신다. 기다려야 한다고 했더니 익산 여동생에게 전화해서 대신 태워 달라고 한다. 어머니 마음은 병원에 가서 C.T 촬영결과를 봐야 한다고 해도 돈이 또 들까 봐 그러신다. 또 시골에 내려가 편히 계시고 싶어서도, 또 이제 살 만큼 살았으니 더 치료받고 할 것이 무엇이냐며 잠자다가 조용히 하나님 나라에 가고 싶다고 하신다.

드디어 병원에 C.T 촬영결과를 보러 가는 날이다. 좀 긴장된 마음으로 진료시간을 기다렸다. 결과는 참 다행스럽게 아무 이상이 없게 나왔다. 치매 증세는 심장이 정상적으로 박동하면 많이 정상적으로 돌아온다고 하니 안심이다. C.T 촬영결과를 보고 바로 다음 날 목요일에 시골에 어머니 모시고 가기로 했다. 어머니는 새벽같이 일어나 어머니 옷가지와 커다란 약봉지 3개월분, 기저귀, 다 쌓아 놓고 빨리 내려가잔다.

고향으로 내려가기 하루 전날, 난 어제 어머니 발톱을 깎아드렸다. 난 어머니께서 내가 어렸을 때 손톱 깎아 주신 것 기억지 못하지만 아마도 수없이 사랑스러운 눈으로 아들의 손발가락을 깎아 주셨으리라. 어머니 발톱을 하나하나 톡 잘라 드리는데 묘한 기분이 든다. 난생처음이다. 이제 어머니는 연세는 어른이지만 몸은 어린아이나 다름이 없다. 모든 기능이 떨어지니 손과 발이 되어 잘 살펴드려야 하는데 다시 시골에 혼자 계시면 어떻게 하나 하고 마음 한구석이 걸린다.

아침 먹고 어머니 모시고 드디어 시골로 내려가는 날이다. 가는 길에 팔월의 비가 억수같이 쏟아진다. 익산에 여동생이 사는데 들러 가기로 했다. 건강 회복한 모습을 동생도 보고 즐겁게 하고, 어머니도 하나뿐인 딸의 집에 가서 함께 기뻐하는 모습을 보고 싶었다. 늦은 점심시간 동생의 김치도 맛있다. 탕수육을 하나 시켜서 곁들어 먹는데 왜 이렇게 맛있을까? 난 지금 행복의 시간 속에 있다.

다시 일어나 함평 시골집으로 향한다. 또 비가 억수같이 쏟아진다. 앞을 잘 볼 수 없을 만큼 내린다. 조심조심 운전했다. 점점 집이 가까이 온다. 감쪽같이 비가 그치고 파란 하늘이 얼굴을 내민다. 어머니는 한 달 만에 고향에 오신다. 어머님이 고향을 떠날 때 동네 분들이 마지막이 되지 않을까 하여 눈물로 전송했다고 한다.

동네 가게에 도착하니 가게와 노인 회관에 있던 동네 할머니, 아주머니들이 살아 돌아 왔다며 내 가족처럼 기쁨과 눈물로 반겨 주셨다. 가슴이 찡하고, 마음이 뭉클했다. 고향 집 앞마당에는 풀이 많이 자라고, 마당 가 단감나무도 푸른 단감을 주렁주렁 매달아 놓고 어머니와 우리를 반긴다. 아! 그리운 우리 집, 행복과 기쁨이 언제나 가득했으면 한다.

25. 뒤늦은 추석

이번 추석은 연휴가 3일밖에 되지 않아 많은 사람이 고향을 찾지 않았다. 고향 갔던 사람들도 갔다 오는 길이 바쁘게 생겼다. 토요일이 추석날이라 우리는 주일에 예배드리고 오후에 떠나기로 했다. 서울 둘째형, 여주 셋째 형, 막냇동생도 고향에 내려가지 않으니 우리는 꼭 내려가야 할 것 같다. 우리는 하루 갔다가 다음 날 오더라도 내려가기로 마음먹고 어머님께 연락 드렸다. 여동생은 추석 전날 내려간다고 했다. 얼마 전 배에 종양 수술한 동생은 수술 부위에 염증이 생겨서인지 통증을 호소했으나 연휴 기간이니 월요일에 입원하라고 했다고 한다.

주일예배를 마치고 오후에 우리는 차에 몸을 실었다. 가을 하늘은 참 아름답다. 하늘은 푸르러 높고, 하얀 구름이 듬성듬성 떠 있어 하늘을 날고 있다. 오후에 일찍 도착하면 여동생이 집에 기다린다고 하여 열심히 달려갔다. 고향 가는 길은 항상 즐겁다. 그냥 가도 좋은데 어머니께서 고향 집을 지키고 계시니 어찌 아니 즐겁겠는가? 더구나 지난 팔월에 심장 수술하고 요양 중이니 더욱 찾아 봬야 한다.

이제는 거동도 불편하고 김치도 담글 수 없는 몸이 되어 누구라도 옆에 사람이 있어 섬겨야 하는데 그렇지 못해서 죄송한 마음 금할 길 없다. 우리는 따스한 가을 하늘의 햇살 아래 신나게 달렸다.

큰아들은 집을 지키기로 했다. 월요일에 중학교가 쉬지 않기 때문에 집에 남았다. 초등학교 6학년인 막내는 월요일이 효도 방학이어서 함께 했다. 도로는 연휴 끝나는 날이라 그런지 막힘없이 편히 갈 수 있었다.

함평 요금소에서 하이패스 카드 단말기를 사고 집으로 전화하니 먹을 것 많으니 아무것도 사지 말고 그냥 오라고 한다. 우린 상추와 풋고추 얼마를 사서 집으로 갔다.

커다란 집에는 가을의 정취가 물씬 풍겨 나오고 있다. 단감나무는 벌써 주인의 손을 탔는지 앙상한 가지만 남겨 있으나 여름날 왕성하게 피어난 풀과 나무들은 아직도 울창하게 집을 지키고 있다. 기운은 없지만, 어머니는 건강한 목소리로 우리를 반겨 주셨다.

고향 마당에 도착하니, 마음이 편하고 공기도 좋아 가슴까지 시원하다. 우린 먼저 함께 둘러앉아 풍성한 열매를 허락하신 하나님, 여기까지 도우신 하나님, 어머님의 병을 치료해 주신 하나님 아버지께 감사의 예배와 찬송을 드렸다. 어머니는 송편도 빚지 못해 동네 떡집에 2만 원어치 맡겨서 했단다.

다음 날 아내와 막내아들을 데리고 공동묘지에 있는 외삼촌 밭에 감을 따러 갔다. 이 밭은 외할머니가 일구고, 어머니께서 이어서 평생 가꾸셨는데 그 밭 명의를 성남에 사시는 외삼촌 이름으로 그냥 넘겨 드렸다. 그냥 우리가 사용해도 무방한데 그렇게 하셨다. 그들은 어머니의 큰 덕을 입고 그 은혜를 아는지 모르겠다. 그 밭에 외가 산소가 있어서 삼촌은 명절 때마다 내려오신다.

어머니는 평생 가꾸던 작은 밭에 이제는 늙어 밭을 거두지 못하기에 감나무 여섯 그루를 심어 놓았는데 이제는 사람의 키를 훌쩍 넘게 컸다. 하지만 나무는 사람이 잘 가꾸지 않기 때문에 감이 익기 전에 다 떨어지고 만다. 이날도 가 보니 마치 누가 감을 다 따간 것처럼 몇 개 남지 않았다. 준비해 간 감 따는 막대기로 가지 사이를 끼어 빙글 돌리면 감은 막대기에 매달려 온다. 듬성듬성 열린 장두감을 따서 한곳에 모으니 한 자루에 가득 찼다.

감나무 아래쪽으로 약 300여 평 될까 하는 밭은 밭이 아니고 야산이 되고 말았다. 어머니께서 콩도 심고, 고구마, 깨, 고추도 심어 그것으로 자식들에게 선물로 주시던 밭인데 사람이 가꾸지 않으니 온갖 잡풀만 무성하다. 인생 무상함을 새삼 느끼게 되었다. 어머니께서 건강하셨으면 밭을 잘 일궈 자식들이 내려오면 이것저것 농작물을 챙겨 주셨을 텐데…. 이젠 무심하게 적막하기만 했다.

우리는 오후에 점심 먹고 안산으로 길을 잡았다. 사랑하는 어머니를 뒤로하고 길을 나서려니 조금은 마음이 무겁다. 주님의 은혜의 손에 부탁하고 출발했다. 올라가는 길에 아내가 익산 고모네(동생) 들려 위로하고 가잔다. 길을 물어 동생 집에 도착하니 입원하지 않고 통원 치료받으면 된다고 했다. 다행이다. 우리는 탕수육을 시켜 저녁으로 먹고 작지만 조그만 정성을 남겨 두고 안산으로 길을 재촉했다.

26. 승리의 기쁨

마음은 가을 낙엽 색깔에 흠뻑 젖어 있는데 어느덧 달력은 12월 한 장만 남겨 두고 올 한 해를 마무리하라고 조른다. 아름다운 가을을 채 다 느끼기도 전에 흰 눈이 와서 겨울의 찬 맛을 보여 주더니 다시 날씨가 풀려 조금은 여유롭다.

올해가 다 가기 전, 11월 마지막 날에 총회 목회자탁구대회가 오산시 시민 회관에서 열렸다. 시합 날이 다가오기 전에 탁구국가 상비군을 지낸 양 목사님에게 이틀 동안 조금 배우고 남자 복식 나가기 위해 게임하면서 손도 맞춰 보았다.

이번에는 아내도 탁구 시합 나가도록 부추겼다. 꼭 시합에 이기고 지는 것이 중요한 것이 아니라 이 경기를 통해 서로 교제도 나누고, 운동하는 취미를 길러 체력도 튼튼히 하기 위해서다. 당일 우리 집 부근에서 만나 안산에 있는 분들이 함께 오산시로 향했다. 아침 안개가 하얗게 끼어 백 미터 이상도 보이지 않는다. 10시에 체육관에 도착하니 임원들이 탁구대를 설치하고 준비하느라 분주하다.

먼저 하나님께 예배를 드리고 기도한 후에 경기가 시작되었다. 이번이 두 번째 대회다. 지난번에는 등급을 나누지 않고 대진표를 짜니 실력차가 크게 난 경우도 있어서 이번에는 A, B, C 그룹으로 나누어서 했다. 각 그룹에서 조를 나누어 풀리그로 예선 5전 3선승제로 하기로 했다.

난 아내와 혼합복식 나가기로 신청하고 아내가 초보지만 단식도 나가 보라고 했다. 목회자들이기 때문에 특출나게 잘하는 분은 드물지만 모두 열심히 최선을 다했다. 그리고 수원에 있는 사명의 교회 성도들이 함께하여 음료와 다과로 봉사해서 참 고마웠다.

나는 예선에서 3승으로 준준결승에 올라갔다. 복식에서도 나와 함께 하는 분이 실력이 뛰어나 예선 통과하고 준준결승, 준결승도 다 이기고 결승까지 올라갔다. 내가 옆에서 잘 받쳐 줬으면 더 확실하게 이겼을 텐데…. 그래도 최선을 다했다. 혼합복식에서도 예선 탈락할 줄로 알았는데 계속 이겨서 자꾸 위로 올라갔다.

나는 세 종목을 뛰다 보니 너무 바빴다. 그래서 경기 중 발을 삐어 약간 절뚝거리는 아내에게 준준결승에서 상대방 올라가도록 기권하라고 했는데 그래도 그냥 하겠다는 거다. 그래서 경기했는데 이기고 말았다.

진행본부에서 나를 부른다. 다른 경기에 출전하라고 한다. 쉴 틈이 없다. 바쁘다 바빠. 일찍 끝낸 어떤 분들은 음료와 떡도 먹으며 관전하는데 난 경기 끝나면 다음 경기에 바로 뛰어야 했다. 아내는 C그룹 단식에서 탈락하고 혼합복식에서 계속 올라갔다. 난 남자복식 결승까지 올라가 우승하고 남자 B그룹 단식 결승에서도 승리를 거두었다. 체육관 빌린 시간이 저녁 6시까지이기 때문에 서둘러 경기하라고 해서 준결승, 결승을 3전 2선승제로 마쳤다. 최후에 남은 경기는 혼합복식경기인데 여기에는 A, B, C그룹 관계없이 여자분(사모님)만 함께 팀을 이루면 경기할 수 있었다.

혼합복식 예선 탈락할 줄로 알았는데 결승까지 올라가다니 나 자신도 놀랐다. 6시가 다가오자 결승을 21점 1세트로 끝내라고 한다. 초반에는 비슷하게 나가더니 결국 21대 16으로 지고 말았다. 아내가 조금만 받쳐 주었더라면 우승할 기회였는데 아쉽다. 드디어 시상식이 열렸다. 난 남자복식, B그룹 단식 우승하고 혼합복식에서도 준우승하여 상금까지 탔다. 어떤 목사님이 다음 교계 신문에 내 이름으로 도배하겠다며 농담을 건넨다.

나는 태어나서 이렇게 한꺼번에 두 개나 우승하기는 처음이다. 비록 큰 대회는 아니어도 은근히 기분이 좋다. 하지만 내년에는 A그룹으로 올라가야 하니 더 연습해서 실력을 향상하고 싶은 생각도 들었다.

초겨울이 다가오자 일생을 다한 낙엽이 아무렇게나 땅에 뒹군다. 하지만 하나님이 주신 소중한 사명을 다한 낙엽이 아름답기만 하다. 인생의 겨울이 오기 전 사도 바울은 "내가 선한 싸움을 다 싸우고 달려갈 길을 마치고 믿음을 지켰으니 이제 후로는 나를 위하여 의의 면류관이 마련되었으므로 주 곧 의로우신 재판장이 그날에 내게 주실 것이니 내게만 아니라 주의 나타나심을 사모하는 모든 자에게니라."라고 승리의 고백을 하고 있다. 나도 천국에서의 승리의 면류관을 위해 선한 싸움 싸우며 달려가리라.

27. 추운 겨울 언덕길을 넘으며

올겨울은 유난히 춥다. 영하 10도가 넘는 날이 계속되어 삼한사온(三寒四溫)의 계절의 리듬도 잊은 지 오래다. 거기다가 수십 년 만에 서울 경기에 최고 적설량을 넘는 26cm가량의 눈이 내려 서울 교통이 마비되다시피 했다. 하얀 눈이 소복이 장독대에도 내리고, 대나무 허리에도 내려 구부정한 모습으로 앞마당에서 뛰노는 어린이를 지켜보고, 가끔 날아오는 참새 떼가 온 세상을 하얀 세상으로 만들어 놓은 정적을 잠시 깬다. 어린 시절의 눈은 언제나 좋은 추억과 아름다운 감상을 일으킨다.

하지만 대도시에 눈이 내리니 눈은 더는 추억 속의 아름답고 정겨운 눈이 아니다. 자가용차들의 바퀴가 연신 헛돌고 이리저리 밀려 돌아간다. 우리 고향에서는 눈이 내려도 금방 녹아서 크게 불편한 것을 몰랐는데 이곳 서울 경기도에는 기온이 남녘보다 낮아서 내린 눈이 잘 녹지 않고 몇 주간이 흘렀다. 길도 미끄럽고 더러운 먼지를 뒤집어쓴 눈은 차량 궁둥이에 덕지덕지 붙어 새까맣다.

차가운 바람 속에 긴 겨울잠을 자던 두툼한 땅이 저 멀리 남녘의 봄바람이 전하는 소식에 잠을 깨려 한다. 머지않아 그리던 봄날이 올 것을 피부로 느끼도록 겨울비가 내려 쌓인 눈을 거의 다 녹여 꽃피는 봄날에 대한 기억으로 잠시나마 설레게 한다.

아이들은 겨울방학을 맞아 긴긴 시간을 자신과 씨름하며 보내고 있다. 작은아들은 낮에 형의 지도로 수학을 풀고 영어도 배운다. 큰아들은 이미 확정된 동산고등학교에서 시행하는 시험이 방학 동안 세 번이나 있어서 긴장의 끈을 놓을 수 없다. 괜히 중간만 떠도는 것이 아니라 최선을 다하고, 성실히 실력을 쌓고 연마하여 정상에 서기를 바란다. 비록 250여 중학교에서 최우수하다는 학생들이 모인 곳이지만 꾸준히 매일 벽돌을 한 장 쌓는 마음으로 최선을 다해 주기를 바란다. 또 기독교 정신에 의해 세워진 학교이니 그곳에서 하나님의 영광을 위해 잘 훈련받고 믿음의 좋은 친구들도 사귀었으면 한다.

어제도 입학한 고등학교에서 시험을 보고, 집으로 올 때는 맞춘 교복을 받아 와서 내가 저녁에 재봉틀로 노란 명찰을 달아 주었다. 위아래 교복 한 벌을 입어 보고는 제 엄마에게 어떠냐고 묻는다. 우리에겐 비싼 교복이다. 거기에 걸맞은 아름다운 추억을 쌓고 멋진 비전을 꿈꾸는 학창시절이 되었으면 한다.

추위가 다시 찾아 왔으나 곧 다시 풀린단다. 하지만 지난 12일에 저 지구 반대편 아이티 나라에 불어 닥친 대지진으로 10만여 명이 사망하고, 수만 명의 고아와 300만여 명의 이재민이 발생했다. 지구촌에서 가장 가난한 나라에 이런 안타까운 일이 발생했다. 수많은 건물이 아이들이 만들어 놓은 모래성처럼 무너져 내려 그 속에 무수한 사람들이 갇히고 깔려 죽었다.

이재민들이 간절히 구호의 손길을 기다리고 있고, 지구촌 곳곳에서 구호품을 보내고 인명구조 작업을 계속하고 있다. 그곳에는 한국인 사업가도 있고 선교사와 목사도 있어서 여러 구호 활동에 동참하는 모습이 눈에 띄었다.

갈 바를 알지 못하고 방황하는 자들이 속히 안정을 찾고, 고난과 절망 중에서도 여러 도움과 사랑의 손길로 소망을 얻고 삶의 활력을 찾았으면 좋겠다. 하나님께서 저들에게 긍휼과 위로를 주시고 구원해 주시길 바란다. 재난과 죽음 앞에서 연약한 인생임을 깨달아 더욱 하나님을 의지하여 부활과 삶의 소망을 붙잡고, 새 힘을 얻어 힘차게 살아갈 수 있기를 간절히 기도드린다.

28. 아들의 졸업식을 보며

얼마 전에는 눈이 기상관측 사상 최고로 많이 내리더니 입춘이 지나서 인지 이른 봄비가 내린다. 요즘은 졸업시즌으로 눈이 내릴 때인데 비가 오는 것을 보면 벌써 봄이 턱밑까지 왔나 보다. 지난 2월 9일 화요일에 는 큰아들 중학교 졸업식이 있었다. 아침부터 비가 내려 우산을 받치고 아내와 성안중학교로 향했다. 열 시 반쯤에 학교에 도착하니 길에는 비가 내리는 중에도 화사한 꽃, 붉은 장미, 노란 꽃, 보랏빛 꽃들이 길가에 늘어서서 오늘 주인공들의 손길을 기다리고 있다.

지난해 지은 강당에서 처음 졸업식이 열린다. 3학년만 18학급, 약 800명이 강당에 들어가니 학부모들은 들어설 곳이 없어서 로비와 계단과 강당 입구에 서 있다. 형식적인 순서가 금방 지나갔다. 난 아내와 비좁은 틈에 끼어 앞자리에서 학생들만 바라볼 수 있었다. 식이 끝나자 한 꺼번에 2층에서 내려가면 혼잡하고 위험하니 학부모들이 먼저 나가라고 방송한다. 밖에 나가도 비가 오고 추워서 어디 서 있을 곳도 마땅치 않아 운동장 교단에 올라가서 비를 피하며 기다렸다. 아들에게는 문자 메시지로 그곳에 오라고 연락해 두었다.

아들은 전날 앨범과 정근상을 받아 왔다. 오늘은 졸업장만 받아 오면 된다. 아들의 졸업식에 참석해도 사실 별 감동이 없다. 왜일까? 사람들은 차를 몰고 오고 여기저기서 시끌벅적하고 디지털카메라 플래시가 터지고 하는데도 말이다. 사실, 난 중학교 졸업장이 없다. 그래서 중학교 졸업장을 생각하면 마음이 아파져 온다. 시골에서 중학교 3년은 다 다녔지만, 졸업장은 받지 못했다. 3년 내내 납부금, 보충 수업비, 여러 잡비에 저축도 강제로 하게 해서 그것을 제때에 내지 못해서 얼마나 시달리고 힘들었는지 모른다.

2학년에서 3학년으로 올라갈 때 2, 3, 4기분 납부금을 내지 못해서 등반도 못 할 지경이었는데 반 배치는 3학년 1반으로 된 것을 알고 막연했지만 그렇게 등교했다. 선생님은 돈 낼 수 있는 날짜를 일주일 안에 정하라고 한다. 난 집에서 늘 형편이 안돼서 어려운 줄 알고 멀리 토요일로 정하면 선생님은 머리를 막대기로 탁탁 때리면서 '이 뺀질뺀질한 놈' '늦게 내려고 용을 쓴다.'라고 하며 야단하셨다. 물론 토요일이 되어도 약속은 못 지킨 것은 다음 월요일에 또 몸으로 때웠다.

부모님은 농사는 없고, 장사하셨는데 사기를 당하여 빚을 지고 그것을 이겨 내느라 몸부림쳤다. 매일 빚쟁이들이 아침마다 새벽을 깨워서 우리도 그 소리에서 귀가 따가워서 일어날 수밖에 없었다. 난 학비를 벌기 위해 일요일이 되면 남의 집에 품팔이했다. 어른들이 400원 정도 받을 때, 난 모심기, 벼 베기, 양파 캐어 나르기, 보리 베기, 담뱃잎 따고 엮기 등 하면 일당 50원 정도 받았다.

모심기나 보리 배기나, 벼 베기에서 어른에 뒤지지 않으려고 허리도 잘 펴지 않고, 땀이 흘러 얼굴과 옷에 하얀 소금가루가 생길 정도로 열심히 했다. 그 돈을 조금씩 모아 학급비, 보충수업비를 냈다. 그때는 모두 보충수업하고 돈을 내야 했다. 강제로? 저축도 하고 졸업앨범비도 냈다.

소풍 갈 때 학생회에서 선생님을 위해 20원이나 30원씩 거두어 선물해 드리자고 하면 얼마나 가슴이 조마조마하던지. 맘은 있으나 그것도 내게는 큰돈이어서 부담이 되었다. 매일 아침 학교에 갈 때는 소리 없는 눈물을 흘리며 갔다.

돈을 줄 수 없는 부모님 마음은 얼마나 아플까 생각해서 달라고 보채지도 못하고 그냥 학교에 갔다. 가면 매일 종례시간에 시달렸다. 손바닥, 종아리 맞고, 책상에 올라가 무릎을 꿇고, 발바닥도 맞고 무릎도 맞았다. '이 질긴 놈!' 하면서 때리셨다.

학교에 가기 싫었다. 하지만 이를 악물고 다녔다. 학교에서 '그만 오라.'고 할 때까지는 가자 다짐하면서…. 학교 가면 '집에 가서 돈 가져오라, 부모 데려오라.' 해서 수업 중에도 불려 나와서 집에 갔다 오기도 했다.

어느 날은 너무나 힘들고 괴로워서 학교에 가지 않았다. 그래서 온종일 쑥을 캐서 서울로 보내는 동네 장사하시는 분에게 팔았더니 130원 정도 받았다. 그 돈을 친구와 나누고, 그 돈으로 빵 하나 사 먹고 나머지 돈을 가지고 저물녘에 집으로 왔다.

난 말 그대로 피땀 흘려 학교에 저축했다. 한약재 반하(반하의 알줄기. 담·구토·습증·해수 등에 약용함)를 캐서 말린 것도 팔고, 품팔이도 해서 3,500원이나 저축했는데 선생님은 돌려주지 않았다. 졸업앨범도 주지 않았다. 앨범값은 힘겹게 일해서 냈는데…. 무척이나 아쉬웠지만 그렇다고 선생님을 원망하지 않았다.

난 눈이 흩날리는 졸업식 날 아침에 학교에 갈까 말까 하고 망설였다. '가 봐야 졸업장도 못 받는데 뭐하러 가나?' 하고 생각도 해 보았지만 그래도 친구들 축하도 하고 구경삼아 가 보자고 생각해서 학교로 향했다. 당시에는 검은 교복을 입었는데 친구들은 졸업장도 받고 꽃다발도 받아서 그런지 얼굴에 환하게 상기된 얼굴들이었다. 난 졸업식을 조용히 지켜보다가 다른 친구들과 얼굴을 마주칠까 봐 조용히 집으로 왔다. 그

땐 아무도 위로해 주는 사람도 없었다.

아들의 졸업식을 보고 있자니 옛 기억이 떠오른다. 이상하게 감동도 없고 멍하다. 수요일에는 막내 초등학생 졸업식 때 가서 사진도 찍어 주고, 막내 졸업식 때 한꺼번에 거금을? 들여 중국집에 가서 자장면 곱빼기에 탕수육까지 시켜 성대한 졸업식을 치러주면서 마음속으로 속삭였다.

'그래도 돈 걱정 없이 공부하고 졸업한 너희들은 행복한 거야!
나도 너희들이 건강하고 공부도 열심히 해서 졸업한 것 기쁘단다.
축하해. 앞날에 하나님의 큰 사랑과 축복이 함께 하길 바란다.'

29. 좋은 때다

커다란 플라타너스 밑으로 발걸음 내디딘다.
느티나무, 향나무, 메타세쿼이아 나무들
쭉쭉 하늘 향해 팔 뻗어 놓고 날마다 어울려 잘도 논다.

눈부시도록 하얀 눈 밟는 내 발길 가볍다.
멀쩡한 두 발로 걷는 것도 얼마나 감사한가.
오십 대 들어서니 책을 멀리해야 눈에 글 들어온다.

끝없이 이어지는 꼬부랑길,
아직도 초록빛 옷 입고 의젓하게 추위 견딘다.
제자리에 웃음 짓는 들풀들 작은 얼굴
가을 내내 반겨 주던 그윽한 국화 향,
꿈꾸듯 가만히 고개만 숙인다.
꿈꾸며 걸어오는 가슴 설레는 연인 같은 국화 향
한눈에 담을 수 있어 얼마나 행복한가?

내 등 뒤로 중학교 남학생 다섯 명 재잘거리며 걷고 있다.
학교에서 무슨 재미있는 일이 있었는지
깔깔대는 소리 하늘을 맑게 웃음 짓게 한다.
좋을 때다. 그래.
세상 걱정 모르고 부모님 사랑 안에 있는 거

얼마나 좋은지 모를 때가 좋은 때다.
오전 수업 마친 초등학교 아이들 길가에
눈사람 만드느라 야단이다.
어릴 적 추억을 그리며 길을 간다.

30. 꽃이 핀다

리비아에서는 정부군과 반군이 전쟁 중이다. 총을 겨누고 대포를 쏘고 탱크는 진격했다. 온몸은 찢어지고 시커멓게 불타고 몸이 부러지고 피로 물들었다. 계속 죽어 가는 숫자가 늘어나고 있다.

일본에서는 3월 11일 대지진 이후 쓰나미로 수많은 사람이 바닷물에 휩쓸려 죽고 아직 시체는 여기저기 흩어져 있다. 바다로 쓸려간 사람은 시체도 찾지 못하고 있다. 원자력 발전소의 폭발로 방사능에 수많은 사람이 오염되고 땅과 호수, 나무들, 바닷물까지 방사능에 오염되어 지구촌 사람들을 위협하고 있다.

방사능비가 미국에도 내리고 지구를 한 바퀴 돌아 중국에도, 대한민국 땅에도 여기저기 뿌린다. 그런데, 늦게나마 봄이 온다. 그 추운 겨울 동안 얼어붙은 땅, 온 대지가 메말라 목을 늘어뜨리고 있는 땅, 말라 비틀어 버린 나뭇가지들, 그런데, 거기에 움튼다.

새싹이 깨끗한 얼굴을 내민다.

아주 평화롭고 아름다운 세상에 막 들어온 것을 기뻐하듯 웃음 웃는다. 그 웃음소리가 사방, 팔방 전국 방방곡곡에서 웃음꽃 터뜨린다. 너와 나 함께 웃음꽃 피우자며 깔깔깔, 호호호, 하하하, 허허허, 웃음이 온 산에, 너른 들녘에 메아리친다. 꽃망울 머금고 있던 개나리꽃, 진달래꽃, 웃음을 참다못해 마침내 한꺼번에 웃음을 터뜨린다.

어린 쑥도 살며시 고개 들어 분위기를 살피고 웃음 짓는다. 매조 꽃은 웃음 참느라 양 볼이 둥글둥글 올라온다. 꽃이 핀다. 온 세상에 마치 평화의 낙원, 사랑의 동산이라도 된 듯 꽃이 핀다. 노란 꽃, 연분홍 진달래꽃, 매화꽃, 살구꽃, 오미자 꽃, 벚꽃 함께 어울려 덩실덩실 춤을 추며 에덴동산을 이룬다.

꽃이 핀다. 우리 집 선인장에도, 길가에도, 저 남산에도, 북녘에도 진달래꽃은 피겠지. 낙원의 꽃이 노래하고 춤을 춘다. 온 산과 들에 서로 먼저 죽이겠다고 소리치는 이 지구촌에 전쟁과 미움의 소리 그치지 않는 이 땅에.

31. 바람 부는 날

바람이 분다. 봄바람치고 바람이 사납다. 어느 지하철 입구 서울 하늘은 늘 그런 것처럼 뿌옜고 흐리다. 길 잃은 한 할머니 지하철 입구 싸늘한 돌계단에 앉아 있다. 보따리 하나 가슴에 안고 지나가는 사람마다 쳐다보며 뭐라고, 뭐라고 얘기한다.

"언니, 우리 집이 어디야?"

지나간다. 사람들이 지나갔다. 눈길도 주지 않고 지나갔다. 나는 바쁘다. 할 일이 많고 시간도 촉급하다. 난 중요한 직책이 있어서 저런 하찮은 일에 신경 쓸 겨를이 없다. 어느 젊은 여성이 다가왔다. 어디 사는지 물으며 근처에서 따뜻한 어묵국, 한 컵을 건넸다. "아이 추워! 아이 추워!" 그 청년은 자기의 웃옷을 벗는다. 모자 달린 커다란 옷을 벗어 할머니를 끌어안듯 옷으로 감싸 덮어 주었다. 그 할머니는 아직도 떨고 있다. 신발을 신지 않은 할머니는 보따리 하나에 기댄 채 쓸쓸히 지하철 입구에 앉아 지나는 사람들 동정의 눈길을 찾는다.

"아이, 추워~~~!"

잠시 후 다른 두 중학생이 갈 길을 멈추고 섰다. 그들은 서로 뭐라고 소곤대더니 가방을 열고 뭔가를 꺼내더니 할머니에게 다가왔다.

"이것, 신으세요. 할머니!" 그것은 교실에서 신는 슬리퍼.

"양말도 없이 추워 보여서요."

나는 눈물이 났다. 흘러내릴까 봐, 하늘을 봤다. 가슴이 먹먹하다. 아~~~!

* SBS 〈영웅을 찾습니다〉 실험 방송에서.
　　(치매 가장한 길 잃은 할머니
　　어떻게 대하나 알아보는 프로)

32. 사랑의 삶 살게 하소서

태초에 아름다운 가정을 만드신 하나님, 꽃피는 낙원에 단아한 보금자리로 풍성한 열매로, 춤추는 벌 나비로 노래하는 새들의 합창 소리로 푸르고 시원한 하늘로 꾸며 주신 하나님, 참 감사합니다. 하지만 하나님 은혜 안에 서로 사랑하며 사는걸, 배우지 못하고 탐욕에 눈이 어두워 금단의 열매 따 먹음으로 처음 부끄러움을 알았고 두려움에 사로잡혀 에덴동산을 떠나야 했습니다.

하나님에 대한 신뢰가 끊어지니 부부간에 불신과 원망이 찾아 왔고 자녀들 간에 불화와 다툼이 생겨났습니다. 이제 다시 예수 그리스도 안에서 새로운 피조물을 만들어 주셨으니 가정이 사랑 안에서 회복되게 하소서.

자녀들이 천지를 만드신 하나님을 경외하며, 사람 사랑하고 섬기며 밝고도 아름다운 인성을 가진 아이들로 자라게 하소서. 부모에게 버림받고 밤마다 외로움에 떠는 아이들을 두 팔 벌려 품어 주게 하소서.

아직도 가난의 굴레에서 벗어나지 못하고 주린 배를 채우느라 부자들의 쓰레기통을 헤집는 아이들의 눈물을 닦아 주시고 그 주린 배를 채워 주시고 그 상처 난 손을 치료하여 주소서. 어려서부터 장애를 안고 하늘의 형벌인 양 살아가는 장애아들을 긍휼히 여기소서. 저들의 아픔과 연약함이 부모의 죄가 아니고 하나님의 영광을 드러내기 위한 것이라 하신 예수님의 말씀이 꼭 응답하게 하소서.

온몸을 던져 아이들을 사랑으로 길러 낸 어머니의 젖가슴 마르고 몸이 부서져라, 일만 하는 것으로 낙으로 삼았던 아버지, 허리가 휘고 지친 눈먼 산을 바라보다가 하루해가 저뭅니다. 부모의 마음이 허전하거나 외롭지 않도록 찾아가 손을 잡게 하소서. 가정에 은혜와 평화의 강이 흐르게 하시고 이웃 간에 따스한 눈에서 발하는 빛줄기로 밝은 아침 맞게 하소서.　 - 아멘 -

33. 딱 1초

뒤돌아보지 마라. 정든 소돔성에 사는 롯 가족들에게 천사들이 경고했다. 드디어 하늘에서 유황불 떨어지고 하늘의 심판 시작되었다. 그런데 두고 온 집과 재산, 금은보석과 귀한 옷과 장식들이 눈앞에 어른거리는 순간 뒤를 돌아보고 말았다. 그 순간, 죄악의 도성이 불타는 그때 롯의 아내 몸은 소금기둥이 되고 그의 꿈과 아끼던 모든 재물은 재가 되고 말았다.

딱 1초, 2012년 7월 31일(한국 시각) 영국 엑셀 런던 사우스 아레나에서 열린 올림픽 펜싱 에페 4강전에서 독일 선수와 한국 선수 간에 남은 시간이다. 1초 후면 승자가 결정된다. 점수는 동점, 그런데 추첨으로 우선권(Priority)은 한국의 신아람 선수에게 있다. 1초만 버티면 누가 봐도 신아람 선수의 승리가 예견됐다.
그런데 세 번이나 공격하고 독일 하이데만이 득점했다. 그래도 1초가 그대로 남아 있었다. 그런데 심판은 하이데만의 승리를 선언했다. 우리 감독이 왜 1초가 그렇게 긴가? 하며 항의하자 30분간 심판진이 모의한 결과 결정을 번복할 수 없다는 것이다. 그러면서 우리 코치에게 이해한다고 했단다. 뭘 이해한다는 것인가?

만약 하이데만이 신아람 선수 입장이었다면 벌써 번복되었을 것이다. 1초 남은 시간에 주심이 시작 신호 울리자마자 독일이 승리했다고 선언했겠지. 신아람은 그 불공정한 결정에 항의하며 1시간 넘게 경기장(경기대)에서 앉아 눈이 붓도록 울었다.

누가 26세의 푸른 꿈을 짓밟았는가? 명백한 승리로 최소 은메달 확보했는데 누가 그 명예와 그 영광을 강탈해 갔는가? 그들은 자신들의 실수를 인정하면서도 바로 잡지 않았다. 자신들의 명예와 강국의 승리를 위해 명예로운 번복(바로 잡음)보다 악하고 불공정한 결정으로 영원한 수치와 탐욕을 선택했다.

순간의 결정이 영원한 수치와 영광을 결정한다. 믿음에서도 예수님을 믿음으로 영원한 생명을 얻고 예수님을 거부함으로 영원한 수치와 멸망에 이른다. 결정은 한순간이다. 어떻게 할 것인가? 수치인가? 영광스러운 선택인가?

34. 썩지 않을 면류관

요즘 밤잠을 편히 잘 수 없다. 비단 열대야뿐만 아니라 또 다른 열기가 단잠을 방해한다. 저 멀리 섬나라 영국 런던에서 제30회 하계 올림픽이 열려 매일 구슬땀을 흘리며 매달에 도전하는 태극전사들이 있는데 어찌 편히 잠자리에 들겠는가? 다음 날은 머리가 아파 어지럽기까지 하다. 2012년 8월 11일 새벽 3시 45분 축구 3~4위전이 열리는 시간이다. 그것도 숙명이랄 수 있는 일본과 동메달을 놓고 싸운다. 서울광장에서는 전날부터 밤새워 응원한다. 대한민국! 짝짝짝, 짝짝!

동메달을 떠나서 질 수 없는 경기다. 다른 누구에게는 질 수 있어도 이번에는 질 수 없다. 그것은 상대가 일본이기 때문이다. 자유당 때에는 일본에 지면 대한해협에 빠져 죽어라? 했을 정도이다. 선수들의 투혼! 땀 위에 피를 흘리기까지 부상의 아픔을 잊고 모든 선수가 죽기 살기로 뛰었다. 무조건 열심히 뛴 것만이 아니라 실력도 갖췄다. 전반 박주영이 일본 수비 네 명을 제치고 슛-! 골인~! 후반에서도 긴 패스에 이은 구자철 선수의 슛-! 골~! 1948년 올림픽 도전 64년 만에 축구에서 동메달을 획득했다. 기쁨의 함성이 8월 11일 아침 전국의 국민을 깨웠다.

TV 화면을 통해 전해지는 국가대표선수들의 땀 냄새가, 그 거친 숨소리가, 바로 우리 앞까지 와 닿았다. 메달을 따지 못해 고개를 숙인 모든 선수에게도 아낌없는 박수를 보낸다. 4년 아니 이제껏 모든 생활을 절제하고 극한 훈련을 잘 견뎌내고 국민에게 큰 기쁨을 준 그들 모두에게 금메달을 달아 주고 싶다.

싸우지 않으면 실패도 없고 패하지도 않겠지. 하지만 싸우지 않으면 승리도, 그 영광도 없다. 우리에게 또 하나의 싸움이 있다. 악에게 지지 않고, 선으로 악을 이기는 싸움이다. 이 싸움에는 예수그리스도께서 심판하기 때문에 불공정이 없고 그의 판단은 완전하다.

고대 로마 올림픽 승자에게는 월계관을 줬다. 하지만 그것은 얼마 가지 않아 썩고 말았다. 우리가 싸워 승리한 면류관은 썩지 않은 영원한 면류관이다. 산 자와 죽은 자를 심판하실 그리스도 예수 앞에 설 때 모두는 그 면류관을 받을 것이다. 나가자. 싸우자. 썩지 않을 면류관을 위해!

35. 감동하고 사시나요?

사람들은 감동에 메말라 있습니다. 어쩌면 인생사 세찬 비바람에 찢기고 상하여 메마른 마음 되어 오랜 세월 황량한 벌판으로 남아 있는지 모릅니다. 감동하고 싶습니다. 작은 기적이라도 보여 주세요. 태어날 때부터 걸어 본 적 없는 한 사람 마른 침 삼키며 한 사람 말씀에 귀 기울입니다.

구원받을 만한 믿음이 있는 걸 본 바울 사도 큰 소리로 "네 발로 일어서라." 외칩니다. 기적 일어났습니다. 그를 쳐다보고 있는 사람들 눈 휘둥그레졌습니다. "신들이 사람의 형상으로 우리 가운데 내려오셨다." 하고 바나바는 제우스 신(神)이라 하고 바울은 말하는 사람이므로 헤르메스라 합니다. 그리고 서둘러 성 밖의 제우스 신당의 제사장이 소와 화환을 가지고 대문 앞에 와서 바울과 바나바에게 제사하려고 합니다.

이때 놀라고 당황한 사람은 바나바와 바울입니다. 보통사람 같으면 자기를 신(神)처럼 대우해 주지 않아 온갖 것으로 치장하고 스스로 잘난 체하며 신과 같은 대접을 받고자 할 것입니다. 두 사도가 옷을 찢으며 무리에게 달려들어 소리를 지릅니다.

"여러분이여 어찌하여 이런 일을 하십니까? 우리도 여러분과 같은 성정을 가진 사람입니다. 여러분에게 복음을 전하는 것은 이 헛된 일을 그만두고 천지와 바다와 그 가운데 만물을 지으시고 살아 계신 하나님께로 돌아오게 함입니다.

하나님이 지나간 세대에는 모든 민족으로 자기들의 길을 가게 묵인하셨으나, 그러나 자기를 증거 하지 아니하신 것이 아니니 곧 여러분에게 하늘로부터 비를 내리시며 결실기를 주시는 선한 일을 하사 음식과 기쁨으로 여러분의 마음에 만족게 하셨습니다." 하고 무리를 말려 겨우 자기들에게 제사를 못하게 합니다.

우리는 작은 일에 감동하여 신(神)처럼 섬기려 합니다. 하지만 사계절 때를 따라 풍성한 열매를 주신 조물주에게 감동하며 감사해 보셨나요? 여러분의 삶에 은혜를 주시고 영원한 복락을 약속하신 살아 계신 하나님께 오세요.

36. 용서할 수 있나요?

진실을 말하는 예수에게 침을 뱉는다. 하늘 아버지를 아버지라 부른다며 자신들 믿는 신(神)을 모독했다고 채찍으로 후려쳤다. 자신을 이스라엘의 왕이라고 하자 가시로 면류관 만들어 머리에 씌우고 피 흘리는 예수를 향해 "왕이여!" 허리 굽히며 조롱한다. 총독 빌라도의 무죄 선언을 가로막으며 사람들 선동하여 마침내 십자가에 못을 박는다. 자신들이 죽이면서도 로마 군사들의 손 빌려 쾅! 쾅! 든든히 박는다. 돌이킬 수 없도록.

하나님의 이름을 위한다며 악을 행하는 모독자들, 겉은 번지르르 하지만 속은 시기, 미움, 갈취, 거짓과 살인으로 가득한 저들 나무에 매달린 예수는 하늘 아버지를 향해 "저들의 죄를 용서하여 주소서. 그들이 하는 일을 알지 못합니다." 예수는 용서로 최후를 맞는다. 저들을 용서하는 대가로 자신의 거룩한 생명을 아낌없이 내어놓았다. 무덤, 침묵의 끈 놓지 않는다.

불법을 한 자들은 죽이면 끝나는 줄로 알았다. 역사가 그러했으니. 새벽은 다가온다. 죽음을 이기는 새벽, 의가 불의를 물리치는 그날, 빛이 어둠을 몰아내는 새벽, 영광이 부끄러움을 씻어내는 그날, 스데반은 이 예수를 전하다가 이를 가는 사람들에 의해 돌에 맞아 죽고 말았다. 피멍 든 얼굴에서 빛이 난다. 마치 천사처럼 빛났다.

그의 떨리는 입술에서 노래가 흘렀다. "주여 저들의 죄를 용서하소서."
손에 돌을 쥔 가슴팍 파고들었다. 원수를 용서할 수 있는가? 고난의 땅
조선반도에 한 줄기 빛이 새벽을 열었다. 사랑하는 두 아들, 동인, 동신
이를 죽인 그를 용서하기 위해, 살리기 위해 몸부림치던 손양원 목사.
마침내 그를 용서하고 양자로 삼아 품에 안고 길러내더니 사랑의 피,
예수의 피를 흘리며 순교자의 꽃으로 향기 날린다.

37. 미인대칭(美人對稱)

미소 짓는 사람은 아름답다. 천사의 얼굴 가진 갓난아이 웃는 게 특기인 어린아이들, 하늘의 웃음을 머금고 있는 그곳 십 대 소녀들은 낙엽 밟는 소리에도 웃음이 터지고 개구쟁이 아이들은 친구가 넘어져도 깔깔대고 웃는다. 웃는 얼굴은 꽃처럼 향기롭다. 그래서 벌 나비가 춤추며 날아오듯 웃는 얼굴엔 그 기쁨을 함께하려고 사람들이 모여든다. 웃는 사람은 행복하고 미소 짓는 사람은 아름답다.

인사 잘하는 사람 치고 불효자는 없다. 인사만 잘해도 사람들에게 인정받고 칭찬받는다. 마음에 존경하는 마음이 없으면 인사할 수 없다. 마음에 평강이 없으면 웃으며 인사할 수 없다. 감사와 공경하는 마음으로 인사하면 상대방도 즐겁고 인사하는 사람의 얼굴에도 꽃이 핀다.

대화는 사람들 사이에 사랑을 이어 주는 끈이다. 이 끈은 연줄과 같아서 끊어지면 점점 멀리 떨어져 가고 만다. 대화를 잘할 줄 아는 것은 요즘 말로 불통을 해소하고 누구와도 잘 통하는 사람이 된다. 대화의 방법의 하나는 먼저 잘 들어 주는 것이다. 그리고 '아! 그랬구나.' 하고 반응하는 것이다. 그리고 상대방의 아픔에는 함께 아파하고 잘된 일에는 기쁨으로 화답해야 한다. 때론 손뼉을 치고 얼굴을 밝게 하고 눈을 마주 보며 눈동자를 반짝인다면 금상첨화(錦上添花)이리라.

대학 시험 떨어진 아이를 둔 친구에게 '너의 아이 이번에 대학 떨어졌다며?' 그것도 큰소리로 하면? 사람들이 있는 곳에서? 그러면서 내 아들은 합격했는데 한다면? 그곳엔 찬바람이 쌩 불겠지.

칭찬할 줄 아는 사람은 능력 있는 사람이요, 상대의 장점을 볼 줄 아는 시력이 남아 있는 사람이요, 다른 사람을 세워 주고 장점을 키워 주는 지도자의 품격을 갖춘 사람이다. 흔히 칭찬은 고래도 강남스타일로 추게 한다고 한다. 칭찬하면 듣는 사람이 용기와 소망을 얻게 되고 칭찬하고 나면 내 마음이 배가 부른다. 거기에 사람이 가까이 다가온다.

죽음의 세계에서 벗어나 예수 안에서 새 생명을 얻은 사람의 첫 번째 징조는 기쁨이다. 이는 세상에서 뺏을 수 없는 기쁨이요 평안 있다. 미인대칭 하며 사는 사람은 행복한 사람이다. 저 천국, 사랑의 나라를 향해 걸어가는 사람에게서 만날 수 있다. 미인대칭 하며 살아가면 어떨까?

38. 사랑하는 아들아!

아들~! 늦가을 찬바람이 부는 날 아침. 2013년 대학 수능시험장으로 함께 가는 날. 가볍고 즐거운 마음으로 함께 했다. 너도 친구들이 "넌 왜 시험 보려고 하느냐?" 하며 너의 수시합격을 축하했다며! 그래도 아직 끝나지 않은 시험이 있기에 마지막까지 최선을 다해야 한다. 결과는 하나님께 맡기고 그 결과에 또한 감사한 마음으로 받아들여야 하겠지.

약간 쌀쌀한 아침 노란 은행잎이 길을 환히 밝혀 수험생들을 환영해 주더구나. 낯선 학교 정문에는 수많은 학교 후배들이 선배들을 응원하느라 하얀 입김을 쏟고, 너의 학교 후배들도 조촐한 음료수로 너를 받기는 걸 보니 기쁘더라. 널 위해 함께 '잘하자!' 외치자고 하여 사진도 찍었지.
내가 대학 수능 볼 때는 낯선 땅 서울 하늘 아래, 형제들과 자취하던 작은 방에서 새벽에 혼자 일어나 가볍게 수프를 끓여 먹고 씩씩하게 수험장으로 향했었지. 학교 앞에는 꽹과리치고 북 치며 응원하는 학생들의 함성이 대단했단다. 난 검정고시 출신이라 아무도 응원하는 사람이 없었지만, 저들의 함성을 내 응원 소리로 듣고 당당히 시험장에 들어갔단다.

사랑하는 아들아! 시험에 합격했다고 너무 즐거워 마라. 친구들 가운데 어두운 얼굴이 있다면 그 마음을 위로하고 감싸주어라. 인생에 있어서 항상 성공만 있지 않고 또한, 실패만 계속하지도 않는단다. 성공보다는 실패하는 데서 더 많은 것을 배우게 되지. 자신의 부족한 것을 돌아보게 되고 겸손히 실패를 인정하는 겸양의 태도와 더욱 열심히 해야 열매를 거두게 되는 것을 알게 된단다.

길은 한 걸음 한 걸음 걷는단다. 한꺼번에 두세 걸음 걸으면 넘어지기 쉽지. 그리고 내가 뿌리지 않은 것에 대한 열매를 기대하지 말고 땀 흘려 씨를 뿌리고 열심히 그것이 잘되도록 가꾸어라. 훗날 그 나무에서 달콤하고 아름다운 많은 열매가 맺을 때 꽃피어 열매 맺고 달콤하게 하신 창조주 하나님께 감사하고 너를 지켜본 많은 이웃에게 기쁨과 즐거움이 되도록 그 열매를 나누어라.

아들아! 이제 다시 마음을 가다듬고 꿈을 꾸자. 인생은 하루아침에 이루어지지 않는단다. 선한 일에 부유하도록 비전을 갖고 많은 사람의 기쁨과 행복이 되도록 실력을 쌓아야 한다. 언젠가 살아온 날들을 돌아볼 때 후회하며 가슴을 치기보다는 너의 일기장에 감사와 보람 그리고 네가 스스로 "너 참 잘했어." 하고 보람을 느끼는 것으로 가득 채우길 바란다. 너를 택하신 하나님, 네가 평생 신뢰하고, 바라보는 하나님! 너를 사랑하는 하나님이 늘 함께하고 도와주길 바란다.

* 네 삶이 잘 되고 형통할 것을 믿는 아빠가
2012년 11월 18일

39. 마지막 잎새

새하얀 눈이 내리고 썰매 타는 아이들이 넓은 들에 길을 내고 연인들은 산처럼 쌓은 눈 위에 사랑의 도장을 찍으며 그 뜨거운 입김으로 꽁꽁 얼어붙은 강이라도 녹일 듯하지만 왜 겨울은 무거울까? 왜 고요히 적막만 계속되는가? 난 죽음과 같은 땅에 새싹이 굳은 땅을 뚫고 힘차게 올라오는 기적을 행하신 조물주의 친절한 손길을 파란 눈으로 마주 볼 때마다 감동하지 않을 수 없다.

봄은 어김없이 창조의 세계를 낙원으로 꾸며 놓고 폭풍우 속에서도 뜨거운 열기로 무성한 잎, 설익은 열매들의 교만한 마음은 농부의 숨소리를 더욱 거칠게 하여 무르익은 열매들이 합창하는 그 드넓은 황금들판으로 달음질하게 한다.

가을은 달콤한 열매를 빚어내느라 뜨겁던 여름날 얼굴을 빨갛게 태운 얼굴만이 덩그러니 잎사귀에 앉아 있다. 누구에게는 황홀한 감동을 주는 붉게 물든 그 잎사귀. 어느 사람에게는 늦은 가을을 보내고 싶지 않아 눈을 떼지 못하게 하는 아쉬움의 소리도 된다.

담쟁이덩굴에 매달린 잎사귀, 늦가을 진눈깨비에 우수수 떨어진다. 이제 남은 것은 열, 아홉…. 넷, 셋…. 무슨 소리야? 멋진 화가를 꿈꾸던 젊은 처녀 잔시가 무서운 침입자 폐렴에 붙들려 꼼짝없이 침대에 누워 창문으로 보이는 벽돌담의 담쟁이덩굴을 보고하는 말이다.

"저 마지막 한 잎이 떨어지면 나도 가는 거야!" 창밖에 싸늘한 진눈깨비가 쉴 새 없이 내리던 밤은 길었다. 고요한 아침 햇살이 창틈을 두드릴 때 잔시의 입가에 미소가 흐른다.

"마지막 잎새야!", "밤중에 틀림없이 떨어질 줄 알았는데…." 그러다가 밤이 되어 북풍이 다시 사납게 휘몰아치기 시작했다. 비는 창문을 세차게 내리치고 처마 끝에서는 요란한 진동 소리를 냈다. 날이 새자 잔시는 커튼을 열어 달라고 재촉한다. 그런데 "마지막 잎새"는 여전히 그 자리에 있었다. 살아날 가망이 열에 하나라고 했던 잔시였는데, 의사는 "이제 위험한 고비는 완전히 넘겼어요. 당신이 이겼군요." 했다. 이때 함께 했던 친구 수우는 떨리는 목소리로 말을 덧붙였다.

"베어먼 할아버지가 오늘 병원에서 돌아가셨대. 잔시, 저 담벼락에 붙어 있는 마지막 잎새 좀 봐. 바람이 부는데도 전혀 흔들리지 않는 게 이상하지 않니? 아, 아, 잔시, 저건 바로 베어먼 할아버지의 걸작이야. 마지막 잎사귀가 떨어진 날 밤에 그분이 저 자리에 그려 놓으셨던 거야."

이것은 O. Henry(1862~1910)의 소설 〈마지막 잎새〉의 한 부분이다. 우리는 비바람에 떨어지기 쉬운 가냘픈 잎사귀에 내 운명을 맡기기도 하고 베어먼 할아버지처럼 꺼져가는 심지에 기름을 넣어 주는 "마지막 잎새"도 되어 줄 수 있다.
이 땅에는 가을비에 떨어지는 낙엽처럼 자신의 고귀한 생명을 너무나도 쉬운 방법으로 끊어 버리는 사람이 많다. 여러 가지 개인적 사회적

요인이 많겠지만 우리나라 자살률은 세계 으뜸이다. 2010년 남자 9,787명, 여자 4,988명 총 14,775명이 자살했다. 하루 평균 42.6명이 스스로 세상을 등졌다. OECD 국가 가운데 프랑스(17명), 미국(11.1명) 영국(9.2명) 등 대부분 선진국보다 우리나라가 2배에서 최대 6배 많다.

2013년 1월 7일 월요일 고(故) 최진실의 전남편 조성민이 죽었다. 최진실, 조성민, 최진영 모두 똑같은 방법으로 만 39세에 목매어 자살했다. 소위 말하는 베르테르효과가 나타난 것이다. 베르테르효과란 자신이 모델로 삼거나 존경하던 인물, 또는 사회적으로 영향력 있는 유명인이 자살할 경우, 그 사람과 동일하게 생각해서 따라서 자살을 시도하는 현상을 말한다. 이는 1974년 미국의 사회학자 David Phillips가 붙인 이름이다.

지금까지 자살한 연예인과 베르테르효과로 자살한 일반인은 2005년 이은주 자살 후 495명과 2008년 안재환 후 694명과 최진실이 자살한 후 1,008명이나 되었다. 이런 소식들은 모든 국민의 마음을 안타깝게 했다. 저렇게 예쁘고 잘 생겼고 재능도 많은데 왜 그랬을까? 결혼식 때 조성민은 "두 눈을 감을 때까지 영원히 당신만을 사랑하겠습니다." 최진실은 "나 최진실은 신랑 조성민을 보호하고 이 세상 끝날 때까지 당신만을 사랑하며 아끼겠습니다."라고 고백했다. 하지만 이들의 행복은 얼마 가지 못하고 삐거덕거렸다. 결혼 후 2년 지나면서 별거하더니 2005년 이혼하였다.

최진실이 2008년 10월 2일 자살하고 그 동생 최진영도 2010년 3월 29일 누나를 따라갔다. 최진실이 죽고 난 후 조성민은 최진실의 친권과 재산권을 주장하고 나서 네티즌들로부터 엄청난 비난을 받았다. 결국,

조성민은 양육권, 재산권 모두 포기하고 친권만 갖는 것으로 합의했다. 이 사건이 법으로 정해지며 "최진실법"이라고 불리기도 한다.

2013년 1월 7일 조성민이 최진실과 같은 방법으로 욕실에서 목을 매 충격을 주었다. 그는 죽기 전 1월 6일 어머니에게 "한국에서 살길이 없네요. 죄송하지만 아들 하나 없는 것으로 치세요."라는 문자를 보냈다. 많은 야구인만 아니라 수많은 사람의 선망의 대상이었던 그들이 왜 이런 최후를 선택했을까? 그들은 심한 우울증, 여러 사람의 견딜 수 없는 비난에 시달렸다고 한다.

내가 던진 비난 한마디가 그 사람의 심장을 뚫는 화살이 될 수 있고, 습관처럼 남을 헐뜯는 그 말이 "마지막 잎새"에 희망을 걸고 있는 사람들에게 간밤의 진눈깨비요, 가을 찬바람이 될 수도 있다. 내 말 한마디가 하얀 캔버스 위 마지막 잎새를 그리는 물감이 될 수는 없을까? 내가 따스하게 내민 손이 그 늙은 화가의 떨리는 손이 될 수는 없을까? "무릇 더러운 말은 너희 입 밖에도 내지 말고 오직 덕을 세우는데 소용되는 대로 선한 말을 하여 듣는 자들에게 은혜를 끼치게 하라."(에베소서 4:29)

40. 기분 좋다고 소고기 대신 밥 샀다

아직도 쌀쌀한 바람이 옷깃을 붙잡고 함께 머물다 가라며 애원하는 것을 뿌리치고 수원시, 세류동에 베트남 윤 선교사 부부 만나러 길을 재촉했다. 2013년 2월 26일 화요일 저녁 6시 50분쯤 밖은 차가운 기운이 밀려오나 우리 승합차는 여유롭게 마지막 가는 겨울을 비웃듯 편안한 가운데 길을 갔다.

CBS FM 라디오에서 나오는 아름다운 멜로디에 마음을 싣고, 평소 신경외과 다니는 익숙한 길이라 여유 있게 달렸다. 저녁 식사 약속은 되어 있지만 설교하러 가는 것도 아니고 오랜만에 만나 선교지의 여러 고달프고 보람된 얘기를 기대하기만 하면 되었다.

지금 막 취임한 대통령도, 요즘 잘나가는 꽃 거지도 앞날은 모른다. 아니 하루살이도 분초의 앞일을 모른다고 했던가! 난 평소에 차 사고 안 나도록 운전하려 애쓴다. 누가 사고 내고 싶은 사람이 있겠는가마는 군대에서 배운 용어대로 방어 운전이다. 내가 남에게 사고 내지도 말고 사고당하지 않도록 미리 방어하며 운전하는 습관을 길러 20년 넘게 운전하는 동안 한 번도 사고가 없었다.

그런데 수원 화서 사거리 넓은 도로에서 발안 쪽으로 우회전하여 기분 좋게 달리는데 탑동지하차도 들어가서 조금 있으니까 차가 갑자기 좌우로 흔들리기 시작했다. 뒤에 아내가 "여보! 왜 그래요?", "차가 말을 안 들어!"

왕복 4차선, 갑자기 벽에 부딪히려 하자 핸들을 왼쪽으로 틀었다. 꺾자마자 중앙 분리대로 부딪히려 했고 다시 오른쪽 벽으로 충돌하려 했다. 운전대와 차가 분리된 기분이다. 마치 고삐 풀린 망아지처럼 차가 이리저리 뛴다. '아! 이렇게 천국 가는구나!' 순간 생각하며 죽어도 조금만 다치기를 기도하며…. 그나마 핸들을 굳게 잡고 부딪쳐도 속도가 느려진 다음에 부딪히도록 안간힘을 썼다. 차가 전복되기 직전 뒤에서 아내가 다급하게 소리쳤다. "(하나님) 아버지 도와주세요!"

그 순간 "꽝!" 하는 굉음과 함께 중앙 분리대 콘크리트에 부딪혀서 차는 길바닥에 운전석 쪽으로 넘어지고 말았다. 제한속도 80km이고 퇴근길이라 차도 많은데 어쩌나? 넘어진 후 양손으로 온몸을 만지니 멀쩡하다. 2차 추돌사고를 피하고자 어서 빨리 차에서 빠져나가야 했다. 뒤에 아내에게 괜찮으냐고 하니 "여보, 우리 살았어요!" 하며 괜찮단다. 다행이다. 어서 나가야지 하는데 조수석 차 문이 하늘로 향해 있어서 열리지 않는다. 몸을 이리저리 움직여 컴컴한 차 안에서 뒤쪽 옆문을 하늘 쪽으로 밀고 힘껏 당겨 보니 열렸다. 얼른 빠져나와 아내를 두 손으로 받아 내리고 중앙 분리대에 서 있었다. 감사하게도 앞에 가던 차 중에서 두세 대가 섰고 젊은 부부가 내려서 다친 사람 없느냐면서 119에 전화해 주었다. 지하도 뒤에는 수많은 차가 멈추어 있고 좁은 옆길로 차들이 서서히 빠져나갔다.

하이에나 같은 레커차가 오고 동시에 경찰차, 119구급차가 도착했다. 아내는 안경도 잃고 신발 두 짝도 없다. 난 그것을 찾으러 컴컴한 차 안으로 가서 더듬거려 신발 한 짝만 찾아 왔다. 그런데 우릴 기다릴 선교사님을 생각하니 휴대전화가 차 안에 있는 걸 알았다. 차 안에 들어가 경찰 손전등으로 비춰도 안경, 신발, 휴대전화기 모두 찾을 수 없었다.

앞에서 차를 세우고 우릴 염려해 준 그 남자분에게 내 전화번호로 신호 좀 보내 달라고 하고 다시 차에 뛰어 들어가니 저 구석지고 눌린 곳에서 소리가 났다. 손바닥을 쭉 펴서 겨우 꺼내 선교사님에게 자동차 전복사고로 늦어지고 하나님의 기적으로 우린 무사하다고 알렸다.

수원 서부경찰서에 가서 피 범벅된 손을 씻고, 차 달리던 중 뒤 타이어가 펑크 나서 사고 난 경위를 진술서에 쓰고 경찰이 불러준 택시를 타고 선교관으로 향했다. 베테랑 택시기사에게 사고 경위를 얘기했더니 구동축 바퀴가 터지면 아무리 핸들을 바로 잡아도 차가 제어되지 않는다며 그때는 사이드브레이크를 잡아야 한다고 일러 주었다.
사실 평소에는 알고 있었다. 죽느냐 사느냐 하는 불과 몇 초 사이 오른쪽 벽으로 갔다. 중앙 분리대로 갔다 하며 요동치는데 어떻게 하겠는가? 두 손으로 핸들을 꽉 잡으며 조금 늦게 충돌하려고 무척이나 애썼다. 아! 내게도 이런 사고가 나는구나. 사고 며칠 전에 집사람이 타이어를 친구 카센터에 가서 바꾸라고 했다. 조금만 더 타고 교체하려고 했는데….

다음 날 견인해 간 곳으로 갔더니 탑동 지하도에서 오목천동 주차장까지 4.4km인데 56만 원을 달란다. 사실 견인비용은 51,600원이다. 트럭에 들어 싣고 와도 그 비용은 같다고 한다. 그런데 무슨 비싼 기계를 사용했느니 하며 그 돈 안 주면 차를 안 내주겠단다. 처음엔 자기들이 폐차시켜주는 것으로 견인비용을 대신하겠다고 했다. 그냥 빈손으로 가라는 말이다.
참 어이가 없다. 나중에 경찰이 와서 중재하면서 우선 돈을 지급하고 요금 부당청구 소송을 하라고 했다. 난 그렇게 돈을 줄 수 없다고 하자

경찰과 자기들끼리 무슨 얘기 하더니 40만 원으로 합의하란다. 세상 참….

은행에서 돈을 빼주니 그제야 인상 쓰면서 우릴 막았던 차를 빼주었다. 다른 레커차가 와서 우리 차를 폐차장으로 끌고 가는데 12년 정들었던 차의 뒷모습을 보니 마음이 아려 왔다. 사실 병원에 가서 진단받고 입원하라고 하는데 책임보험만 들었기 때문에 아내는 통원치료만 받고 있고 나는 아무 일 없는 것처럼 청송탁구클럽에 가서 탁구를 즐겁게 했다. 그 상황에서 죽지 않고 살아난 것만도 얼마나 감사한가! 난 살아난 기념으로 기분 좋다고 목회 동역자들에게 밥을 샀다. 다시 한번 하나님의 은혜에 감사드린다.

41. 짊어져야 할 짐

벗어 버리고 싶다. 당장 잡은 끈을 놓아 버리고 싶다. 팔이 떨려온다. 다리가 휘청거렸다. 하지만 버텨야 한다. 쓰러질 때 쓰러지더라도 나만을 위한 짐인가? 그렇다면 내려놓을까. 120kg 장판이 내 어깨를 눌렀다. 남동생과 함께 어깨에 메고 2층을 오르는데 내가 뒤에서 가니 무게가 내 어깨에 쏠렸다.

커다란 빌딩 밑에 깔린 것처럼, 곧 쓰러져 죽을 것만 같았다. 다시는 지기 싫다. 아니 질 수도 없다. 눈앞이 캄캄하고 목이 뻐근하다. 숨을 제대로 쉴 수가 없다. 하지만 꾹 참았다. 몇 걸음만 더 가면 2층이다. 내가 내려놓으면 앞에서 메고 올라가는 동생이 다칠까 봐. 한 번 내려놓으면 다시 들어 올릴 자신이 없어서. 군대에 있을 땐, 60kg 쌀 두 자루도 어깨에 메고 창고에까지 뛰다시피 했는데….

길을 가다 보면, 손에 쥔 작은 부채도 짐이 되고 끼었던 장갑도 귀찮아졌다. 하물며 내 어깨에 올려진 삶의 무게는 얼마인가? 사랑하는 자녀의 짐은 무겁지만 견딜 만하다. 하지만 이제 허리가 휘고 몸도 작은 늙은 어머니의 짐은 가볍기만 한데, 왜, 난 버거워하는가? 왜, 가볍게 지지 못하는가?

세월의 무게가 점점 가슴속까지 파고들었다. 무얼 찾으려 하나? 중력은 자꾸 청운의 푸른 꿈을 어느 겨울날 뿌연 회색빛으로 수놓으려 하는가? 길을 간다. 서리 내린 머리에 무얼 이었나? 양손에 보잘것없는 보따리 두어 개 누구의 어머니이기에 혼자서 가는가?

이고 진 저 늙은이 늙기도 서러운데 짐까지 졌다고 했던가. 가만히 바라만 보는 눈길이 왜 자꾸 빛을 잃어 가는가? 온화한 얼굴에 활기찬 미소, 낭랑한 목소리로 삶의 무게를 덜어 줄 수 없는가? 가슴에 묻어 두었던 손 내밀어 그늘진 어깨에 내 짐 받아 줄 그 님 계신 곳, 여기서 얼마인가? 모든 것 내려놓고 쉬라 할 때 난 아름다운 노래 속에 행복에 취하고 싶다.

42. 소리쳐 우는 서해

서해가 운다. 커다란 파도에 소리 높여 운다. 김동환, 내 아들! 내 아들, 김동환!

너 왜 여기 누워 있어, 일어나야지 함께 갔던 친구들은 여기 있는데 너는 왜 그렇게 누워만 있는 거야!

푸르디푸른 꿈을 꾸던 그 꿈은 어느 파도 속에 감춰두고 왜 이렇게 가만히 있는 거야?

네가 남기고 간 꿈들은 너의 노트에서 아직 꿈틀거리는데….

아! 훈련, 잘되라고, 살라고, 잘살아 보라고 보냈는데 사지(死地)로 보내고 말았구나.

아! 이를 어쩌면 좋아.

아들아, 내 사랑하는 아들들아! 대답해다오!

엄마! 아빠! 나 여기 있어요.

나 멀쩡해요. 왜 우세요? 아! 너의 웃는 모습 보고 싶다.

아! 이 뜨거운 가슴으로 너의 밝은 얼굴 안고 싶다.

다시 돌아올 수 없겠니? 어찌 그렇게….

너무나 빨리 가 버리다니

마치 소풍 가듯 생생한 너의 모습 이렇게 내 가슴에 올올이 가득한데

언제까지 애를 태우며 울어야,

내 마음에 너를 지울 수 있을까….

누런 바다가 소리치며 운다. 뜨거운 입김으로,
끓은 가슴으로 길러 낸 어버이들의 피 맺힌 외침,
말 없는 서해와 함께 목놓아 울고 또 운다.

주여! 어찌 된 일입니까? 왜 이렇게 해야만 했나요?
그 누구를 붙잡고 이 답답한 가슴 풀 수 있나요?
주여! 다시 엎드려 간구하오니 저희를 긍휼히 여기소서!
저희의 눈물을 주의 병에 담으소서!
저희의 애끓는 가슴 깊이 품어 주소서!
하늘의 밝은 웃음으로
다시 만날 날을 학수고대하게 하소서!

> * 충남 태안군 안면도 서해 해병대 캠프에서 훈련을 받던
> 17세의 학생(고2) 중 5명이 파도에 휩쓸려 죽은
> 기막힌 소식을 듣고.
> 공주사대부고 학생들.
> 2013년 7월 18일 목요일 실종.
> 7월 19일 금요일 모두 숨진 채 발견.

43. 갈까 말까?

고향에 갈까 말까? 오전 내내 마음을 다잡지 못했다. 어제 어머니한테서도 형들과 여동생도 내려온다고 나보고도 내려 왔으면 좋겠다고 하셨다. 고향은 언제나 가고 싶다. 천 리 길이지만 꿈에도 어느 때곤 마음은 고향하늘을 날아간다. 그리운 고향산천만이 아니고 무더위를 피해서만도 아니다.

이제 허리도 제대로 펴지 못하고 유모차 같은 도구가 없으면 잘 걸을 수도 없는 어머니가 계시기 때문이다. 그리고 아무도 어머니를 위해 맛있는 밥을 지어 드리지 못한 죄송함도 크다. 칠 남매가 있으나 지금은 5남 1녀만 있다. 모두 장성하여 가정을 이루고 살지만 늙으신 어머니, 밥을 짓는 것도 이젠 버겁다고 하시는 어머니를 늘 곁에서 모시지 못하는 죄송한 마음이 연중행사로 고향을 찾는 발걸음을 재촉게 한다. 하지만 대학생 아들도, 고1 아들도 공부하고 자신들의 계획이 바빠 함께 갈 수 없다고 한다.

아내도 센터에서 섬기는 일에 휴가가 없다고 했다. 가고 싶은데 천릿길을 가자니 망설여진다. 사실 혼자 가면 외롭고 심심하겠지만 조금만 참으면 그리운 얼굴을 마주 본다는 설렘이 모든 것을 이기게 한다. 또 한 면으론 중고차 구매 후 대출로 인해 고향길 한 번 가는 것도 부담으로 와닿는다. 서민들이 느끼는 애환을 나도 한번 절감하여 힘없는 나그네 인생길에 서 있는 자신을 발견하고, 끙끙 신음을 오전 내내 토해 내며, 갈까 말까 하는 결정에 종지부를 찍었다.

"가자. 가 보자." 혼자 가서 아쉽지만 오랜만에 어머니께 인사드리고, 삶의 고단한 현장에서 돌아와 고향의 푸른 초원에 마음을 내려놓고 이야기꽃에 시간 가는 줄 모르는 따스한 형제들의 만남, 이것 놓치기 아까워 서서히 짐을 챙기기 시작하니, 마음이 설렌다.

그래도 멀리 있는 길을 홀로 간다고 생각하니 아쉬운 마음이 길게 발길을 무겁게 한다. 마침 정오쯤에 막내 여동생이 전화해서 "오빠 시골에 안 와? 만난 지도 오래됐는데 보고 싶어."라고 했다. 마치 못 올 것을 생각하고 아쉬워서 하는 말 같았다. "나 내려갈까?", "내려오면 좋지. 올 수 있으면 빨리 와."

나를 기다려 주는 고향산천, 내 목소리에 정이 들고, 언제라도 화답하는 끈끈한 정이 묻어 있는 가족들이 있어 참 좋다. 비록 길은 멀지만 가 보자. 고향길을 나설 때마다 느끼는 것이지만 참 대한민국 땅은 크다. 가도 가도 끝이 없다. 특별히 여름휴가 길의 절정인 7월 말과 8월 초에 끼어 있으니, 더욱 그러했나 보다. 그래도 8월 1일 목요일인데 벌써 많이 내려갔겠지 해서 안산 매송 고속도로 진입로에 갔는데 들어가자마자 후회했다. 당장 지방도로로 빠지고 싶었지만 차가 밀려 서서히 행렬을 유지해야 했다.

거북이처럼 가다가 화성 나들목으로 나가기로 했다. 옆으로 힐끗 보니 39번 도로가 고속도로보다 훨씬 빨리 차들이 달리고 있었다. 이리저리 지방도로를 돌아 아산 방조제를 건너고 예산으로 향해 가는데 세 시간이 흘렀다. 고향까지는 250km가 남아 있다. 안 되겠다 싶어 다시 고속도로를 타니 대전 당진 고속도로가 나를 싣고 신나게 공주 쪽으로 달렸다. 그곳은 무풍지대였다.

공주에서 서천 가는 고속도로가 홍해처럼 열려 있다. "좋아!" 붉은 노을이 서쪽 하늘을 수놓고 차들은 쌩쌩 달린다. 감사하게도 서해고속도로를 만나고 함평 요금소를 거의 막힘없이 갈 수 있었다. 저녁 6시에 요금소를 나와 뭐라도 사서 가려고 마트에 들렀다. 토마토 조금, 어머니 드시도록 한과도 사서 어느 성도가 선물한 고등어와 함께 고향 집 마당에 내려놓았다.

일찍 고향을 떠나와 객지 생활을 하니 가슴속에 어릴 적 친구들과 뛰놀던 학다리중·고등학교 운동장, 동창(東艙)의 뒷산, 오불조불 골목길들이 여기저기서 뛰어나와 나를 반겨 준다. 큰형님, 어머니, 둘째 형과 조카 윤근이, 여주 셋째 형 부부, 막내 여동생 모두가 마당으로 나와 반겨 준다. 만나서 반갑고, 감사하다. 살아 있음과 건강한 모습에 감사하고, 마당 가 깻잎, 잔디, 콩, 달리아의 노란 꽃, 늘어진 단감나무, 온갖 잡풀들이 일제히 일어나 반겨 주니 감사하다.

저녁상은 말 그대로 진수성찬이다. 생김치, 겉절이, 가지무침, 막내 여동생이 오빠 온다고 저녁에 다시 읍내 나가 사 온 삼겹살이 올라온다. 난 고속도로를 달리면서, "빨리 가면 고향 집에서 점심 먹어야지" 했는데 이게 뭐람. 길이 막혀 저녁에야 도착하게 되었으니….
휴게소에 들러 음료수와 과자 한 봉지 사서 주린 배를 달래며 저녁상을 기다려 왔으니 말 그대로 꿀맛이다. 잔디 마당에 자리를 펴고 큰 상에 온 식구가 둘러앉고, 여주 형수님이 연거푸 삼겹살을 구워냈다. 입도 즐겁고 마음도 즐겁기 그지없다. 난 먼저 상추와 마당 가에서 따온 깻잎에 삼겹살과 마늘을 얹어 싸서 장작불에 고기 굽는 형수 입에 넣어 주었다.

모두 좋아한다. "한 번 주면 정 없으니까." 하며 다시 고기를 싸서 입에 넣어 드렸다. 웃음꽃, 이야기꽃에 여름밤의 별들이 하나둘 얼굴을 내밀고 귀를 쫑긋 기울인다. 날이 흐려 구름이 하늘을 가렸지만, 사이사이로 열린 하늘에 초롱초롱 빛나는 별들의 이야기꽃으로 날을 지새운다.

싱그러운 아침이 감사한 마음을 깨운다. 눈을 뜨니 대도시를 벗어나 땅의 새 기운에 힘차게 팔을 뻗친 여름날의 개구쟁이 풀숲이 나를 맞이한다. 오늘은 함평장이 서는 날인가 보다. 어머니께서 여동생을 재촉하여 오일장에 가자고 하셨다. 둘째 형이 운전하고 가겠다며 나설 때 나도 함께 탔다. 어머니께서는 걸을 힘이 없어서 안 가신다고 하더니 단골집을 못 찾을까 봐 지팡이를 들고 차에 오르셨다.
장이 옛날 같지 않다. 우(牛) 시장도 벌써 사라졌고, 규모도 아주 작아졌다. 그래도 사람 사는 냄새가 물씬 풍기는 곳이 전통 장터가 아닌가. 여러 장사의 물건만 보아도 재미있고 장사꾼들의 시원한 입담에도 입가에 미소가 흐른다. 수박이 얼마나 큰지~, 포도도 싸고 감자도 20kg 큰 것이 14,000원이란다. 사고 싶어 몇 번이나 뒤돌아보고 또 돌아보았다. 저거 쪄 먹고 된장국에 넣으면 참 맛있는데….

중간 크기 배추 두 상자를 3만 원에 사고 젓갈과 바다 다슬기도 샀다. 돈은 둘째 형이 지갑을 열었다. 집에 돌아와 보니 사범대 나와 취직자리 찾고 있는 조카가 먼저 서울로 떠난다고 인사를 한다. 내일모레 삼십 대가 되는데 고민이 얼마나 많을까 하여 "너 잘 될 거야!" 응원하며 가면서 도시락이라도 사 먹으라며 손을 건넸다. "그래, 잘할 수 있어 힘내라!"
점심을 먹고 난 후에는 카메라를 어깨에 메고 집을 나섰다. 어릴 때 여름날이면 동네 앞 넓은 보(洑)가 있어서 물이 넘실대고, 우리 어린 개구쟁이들은 벌거벗고 물장구치며 수영도 하고 물속에서 숨은 돌 찾기도 했다. 미역 감고 나면 웃통 벗은 상태로 귀에 들어간 물을 뺀다며 물 막은 콘크리트 경사면에 귀를 대고 엎드리며 태양에 그을린 콘크리트의 뜨거운 기운이 귓속 들어간 물을 조금씩 빼내곤 했다.

들판은 온통 녹색 천지다. 지금은 모두 짙은 녹색 옷을 입고 하늘 높은 줄 모르고 위로만 뻗는다. 언젠가 하늘이 더 높아지면 무덥던 여름날을 추억하는 어깨마다 달콤한 열매가 주렁주렁 맺어 힘들었던 긴긴 여름날을 즐거운 이야깃거리로 만들어 놓겠지.
조금씩 보에 다가가자 초롱꽃 같은 깨꽃이 길가에서 나를 반기는 듯 인사한다. 조심스레 카메라 셔터를 누르며 예쁜 모습을 담았다. 보(洑)에 가 보니 옛날 우리가 맨날 미역 감던 보가 아니었다. 온갖 물풀과 갈대로 물이 거의 보이지 않은 풀밭처럼 되어 있다. 우리의 동화 같은 이야기를 빼앗아 가 버린 것 같은 아쉬움이 푸른 들판을 왔다 갔다 한다.
그래도 좋다. 힘차게 자라는 벼들, 주렁주렁 매달린 고추나무, 감나무, 여러 콩 나무에 달린 싱싱한 녹두, 동부, 등에 작은 아기 업은 옥수수가 수염을 길게 늘어뜨리고 제 자리를 굳게 지키고 있다. 발길을 돌려 학다리 중·고등학교 교정으로 향했다. 족히 수백 년 넘은 나무들이 즐비한 곳이 그 학교다. 내겐 졸업장을 안겨 주지 못하고 기다란 역사를 간직하고 있는 나무들은 내게 인생의 선배고 여전히 다정다감하고 소중한 교훈을 건네며 위로와 희망을 전해 준다.

나무마다 이끼가 끼어 있다. 농촌의 인구가 급격히 줄어 마치 학교까지 잊은 것처럼 이끼 낀 나무들만이 방학을 맞이한 교정을 조용히 지키고 있어 오랜만에 찾은 고향 나그네를 반겨 준다. 나무는 참 신실하다. 수십, 수백 년이 지나도 그 자리에 여전하고 푸르름을 잊지 않고 그러면서도 수백 년 된 나무는 자신의 수령을 자랑 않고 오히려 허리가 굽어 그늘을 찾는 이를 거부감 없이 맞아들인다.

8월의 첫 주말, 토요일이다. 아침을 먹고 다시 안산으로 올라가야 한다. 올 때의 설렘이 떠날 때의 아쉬운 마음을 다 달래지 못하고 자꾸 마음을 고향 땅에 붙잡아 놓으려 한다. 오늘 보니 사랑하는 어머니의 얼굴이 더 힘이 없고 생기도 없다. 생명의 기운이 왜 저렇게 흐려 가나? 세상의 모든 정 떼려 하고 저 멀리 하늘나라 문에 가까이 다가가는 듯한 모습과 목소리가 내 마음을 짓누른다.

어머니는 "너희들 다 떠나가면 허전해서 어쩌냐?" 하시며 한숨을 토해 낸다. 난 웃으며 금방 또 오지요. 추석도 한 달여 지나면 오고…. 어머니의 마음은 무엇일까? 사랑하는 칠 남매를 눈물과 사랑과 거친 손과 오랜 기다림으로 기르신 어머니, 그리고 자식들 잘되기만 간절히 기도하고 기도하여 탄식하기까지 소원하는 어머니 마음.

이제 잠시 머물다 떠나가는 자식들의 등을 바라보는 마음을 나타내는데 오늘은 유난히 목소리에 기운이 없고, 떠난 자리가 너무 커서 견딜 수 없다는 듯 아쉬워하는 그 마음이 내 마음속 깊은 곳까지 파고든다. 어머니는 김치, 복숭아 세 개, 겉절이 조금, 가다가 먹으라며 땅콩 과자, 양파와 마늘 담은 자루를 내민다. 난, 주는 대로 모두 차에 실었다. 우린 농사가 없기에 조그마한 봉지에 담은 것이지만 내겐 어머니의 커다란 사랑이 가득한 봉지이기에 하나도 마다하지 않고 받아 왔다. 차엔 어머니의 사랑의 기운이 가득하다.

"어머니! 아들 갑니다. 기운 내세요, 넷째 아들 멋있다고 엄지손가락 한 번 들어주세요. 자! 하나, 둘, 셋, 해 보세요." 어머니는 오른손 엄지가락을 내어놓는다. "아들 멋지다!" 그걸 보고 있던 여동생이 깔깔대고 웃고 나도 따라 웃었다. "어머니 기쁘고 즐겁게 지내세요. 건강하시고…. 다녀올게요."

자식들 떠나간 자리를 홀로 지키며 다시 만날 날을 그리워할 그 마음 조금이라도 이해하려 하니 왜 내 가슴이 아파져 올까. 나도 언젠가 자식들을 그리워하며 흐릿한 눈으로 먼 하늘을 바라보는 날이 오겠지. 토요일 고속도로 위아래로 길이 막힌다. 수박을 깍두기처럼 잘라 차에 실어 준 여동생의 정성을 먹다 보니 안산에 도착했다.

44. 영웅의 퇴장

아! 이슬이 눈가에 맺혔다. 영웅이 운동장을 떠나려 한다. 뉴욕 양키즈 팀의 수호신(守護神)이라 하는 42번 등 번호를 단 한 선수가 4:0으로 지고 있는 탬파베이전 8회 1사 1, 2루에서 등판하여 실점 없이 막고 9회 초 다시 나와 투 아웃까지 잡았다. 그런데 오랜 친구 지터가 나와 투수 교체하며 서로 껴안는다. 미국 사람도 아닌 그가 껴안은 품을 놓지 않는다. 껴안고 오랫동안 놓아주지 않는다.

리베라! 살아 있는 전설 그의 등 번호 42번 양키즈 스타디움을 가득 채운 관중들은 그의 이름 리베라를 외쳐댄다. 등에 이름이 없어도 그의 행적이 그의 이름을 알린다. 메이저리그 최고의 세이브 기록을 세운 현역 선수의 은퇴 장면이다. 어떤 역경, 위기에서도 흔들리지 않고 쉽게 감정에 요동하지 않은 그다. 수십 년의 메이저리그의 영욕을 뒤로하고 마운드를 떠난다.

함께 하는 뉴욕 양키즈 감독도 눈시울이 붉어진다. 1996년 5월 17일 에인절스와의 홈경기에서 처음 리베라가 세이브 기록할 때 포수로 그의 공을 받아준 사람이 현 양키즈 감독이란다. 팀 모든 동료가 영웅의 노고와 승리와 떠남을 위로와 축하를 보내며 힘껏 껴안았고 온 관중들과 탬파베이 선수들도 그의 아름다운 퇴장에 박수를 보내는 모습 참 보기 좋았다.

메이저리그 영웅, 양키즈 수호신 리베라. 그가 떠난다. 그런데 왜 내 눈이 촉촉이 젖어드나? 가슴이 먹먹하고 뜨거워지는 건 왜 그럴까? 영웅은 그의 무게에서 온 힘을 다해 공을 던지고, 조용히 마운드를 내려 왔다.

관중은 끝없는 박수로 그의 퇴장을 아쉬워하고 격려와 축하를 보냈다.

난? 난 어디에 있는가? 하늘의 하나님이 내게 맡겨 준 무대는 어디인가? 생명의 복음 전하고, 사람을 사랑하고 섬기며 하나님의 사람으로 온전케 하는 삶에 온 힘을 기울였나? 이웃들이 선한 영향을 받고 죄와 세상의 삶에서 돌이켜 사시고 참되신 하나님께 돌아와 하나님을 섬기며 참된 삶을 살고 있나? 가슴에 떨어진 눈물 자국을 지우며 은퇴경기에서 선한 싸움을 다 싸우고 나의 달려갈 길을 마치고 믿음을 지킨 나의 모습을 그려 보았다.
수많은 관중의 환호와 박수가 없을지라도 아니 비난과 야유, 외면과 핍박이 있을지라도, 그 길, 가야 할 그 길, 생명과 사랑의 길을 걸을 수 있다면, 그날에 반겨줄 저 천사들의 박수와 환호에 맞춰 달려가리라. 지친 어깨 치켜세우고, 거친 숨 다시 가다듬고, 가느다란 다리에 다시 힘을 주고, 위에서 부르신 이의 사랑의 길 따라가리라!

※ 리베라(Mariano Rivera) : 1969년 11월 29일생. 파나마 출신. 19년 양키즈 마무리 투수. 메이저리그 역대 최다인 652세이브, 총 19시즌 1113경기 82승 60패 평균자책점 2.21

45. 퇴장하는 태양의 붉은 옷깃을 놓으며

따스한 봄바람 불어 설레게 하던 때가 엊그제 같더니 그 뜨겁던 여름은 간데없고 풍성한 가을 열매, 들에는 황금 물결이더니 벼 그루터기만 쓸쓸한 들판을 지키고 있다. 동녘은 어느새 새해 맞이하는 사람들의 발길을 기다리고 다시 내려와야 할 높은 산에는 이미 마음 비운 사람들에게 조용히 정상을 내어 준다.

거리엔 성탄의 달아올랐던 캐럴이 잦아들고 시린 바람 사이로 밤은 깊어 가고 하나둘 짝을 지어 송년의 밤을 수많은 이야깃거리로 수놓는다. 보내기 싫어도 보내야 하고 어떤 이에게는 속히 보내고 싶은 날들도 있었으리라.

그 어느 추운 날이 오면 더욱 추워 떠는 사람이 있겠지. 부는 바람보다 잃어버린 뜨거운 심장의 고동 소리가 여전히 들리는 듯하여 아직 다 보내지 못한 마음을 달래는 사람도 있으리라. 쓰라린 가슴을 안고 2월을 맞았다. 그달 어느 저녁 시간 베트남 선교사님이 귀국해서 만나려고 수원으로 가던 중 정말 예기치 못한 사고를 당했다. 탑동 지하도로 내려가는데 스타렉스 차가 마치 망아지가 뛰듯이 좌우로 튀어 올랐다. 어찌 된 영문인지 알 수가 없었다.

순간 '이대로 천국에 가는구나.'라고 생각했다. 차가 운전자의 뜻을 따르지 않고 자기 마음대로 가는데, 아! 정말 다시 생각하고 싶지 않은 순간이었다. 단 몇 초였을 텐데…. 참 멀쩡한 정신으로 사고를 알고 죽음의 순간을 직면해야 했다. 차는 전복되었으나 오직 하나님의 은혜로 목숨은 살아남았다. 지하도 분리대를 부딪쳐 다행히 2차 사고는 없었다. 사고 후 차는 폐차시켰다. 정신적으로 힘들었다. 사고 순간 "하나님이여! 왜 이러십니까?" 하는 마음이 들었다.

누가 4월을 잔인하다고 했나? 돌아가시기 얼마 전 청송 탁구회원들이 안양성심병원에 고○○ 전(前) 회장을 병문안 갔었다. 당시만 해도 아주 건강하고 밝은 얼굴로 우리 일행을 맞이했고 가슴에 가는 호스를 끼고 있었다. 이것만 빼면 당장 나갈 수 있는데 하며 너털웃음을 짓던 모습이 눈에 선한데 그의 부고를 들었다. 엘리베이터 앞까지 와서 우리를 전송하던 모습은 전혀 저 천국에 미리 갈 모습이 아니었다. 알았더라면 천국에 잘 가시라고 인사라도 하고 올 걸 하고 지금도 생각한다. 아니 아직도 먼저 가신 일이 믿어지지 않고 본오3동 사무소에 가면 그 쩌렁쩌렁한 목소리의 주인공을 만날 것만 같다.

세월은 무심한 강물처럼 흘러만 간다. 잘 있으라는 인사도 건네지 않고 가기도 잘도 간다. 내가 먼저 인사 건네고 눈인사라도 해야만 하겠다. 무심하다는 말을 기억하기 싫으니 지나는 바람결에도 마음을 실어 보내고 방긋 웃는 꽃들의 인사에게 반가이 맞아 주고 그 향기 마음에 새겨 보리라.
서서히 서산 해가 붉은 옷으로 갈아입고 무대를 퇴장하려 든다. 지나온 날에 대해 아쉬움과 미련이 있으나 여기까지 살아온 것은 주님의 은혜를 빼놓고는 얘기할 수 없다. 시간과 역사의 무대의 주인이신 조물주하나님께 진심으로 감사드린다. 또한, 예기치 못한 사고로 아픔과 상처를 안고 살아가는 이들에게 주님의 위로와 치유 그리고 평강과 소망 있기를 기도한다.

아직도 보내지 못하고 미련의 끈을 붙잡고 있다면 이제는 서서히 잡았던 2013년의 끈을 놓아 드리자. 그리고 희망을 찾아가는 이들에게 어김없이 소망의 태양을 떠올리는 은혜의 태양이신 창조주 하나님께 우리의 눈을 맞추자.

우리의 생명이 소중하다면 그것은 하루하루가 잇대어 일생이 되기 때문이리라. 그러기에 보내는 2013년의 하루도 헛되지 않고 다가오는 새해의 하루하루도 소중하리라. 다시 옷깃을 여미고 다가올 날에 마음 열어 나 자신을 내어놓는다.

46. 사랑하는 아들아! 2

토요일 마음의 여유로움과 함께 분주해지기도 한 날이다. 주일을 준비하는 마음에 맘 놓고 어디를 가지 못하고 주보 만들기와 설교 준비로 마음이 분주하다. 그럴 때면 조용히 손짓하는 곳이 있어 바라다보면 어느새 뒷산을 오르고 있다. 다른 사람들과 달리 뒷산에 오른 지가 오래되어 갈 때마다 새로운 것은 없으나 잔정 들어보고 또 보아도 싫지 않다. 한겨울 가운데 서 있으나 북풍은 남녘의 햇빛에 밀려 저만치 물러나 있어 따스한 기운이 얼굴을 가볍게 맞아준다. 훈훈한 기운이 걸을 때마다 옷깃을 열고 마음은 시원한 바람에 상쾌하다.

길가에 늘어선 나무 아래는 커다란 키에서 내려놓은 나무들의 옷가지들이 아무렇게나 내버려져 있다. 언제는 그 옷 입고 여름날을 뽐내더니 가을 오후 붉디붉은 옷 갈아입자 찬바람에 우수수 떠나 버렸다. 그 찬란한 영광과 웃음소리도 떠난 지 오래다. 앙상한 가지만 남은 뿌리 깊은 나무는 그 어느 봄날을 향해 흐린 시선을 먼 곳으로 보내고 있다.

산은 갈 때마다 굽은 능선에 거친 허리를 마음껏 내어 준다. 길가에 솟아 나온 뿌리는 우리 인간들의 발걸음이 얼마나 거칠었나를 보여 준다. 그래도 봄이 오면 새싹을 내고 아름다운 꽃을 피우고 그 꽃에 향기를 불어 넣고 열매 맺기 위해 몸부림하고 수분을 공급하기 위해 더욱 깊이 뿌리를 내리겠지.

아들아! 산을 걸으면 기다렸다는 듯 조금도 싫은 기색 없이 산은 길을 내어 준다. 비록 초라한 옷을 입고 있으나 정중하고 다정히 산에서 내

155

려올 때까지 내내 말동무가 되어 주고 떠날 때는 인사도 잊지 않는 모습에 항상 고마운 마음이 떠나지 않는다.

산을 걸으면 도토리나무, 참나무, 언제나 푸른 소나무가 정겹고 마주하는 눈길에 다가가 손을 내밀며 언제나 나를 품에 안아 준다. 길을 가면 내 몸은 어제의 몸이 아닌데 나무들의 몸을 보면 뭔가 조금씩 하얀 살을 내어놓는데 다가가 보면 나이 한 살 더 먹더니 더욱 힘이 솟는 듯 멋진 몸과 팔뚝을 자랑한다.

아들아! 이렇게 세월은 내버려 둬도 잘도 간다. 잘 가라는 인사도 건네기 전에 어떤 무정한 사람처럼 훌쩍 떠나버리고 말지. 아무리 무정하고 야속하더라도 붙잡아 내 곁에 둘 수 없으니 어쩌면 좋으랴! 한 가지 길이 있다면 그 세월과 친해지면 되겠지.

그냥 지나가면 조용히 친절하게 웃으며 말을 건네 봐. 가끔은 방언으로, 외국어로 인사해야 할 때도 있을 거야. 한 번 말을 건네고 대답 없다고 그냥 돌아서면 토라져서 영영 멀어질지 모르니 인내가 필요하겠지.

그 세월 속에 함께 동무하며 책을 읽어 봐. 세월은 너에게 수많은 스승을 소개하고 인격의 성숙한 부분에 이르기까지 인도할 거야. 어쩜 책은 인생의 보고일지 몰라. 우리에게 허락된 시간은 너무 제한적이어서 책을 통해 앞서 살아갔던 수많은 인생과 만나 그들의 세계를 맛보게 할 거야. 너희들은 청년의 때를 보내고 있지.

나무 항상 푸르다고 자랑한 것 아닌 것같이 청년의 때 힘, 용기 솟는다고 자랑 말아라. 어느 중년의 때 다시 돌아볼 때 힘 솟고 뜨거웠던 그 날이 내게, 우리에게, 이웃에게 고마움과 기쁨이 되지 않는다면 그 청년의 꿈은 단지 너만의 꿈, 너만의 욕심, 아니면 게으름으로, 남긴 것 없는 부끄러움만 살아나겠지.

청년의 때는 한순간, 지나고 나면 다시 돌이킬 수 없으니 어쩌랴. 우리의 삶에 영세토록 변하지 않고 빛나는 보석이 있다면 그것은 착하고 아름다운 일일 거야. 나만을 위한 삶이 아니라 사람 사랑하고 섬기는 그 일을 위해 살아오지 않았다면 그의 보람의 창고는 텅텅 비어 있는 것이고, 그 젊은 날의 기쁨은 쉬 사라지는 꽃향기 같을 것이고, 그의 힘은 물에서 나온 생선처럼 갈수록 비린내만 더 하겠지. 그러기 위해서는 땀 흘려 일하고 공부에 정진해야겠지.

내게 남을 섬길 능력이 없으면 난 남의 섬김을 받아야만 하는 불쌍한 인생이 되고 만단다. 성경은 섬김을 받은 자가 큰 자가 아니라 섬기는 자가 크다고 하셨지. 하지만 세상 속에는 섬기는 자가 아니라 섬김을 받는 자가 크게 보이기에 거기서 오는 유혹이 커서 불법, 편법, 불의에 쉽게 편승하도록 유혹하는데 뿌리치기가 여간 어렵지 않다.

뭐든 하루아침에는 이뤄지지 않는다. 쉽게 얻은 것은 쉽게 떠난다는 말이 있잖니? 내가 하는 일이 힘이 들고 어려워도 그 일이 가치 있고 고귀한 것이라면 낙심치 말고 계속하여라. 하다 아니 되면 쉬는 한이 있어도 포기하지 마라.

주님의 생명 말씀 따라 그 선한 일에 다시 또다시 도전하며, 연습하고 익혀서 선한 일에 부자 되고 나눠 주기를 좋아하고 남을 동정할 줄 아는 마음을 길러라.

우리에게 주어진 시간은 소중하다. 그리고 우리에게 아름다운 역사의 무대에 주인공으로 불러주신 하나님은 지혜롭단다. 낙토(樂土)가 믿음으로 그 문을 두드리는 사람에게는 열리지만, 미리 겁을 먹고 두려워 노크도 하지 않는 사람에게는 냉정하리만치 닫혀 있지.

우린 언젠간 다시 연말을 맞이해야 하듯 인생의 종착역에서 창조주요 심판의 주이신 하나님을 만나겠지. 그날에 부끄럽고 창피하여 가리고 숨기고 할 것이 많은 인생이 아니라 그동안 숨겨진 착한 일들이 드러나 너와 우리 그리고 이웃이 기쁨과 자랑과 면류관이 되고 우리의 생명과 구원이요, 사랑이신 주 예수 그리스도와 창조주 하나님 아버지께 세세토록 영광이 되도록 산다면 얼마나 좋겠니?

새해를 소망 가운데 맞이하는 아들아! 주께서 너희와 함께하고 때마다 도와주시고 삶에 은혜 주시길 바란다. God bless you!

* 2014년 1월 5일
사랑하는 아빠가, 김영배

47. 절망의 바다에서 피는 꽃

아! 어찌 이런 일이 또!? 꿈을 꾼다. 저 넘실거리는 푸른 바다 춤을 추듯 날아가 생전 처음 가 보는 삼다도 제주. 고교 최고의 시간 고등학교 2학년 시절. 수많은 꿈과 기대를 안고 수학여행에 몸과 마음을 실었다. 사랑하는 친구들과 맛있는 과자 나눠 먹으며 선생님들의 사랑스러운 눈길에 호위받고 별빛 빛나는 밤하늘에 내 꿈도 싣고 꿈같이 달콤한 밤을 보낸다.

스마트폰으로 사랑하는 부모님께 평소에 하지 못했던 말, "어머니 사랑합니다." 제주도 가면 초콜릿 사 올게요.", "효도할게요." 제주도에 늦은 신혼여행 가는 부부, 객지 생활 정리하고 다시 고향 제주로 귀농하기 위해 어린 아들딸과 함께 제주도로 가던 가족들, 찬란히 빛나는 아침바다. 바람은 상쾌하고 어부들의 풍어를 기대하는 노래도 파도를 탄다.

그런데 아침 먹은 것 다 소화도 되기 전 배가 이상하다. 쿵 하는 소리가 들리는가? 했는데 산 같은 배가 기울고 편히 쉬는 선박의 방까지 물이 들어온다. "여러분 선실에 그대로 있어야 합니다. 나가면 위험합니다. 절대로 선실 밖으로 나오면 안 됩니다. 그러면 훨씬 위험합니다." 그러다 갑자기 최후통첩이 들린다. "모두 바다로 탈출하세요." 그리고 선장과 그 직원들은 맨 먼저 살길을 찾았다.

악! 이게 웬일인가? 순식간에 물이 폭포같이 들어와 문을 막아 버린다. 우리의 착한 아이들은 선실에서 쭈그려 앉아 나오지도 않고 마지막이 될 줄 모르는 말을 휴대전화로 재빨리 날린다. 단원고 2학년 학생들

325명, 교사 15명, 탑승객 476명 중 구조 174명, 사망 실종이 302명이나 된다. 아! 어쩌면 좋은가? 저 넘실대는 바다 위에 통곡의 소리 넘친다. 목 놓아 부르짖는 소리가 온 국민의 가슴을 후벼 판다.

"사랑하는 제 아들이 너무 보고 싶습니다.", "2학년 7반 ○○○! 얼른 나와라!"

대답 없는 바다를 향해 아빠는 눈물로 소리쳤다.

우리의 욕심과 악함을 위해 십자가에 달리신 예수 그리스도, 모든 눈물과 슬픔, 절망과 고통을 씻어 줄 부활의 아침, 예수 부활, 우리의 부활의 날을 소망한다.

"주여! 저들을 구원하여 주소서.

우리 모두를 긍휼히 여겨 주시고 모든 아픔과 상처를 싸매어 주소서.

말로 다 할 수 없는 고통과 절망 가운데 있는 우리의 이웃,

사랑하는 아들, 딸. 주의 손길로 어루만져 주시고

한없는 위로와 소망이 있게 하소서. 부활의 아침에 노래하게 하소서."

빨간빛 철쭉꽃이 흐드러지게 피어 있다. 분홍빛 철쭉꽃은 어찌 저리 아름다울까? 우리의 슬픔을 조금도 모르는 것처럼 벚꽃엔 연초록 잎이 하늘에 수놓고 속없는 철쭉꽃은 한없는 웃음꽃을 맑은 눈동자에 내보내고 있다.

* 2014년 4월 16일 수요일.

인천항을 떠나 제주도로 가던 세월호, 6,800t

진도군 조도면 병풍도 부근에서 침몰사고

48. 내가 왕이 되리라

"내가 왕이 되리라." 이 말은 아무나 할 수 있는 말이 아니다. 만일 조선 시대에 이 말을 했다가 발각되는 날에는 삼족이 멸문을 당한다. '내가 왕이로소이다.'라는 말도 귓가에 맴돈다. 우리 마음속에는 누구나 왕이 되려는 욕망이 있나 보다. 아니 꿈일까? 비전(vision)일까? 지금은 누구나 이 꿈을, 아니 이상을 가져도 탓할 사람은 없을 것이다. 이 꿈은 이루어지기 어렵다. 그러기에 꿈이라 하겠지.

요즘에는 대통령이 꿈이라고 하는 아이들이 얼마나 될까? 연예인의 인기가 하늘을 찌르다 보니 자꾸만 하늘이 인상을 쓰나 보다. 그래서 '감히 나에게 도전해.' 하며 하늘이 먹구름을 일으키지 않을까? 얼마 전까지만 해도 우리나라에서 대통령을 꿈꾸는 것은 금기시되었다.

대통령의 꿈만 포기하면 어떤 자리라도 주겠다는 회유를 받은 사람의 얘기도 들어보았다. 대통령의 자리가 그렇게 좋은가? 암, 좋다마다. 그 맛을 보면 죽을 때까지 하게 되나 보다. 그래서 목숨 걸고 쿠데타(coup d'État 프)도 감행하지 않는가? 실패로 끝나면 자신만이 아니라 함께 따르던 부하는 물론 한 핏줄로 태어난 가족들까지 그 죄 때문에 함께 죽임을 당하지 않았는가?

수많은 역사의 교훈이 가슴을 때리고 있음에도 불구하고 왕의 그 보좌는 실로 탐나는 자리인가 보다. 그런 일들이 역사 이래로 끊어지지 않고 일어나는 것을 보면서 "내가 왕이 되리라."(왕상 1:5)라는 다윗왕의 아들 아도니야의 야심이 우리 마음속 깊은 곳에도 있음을 간과해서는 안 될 것 같다.

이 야심을 살펴보면 그럴 만한 상황이다. 골리앗을 물맷돌 하나로 쳐부수고 일약 영웅이 되어 수많은 전쟁에서 이스라엘 승리를 안겨 주던 그 다윗이 이제 늙고 병들어 침상에 누워 있다. 젊은 처녀를 함께 눕게 하여 식어 가는 그 육체를 따뜻하게 하려는 몸부림도 가는 세월을 막지 못했다.

다윗의 위대한 시대가 조용히 막을 내리려 할 그즈음, 다윗의 여러 아들 중 다윗을 이어 왕이 될 만한 아들이 있다면 "내가 왕이 되리라."라고 한 아도니야다. 그는 몸도 건장할 뿐만 아니라 잘생겼다. 요즘 단어로 하면 상 남자다. 한 번도 아버지 다윗에게 "너 왜 그랬어?" 하는 책망을 들은 적이 없는 천성이 착한 왕자였다. 순리로 봐도 다윗을 이어 왕 할 사람은 자신이었다. 그래서 다윗이 늙고 병들어 침상에 눕게 되자 스스로 자신이 왕 됨을 선포했다. 그의 생각은 자신만이 아니라 당시 최고 군대장관 요압도, 제사장 아비아달도 "아도니야의 왕 됨"을 지지하고 수많은 사람이 그에게 화환을 보내고 잔치를 벌였다. 새 시대의 도래에 다들 가슴 부풀어 있었다.

새 시대에 새 자리를 차지하고 위풍당당하게 살 것을 생각하면서 마음이 뿌듯했다. 하지만 이 일을 알아차린 선지자 나단이 나서서 이 사실을 솔로몬의 어머니 밧세바에게 알리고 다윗에게 일러 이것이 다윗왕의 뜻인지 물으라고 한다.

이 소식을 들은 다윗왕은 이스라엘을 택하고 이끌어 오신 하나님께서 그의 후계자로 일찍이 솔로몬이 대를 이어 왕이 될 것을 약속한 그 사실을 기억하고 솔로몬을 이스라엘 왕으로 선포하고 만다. 이 소식을 들은 아도니야는 놀라 자빠져서 성전으로 도망가 제단 뿔을 붙잡고 목숨을 구걸하고 그와 함께 한 모든 사람도 슬금슬금 도망가듯 떠나고 말았다.

"나도 왕이로소이다." 음…. 누구나 왕이 되고 싶어 한다. 시켜 주지 않아서 그렇지 한 번 멋있게 왕 노릇 하고 싶은 것이 누구에게나 있는 가슴속 꿈일 것이다. 군대에서 박박 기는 졸병 때, 직장생활 중 상사에게 맘 상할 때, 시장에서 장사할 때…. 수많은 삶의 정황에서 '내가 왕이었으면….' 할 때가 있을 것이다.

그러나 나는 왕(王)이 아니다. 사실 시켜 줘도 왕 노릇 할 능력과 지혜가 내게는 없다. 혹 왕의 자리가 주어진다고 하면 그 권세를 맡긴 분의 뜻을 성실하게 준행한 것으로 만족하면 된다. 낙원에서 행복의 단꿈에 빠져 있던 최초의 사람 아담도 사탄에게서 이 유혹을 받고 끝끝내 뿌리치지 못해서 낙원을 잃게 되고 행복 끝, 불행 시작의 문 열리고 말았다.

'예수 우리 왕이여 이곳에 오셔서….' 이런 찬양 가사가 있다. 예수는 왕이다. 왜인가? 그는 천지 만물을 창조하셨다. 우리 몸만 아니라 우리의 영혼도 하나님의 형상대로 만들어 이 지구촌에 살게 하셨고 복을 주셨다. 하지만 오늘 나는 예수가 왕(王) 됨을 원치 않기에 나쁜 아니라 가정, 직장, 사회, 국가에서 왕 노릇 하려 한다. 남들은 나를 왕으로 인정해 주지 않아도 마음만은 내가 왕이다.

하지만 세상 나라는 견고하지도 영원하지도 않다. 이 나라는 언젠가는 반드시 끝이 온다. 예수가 다스리는 나라는 견고하고 영원하다. 그가 다스리는 나라는 사랑과 평화의 나라다. 나는 오늘 천하(天下)?에 왕이라고 선포하며 살고 있는가? 아니면 사랑과 평화의 나라에 초대받아 예수를 왕으로 인정하고 하나님의 자녀로서 영생 복락을 누리는 삶을 살고 있는가?

49. 왕따

아! 이게 어찌 된 일인가? 적을 향해 총을 겨누어야 하는데…. 2014년 6월 21일 토요일 저녁, 갑자기 총성이 울려 온 나라를 발칵 뒤집어 놓았다. 제대를 3개월 앞둔 임 병장이 전우들에게 수류탄을 던지고 그들의 가슴에 총을 발사하여 다섯 명이 숨지고 십여 명이 상처를 입었다. 있을 수 없는 일이 일어난 것이다.

전쟁이 일어나면 바로 옆의 전우가 바로 생명을 구해 줄 수도 있고, 대신하여 상처를 입기도 하여 생사를 같이하는 진정한 전우애가 만들어지기도 한다. 그런데 어찌하여 이런 비극이 일어났는가? 부모에게는 둘도 없는 사랑스러운 아들, 이제 다 자라나 군대만 다녀오면 효도하기로 되어 있는데, 아니 효도 안 해도 좋으니 곁에 있어 주기만 해도 감사한데, 아니 부상이라도 살아만 있어 줘도 좋은데, 싸늘한 시신으로 맞이해야 하는 부모들의 심정이 어떠할까. 온 천하가 다 달려들어 되돌리려 해도 되돌릴 수 없는 참극이 오늘 우리 앞에 다시 일어나고 말았다. 어찌하면 좋을까?

임 병장은 A급 관심병사에서 얼마 전 B급으로 강등되어? GOP 근무를 하게 되었다. 옛날 군대 용어로 하면 고문관이요, 사회에서 말하면 왕따가 되었다. 참으로 불행한 일이다. 그 임 병장은 자신이 저지른 일이 얼마나 큰 사건인지, 그 일을 저지르고 탈영하여 숨어 지내다가 부모의 설득에도 불구하고 자수를 거부하고 마침내 자살을 기도했다.

하지만 중상을 입고 병원에 급히 후송되어 목숨 건질 수 있었다. 그는 이제 치료받아서 밥도 먹고 얘기도 할 수 있단다. 그는 왜 그런 일을 저질렀는가 하는 물음에 자신은 군대 안에서 왕따 취급을 받았다며 장난으로 던진 돌에 개구리는 맞아 죽는다는 표현으로 자신의 심정을 드러냈다.

왕따(王+따돌림)는 한 집단 안에서 특정의 사람을 따로 떼어 멀리하는 일이다. 또한, 그러한 따돌림을 받는 사람을 가리킨다. 백 번 양보하더라도 전우에게, 전쟁 때에 죽고 사는 일을 함께해야 할 전우에게 총을 겨눌 뿐만 아니라 방아쇠를 당기고 말다니 있을 수 없는 일이다. 결코, 있어서는 안 될 일이 벌어지고 말았다. 몇 년 전에는 어느 중학교 교실에서 칼로 친구를 찔러 죽이는 일이 있었다. 범인을 잡고 보니 기대(?)와는 달리 그는 평소에 내성적이고 남을 괴롭히는 사람이 아니라 오히려 소위 왕따를 당한 학생이었다. 그는 괴로움을 견디다 못해 칼을 준비해 가서 그 가해자를 찌르고 말았다.

나도 초등학교 5학년 때 따돌림을 당한 적이 있다. 4학년에서 5학년으로 올라갔을 때 5학년 3반 그 안에는 우리 동네 친구들이 한 명도 없었다. 그리고 낯선 동네 아이들이 많았는데 그 아이들이 수업시간에 건들고 연필로 찌르고 시치미 떼고….

정말 괴롭고 힘들었다. 집에 와서도 자존심이 상해 부모나 형들에게 얘기도 못 했다. 한 번은 나를 괴롭히는 한 친구와 교실 청소시간에 코피 터지게 싸웠다. 그 싸움의 발단도 혼자뿐인 나를 놀리다가 벌어진 일이었다. 혼자 당하는 따돌림의 고통은 매우 컸다.

선지자들은 고향에서 따돌림을 당한다. 따돌림을 당하는 것을 넘어서 핍박을 받는다. 예수님은 선지자이며 이 세상의 구주로 오셨다. 하지만 그의 고향 나사렛에서만 환영받지 못했을 뿐 아니라 세상 모든 사람에게 따돌림당하여 혼자 외롭게 빌라도 앞에 서 있었다. 그는 모욕을 당할 때도 욕하지 않고, 고난을 겪을 때도 위협하지 않았으며 모든 것을 공정하게 심판하시는 하나님께 맡기셨다.

따돌림을 당해 본 사람은 다 알겠지만 견디기 힘든 고통이 있다. 특히 신체적인 약점을 잡아 집단으로 놀리면 참기 힘들다. 그런 일이 군대에서 일어나면 더욱 위험하다. 속으로 삭이는 사람은 탈출구로 자살을 선택하기도 하고, 밖으로 표출하는 사람은 임 병장처럼 극단적인 방법을 선택하기도 한다. 그냥 앞뒤 재지 않고 평소에 자신을 조롱했던 사람들을 해치고 만다. 일을 저지른 본인도 이미 벌어진 일을 후회하겠지만 이미 죽은 사람들의 목숨을 되살릴 수 없으니 어쩌면 좋은가?

우리 모두 약하다. 약점 한두 개 안 가지고 있는 사람이 어디 있겠는가? 내게 재능이나, 건강이나 미모 또는 학력이나 무슨 실력이 있다면 그것은 그것을 갖지 못한 사람들에게 배려하고 도우라는 하나님의 뜻이다. 남보다 더 가진 것을 자랑하거나 뽐내서도 안 될 것이다. 그것은 내 것이 아니라 하나님께서 주신 은사(gift) 곧 선물이기 때문이다. 또한, 내게 약점과 부족한 것이 있을 때 너무 좌절할 필요가 없다. 하나님께서 그 약점을 통해 더욱 귀한 은혜를 주실 것이기 때문이다.

살아가다 보면 힘든 일, 억울한 일, 참기 어려운 일들을 만날 수 있다. 내게 해를 끼친 사람에게 보복하고 싶은 마음이 들기도 한다. 그러나 우리는 참아야 한다. 주님의 말씀같이 원수를 사랑하고 핍박하는 사람을 위해 기도하고 원수 갚는 것은 하나님 공의의 심판에 맡겨야 한다. 이 땅에 고난 겪어 몸과 마음에 피눈물을 흘리고 있는 이들에게 주님의 치유와 위로 그리고 한없는 사랑이 함께하길 기도드린다.

♤ 셋째 꽃:
모정의 세월
(2014~2016년)

50. 어느 여름날 어머니의 목소리

밖에는 장맛비가 추적추적 내린다. 제 세상인 것처럼, 마냥 설쳐대는 칠월의 장난기가 그래도 귀엽다. 조만간 아침저녁 시원한 바람에 저만 치 밀려 가겠지. 홀로 있어 마음에 여유를 갖는 저무는 칠월 오후, 살그 머니 고향 집에 전화를 건다. 열다섯 번의 전화 울리는 소리에도 받는 이가 없다.

고향 앞마당에는 풀이 숲을 이루고 그 가운데 여기저기 예쁜 얼굴 내미 는 꽃들의 숨바꼭질이 정겨우리라. 뒷마당 장독대에도 담장을 기어오 르는 풀들이 무성하고 조용히 주인의 손길을 기다리는 장독들의 수다 가 귀를 간지럽힌다.

어머니는 어디쯤 계실까? 짐작 가는 데가 있지만 바로 계신 곳을 알도 록 휴대전화를 사용했다. 몇 번 벨이 울린 후에야 전화를 받는데 목소 리가 이상하다. 그래서 "혹시 윤금애 씨 전화 아닌가요?" 했다. 잔잔히 들어보니 어머니 목소리가 틀림없다.

"어머니 저예요, 안산.", "그래 영배냐?" 하신다. 고맙고, 감사하게도 목 소리가 맑고 건강하다. 어느 땐 약간 술에 취한 것 같은 목소리를 들을 때도 있고, 약간의 치매 끼가 있어서 엉뚱하게 큰형을 미워하는 말씀도 하신다.

하지만 어쩌랴! 여든일곱 해를 온갖 가난과 어려움, 일제강점기와 6.25 의 전란을 겪고도 꿋꿋이 이기고 살아오신 어머니. 칠 남매를 낳아 생 떼 같은 딸을 결혼시킨 지 10년 만에 하늘나라로 보내고 그렇게도 서럽게 우시던 어머니. 지긋지긋하게 가난하게 살아서 보따리 장사하면서 일곱 남매 굶기지 않으려고 말 그대로 손발이 다 닳도록 고생하신 어머니. 어느 못된 사람이 곗돈 가지고 도망가서 여러 빚을 떠안아 그것 다 갚는다고 피눈물을 흘리신 어머니.

그런 와중에 중학교 다니다 같은 반 반장에게 뺨을 맞아 목포 제일중학교 중퇴한 큰형. 그것도 납부금을 제때에 내지 못해서 맞았다고 하니 얼마나 가슴 아픈가. 자존심도 제대로 세우지 못하고 스스로 학교를 그만두는 것으로 자존심을 조금이나마 찾았을까? 그 상처가 평생을 가는 것 같다. 둘째인 큰 누나는 초등학교가 전부다. 일찍이 부모님 도우러 정든 부모, 고향 땅을 떠나 낯설고 물선 서울에 올라가 온갖 공장일과 버스 안내양 일도 다 하며 서럽게도, 서럽게도 청춘을 보냈다.

그 와중에 나와 형을 중1 때 서울에 불러 창경원 구경시켜 준 것은 잊을 수 없는 추억거리다. 우리 곁에 오래 있어 고생하고 어려운 일들을 추억 속에서 함께 나누고 싶었는데 이제는 저 하늘에 별이 되어 빛나고 있다.

그래도 둘째 형은 우리가 보기엔 호강했다. 물론 중학교 입학을 1년 늦춰서 했지만, 고등학교를 광주로 유학 갔으니 어린 동생들 보기엔 부럽기만 했다. 우린 바로 위의 형과 어머니께서 만들어 주신 맛있는 김치와 밑반찬을 들고 형이 자취하는 광주시 학동을 1년에 몇 번씩이나 왔다 갔다 했다.

셋째 형도 내 눈에는 행복한 고교 시절을 보냈다. 물론 형도 가난을 피해 가지 못해서 어려움이 있었다. 형은 눈치가 빨라 고1 때 미술 선생님 찾아가서 미술부에 들어갈 수 있도록 부탁했다. 그래서 그림을 배우고 익히더니 전국대회 나가서 금메달 따고 우승도 여러 번 했다. 고 1학년

2학기부터 전액 장학금 받아 수업료 전액 면제받게 되었다.

얼마나 잘한 일이고 자랑스러운 일인가? 월요일 애국 조회 때 형이 시상대에 올라 상을 받으면 마음껏 손뼉을 쳤다. 부럽다. 그래도 형이 가끔 만날 때마다 그때 매우 힘들었다고 술회한다. 내가 보기엔 나와 깸(game)이 안 되는데….

나는 중학교에 겨우 들어가 중·고교 천여 명 되는 학생 중에 유독 나만 교복을 입지 않고 다녔다. 물론 교복이 없어서가 아니라 돈이 없어서 사 입지 못했다. 어린 나이에 사복 입고 무슨 고문관도 아니고… 나 또한 당당하게 가난의 굴레를 받아들이지 못하고 수치와 부끄러움을 겨우겨우 인내하며 버텨왔다. 참 서럽기도 하고 너무도 힘겨웠다.

중3 때 학교 가면 납부금 내지 않는다고 얼마나 담임선생님이 막말하는지 더구나 반별로 납부금 빨리 내기, 저축 많이 하기 등 이런 것이 있어서 난 선생님에게 표적이 되었다. '이런 질긴 새끼' 하면서 막대기로 머리를 탁탁 치기도 하고 책상에 올라가 무릎 꿇고, 손바닥 맞기도 하고 무릎을 맞기도 여러 번 했다.

결국은 너무 맞고 시달리니 부모 몰래 수업을 빼먹고 쑥 캐러 간 적도 있다. 중학교 졸업? 꿈같은 얘기다. 동네 모내기, 벼 베기, 보리 베기, 양파 나르기 등등 온갖 일을 다 해서 보충수업비 내고 여름날 뙤약볕에 나가 반하 캐서 말린 것을 한약방에 팔아 저축도 하고 앨범비도 냈으나 선생님은 저축한 돈도, 앨범도 졸업 때 주지 않았다. 졸업 후 5년 정도 지나 셋째 형이 아는 선생님께 내 앨범 부탁해서 얻어다 주어 간직하고 있다. 물론 중학교 졸업장은 없다.

졸업식장에는 경험 삼아 가 보았다. 모두 졸업장, 꽃다발 받아들고 너무들 좋아한다. 어떤 애들은 밀가루까지 뒤집어 썼다. 나는 사진 한 장도, 꽃 한 송이도 받지 못했고, 축하한다는 말 한마디도 듣지 못했다. 그래도 서럽지 않았다. 이 모든 것을 알고도 제때 돈을 주지 못하는 부모님 마음을 헤아리려 조용히 눈물을 삼키며 매일매일 학교에 갔던 내가 이제는 그만한 일로 서러워할 것이 아니었다.

사랑하는 남동생도 굴곡이 있었다. 남들 다 가는 중학교 가던 날, 홀로 아버지 하시는 구멍가게 커튼 뒤에서 새 교복 입고 재잘거리며 학교 가는 친구들을 보고 닭똥 같은 굵은 눈물방울을 하염없이 흘렸다는 소식을 뒤늦게 듣고 그 심정 충분히 이해할 것 같았다. 얼마나 서럽고 마음 아팠을까? 지금쯤 그 상처 다 아물었는지 궁금하다.

막내 여동생도 예외가 아니었다. 중학교 1년 쉬는 것은 이제 가문의 전통(?)이 되었다. 여동생이 내가 자취하는 서울에 올라와서 공장에 데리고 다녔다. 머리는 좋아서 일 년 일찍 초등학교에 입학했기에 나이로 따지면 친구들은 초등학교 6학년 일 때 가방공장에 취직하여 공순이 노릇 했다. 너무 어려서 나이를 속여야 취직할 수 있었다. 1년 후 시골에 내려가 중학교 간다고 갔는데 내가 고향에 가 보니 또 1년을 쉬어야 할 판이었다. 중학교 입학 등록 기간이 다 지나도록 입학 등록을 못 했다고 했다. 그땐 내가 아파서 고향에 치료차 가서 쉬고 있을 때였는데 마냥 누워 있을 수 없었다. 내가 교육청에 가서 사정하니 초등학교에 가서 졸업증명서 발급받아서 교육청에 내고 중학교에 가서 서류접수 하라고 일러 줘서 그대로 접수했다. 그래서 막내 여동생은 드디어 중학교에 들어갔다.

꿈 많은 소녀로 중학 시절을 보낸 동생은 소풍이나 운동회 때는 노래와 춤으로 응원단장도 하며 신나는 학창시절을 보냈다. 그런데 거기까지였다. 내가 군대 있을 때 휴가 나와 보니 고등학교 1년 다니다가 형편상 또 학업을 중단하고 목포에 가서 도자기 회사에 취직해 있었다. 거기까지 찾아가서 위로하고 설득했지만 후에 보니 거기까지였다. 그래도 돌아보면 고향에서 어머니 아버지 함께 계시고 형제들 울며불며 까불고 놀았던 어린 시절이 너무나 행복하고 즐거운 시간이었다. 지금도 종종 마음속 새겨 놓은 고향 집을 찾아가곤 한다. 이제는 내가 어렸을 적 내 어머니의 나이가 되어 있다. 이 나이에 어머니는 아버지 돌아가시고, 큰딸을 가슴에 묻고 홀로 시골집을 지켜 왔다.

명절 때야 우리 형제들이 우르르 찾아가지만 다 떠나고 나면 허우대만 큰 집에 얼마나 쓸쓸하고 고적하셨을까. 너무나 죄송하고 송구스럽다. 천 리 타향에 있다는 핑계로 자주 찾아뵙지 못했다. 목회한답시고 주일에는 더욱 찾아뵐 기회가 없었으니 죄송할 뿐이다.

그래도 고향 찾으면 어머니께서 살아 계시고 세상의 최고의 아들딸로 우릴 반겨 주시니 이 얼마나 감사한 일인가? 이제 그날이 점점 짧아지려 하니 어떡하면 그 시간을 늘릴 수 있을까? 옛말에 가지 많은 나무 바람 잘 날 없고 부모님께 효도하려 하나 부모님은 기다려 주시지 않는다며 탄식했는데 이제는 우리가 그 자리에 있는 듯하다.

난 아직도 전화의 어머니 목소리가 정겹다. 그래도 가끔 정신이 희미해서 그렇지 또렷한 목소리가 내 마음에 기쁨을 준다. 사랑하는 어머니와 통화라니 참 기쁘다. 세상의 어느 누가 이런 기분을 갖게 하겠는가. 전화 속의 목소리는 여전히 따뜻하고 다정다감하다. 저 하늘의 부름의 날이 임박한 걸 알기에, 어머니와 함께할 시간이 많지 않다는 걸 알기에 어머니가 우리 곁에 계신다는 사실에 감사하고 감사하다.

어머니 목소리 듣는 순간 진짜 감동이다. 감동의 파장이 어릴 적 여름이면 물결쳤다. 감자와 옥수수 텃밭에서 가져다 삶고 쪄 주시던 그 행복했던 순간, 저녁때면 마당 가에 솥을 걸어 덕석 깐 곳에 상을 차리고 말려 두었던 갈치를 억센 여름풀로 땐 그 숯에 노릇노릇 구워 주시던 그 맛, 그 손길 결코 잊을 수 없는 꿈같은 나날이었다. 그땐 가난해도 진정 행복했다. 고맙고 눈물 나도록 감사하다.

"어머니! 진정 감사하고 고맙습니다. 이 땅에 소중한 한 생명으로 태어나 건강하게 부모님 사랑 속에 자라나게 하신 것 진정으로 감사드립니다."

칠월 오후 장마 속 하늘이 파란 얼굴을 내밀어 살짝 미소 짓는다. 그리워지는 어머니 얼굴에 다시 휴대전화에 손이 간다. "어머니! 저예요, 안산. 어머니! 사랑합니다. 진짜예요. 오래오래 건강하세요. 편히 한번….

51. 이별연습(離別練習)

추석 때 사랑하는 자녀들이 다 떠나고
혼자 남게 되어

'이별, 이별, 이별은 생각도 못했는데, 지금은 혼자랍니다.' 송대관 가수가 부른 노래 가사가 생각난다. 이별(離別)은 [오랫동안 떨어져 있어야 할 일로 해서] 서로 헤어짐을 의미한다. 서로 사랑하는 부모형제 또는 연인이나 친구를 만나면 반갑지만 헤어지기는 싫고 어렵다. 우리의 정서는 헤어지는데, 익숙지 않아 방에서만 작별하지 않고 마당에 나와 다시 허리 숙여 인사하고, 대문 밖에까지 나와 또 인사하며 헤어짐에 대한 아쉬움을 표한다.

어떤 이는 헤어지는 아픔이 너무 커서 떠나자마자 등을 돌리고 사랑하는 이에 대한 정을 떼어 내기라도 하듯이 한다. 하지만 차마 등을 보일 수 없어 가신임에 대한 사랑, 그리움, 보고 싶음이 떠나자마자 생겨나서 사랑하는 이의 모습을 바라보며 언제 다시 만날 수 있을까? 하는 애절한 마음으로 눈을 떼지 않고 저 멀리 희미하여 보이지 않을 때까지 바라본다. 더욱이 떠나보내는 사람이 홀로 남아 있는 경우라면 더욱 그러할 것이다.

초가을이 되면 여름 더위가 아직 제때(時)가 남아 있는 듯 기승을 부리지만 가을 전령사 코스모스가 파란 하늘을 뽀얗게 밝혀 주듯 맑고 밝은 가을하늘 아래 들녘의 벼들이 익어 간다. 우리는 벌써 추석을 기다리며 날짜를 헤아리게 된다. 누가 가르쳐 주지 않아도 산과 들에 익은 곡식과 과일들의 흥겨운 노래에 장단을 맞추어 어깨춤을 추며 기다리던 고향길을 찾는다.

그리움 끝에 매달린 정겨운 얼굴이 점점 크게 다가오면 우리가 달려가는 천 리의 고향길도 지루하지 않게 달려간다. 이번 명절에는 연휴가 길어져 내려가는 길이 그리 혼잡지 않다는 교통뉴스가 계속되어 우리도 설마 하며 서해안 고속도로로 곧바로 올랐다. 거의 시속 100km로 달리다시피 하여 300km 떨어진 고향 함평에 도착했다. 먼저 도착한 형님들과 군대도 모두 다녀온 조카들이 반갑게 맞이해 준다. 무엇보다 사랑하는 어머니께서 반겨 주시니 참말 좋아서 어머니의 손을 꽉 잡았다.

이제는 어머니께서 추석마다 빚어 주시던 송편도 먹을 수 없고, 어릴 적 추석빔으로 양말 사 주시던 일들은 까마득한 추억이 되었지만, 커다란 집에 넓은 마당과 조그만 텃밭에 녹두, 마당 가의 단감나무에 주렁주렁 매달린 단감, 어우러진 풀과 나뭇가지와 대나무의 키 자랑하는 소리, 그리고 고향 땅 냄새와 친구 같은 맑고 높은 하늘 있어 즐겁다. 그 모든 것 중에 어머니를 중심으로 함께 얼굴과 얼굴을 볼 수 있는 것이 고향 찾는 행복 중 제일이 아닐까?

우리 가족, 곧 두 아들과 함께 고향 마당에 도착할 저녁 8시 무렵, 잔디밭 마당에 커다란 상 둘이 펴져 있고 시멘트 한 마당 가 한쪽에는 소나무 장작불이 우리의 만남을 더욱 뜨겁게 해 주었다. 모닥불 피우기에는 아직 여름이 제자리를 지키고 있어 어색했지만, 그 위에 삼겹살을 구워

내는 지글지글한 소리, 코끝을 자극하는 고소한 냄새가 대보름달의 얼굴을 환하게 맞아 주었다.

누가 세월 빠르기가 흐르는 물과 같고, 쏜 화살 같다고 했는가? 추석날 아침 이 땅에 평화와 풍성한 첫 열매를 허락하신 은혜와 사랑의 하나님께 감사예배를 드리고 아버지와 할아버지의 산소에 우리 승합차로 형님들과 조카들을 태우고 다녀왔다. 저녁이면 쌓아놓은 장작을 다 없애버리기라도 하듯 밤새 장작불을 피워 놓고 못다 한 이야기를 나누며 새벽이슬이 머리에 내려앉은 줄도 모르고 기나긴 이야기꽃이 시들지 않은 밤을 보내곤 했다.

"너희들 언제 떠날래?" 힘없는 어머니의 말씀이다. 추석 다음 날 새벽, 먼저 떠난 중학교 교사인 조카를 선두로 모두가 약속이나 한 듯 떠날 준비에 짐을 싸고 챙길 것 챙기고 있다. 그것을 아무런 기대하지도 않은 듯 멍한 얼굴로 바라만 보는 어머니의 얼굴이 자꾸 내 시선을 붙잡는다. 나는 하룻밤 더 자고 오려고 했는데 가족들 여론이 학교 갈 준비해야 한다며 눈짓을 한다. 바보 같은 나는 거기에 동의하고 떠나기 위해 물건을 하나하나 챙기며 살폈다.

아침을 먹자마자 짐을 자신들의 차에 싣고 어머니에게 인사를 하곤 훌쩍 자신들의 삶의 터전으로 떠나고 만다. 이제 우리 가족과 여동생네만 남았다. 모두 점심 먹고 떠나기로 했다. 그런데 나는 마음 한구석이 아파지기 시작했다. 오전부터 "다 가 버리면 어떡한다냐?" 말씀하시는 어머니, 늙고 병들어 당신의 밥을 해 잡수기도 기운 없는 어머니, 걸어 다닐 힘도 없어서 버려진 유모차에 기대어 동네 친구 태복이 엄마 집에 가시는 어머니, 급기야 치매 증세까지 있어 심장약과 치매 예방약을 하루 한 번씩 드셔야 하는데 기억이 없기에 한 달 분의 약이 15일, 어떤 때는 열흘 만에 드셔 버린 어머니다. 여동생이 어머니와 떨어지지 않은 작별 인사를 하고 출발했다.

"다 가 버리면 나는 어떡한다냐?", "영배야! 나도 따라가고 잡다. 나도 따라가고 잡다."

"이렇게 다 가 버리면 나는 어쩐다냐?" 하시며 눈물을 닦아내며 싱크대 앞에 허망하게 앉아 우신다. 우리 가족마저 떠나면 볼품없는 커다란 집에 마치 독방처럼 적막강산이 될 집에 홀로 계실 어머니를 생각하니 떠나기 전 여동생이 타 준 커피가 목에 넘어가지 않는다. 전에는 한 번도 저런 모습을 보이지 않았는데, 이제는 생명의 기운이 다 되어 천국에 가실 날이 가까워서 그런지 몸과 마음이 훨씬 더 연약해 보이는 어머니다. 마치 어느 낯선 시장 바닥에 엄마를 잃고 울고 있는 대여섯 살 난 어린 아이의 모습이 꼭 우리 어머니의 모습으로 겹쳐 보여서 가슴이 먹먹하고 목이 메어 온다. 돌아보면 어머니는 57세의 나이에 남편과 사별하고 사랑하는 큰딸을 불의의 병으로 천국에 보내고 홀로 커다란 고향 집을 지키고 살아오셨다.

옛날 새마을 운동한다고 초가지붕 걷어 내고 슬레이트로 지붕만 개량해서 방이 다섯 개나 되지만 별 쓸모가 없고 지붕도 낮아 생활하기에는 불편하다. 이렇게 커다란 집에 저녁 무렵, 어머니께서 집에 오셨을 때 아무도 반겨 주는 이 없고 컴컴하고 고요한 그 집 방문을 열고 들어갈 때 심정이 어떠했을까? 어렸을 때는 칠 남매의 목소리가 왁자지껄했는데…. 지금 돌아보니 어리석은 내가 다 헤아려 드리지 못한 세월이 30년이 넘고 있다.

그 가슴 아픈 어머니의 마음, 사랑하는 자식들을 그 가슴의 뜨거운 젖으로 먹이고 손발이 다 닳도록 입히고 튼튼하게 길러 낸 어머니! 홀로 된 세월이 너무 길어 너무 죄송합니다. 우린 아내와 자식들과 함께 희희낙락하느라 어머니의 외로움과 아픔을 다 살펴 드리지 못해 송구합니다.

당신은 당신의 아픔이나 배고픔보다 틀림없이 온몸을 던져 어린 칠 남매를 건강하게 길러 주셨는데, 세상의 재상이 되고도 남을 나이가 다 넘은 어린 자녀들은 어머니 한 분 편히 모시지 못해 죄송하고 미안합니다. "어머니! 태복이 어머니 집에 가실래요?" 유일하게 친하게 지내고 속에 말을 트고 지내는 분이다. 승합차에 어머니 태우고 큰길 아래 사시는 그분 댁으로 어머니 모시고 갔다. 그 어머니도 우리를 보자 매우 반가워하신다. 마루에 함께 앉아 계시는 두 분을 보며 우리는 바로 길을 나섰다.

마당을 벗어나기 전 "어머니! 사랑합니다!" 하며 우리 네 가족은 어머니를 향해 손을 머리 위로 올려 사랑의 하트 모양으로 인사했다. 순간 어머니는 환하게 웃으신다. 나는 차 안에서 그 외롭고 쓸쓸한 어머니의 마음과 제대로 모시지 못한 자식 된 나의 죄송한 심정을 내 아들들에게 떠듬거리며 계속 얘기하며 천릿길을 나섰다.

52. 가을 햇살에 내리는 행복

고향 집 전화하는 어머니

추석 지나고 자녀들이 다 각자의 삶의 터전으로 돌아간 후 어머니는 홀로 커다란 집에 계시면서 식사할 기운도 없고, 맛있게 음식을 해 드실 기력이 없어 갑자기 온몸에 힘이 없고 목소리는 매우 작아져서 모깃소리만큼 하다. 그대로 며칠 지나다 음식을 잘못 드셨는지 토사곽란(吐瀉癨亂)이 나서 누워 있을 때 막내 여동생이 전화해서 그 사실을 알고 119에 신고해서 함평성심병원에 실려 간 날이 9월 15일이었다.

그 병원에서 C.T 촬영해 본 결과 뇌에 종양이 발견되었으니 속히 대학병원에 입원시켜 수술해야 한다기에 바로 전남대 화순병원으로 이송해서 여러 검사에 들어갔다. 목포 큰형님이 그곳으로 속히 올라가 어머니 입원절차를 밟았다. C.T 촬영에서는 종양이 안 나타나 M.R.I 찍어 봐야 했다. 하지만 이미 몸에 인공심장 박동기를 심어 놓았기 때문에 자기공명영상 촬영을 할 수 없다고 해서 더는 치료를 위한 검사는 못 했다.

임시로 머리 아픈 것과 몸에 힘이 없는 부분을 치료하고 다시 고향에 있는 무안종합병원에 입원했다. 다행히 그곳에는 간호사가 있고 식사가 제시간마다 나오고, 아프면 의사가 약을 주고 하니 어머니는 물론 자식들도 안심이 되고 맘도 조금은 편안했다. 하지만 어머니는 어디 가든 오래 못 계신다. 이틀만 지나도 집에 가겠다며 가방을 싸고 또 싸고 한다. 병원에서도 이런 일이 반복된다고 간호사가 일러 주었다.

"차로 십 여분 가면 내 집 있는데 뭘라고 병원에 있써야! 돈만 들고…"

하시며 집에 속히 가고 싶어 하는 마음 충분히 이해하고 남는다. 그래도 퇴원을 미룬 것은 집에 오면 또 홀로 노구를 이끌고 민생고(民生苦)를 해결해야 할 것을 생각하면 쉽게 결정할 수가 없다.

이 주일이 지난 9월 29일 드디어 퇴원해서 어머니께서 시골집에 오셨다. 어찌 지내시나 자녀들 모두 노심초사한다. 그러던 중 텔레비전에서 부모님 모시고 민속촌에 가서 여러 옛집이나 농기구, 풍물놀이, 사는 모습을 재현해 놓은 것을 보고 즐거워하는 것을 보니 "아! 나도 한번 어머니 모시고 민속촌에 소풍 가야겠다."라고 마음먹었다.

그래서 카톡으로 이런 제안을 하니 형제들이 모두 찬성하여 날을 10월 9일 공휴일로 잡았다. 사정이 여의치 않아 온 식구들이 다 함께하지는 못했지만, 어머니 건강상태를 생각해서 민속촌은 보류하고 시화호 전망대 가서 넓은 바다를 구경하고 사진도 찍고 해물 탕에 굴밥, 해물칼국수에 정말 오랜만에 어머니 모시고 밖에 나와 즐겁게 지냈다. 그리고 저녁은 우리 집에 와서 불고기에 찌개에다 신나게 먹으며 못다 한 얘기를 하고 헤어졌다. 어머니는 제집에 모시기로 했다.

어머니는 바로 다음 날 시골에 내려가시겠다고 하시며 막내딸이 오기만 기다린다. 하지만 여동생은 감기몸살로 함께 하기로 했던 소풍에도 못 오고, 주일날 어머니 모시고 고향에 내려간다는 약속도 못 지켰다. 그 뒷감당은 안 해 본 사람은 모른다. 어머니는 정들고 곳곳에 손때 묻은 고향 집에 가시겠다고 성화가 얼마나 많은지 내가 이리저리 달래고, 다른 곳으로 관심을 끌기 위해 애썼다. 그것도 잠시 또 가방 싸고 하시며 내려갈 채비를 하신다.

"열차 태워만 주면 내가 함평역에서 내려 택시 타고 가면, 돼야." 하시고 시외버스 태워 주면 무안에서 내려 한 번 바꿔 타면 갈 수 있으니 버스만 태워 달라고만 하신다. 난 그 마음을 이해할 수 있을 것 같다. 아무리 사랑하는 자식 집에 있어도 어머니 계시던 고향 집만 하겠는가. 종일 방에만 계시니 답답하고, 밖에 나갈 곳도 없고, 공원에 가자고 해도 낯설고 무릎이 아파서 싫어하신다.

"집에 가면 유모차 끌고 태복이 엄마네 집도 가고, 갑수 엄마도 집에 놀러 올 텐데." 하시며 시골집만 그리워하신다. 자식 된 도리로 어머니 맘, 쏙 들게 못 하구나 하고 반성도 해 봤다. 하지만 입안의 혀처럼 어머니 마음 조금이라도 편하고 기쁘게 해 드리려고 애썼다. 텔레비전은 농촌 프로 틀어서 그 추억을 떠올려 스스로 얘기하도록 하고, 노인들 좋아하시는 〈가요무대〉도 함께 시청하며 도란도란 깊은 밤을 엮어 갔다. 식사시간마다 국 반 그릇에 밥을 말아 내가 기도한 후에 식사했다. 맛있게 다 드시는 모습이 얼마나 감사한지 모른다.

작은 몸짓 하나하나가 마치 갓난아기가 옹알이하고, 귀여운 몸놀림 같기만 해서 휴대전화기 사진에 모두 담았다. 소파에 앉아계시다 주무시는 모습, 예배당에 가서 기도하시다 쉬는 모습, 아무 개념 없이 앉아계시는 모습, 노회에 갔다가 사 온, 빵 맛있게 드시는 모습, 저에게는 하나하나 소중한 보물 같은 모습이다.

어머니께서 우리 아가 때, 키우면서 얼마나 예뻐하셨을까? 당신의 몸 돌보지 않고 물불 안 가리고 자식들 건강히 잘 자라고, 훌륭하게 크라고 이리저리 얼마나 뛰어다니셨을까? 이젠 완연히 늙어 버린 어머니 모습에 그 상이 겹칠 때마다 내 마음이 심히 아려만 온다. 이러한 날, 이런 어머니 모습도 그리 길지만 않을 것만 같아 무심히 흘러가는 세월을 그 사랑의 밧줄로 묶어만 두고 싶다.

이번 주 토요일, 그러니까 10월 18일이면 이천 형님 부부가 안산에 와서 어머니 모시고 시골에 가기로 약속되어 있었다. 어머니의 성화, 아니 두고 온 고향에 대한 그리움, 아니 고향에 두고 온 어머니의 젊은 시절 칠 남매와 함께 와자지껄하며 지내던 그 시절, 손으로 잡으려면 곧 잡힐 것만 같은 어머니의 마음의 고향. 수많은 애환이 있지만 끊어 낼 수도, 아니 끊어 내서는 안 될 애정과 한이 녹아 있는 그곳으로 그리움이 더는 어머니를 힘들게 하지 않도록 해야겠다. 내가 목사들의 모임인 정기 가을 노회를 오전만 참석하고 속히 집으로 돌아와 홀로 오래 못 계시는 어머니를 안심시켜 드렸다. 오후에 쉬었다가 다음 날 화요일에 드디어 고향으로 어머니 모시고 내려가기로 했다.

아? 정말 이런 것이 행복이 아닌가 생각한다. 어머니 목소리에 생기가 넘치고 기분도 매우 좋고 밝아졌다. 음식을 꾸준히 드시고 막내딸 양숙이 만나 함께 저녁 먹고 얘기하니 그런가 보다. 군산 휴게소에서 양숙이에게 전화해서 우리 여기 있다고 얘기한다고 했는데 그냥 가고 싶은 거다. 그래서 동생에게 전화했다.

"숙아! 네 집에 가서 자고 가야겠다."라고 하니 숙이는 대환영이다. 그래서 기수를 익산으로 돌렸다. 가는 길에 대형 할인점에 들러 외국산 대형 갈치 한 마리와 이사한 집 선물 세트인 "잘 풀리는 집"을 사 들고 4

층 주차장에 왔다. 막 동생 집으로 출발하려는데 어머니께서 "양숙이 주게 떡 사 와라."라면서 꼬깃꼬깃한 만 원짜리 두 장을 주시는 거다. 난 한 장을 물리고 만원을 들고 다시 1층 식품 잡화점으로 갔죠. 바람떡은 내가 모치 떡과 함께 사서 점심때 휴게소에서 어머니와 먹고 남은 것이 있어서 다른 것을 사야겠다고 생각했다. 이리저리 들러보다 뼈 없는 닭강정을 샀다.

숙이 생일은 아니지만 마치 좋은 날인 것처럼 기쁨을 주기 위해서다. 색종이에 작은 선물도 만들었다. 조그만 스카프. 시골에 두면 찾아가라고 사진 찍어 카톡으로 보냈는데, 오늘 갑자기 내가 직접 가져오니 어머니와 내가 방문한 것이 말 그대로 놀라운 일이 되었다.

어머니 목소리는 여름 가뭄에 소나기라도 내리면 그동안 가뭄에 시달린 초목들이 싱싱하게 하늘 향해 뻗어나듯 힘이 있고 평화로운 고향 들녘과 같은 모습이다. 숙이가 퇴근하기 전, 어머니께서 "밥 하끄나?" 하신다. 그래서 전화로 쌀 어디 있는지 물어서 어머니께서 쌀을 씻어 전기밥솥에 올렸다. 조금 지나니 밥솥이 자신의 존재를 확실히 알리듯 "칙칙, 칙칙." 소리를 질렀다. 어머니는 내가 사 온 갈치로 찜을 가볍게 해내셨다. 이제는 양숙이만 오면 되는데 퇴근 시간까지는 한 시간 이상 남아 있다. 이때 어머니의 특기인 조급증이 나왔다.

"양숙이는 왜 아직 안 온다냐?" 하신다. 난 어머니를 위해 안산에서 겉절이와 생김치 오천 원어치씩 샀는데 그것도 가져와 숙이 냉장고에 넣어서 식사시간만 기다리고 있었다. 우린 기다리다 못해, 아니 지겨워서? 어머니와 나는 사서 가져간 홍시를 하나씩 깨물어 먹고는 시장기를 달랬다. 여긴 3층 아파트다. 저 멀리서 따각따각 발걸음 소리가 났다. 내가 장담했다.

"양숙이 오네요." 아니나 다를까 점점 발걸음 소리가 커지더니 철커덕 아파트 철문을 여는 소리가 나자마자 어디서 많이 보던 얼굴이 우리에겐 낯선 집으로 들어오는 것 아니겠는가? 어머니는 깜짝 놀랐다. TV 보고 있는 등 뒤에서 갑자기 양숙이가 나타나니 "니가 거기서 어쩐 일이냐?" 하셨다.

우리 세 식구는 그때부터 열심히 저녁상을 차렸다. "김치는 그냥 가지고 가래요. 숙이 김치 있다며⋯." 외국산 갈치 좀 별로라고 생각했는데 국산처럼 맛있다. 닭강정도 상에 올리고 주님께 감사의 기도를 드렸다. "이런 게 행복이야. 야! 기분 좋다."

닭강정도 맛있고, 김치도, 갈치도 끝내주고, 어머니 얼굴에 생기가 돌고 물어보지 않아도 딸에게 이것저것 묻기도 한다. 나와 동생은 눈을 서로 마주 보며 얼굴엔 놀라운 표정을 지으며 서로 엄지손가락을 치켜세웠다. 우리의 이야기는 행복의 여울로 가을밤을 수놓고 있다. 어머니께서 딸 집에서 살았으면 좋겠다. 행복한 밤이다.

우린 꿀맛 같은 단잠을 잤다. 다음 날 동생은 직장으로 우리는 정다운 고향 함평을 향해 달려갔다. 고속도로 양옆으로 누런 황금 이삭들이 가는 내내 따라오며 가을 햇살을 환하게 비춰 주었다.

빈 마당이 잃었던 주인을 반가이 맞이하여 주었다. 어머니는 여느 때와 같이 익숙하게 거실 의자에 앉아 가장 친하게 지내며 속 얘기까지 못할 얘기가 없는 사이인 태복이 어머니께 제일 먼저 전하기를 들어 서울 아들들에 집에 갔다가 고향에 잘 돌아왔다고 약간 들뜬 목소리로 의기양양하게 말씀하셨다. 역시 이곳이 어머니의 본무대, 터전이구나.

*넷째 아들 영배

53. 고난의 의미와 사랑

광야 길에서는 오아시스를, 현대인의 마음속에는 로또와 같은 거대한 행운을 기대하지만, 그것은 사막의 신기루와 같이 가까이 간 것으로 생각해 잡으면 사라지고 다가가면 헛것인 것을 깨닫는다. 그런데도 오늘을 살아가는 사람들은 그 어딘가에 있을 그 복락을 찾고 있다. 인생을 살아가다 보면 예기치 않은 고난과 역경을 만나고 시련을 온몸으로 감당해야 하고 더 나아가 어찌할 수 없이 절망할 때도 있다.

'왜 내게 이런 일이 하필….' 할 때가 있다. 성경은 우리에게 이렇게 대답한다. "한 사람으로 말미암아 죄가 세상에 들어오고 죄로 말미암아 사망이 왔나니 이처럼 모든 사람이 죄를 지었으므로 사망이 모든 사람에게 이르렀느니라."(로마서 5:12) 모든 사람이 죄를 지었다는 것은 아무도 부인할 수 없는 사실이다. 그것은 우리의 양심이 알고 또한 창조주 하나님도 알고 계신다. 그 증거가 곧 사망이다. 이 사망이 모든 사람에게 왕 노릇을 한다. 이 죽음의 길을 피해 갈 사람이 아무도 없다는 것을 인류 역사 이래로 모르는 사람 아무도 없을 것이다. 왜냐하면, 모든 사람이 죽음으로 그것을 증거 하기 때문이다.

모든 사람이 이 사망 권세 아래 있기에 질병과 고통, 미움과 증오, 살인과 전쟁이 인간사에 그치지 않고 있다. 여기서 벗어나기 위해 사람들은 몸부림치고 사람의 손으로 신(神)을 만들어 구원을 얻으려고 한다. 사람이 만든 것은 신이 아니어서 구원할 수 없는 것을 알면서도 기댈 곳이 없기에 돌과 나무와 금으로 만든 신상에 머리를 조아린다.

현대에 와서는 인간의 이성을 믿고 과학을 발달시켜 의술로 인간의 고통과 죽음의 문제를 해결하려 하지만 답이 없다. 여기에 대해 하나님의 말씀인 성경은 이렇게 답하고 있다. "이는 죄가 사망 안에서 왕 노릇을 한 것같이 은혜로 또한 의로 말미암아 왕 노릇을 하여 우리 주 예수 그리스도를 말미암아 영생에 이르게 함이니라."(로마서 5:21)

하나님의 아들 예수 그리스도는 사람의 몸을 입고 죄인처럼 이 땅에 오셔서 십자가에 자신의 몸을 내어 주셨다. 그 십자가의 죽음과 부활을 통해 죄와 사망 아래 있는 모든 사람에게 새롭고 산길 곧, 영생의 길을 열어 놓고 우리 모두를 부르고 있다. 하나님은 고난을 통해 우리가 연약한 인생임을 깨닫고 생명의 하나님을 의지하도록 하고 또한 어려움 당한 이웃을 생각하며 예수님의 십자가의 고난에 동참하도록 우리를 격려하신다.

나그넷길 가는 모든 인생이 하나님의 은혜와 긍휼을 영원히 등지지 않고, 최후 승리 얻기까지 예수님의 십자가 든든히 붙들기를 소망한다. 또한, 고난과 슬픔에 있는 모든 사람에게 따스한 손길을 내밀어 손잡아 주고 바라며 주님의 위로와 평안, 은혜와 소망이 이들에게 오늘도 함께하길 소원한다.

54. 고향에 두고 온 정

어머니의 친구, 마당 텃밭

오랜만에 다시 어머니의 삶의 터전인 고향 학다리에 모시고 왔다. 마당
엔 잔디 풀이 웃자라 있고 마당 가 텃밭엔 이 주간 동안 돌보는 손 없어
상추는 성난 듯 꽃대가 우뚝 솟아나 있다. "아이고, 풀도 매고 거름도 해
줘야 상추를 먹는데 어쩐다냐!" 하신다. 난, 봄볕 가득 받은 풍성하게
자란 상추를 기대했다.

누가 잔인한 세월이라 했나? 홀로 어머니 모시고 모처럼 고향에 내려
왔는데 벌써 삶의 자리로 가야 할 시간이 밀물처럼 다가온다. 좀 더 머
물고 싶은 마음은 왜일까. 언제나 그렇지만 한 번 든 정, 이렇게 떼기가

힘들다. 왜? 떠나올 때마다 안쓰럽고 애잔한가? 인생이란 그런 거란 걸 알지만….. 어머니 눈에 맺힌 그 쓸쓸함과 한없는 아쉬움, 노쇠한 그 모습에서 더욱 깊이 느껴 왔다.

동만 솟아난 상추밭을 아침부터 부지런히 풀 메시던 어머니 "갈~래?" 하신다. "네…. 어머니!" 풀 뽑다 만 어머니는 손을 털고 나오셨다. "왜 그냥 나오세요?", "안 되겠다.", "휑해서….", "태복이 엄마 집에 갈란다.", "그래요. 어서 차에 타세요."
승합차 뒷문을 열고 몸을 받쳐 올려 드렸다. 항상 엄마와 같이 있으면 참 좋은데, 행복하고 편안한데…. 아쉽다. 잠시 잠깐 후면 다시 그리워해야 할 길로 들어서야 한다니….

언제나 어머니 손길 머무는 토방

"홍표는 5일에 온다더라." 몇 번이나 반복하신 말씀, 또 하시며 '언제 올래?'
'오월에 올래?' 하시는데…. 왜, 헤어져야 하고, 왜, 늙고 힘없어야 하고 왜, 그토록 아쉬워해야 하는지…. 저민 가슴으로 길 가고 있다. 마음은 어머니 정과 사랑 가득한 고향 앞마당에 있는데 몸은 낯선 땅을 향해 달려가야 할까?
자식 주려고 상추 뜯고 마당 풀 캐는 어머니 모습이다. 내가 안산으로 올 때, 어머니는 허전하다며 아랫동네 태복이 엄마 집에 가겠다고 하셔서 모셔다드리고 왔다. 시골에 어머니 모셔다드리고 와서 이 글을 쓰는 마음이 왜 이다지도 아려오는지 모르겠다.

55. 오월의 무대에 선 그대에게

가슴을 열고 한 번 크게 숨 쉬는 것으로도 기쁨으로 하루를 열어 가는 님이여! 축하드립니다. 행복을 꿈꾸는 오월 선물로 받은 것을. 밖에서 누군가 부르는 듯하여 나가 보니 하얀 얼굴로 미소 짓고 있지 않겠어요? 그 얼굴 하도 고와 만져 보고 싶었어요.

나도 모르게 다가가 얼굴에 손을 대니 살짝 차가운 기운 손끝을 통해 온몸으로 전달돼 정신을 맑게 해 주었어요. 그 시원한 목소리 따라 함께 가는 내내 웃고 있어요.

4월의 지친 마음과 총회 운동회 때, 탁구도 하고 릴레이로 50대 노회 대표로 뛰었더니 아직도 여기저기 뻐근한 몸뚱어리가 조금은 위안이 되었어요. 함께 가는 붉은 치맛자락 날리는 예쁜 얼굴, 너무 눈이 부셔 겨우 처다만 보고 다가가 만지진 못했어요.

혹 손이 뜨거울까 봐. 오월 푸른 하늘 울긋불긋 예쁜 꽃 귀여운 연초록 새싹 귀 간지럽히는 속삭임으로 가득합니다.

오월의 아침은 이렇게 청아한 미소 정열의 몸짓 젊은 날 꿈을 불태우는 화려한 철쭉꽃 함께 첫발을 내디뎌 봅니다. 마음은 푸르고 맑은 꽃잎 아가 손 같은 새 잎사귀들 보드라운 매만짐으로 행복 가득합니다. 저 하늘 마음 띄어 몸은 소중히 날 바라보고 사랑의 손길로 소원을 담은 그 어느 분과 함께 꽃 노래, 가득한 아침 숲길 걷고 싶습니다.

함께 잡은 그 손, 끝까지 놓지 않고, 저 하늘 땅에 내려와 두 팔 벌려 저 하늘길 열어 함께 가는 날까지, 오월에 가슴과 가슴으로 만나 서로에게 사랑과 행복이었던 그 꿈 자락 붙잡고 끝까지 함께 하고 싶습니다. 함께 잡은 그 손에는 내 아가 손 잡아 주던 젊은 엄마 손도 있고, 병아리 둥지 함께 뒹굴던 고운 누이, 황혼을 찾는 형아 손도 있어요.

함께 잡았던 고운 엄마 손은 어느새 산길에 드러난 앙상한 나무뿌리 같습니다. 꿈같은 봄날을 허락하신 빛과 사랑의 하나님, 님의 걸음 곱고도 아름다운 사랑의 동산으로, 함께 시냇물 흐르는 계곡으로 가다가 가끔 흥겨워 노래하는 걸음으로 여정을 인도하길 소망합니다.

56. 어머니와 함께 나들이

덕평 휴게소에서 셋째 형 집에 다녀오다가

아름다운 계절로 소문나 있는 오월. 잔인한 4월을 벗어나서일까. 움츠렸던 온갖 풀과 나무들이 생기를 발하고 울긋불긋 꽃을 피우고 향기로 꽃과 나무를 부른다. 오월은 가정의 달이어서 아름답다. 사랑하고 감사하기에 딱 좋은 계절이다.

내가 부를 이름. 내가 사랑하다 부를 그 이름, 내가 부를 때에 사랑하는 그 음성 있다면 언제나 아름다운 계절, 사랑의 계절, 행복의 계절이겠다. 오월 어버이 주간에 고향이 그립다. 왜일까? 그리움과 사모함, 감사와 은혜의 결정체인 어머니께서 시골에 홀로 계시기 때문이다.

이천의 형님 부부가 휴일을 맞이해서 내려가 모시고 올라왔다. 반갑고 고마운 일이다. 천릿길을 한걸음으로 언제든지 달려갈 수 있지만, 마음일 때가 많기에 아린 마음을 달랜 일이 한두 번이 아니다. 전화벨이 울린다. 어머니다. 언제나 불러도 반가운 그 이름이다. 비록 치매 증세가 있어 마음 아프고 짠하지만 괜찮다. 이해할 수 있다. 더 많이 사랑하고 기다릴 수 있겠다. 언제까지 함께 할 수만 있다면….

형님 부부가 출근하면 어머니는 강아지 두 마리와 벗 삼아 방을 지켜야 한다. 맘대로 오갈 수 없다며 답답한 마음을 호소하시기에 내 마음이 동(動)한다. "네, 어머니! 제가 모시러 갈게요. 저의 집에 오셔서 지루함 달래고 쉬었다가 다음 휴일에 가족들 다 같이 만나요."

오십 칠 세에 시집보낸 딸을 가슴에 묻고 그 한 달 후 남편을 하늘나라로 보내고 홀로 되셔서 여든여덟이 되기까지 시골 커다란 집을 지키고 계셨다. 긴긴밤 외롭고 사랑스러운 아들딸들이 보고 싶었을까. 하루라도 안 보고 싶은 날이 없었을 텐데, 그 마음 일찍이 알아드리고 위로해 드리지 못한 것이 너무나 죄송하다. 긴 세월 홀로 지내는 멍에를 덜어드리지 못해 한없이 송구하다. 명절에 만났다 헤어지면 허우대만 커다란 집에 홀로 덩그러니 남았을 때 그 쓸쓸함이 어떠하고 그 마음이 얼마나 둘 곳 없고 헛헛했을까.

왜 인간은 헤어지면 그립고 만나 보면 그 만남의 시간은 바람처럼 빨리 지나가고 애절한가. 왜 인간은 항상 같이하지 못하고 헤어져서 줄타기 사랑처럼 애절하고 가까이 가면 인생은 희미하게 모든 것이 시들어지고 멀어져 갈까. 인간은 그렇게 외로이 홀로 제 길을 가야 하는가.

흐르는 물처럼 사랑도, 부모님 사랑, 자녀 사랑은 위에서 아래로 흘러

가기만 하는가. 전에는 '외롭다. 보고 싶다'라는 말씀이 없었는데 최근 몇 년 사이에는 깜박깜박하는 일도 잦고 설 명절에 온 가족이 모였다가 헤어질 때면 언제나 마음 아팠는데, 지난번에는, "다 가 버리면 나는 어쩐다냐?", "보고 싶어서 어쩌냐?", "나도 같이 가고 잡다." 하는데 마음이 미어졌다.

백발인 어머니는 기억력이 떨어지고 제대로 걷지도 못하고 용돈도? 안 주시고, 곱던 얼굴은 검버섯이 나고 수많은 주름살이 얼굴만이 아니라 온몸을 덮다시피 했다. 그래도 나는 좋다. 전화 속에서 들려오는 어머니의 목소리는 생기가 있고 자식에 대한 사랑과 그리움이 있기에 참 좋다. 마음이 설렌다. 난 5월 21일 목요일 오전에 이천으로 향했다.

형님 부부는 없고 두 강아지가 엄청 기뻐 반기고 어머니도 덩달아 반겨 주신다. 내가 이 땅에 어느 곳에 찾아가면 그립고 사랑하는 사람이 있다는 게 얼마나 행복하고 감사한 일인가. 요즘엔 어머니에 대해 애틋함과 그리움이 더하다.

나는 열일곱에 어느 흰 눈발 날리던 겨울에 고향 땅 어머니 품을 떠난 것이 이제 육십을 바라보는 나이가 될 때까지 타향살이 연속이요, 어머니 얼굴 뵙는 것은 가물에 콩 나듯 명절에나 가고 봄여름에나 한 번씩 가서 찾아뵈었다. 이제는 찾아뵐 날도 그 정겨운 목소리, 내가 부를 때 대답하는 어머니! 나를 불러주는 그 목소리를 언제까지 들을 수 없다는 것이 느껴지기에 그런지, 보고 있어도 보고 싶고 그 음성 듣고 있어도 듣고 싶다.

간단히 점심을 차려 먹고 단둘이서 안산 우리 집으로 향했다. 승합차 뒷좌석에 어머니를 모시고 안전띠를 채워드리고 출발했다. 영동고속도로를 통해 쌩쌩 달리다가 덕평 휴게소 안내판이 눈에 들어왔다. 나는

얼른 어머니에게 "저기 휴게소 들를까요?" 말씀드린 후, 고속도로 들어
온 지 얼마 안 되었고 화장실 들어갈 시간은 아니었지만, 휴게소로 유
명해진 곳이기도 하고 어머니와 추억 만들기 위해 휴게소로 들어갔다.

뒷문을 열고 어머니 손을 잡아내려 드리고 함께 두 손을 잡고 천천히
주차장을 빠져나와 화장실 있는 쪽으로 갔다. 어머니는 내 손을 놓으며
"나, 혼자 걸을 수 있다." 하신다. 하지만 난 손을 놓지 않고 여자 화장
실 앞까지 모시고 갔다. 안까지 들어가 안전하게 안내해 드리고 싶었지
만 그럴 수 없었다. 내가 화장실에서 일보다가 일부러 조금 더 늦게 나
왔다. 나와 보니 어머니께서 차 세워 뒀던 곳과 반대쪽으로 천천히 걸
어가고 계셨다. 살며시 다가가서 어머니를 모시고 덕평 휴게소를 소개
해 드렸다. 거기엔 식당도 많고 등산복 판매하는 곳, 커피점들이 있어
서 알려 드리면서 윈도쇼핑을 했다.

정원을 잘 꾸며 놓은 작은 연못이 있어 물이 흐르고 있다. 거기엔 연인
들이 사진 찍는 곳이 사랑의 하트 모양을 함께 있다. 난 거기서 어머니
와 함께 앉아서 지나는 젊은 새댁에게 사진 좀 찍어 달라고 부탁하니
흔쾌히 찍어 주며 웃음을 지었다. 힘없고 연약한 어머니지만 내게는 소
중하고 보물이 따로 없다.
곁에 계셔 주는 것이 우리에겐 선물이요, 감사요, 행복한 일이다. 난 어
머니를 팔로 감싸고도 찍고, 연인들을 위해 마련해 놓은 포토존에서 두
손으로 하트(사랑) 모양을 하니 젊은 아줌마가 환하게 웃으며 기쁘게
찍어 주셨다.

안산에 도착해서 집으로 오는 길에 자주 가는 본오동 먹자골목 마트로

향했다. 내가 간단히 장 보고 오면 되지만 어머니께서 차에 쓸쓸히 혼자 계시는 것이 싫어서 내리도록 했다. 함께 걸으면서 길가의 조와 수수, 찹쌀, 옷가게를 보면서 어머니에게 서숙, 수수들에 대해 이리저리 묻기도 하고 맞장구도 치며 마트에 갔다. '생닭 살까? 오리사서 죽 쑬까?' 하시기에 어머니께서 선택하도록 했다. 어머니는 주머니에서 돈 이만 원을 꺼내서 내 손에 건넨다. 안 받을 수도 있지만, 그 돈은 새 돈으로 바꿔 작지만, 용돈으로 드리기 위해서 받아 지갑에 넣고 카드로 계산했다.

집에 무사히 도착해서 이틀 밤을 지났다. 토요일 오후에 나와 어머니는 또 길을 나섰다. 난 어머니를 모시고 노적봉 폭포 공원으로 갔다.

"여기는 오월 말쯤 되면 장미꽃이 환하게 피어요. 주먹보다 더 큰 꽃도 있고, 빨간 꽃, 노랑 꽃, 분홍색 장미, 연둣빛 장미꽃도 있어요."

"그때는 아주 많이 보기 좋아요.", "여긴 어린이집 아이들도 많이 놀러 와요."

난 소소한 것 하나하나를 어머니께 이야기해 드렸다. 그러면 어머니는 "응, 그러냐. 그러겠다." 하시며 응대해 주시며 좋아하셨다. 폭포는 공사 중이어서 분수와 폭포는 볼 수 없다. 어머니는 조금 걷다가 쉬어서 길가에 앉고 나도 함께 앉았다가 다시 조금씩 걸어서 한 바퀴 돌았다. 나는 다시 안산 호수공원으로 모시고 갔다. 애들도 함께했으면 할머니와 추억 만들었을 텐데 아쉽게도 큰애는 서울에서 대학 다니느라 저녁에 오고, 둘째도 고3이라 시도 때도 없이 바쁘다. '잘하고 있겠지?'

어머니와 함께 하는 시간을 만들어 주고 싶었지만 아쉬웠다. 주차장에 차를 세우고 또다시 아주 느리게 걸어서 호수 쪽으로 향했다. 얼마 전에는 튤립 축제가 있었는데 지금은 다 지나고 그 자리가 휑하니 비어 다른 이의 손길을 기다리고 있다.

어머니는 "저게 무슨 나무냐?" 하신다. "저거 조팝나무 꽃이에요. 참 예쁘죠? 하얀 게 눈송이 같지 않아요?", "참 좋다. 저 흰 꽃나무.", "아니 조팝나무예요." 가다 쉬다가 하다 보니 호수 앞이다. "어머니 참 보기 좋죠?" 마침 분수도 호수 한가운데서 솟아올라 하얀 물보라를 일으킨다. 호숫가에 서 있는 가로수 옆에 어머니를 세우고 난 사진을 찍었다. 그런데 갑자기 일곱 색깔 무지개가 호수 위에 떠올라 어머니 등 뒤로 예쁘게 다가섰다. 구부정한 허리의 어머니와 무지개의 아름다운 모습이 잘 어우러졌다.

주차장에서 여기까지 오는데 다섯 번도 넘게 어머니는 앉았다가 쉬어서 오셨다. 다시 차 있는 곳으로 돌아가고자 하니 어머니는 관절 때문에 걷기가 불편하여 걱정이 앞섰다. 그래서 난 "어머니 제가 저기 다리 건너편으로 차 몰고 올 테니까 다른 데 가지 마시고 여기 의자에 앉아 계세요." 하고 걸음을 재촉했다.

왜냐하면, 내가 늦으면 어머니께서 날 찾는다고 다른 곳으로 가다가 길을 잃어버릴까 염려해서다. 빨리 달음박질해서 차를 몰고 어머니 계시는 곳으로 갔다. 그런데 어머니 모습이 보이지 않는다. 자세히 살펴보니 어머니 스스로 숭어 떼 구경하는 다리를 건너와 앉아계시는 것이 아닌가.

난 대견하기도 하고 다행이기도 하여 웃음을 지으며 어머니께로 다가갔다. 마침 길가에 음료와 빵을 파는 장사가 있었다. 어머니께서는 주스 한 잔 먹고 가자고 하셨다. 사실 난 운동복 차림이어서 지갑도 갖고 오지 못했다. 키위 주스 한 잔 사서 어머니와 나눠 마셨다. 어머니는 장사에게 계란빵도 이천 원어치 주문하시며 재촉하신다. 장사하는 아주머니는 신안 사람으로 반갑게 고향 얘기를 할 수 있었다.

"어머니! 조금 기다려야 할 것 같아요. 지금 반죽을 넣었으니까요." 세 개에 이천 원 하는 빵을 하나씩 먹고 나자 어머니는 옥수수 한 봉지를 주문하셨다. "또 드시게요?", "아니 명진 어미 갖다 줘야지" 하신다. 그러면서 몸뻬바지에서 쌈짓돈을 꺼내셨다. "이런 데 오면 음료수도 사먹고 그래야지." 하셨다. 나보다 훨씬 낫다.

나는 우리 애들하고 나왔으면 "집에 가면 생수 있는데." 하며 그냥 갔을 것이다. 어머니께 치매 증세가 있어서 아무 생각 없는 줄로 누가 생각했단 말인가. 어머니께서 보여 주신 다정하고 사랑스러운 행동에 감동, 감동하며 나는 집으로 향했다. 호수 물결 위로 기우는 햇살이 더욱 불그스레하고 찬란하다.

57. 수렁에서 건진 차

봄이면 누군가 부르는 것처럼 이 강산에 꽃과 나무들이 일제히 소리를 지르며 "나 여기 있어요." 하듯 머리를 내밀고, 환한 얼굴로, 반가운 새싹으로, 귀여운 꽃으로 나아와 이 강산을 금수강산으로 만든다. 이렇게 한 해가 시작하듯 우리네 인생도 부모님의 사랑으로, 하나님의 보내심을 받아 인생의 봄날을 수놓는다. 꿈 많은 청춘의 때 하늘 높은 줄 모르고 달려가다 넘어지기도 하고 가시에 찔리기도 하고 지나가는 사람에게 째려본다고 괜히 시비도 걸어 보곤 한다.

인생을 살아가다 보면 예기치 못한 상황에 직면하게 되는데 대부분은 예기치 못한 상황이 거의 안 좋은 경우가 많고 좋은 일로 오는 경우는 드물다. 꽃 피고 새우는 우리들의 봄날이 가면 반드시 유월의 무더위와 칠월의 습하고 덥고, 비가 오다 흐리다 기나긴 장마가 오는데 우리는 피할 수 없기에 맘 단단히 먹고 잘 견뎌야 한다. 그러면 아이들이 좋아하는 신나는 방학과 함께 흰 구름 속 푸른 하늘이 아름다운 가을날을 약속하듯 맑게 열렸다.
요즘엔 한반도에 가뭄이 심하여 산과 들이 메말라 신음하고 큰 강마다 우리 마음을 파랗게 물들이듯 녹조가 가득하여 단비를 기다리는 때에 아침부터 봄비 내리듯 비가 부슬부슬 내렸다.

누군가 오라는 곳 없어도 갈 곳은 많다고 했던가. 탁구 좋아하는 청송 회원들이 낮 열두 시 반에 청송 탁구장 앞에서 만나기로 했다고 나오라고 한다. 신 아무개님께서 고기 구워 먹자며 초대한 것이다. 안산시 수암산 밑자락에 컨테이너가 밭 가에 놓여 있었다. 회원들을 승합차에 가득 태우고 안전하게 운전하여 잘 갔다. 시내에서 조금 벗어나 산자락까지 새로 난 길이 있어 무사히 갔는데 컨테이너까지 20여 미터 거리인데 앞 승용차를 따라갈까 말까 하다 회원들이 질퍽한 땅 조금이나마 덜 밟게 하려고 밭에 최근 낸 길에 들어섰다. 무사히 내려 주고 컨테이너 안에서 가져온 가스 불에 판을 올려놓고 신나게 고기를 구웠다. 바로 옆 밭에서 가져온 깻잎과 상추 그리고 김치와 밑반찬이 우리의 입맛을 돋운다.

무더운 여름날 비는 오고 주위엔 산속의 나무들이 숲을 이루어 병풍처럼 둘러 있고, 불 위의 고기들이 향기로운 맛을 내어 모두의 손을 부지런하게 하니 어찌 기쁘지 아니한가. 더구나 따뜻하게 불도 피워 아주 기분이 따끈했다. 여기까지는 참 좋았다. 기분 좋아진 몇몇 회원들은 떠날 줄을 모르고 깔깔대며 즐겁게 지낸다. 난 차를 빼내기 위해 불과 몇 미터 정도 거리를 후진했는데 앞으로도 뒤로도 갈 수가 없다. 몇 씩씩한 남자들이 앞에서 밀어도 보고 뒤에서 밀어도 봤지만 허사다. 그럴수록 차바퀴는 빗물에 묽어진 진흙으로 빠져들고 만다.
아! 어쩌면 좋지? 대략 난감, 바로 이런 때를 두고 하는 말인가 보다. 맘 같아서는 차를 번쩍 들여 튼튼한 길 위에 올려놓고 싶었다. 방법이 없을까? 항복! 우리의 힘으로는 안 되겠어. 길이 안 보여. 도움을 청하자. 김태우 형제가 '목사님! 보험사에 연락해 보세요.' 한다. 견인차 보험은 안 들었는데….
그래도 어쩔 수 없지. 돈이 얼마가 들든지 차를 빼내는 게 우선이니, 그래서 보험회사에 연락하니 위치를 묻는다. 백광일 형제는 '목사님 걱정하지 마세요. 보험에 연락하면 알아서 다 해 줘요.' 하며 차 안에서 잠을 청한다. 고맙게도 견인차가 와서 그 진흙탕 속에 있는 차를 줄로 연결하여 나오게 했다. 긴급출동 서비스란다. 난 이런 경험 처음이라 몰랐다. 이렇게 고마울 수가. 휴! 이젠 됐다.

차의 네 바퀴는 진흙으로 덮어써서 진흙 마사지를 제대로 했다. 마침 밭 가에 수도가 있어서 이정훈 목사님이 네 바퀴 진흙을 말끔히 씻어 주었다. 수렁에 있을 때는 애물단지 같더니 네 발을 씻고 나니 귀티가 나고 이쁘다. 하하. 수암산 숲속은 아무 일도 없다는 듯 여전히 비를 다정히 맞이하고 있다. 나도 아무 일이 없다는 듯 멋있는 사나이들을 차에 태우고 길도 잘 닦여진 42번 수인선 도로를 따라 신나게 샘골 공원을 향해 달렸다. 사고 없이 일상을 평화롭게 사는 것이 얼마나 주의 은혜이며, 얼마나 행복하고 감사한 일인가 생각하며, 그리고 함께 하는 이웃이 있어서 얼마나 감사하고 고마운 일인지 생각하며 인생의 길을 씽씽 달린다. 신나는 이야깃거리? 하나 일기장에 추가하고서.

58. 고향 찾는 즐거움

연분홍 코스모스가 필 때면 덩달아 고추잠자리 날고 때늦은 매미들 목청을 높일 때, 들녘의 벼 이삭은 긴긴 뜨거운 여름날 이겨낸 보상으로 묵직한 메달을 받은 듯 저마다 고개를 숙인다. 오목조목한 산골짜기 사이로 성난 밤송이들이 입을 벌리고 크게 소리 지르면 한꺼번에 이빨이 빠지듯 밤 알갱이가 땅으로 번지 점프하듯 떨어진다. 가난하고 겸손한 사람들에게 선물이라도 하듯이 낙엽 옆에, 뒤에, 아래 살며시 숨어 있다. 누구든지 허리를 숙이면 얼굴이 반짝반짝 빛나는 밤 알갱이를 하나둘은 주어 손안에 넣을 수 있다. 고놈 참 빛깔도 예쁘지. 쪄 먹기는 아깝지만, 용기 내어 가스 불에 올려 삶으면 그 맛이 참 고소하고 향기롭다. 말 그대로 밤 맛이다. 저 하늘은 흰 구름 떠오르자 더 높이 물러가 파랗게 더 파랗게 그 팔을 넓게 벌린다. 이때쯤이면 참깨, 들깨 떨어 기름을 짜고 빨간 고추 가을볕에 잘 말려 객지 나간 자식들 품에 안기려 보따리, 보따리 고향 부모님들의 정성과 사랑이 쌓이면서 기다리던 한가위, 추석이 우리 곁에 훌쩍 다가온다.

며칠 전부터 텔레비전에서는 명절이 다가오는 소리를 전하느라 바쁘다. 전통시장 장사꾼들의 신나는 외침, 사과, 배, 포도, 배추와 무, 갖가지 옷, 붉은 돼지고기들의 자태, 떡집에서 쪄 내는 송편과 여러 떡 냄새. 모퉁이까지 간간이 들려오는 "뻥이요!", "꽈꽝!" 손자 손녀들의 예쁜 손에 쥐어 주려는 옥수수, 쌀, 가래떡 뻥튀기는 소리가 시장을 들었다 놨다 한다. 모두 다 정겹고 가슴 설레게 하는 소리다.

1970년대 중반, 용산역에 가서 열차표 예매했는데 양천구 목동에서 거기까지 새벽에 일어나 가서 꼬박 3~4시간씩 줄을 섰다. 어떤 때는 4시간 넘게 줄을 섰는데 바로 몇 사람 앞에서 매진이란다. 그래도 완행 입석 표라도 표를 사고 오는 길이면 얼마나 즐거운지 모른다.

영등포역에서 목포행 완행열차를 타면 어느 시골 간이역이라고 생긴 역이면 다 정차한다. 또한, 70~80년대?까지는 철도가 복선이 아니라서 앞에서 오는 열차, 뒤에서 내려오는 특급 등등 모두 기다리다가 출발하곤 했다. 고향 찾는 사람들은 얼마나 많은지 칸마다 젊은 사람들로 가득했다. 짐칸에 올라가 자리 잡은 사람, 양쪽 의자 사이에 들어가 바닥에서 쪽잠을 청하는 사람, 모양도 가지가지다. 화장실 앞, 출입문 계단에 주저앉은 사람들 모양도 가지각색이고 추석 때면 얼마나 더운지 땀이 뻘뻘 흘렀다.

그 와중에 얼음과자, 땅콩, 오징어, 과자 파는 사람들은 왜 자꾸 돌아다니나? 한 번씩 지나갈 때마다 몸을 이리저리 비틀고 쭈그렸던 다리 펴거나 일어서야 하기에 귀찮기만 한데 그 사람들은 목덜미에 땀이 흠뻑 흐르도록 꽥꽥 소리 지르며 잘도 헤집고 다니며 대목 장사를 즐긴다. 고향 열차에 빼곡히 들어찬 사람들도 싫은 눈치도 별로 없다.

비싼 것은 아닐지라도 저마다 선물 보따리를 싸 들고 1년에 한두 번 고향 찾는 길이 얼마나 즐거우랴! 낯선 타향에서 공돌이, 공순이 하다가 시달린 설움과 고단함 다 녹여 주고도 남을 고향에 계시는 부모님이 계시기에 힘차게 달려간다. 난 13시간 완행열차 타고 고향에 내려가 본 적이 있다. 어찌 그 길이 고생이랴. 요즘은 고향 찾는 모습이 많이 달라졌다. 철도도 복선으로 되었고 서해안 고속도로도 늦게나마 개통되어 전에보다는 수월하고 빠르게 갈 수 있다.

이스라엘 사람들의 명절은 먼저 예루살렘을 찾아가 하나님께 감사예배를 드리고 또 하나님께서 주신 열매로 형제를 섬기고 가난한 사람들과 나그네를 대접하며 하나님의 은혜를 기억했다. 이번 추석은 2015년 9월 27일 주일이다. 우리는 주일날 오후 예배드리고 양념 불고기 좀 사고 선물 받은 식용유, 치약 샴푸 상자와 우리의 마음을 승합차에 싣고 고향인 전남 함평으로 향했다. 막내아들은 고3이라고 할머니 집에 갈 틈이 없단다? 오십일도 남지 않은 수능을 앞에 두고 바짝 열심히 해야 한단다.

그래서 동산고 앞마당에 내려 두고 우리 세 식구만 출발했다. 오늘은 추석 당일이라 좀 여유가 있겠지 하고 생각했다. 그런데 뉴스에 서해대교까지 수십 킬로미터 밀린다는 것 아닌가. 그래서 39번 도로를 타고 아산 방조제를 건너 지방도로 타기로 했다.

아뿔싸, '이 길이 아닌가 봐.' 즉 수월한 줄 알았는데 아산 방조제 건너는 데 거의 3시간이나 걸렸다. 어떡한다? 안 되겠다 싶어 건너자마자 송악 나들목으로 가 보기로 했다. 내비게이션은 목적지 방향을 가리키는 점선이 정반대 방향을 가리켰다. 그래도 고속도로 들어가면 좀 낫겠지 하고 가는데 고속도로 들어가는 길에 차가 가득해서 진입하는 데만 30분가량 걸릴 것만 같았다.

'아이고, 여기가 아닌가 봐.' 하고 다시 유턴해서 지방도로 타려고 돌아섰다. 다시 송악 나들목. 이곳은 들어가는 길이 뻥 뚫려 있다. 머리 위로 보이는 도로가 고속도로인지 분명치 않으나 차가 거북이걸음이다. 그래서 도로 입구 안전지역에 차를 세우고 조수들(?)에게 물었다. 어떡하면 좋겠냐고. 하지만 내 운전에는 별로 관심이 없는 조수들이 어찌 앞길을 알겠는가.

난 결심했다. 에라! 일단 가 보자. '주여 좋은 길로 인도해 주소서.', 기도하고 씽-. 요금소로 진입하고 방향을 목포 가는 쪽으로 향했다. 들어와 보니 서울 방향은 주차장이다. 정말 다행히 목포 방향은 차가 잘 빠진다. 야! 얼마나 다행이냐. 말 그대로 '신(神)의 한 수'였다. 최고의 속도는 아니지만, 바퀴가 쉬지 않고 구르고 있다는 것이 좋았다. 벌써 어둠이 주위에 깔렸다.

집 떠난 지 세 시간이 지났기에 생리현상이 일어난다며 휴게소에 들르잔다. 보통 때는 서산휴게소가 아니라 서천휴게소나 군산 휴게소나 가서 휴식하곤 했다. 어차피 늦었고, 오늘 안에는 들어가겠지 하고 느긋하게 마음을 먹었다. 아들이 닭고기꼬치를 사고 집사람은 호두과자 산다며 긴 줄 뒤에 서 있다. 차에 들어와 뜨거운 호두과자를 입에 물고 호호 불어가며 다시 출발이다.

집에서 카톡 왔는데 고기 구워 먹게 미나리와 쑥갓 사 오라고 연락이 왔다. 우린 도착하려면 밤늦을 것 같으니 슈퍼에 가서 사다가 먼저 드시라고 했다. 고속도로도 여전히 막힌다. 서해안 고속도로는 서산을 지나면서 차선이 세 개에서 둘로 좁아진다. 보통 명절 때는 대교를 건너면 차량이 줄어들고 어느 정도 속도를 낼 수 있었다.

이번에는 전라북도를 거의 벗어날 때까지도 우리의 시선에 차량이 많아서 속도를 높일 수 없을 정도였다. 이날은 당일 고속도로 최고 차량 이동으로 527만 대를 기록했단다. 그래도 그게 어디냐. 어머니 계시는 고향, 형제들을 만날 수 있는 고향에 간다는 것이 얼마나 즐겁고 행복한 일이냐. 밤은 깊었다. 슈퍼도 문 닫았다. 밤 10시가 다 되어 고향 집 잔디마당에 들어섰다.

팔십팔 세의 노모. 점점 노쇠하고 얼굴은 바짝 말랐고 몸은 홀쭉하고 얼굴색은 더욱 칙칙해져 있었다. 손을 맞잡고 '어머니 잘 다녀왔습니다.' 하고 인사를 드렸다. 먼저 와 있는 여동생 가족들과 형님과 동생이 방에서 우르르 나와 인사를 건넨다. 둘째와 셋째 형은 다음 주 개천절과 한글날에 내려오겠단다.

어머니는 그날 오지 않은 걸 매우 서운하게 여겼으나 난 어머니께 더 잘된 일이 아니냐. 매주 자식들이 내려오니 얼마나 좋으냐. '조금만 마음 편히 먹고 기다리세요.' 했다.

거실에 들어가니 아직 식사하지 않고 우리가 도착하기까지 기다리고 계신 것이 아닌가. 미안하기도 하고 고맙기도 했다. 전기 프라이팬에 여동생과 조카가 고기를 굽고 큰 상에 가족들이 둘러앉아 늦은 저녁을 먹었는데 그 맛이 꿀맛이다. 그래도 어머니는 그 연세에 송편과 식혜를 해 놓으셨다.

어머니는 이제, 마치 어린아이처럼 보살핌이 필요하다. 음식을 하고 몸을 앉고 일어서는 것도 불편하다. 무엇을 더 바라겠는가. 살아 계시는 것만도 우리에게 행복한 일 아닌가. 거기에다가 우리 모든 자녀 손들을 반가이 맞아 주고 아직 또렷한 목소리로 얘기할 수 있는 것은 행복의 보너스가 아니겠나.

늦은 식사지만 살찌는 염려를 놓고 신나게 웃고 즐기며 차 밀린 얘기, 사 온 김치 참 맛있다느니 하며 이런저런 소소한 이야기를 하며 보름달이 뜬 추석날 밤을 이야기꽃으로 하얗게 태웠다. 고향의 아침은 말 그대로 그 빛이 찬란했다. 눈이 부실 정도로 햇볕은 나무마다 반짝반짝 빛나게 해 주었다. 마당의 기다란 잔디는 동생이 예쁘게 깎아 놓았다. 단감나무에 단감이 예전과 달리 몇 개 달리지 않았다. 해갈이 하는 모양이다. 하지만 알이 좀 더 굵었다.

아주까리 나무엔 커다란 잎사귀에 열매들이 여린 가시들을 자랑하고 있고 이름 모를 풀들이 온통 울타리를 덮고 있고 거미는 제 세상을 만난 듯 곳곳마다 거미줄로 덫을 놓아 먹이를 기다리고 있다. 창고 한 곳에 가 보니 검은 고양이 네로(?) 새끼가 다섯 마리나 있다. 어머니가 기르는 것이 아니라 집 나간 고양이가 떠돌다 우리 집에서 몸을 풀었나 보다. 내쫓을 수도 없어 그냥 둔다고 한다. 귀여운 것들.

오후 다섯 시가 넘어서 아들과 학다리 중·고등학교 운동장에 갔다. 아내도 함께 따라나선다. 거기서 차 주행연습 하겠다고 조르는 아내의 요구를 '거기서 그러는 게 아니야. 별 도움 안 돼.' 하며 겨우 거절하고 공 하나만 들고 함께 그곳에 갔다. 유서 깊은 학교다. 일제강점기부터 있던 학교라 나무도 오래된 나무가 많다.

한가위 연휴를 아쉬워하는 듯 태양이 서산으로 질 때 파란 하늘, 흰 구름 띠들과 석양에 운동장 가의 검어진 커다란 소나무, 팽나무, 잣나무들이 묘한 대조를 이루며 찬란하고 영광스러운 하늘을 꾸며 내고 있다. 이걸 그냥 두고 볼 수 없지. 스마트폰을 꺼내 연신 멋진 작품을 찍어 냈다. 잔디 운동장에는 고3 수험생들이 축구하고 농구장에는 몇몇이 농구 경기를 하다가 교실로 들어갔다. 아들과 나는 패스와 슈팅을 하며 즐겁게 지냈다. 아내에게도 패스해서 함께 어울렸다. 거기에는 내 손녀뻘? 되는 아이들이 뛰어논다. 축구공이 그들에게 굴러가니 발로 찬다. 아직 학교에 다니지 않은 아이들이 더 많다. 나는 그들에게 바위를 맞춰 이리저리 공을 건네며 서로 차 보도록 했다.

아이들은 신이 나서 공을 따라 우르르 뛰어다니며 재잘댄다. 거기는 잔디여서 넘어져도 아무렇지 않아 좋았다. 운동하던 중 다섯 살 먹은 얼굴이 통통한 여자아이 하나가 내 곁에 다가오더니 '할아버지 이거 받아요.' 한다. 나는 다른 사람 부르는 줄 알고 주위를 둘러보았다. 거기는 나보다 나이 더 먹은 사람은 아무도 없었다. 분명히 나를 부르는 소리다. 나에겐 매우 익숙지 않은 이름이다. 살짝 당황했지만, 내가 누군가. 요게 나를 뭐로 보고, 아직도 청춘인데, '오빠라고 해야지.' 하니 또 '할아버지 이거요.' 하며 강아지풀을 내민다. 그래도 여러 사람 중 나에게 주다니, 고맙긴 한데….

또 '할아버지' 하며 조그만 손을 내밀 때 난 '할머니 그러면 안 돼요.' 하니 다시 공을 따라 뛰어다닌다. 옆에서 이 모양을 본 아내가 웃었고 나중에 들으니 키 큰 아들도 낄낄 웃어댔다고 한다. 아니 내가 벌써 그렇게 보이나…. 하긴 머리가 조금은 세긴 했지. 우리는 축구를 마치고 오면서 연신 아까 꼬마가 나에게 할아버지라고 부른 얘기를 하며 웃고 또 웃으며 집으로 향했다.

아직 여름이 미련이 많이 남았나 보다. 풍성한 가을날을 시샘이라도 하듯 낮에는 뜨겁기만 하다. 집에 와서 샤워하고 어머니와 함께 거실에 앉아 과일을 먹었다. 작은 방에서 선풍기를 다시 꺼내 놓았는데 어머니께서 '선풍기 흔들 끄나?' 하신다. '예? 예.' 아직 선풍기 바람이 시원하다. 좀 더 있다가 '선풍기 회전되나요?' 하니 어머니, 왈 '오냐. 선풍기 막 돌아다닌다.'라고 하셔서 모두는 한바탕 웃음을 터뜨렸다.

큰아들도 풋 웃고 있다. 어머니는 잘 웃는데, 익숙지 못하지만, 함께 신나게 웃었다. 선풍기는 잘도 돌았다. 다음 날 아침. 어머니는 누구보다 먼저 일어나셨다. 어제 여동생 가족들이 떠나고 어젯밤 10시에 남동생이 밤길을 나섰다. 오늘 우리가 떠나면 다시 어머니는 혼자 계신다.

나는 아들과 마당 가의 단감을 땄다. 새로 나온 감 따는 기구는 참 좋다. 길게 뻗어져 멀리 있는 것도 쉽게 딸 수 있게 제작되었다. 아들도 직접 감 따는 추억을 마음에 담았을 것이다. 난 아직도 떠나는 게 익숙지 못하다. 아니 우리 민족의 정서에는 떠나고 보내는 일에 익숙지 못하나 보다. 작별 인사를 하고 또 하고 마당에서 하고 골목 나오면서 또하고 차창을 열고 또다시 하는 것이 우리들의 모습이다.

우리가 떠나면 갑자기 정적이 큰 방, 거실, 작은 방, 마당에까지 저승사자처럼 퍼지겠지. 어머니는 자식들이 떠나는 것을 아쉬워했다. 그만큼 외롭고 쓸쓸하다는 것이겠지. 말을 걸려고 해도 들어줄 귀가 없으니, 함께 음식을 나눠 먹으려고 해도 쓰다 달다 할 입이 없으니 어찌 그 마음 다 헤아릴 수 있으랴.

그래도 길을 가야 한다. 이것이 나그네 인생길이니. 우리는 어머니 손을 함께 붙잡고 무릎 꿇고 하늘의 하나님, 우리와 함께하시고 지키시는 하나님께 기도했다. 우리 어머니의 마음과 생각, 건강을 지켜 주시고 기쁘고 즐거운 가운데 천국에 소망을 두고 힘 있게 살아갈 수 있도록. 또다시 기쁨으로 만날 때까지 지켜 주시도록.

어머니는 혼자 커다란 집에 덩그러니 남겨지는 자신이 싫어서일까. 함께 우리 차에 오르신다. 늘 찾아가는 아랫동네 친구 태복이 어머니 집에 가기 위해서다. 마른 몸에 구부정한 허리, 그 쓸쓸하고 아쉬워하는 얼굴. 서서히 바퀴가 구를 때마다 어머니 모습이 멀리멀리, 더 작은 모습이 내 가슴으로 쉼 없이 따라 들어온다.

59. 광야에서

광야에 서 있다. 서울 가는 상록수역에서 전철을 기다린다. 충무로에서
내리면 구파발로 가는 전철 바꿔 탈 수 있는지 어떤 할머니가 묻는다.
"네, 그곳이 맞습니다." 미안해하는 할머니께 "모르면 물어보아야죠."
하니, "아는 길도 물어가란 말도 있잖아요." 한다. 전철 안에는 차창으
로 지나치는 화려한 가을옷을 입은 분위기와 다르게 무표정한 사람들
이 마치 정적에 쌓인 듯 허공을 바라보며 자신의 길을 바삐 가고 있다.
아담한 키의 젊은 연인은 서로 손을 놓지 않고 마주 보며 간다. 그래도
남자가 키가 크다. 눈을 감고 있는 모습을 여자친구가 밝은 미소로 빤
히 쳐다보고 있다.

서울 길이 낯설다. 광야교회에서 광야의 날이라고 초청해서 가고 있다.
영등포역 고가도로 밑에 무대를 설치하고 울타리까지 치고 그 안에 천
오백여 명의 나그네 노숙자, 외롭고 추운 사람들이 모여 있다. 보슬비
는 내리고 행사가 길어지니 저 뒤쪽에서는 소리를 지른다. 앞까지 잘
들리지도 않는다.
드디어 앞에서부터 한 벌씩 고급 겨울 잠바를 나눠 준다. 어떤 이는 찌
개에 밥을 넣은 그릇을 들고 차례를 기다린다. 어떤 이는 너저분한 옷
차림, 헝클어진 머리 오랫동안 씻지 못한 몸매를 그대로 드러내 놓고
뭔가 기다린다.

열여섯 번째 광야(曠野)의 날이다. 언젠가는 떠날 광야 같은 세상에 목

숨을 지키는 밥보다 더 중요한 것이 어디 있으랴. 광야교회는 먼저 하나님께 예배드리며 생명의 떡을 나눠 주고 밥과 국도 함께 나눈다. 그것도 교회의 이름으로. 나도 나그네를 섬기는 광야인에게 먼저 생명의 떡을 나누고 또 함께 나그네들과 맛있는 밥을 나누도록 권면했었다.

이슬비는 내리지만 잠바를 받아들고 비에 젖은 길에, 조그만 돌 위에, 울타리에, 상자 더미 위에, 밥 국그릇을 놓고 허겁지겁 밥을 먹는다. "맛있게 드세요!" 인사를 건넸다. 허리를 굽히며 "고맙습니다."라고 한다. 나도 반찬이 필요 없는 뜨끈한 국밥을 먹었다. 그래도 나를 반기는 얼굴 있어 나그네 된 나도 따스한 미소를 머금고 다시 나그넷길을 나섰다.

60. 막내아들의 대학 수능일

가을은 인생의 추억을 만들고 마음의 창고에까지 울긋불긋 형형색색의 빛깔로 여러 가지 단풍으로 물들어 놓는다. 인생의 가을을 느끼도록 이 맘때쯤이면 바람도 차고 날씨도 으스스하여 기온이 뚝 떨어져 '입시 한파'란 말이 나올 정도다. 오늘은 다행히 예전처럼 그렇게 춥지도 않고 몹쓸 황사 바람도 없이 청명한 날이다.

오늘은 국가 대사가 있는 바로 2015년 대학 수학능력시험의 날이다. 며칠 전부터 방송, 신문 등 언론 매체에서 수능에 관한 뉴스들을 쏟아 내고 있다. 작년에는 물수능이란 말까지 나오면서 이렇게 하면 변별력도 없고, 무슨 시험 본 효과가 있겠냐는 말까지 나왔지만 그래도 어김없는 시험 날은 초시계처럼 찰각찰각 다가왔다.

막내요, 둘째인 아들은 동산고 3학년이다. 키는 182cm 정도였는데 조금 더 컸는지 모르겠다. 몸매는 날씬하다. 몸에 잘못해 먹인 것처럼 홀쭉하다. 1년여 전에 장래 진로에 대해 나와 얘기했는데 체육교육학과를 나와서 학교 체육 교사가 되고 싶어 했다.

나는 좀 더 크고 다양한 세상을 경험하도록 더 높고 큰 꿈을 가져볼 것을 권했지만 아들은 그 결심에 변함이 없다. 학교 선생님하고도 상담하고 그렇게 소신을 밝혔다고 했다. 내가 마지막으로 물었다. 너의 재능과 몸과 마음, 그리고 학업 성적 등을 고려하여 그 체육교육학과 선택에 후회하지 않겠느냐고 했더니 확신 있게 대답했다.

그리고 자신은 학교에서 체육 시간에 선생님이 학생들 체육활동 지도

하는 것이 보기에 좋았고 자신도 그렇게 하고 싶다고 했다. 아들은 나중에 동산고(高)에서 체육 선생님 하고 싶다고 했다.

나중 일이기 때문에 어떤 변수가 있고 또 살다 보면 꿈도 바뀌고 주변 여건도 바뀌니까 우린 알 수 없지만, 본인이 지금 그런 소신이 있기에 열심히 잘 해 보고 또 거기에 맞는 체력과 실력을 부지런히 연마하도록 권면했다. 그리고 수능일까지 공부 어떻게 하라 저렇게 하라 별 간섭하지 않고 최선을 다하기만을 바랐다.

또 살다 보면 어떤 변수가 일어날지 모르니까. 그것은 도우시는 하나님께 맡기고 최선을 다하면 주께서 때마다 일마다 간섭하시고 문을 두드리면 열어 주실 것을 믿는다.

수능 예비 소집일이다. 고잔고등학교에서 시험 보게 되는데 아들은 안 가 보고 그냥 학교에서 공부하겠단다. 인문계는 시험장소가 성안고가 아니면 고잔 고교인데 자신과 친구 재석이는 고잔 고교에 배정되어 아침에 같이 걸어가겠단다. 아들은 여유 있게 종일 학교에 있다가 밤 11시쯤 집에 왔다. 그래도 뉴스에 수능에 관한 얘기도 나오고 학교에서도 분위기가 그러니 조금은 설레고 긴장되기도 하는 모양이다.

난 그래도 아빠 노릇 조금이라도 하고 싶어 "내일 내가 차 태워 줄게." 하니 괜찮단다. 가까우니 그냥 가겠다는 것이다. 친구와 함께 걸어가며 긴장도 풀 겸…. 그럼 난 뭘 하지? 별 도움이 될 것이 없다. "그래, 편히 자라." 하고 자리에 들었다.

어김없이 아침이 밝아 왔다. 마치 다른 날과 별다를 것이 없는 것처럼. 물론 매일 맞이하는 같은 새벽이지만 몸부림치며 애써 공부한 수험생들과 사랑과 정성으로 길러 낸 그 부모들 그리고 그들을 가르치고 돌본 선생님들의 마음은 그날의 새벽이 달리 보일 것이다. 나도 수험생들이 모이는 그 학교에 함께 가서 그 분위기를 느껴보고 싶은데 아들은 혼자 그냥 걸어서 가겠다고 하니 '나는 뭐지?' 그래도 3년 나이 차이가 나는 큰아들은 안산역 건너편 선부고교에서 시험을 봐서 우리가 차로 태워 주고 교문에서 다른 학생들 응원도 했었는데….

막내하고는 아무 추억의 사진이 없어지게 된다? 그러면 안 되지. 나는 결심했다. 싫어해도 태워 주자. 정 거부하면 그냥 우리끼리 고잔 고교 교문에 가서 그 분위기를 함께하고 응원도 하자고 생각했다. 아들에게 그래도 내가 차에 태워 줄게 친구랑 같이 가자 하니 그때도 아니라는 것이다. 그러면 안 되지. "너는 너대로 가고 우린 차 타고 갈 거야." 하고 외출을 준비했다.

"너는 그냥 친구 사는 성안고(高) 부근에서 내려 거기까지 태워 줄 테니까." 하고 함께 승합차를 타고 고사장으로 향했다. 출발하기 전 아들과 아내와 함께 손을 맞잡고 우리의 길과 지혜가 되신 하나님께 은혜와 지혜 주시도록 기도했다.

아들이 시험 보러 가는데 몸과 마음이 함께 하니 기분이 좋다. 아니 전국에 있는 이 땅의 모든 아들딸과 함께 시험 보는 마음으로 고사장으로 향하는 마음에 기분이 좋았다. 아들을 성안고 입구에 내려놓고 아내와 나는 고잔 고교로 향했다.

차를 학교에서 조금 떨어진 곳에 임시 주차해 놓고 학교로 향했다. 물론 아들은 아직 도착 안 했지만 벌써 다른 학교 학생들이 와서 피켓을 들고 선배들을 응원하느라 와자지껄하다. 동산고 후배들도 "승리하라 안산 동산고.", "강하고 담대하라."라는 피켓을 들고 교문 기둥 앞에 조용히 서서 응원하고 있다. 학부모들도 많이 나와 있고 계속 승용차가 도착하고 학생들이 부모와 후배들의 응원을 받고 교실로 향했다. 나는 이런 시험장 분위기만 보아도 기분이 좋다. 아들이 친구와 함께 왔다. 후배들과 인사하고 함께 사진도 찍었다. "편하게 잘하고 와. 파이팅!!" 후배들은 차를 끓이고 사탕을 손에다 건네준다.

광덕고 학생들은 커다랗게 카드를 써서 노래도 하며 응원한다. 아들이 들어간 후에 나는 그 학생들과 함께 소리 지르며 응원했다. "광덕고, 광덕고, 광덕고 파이팅!!" 함께 외치니 학생들은 나보고 고맙단다. 차도 한 잔 준다. 동산고 학생들은 사탕을 줘서 기쁘게 받아 왔다.

내가 대학 시험 볼 때가 생각난다. 난 서울에 와서 공돌이도 하고 신문도 팔고 하면서 공부해서 중학교, 고등학교를 검정고시로 합격했다. 그래서 손에 잡히는 후배들이 없고 응원하는 사람도 없었다. 서울, 신림동 자취하는 집에서 다른 형제들이 잠들어 있을 때 새벽에 일어나 채소 수프를 혼자 끓여 먹고 수험장에 갔던 기억이 새롭다. 교복 입고 학교에서 공부하고 또 이렇게 후배들이 북치고 소리 지르며 응원하는 모습이 부럽고 참 좋다.

그때, 나한테 응원하는 것은 아니지만 나는 나한테 응원하는 것으로 여기고 늠름하게 서울 어느 고등학교에서 입시를 치른 기억이 난다. 호수동 아파트 주민들도 나와 차와 커피를 나누며 수험생들을 격려하고 있다. 고맙게 생각하며 함께 따끈한 커피도 마실 수 있어 감사했다.

하루가 일순간에 지나간다. 수험생들은 종일 문제지와 씨름하며 몸과 마음이 지치고 힘들었을 것이다. 저 하늘과 들판과 산과 거리는 단풍잎, 노란 은행잎, 울긋불긋 멋지게 가을을 수놓고 있는데 수험생들은 이 수능 고사 하나로 다 평가받는 학창시절이어서 가을 단풍을 아름답게 감상할 마음의 여유가 없으리라 생각하니 조금은 안타까운 마음이 든다. 오후 5시에 모든 시험은 끝났다. 초등학교 6년, 중학교 3년, 고등학교 3년 동안 배운 모든 것을 이 한 번으로 다 평가받는다. 물론 내신 제도가 있지만 참 여러모로 학생들에게 무리가 있고 두려움과 긴장을 주는 일임은 틀림없다.

그런데도 이 한 시험이 인생의 모두가 아니다. 생을 살아가는 길에 한 과정에 불과하다. 성실하고 담대하게 하나하나 잘 넘어가면 되리라. 가끔 넘어지면 다시 용기 내어 일어나면 된다. 지치면 쉬어 가고 힘이 있으면 함께 가는 사람, 넘어진 사람 손 잡아 주며 함께 가고, 가을날처럼 아름답고 보기 좋은 인생의 날을 그려 가면 될 것이다.

아들은 시험 끝나고 바로 집으로 오지 않고 친구들과 함께 중앙동에 가서 저녁도 먹고 놀고 왔다며 밤 9시가 넘어서 왔다. 시험 경향이 작년과 비슷하다더니 수험생들을 조금 당황케 했나 보다. 아들은 친구들과 나눈 얘기를 계속해댄다. 당황한 그 시험문제 얘기, "넌 괜찮니?", "이제 편히 쉬어. 애썼다." 난 아들의 손을 꼭 잡아 주었다.

* 2015년 11월 15일 수험생 아빠 김영배

61. 검은 얼굴

월요일, 어머니 전화다. 언제 들어도 반가운 목소리, 고향의 목소리, 사랑의 목소리, 생명을 품에 안은 목소리, 비록 지친 목소리지만 오늘도 다정하다. 할 얘기는 별로 없으시다. 그냥 궁금해서 전화해 봤다, 하셨다.

"저녁 드셨어요?", "아니다. 별생각이 없다.", "그래도 드셔야 해요. 겨울밤이 길잖아요.", "그런데 얼굴이 이상해야! 지난번처럼 까만데, 이번엔 더 까매서 동네 마실도 안 나간다." 마음은 당장이라도 길은 천 리, 어머니에게 달려가고 싶다. 그런데 목소리는 맑고 좋다. 어느 땐 정신 줄 조금 놓은 것처럼 흐릿할 때도 있지만 오늘은 정겹고 포근하다. 덩달아 나도 기분이 좋다. 어머니, 거리는 멀리 떨어져 계시나, 목소리 정은 언제나 내 곁이다.

화요일 오후. 이천 형수님 문자다. 남동생이 고향에 가서 어머니 모시고 올라와 좀 전에 점심 드시고 오후 2시에 병원 진찰받을 거란다. 카톡으로 본 어머니 얼굴은 당혹스러운 정도로 검고 말라 있다. 가슴이 아려 온다. 낯선 병원에 계시단다. 여주 어느 노인전문병원이라 한다. 외로이 낯선 곳에 홀로 두는 것만 같아 죄송하고 미안하다. 칠 남매 가난한 살림에 온갖 희생과 사랑으로 길러 내셨는데 우린 그저 나 살기 바쁘다.

형제들아! 입안의 혀처럼은 못해도 얼마 남지 않은 인생, 가슴에 우리

나는 내 자식 향한 뜨거운 정 덜어다가 이제 돌아갈 땅의 색깔과 너무 비슷한 흙 빛깔 어머니 얼굴, 기쁜 웃음 짓도록 바다처럼 넓은 그 마음에 행복의 웃음꽃 피우도록 부스러기 정 하나 드리면 어떠랴!

62. 행복의 조약돌

성탄절 오후에 이천 형님이 어머니 모시고 시골로 내려간단다. 문자보고 깜짝 놀라 "우리 집으로 모시고 오세요." 하고 문자를 보냈다. 기다리다 고향에서 홀로 계시도록 내려갔을까 봐 전화를 걸었다. 다행히 서울 형님 집으로 가고 있단다. 휴! 다행이다. 잠시 후면 서울 가서 만날 수 있겠지. 마음이 설렜다.

둘째 형은 절약하느라 거실에서 난방을 끄고 산다. 거기에 병으로 여주 노인전문병원에 계시던 어머니, 그리고 두 형님이 내가 큰아들과 함께 찾아간 나를 반가이 맞아 주었다. 찐 고구마, 딸기, 깎은 사과, 치킨, 검은 곶감이 넓은 상을 장식하고 있다.
우릴 기다리다 눈이 빠질 뻔했다는 어머니는 눈이 휑하니 들어가 있었다. 하늘의 하나님께 감사기도 하고 서로 작은 이야기보따리 꺼내 놓자 웃음꽃이 피었다.

벌~써 늙으신 어머니, 얼굴은 검고, 주름은 늘고, 기운은 떨어지고, 기억력은 호롱불처럼 가물거렸다. 하지만 허리가 꼿꼿하고 앉아 계시는 모습, 서 계실 때도 허리가 반듯하다. 와우! 감동이야. 얼굴 마주 보고 적은 음식 나눠 먹으며 서로의 목소리 듣는데 행복의 물결이 차가운 겨울바람을 한강 너머로 밀어냈다.
한 해가 저무는데, 어머니, 형들, 조카의 얼굴에서 작은 행복을 맛보았다. 한마디 문자에도, 귀에 익은 목소리 하나 작은 손 내밀어 잡아주는 손길, 모두 행복을 만들어 내는 조약돌이다. 아! 나는 행복한 사람이다.

63. 함께 하는 행복

둘째 형 집에서 어머니와 함께. 2015년 12월 31일

세월이 유수와 같다고 했던가! 왜 이리 서둘러 가는가 하고 묻고 또 묻는다. 2015년 12월 15일 월요일이다. 여동생이 형제들 카톡에 근심 어린 문자를 올린다. 사다 드린 죽도, 찌개도 안 드시고 해서 어머니께서 상태가 안 좋으니 요양원으로 옮기는 것이 좋을 것 같다고 한다.

고향 함평 부근 요양원에 모셔도 자녀들이 멀리 있어서 경기도에 있는 요양병원에 입원시켜 드리면 좋겠단다. 그날 오후에 통화했는데 목소리가 건강하고 평화로웠다. 기분이 매우 좋았다. 시골에 홀로 계시기에 언제나 걱정이다. 88세의 연세이기에 깜빡깜빡하기도 하고, 했던 말씀 또 하기도 하고, 소주나 한잔하시면 그 증세가 가중되었다,

홀로 계신 어머니를 그냥 외로이 고향에 계시게 하는 게 마음이 아프다. 57세에 혼자 되셔서 시골 커다란 집에 사시니, 얼마나 쓸쓸하고 외로웠을까? 두 분 사시다가 아버지 돌아가시니 그날부터 혼자 일어나고, 혼자 아침 먹고, 온종일 일하다 집에 오시면, 장승처럼 커다랗게 서 있는 검은 집에 도둑처럼 살금살금 걸어가 거친 손으로 전기 스위치를 더듬어 누른다. 캄캄한 거실을 밝히고 방을 밝히고 지친 몸을 눕힐 틈도 없이 좁은 목구멍에 밥알을 집어 넣기 위해 그제야 쌀을 씻고, 밥을 짓고 김치를 꺼내 홀로 어기적어기적 드셨을 것이다. 무려 30년이 넘도록….

육 남매인 우리는 일 년에 고작 두세 번 명절마다 찾아가 반가움을 표시하고 기쁨과 행복을 드리곤 했다. 그땐 우리 자녀 손들이 떼거리로 왔다가 떼거리로 떠나면 덩그러니 남아 고독을 질근질근 씹고 계셨을 어머니를 미처 생각지 못했다. 그저 어머니는 우리가 어릴 적 느꼈던 그 평안함과 행복처럼 시골 홀로 계시지만 외롭지도, 쓸쓸하지도 않고, 아프지도 않고, 우리가 아무 때나 가도 언제나 반가이, 웃음 가득 얼굴에 담고 뛰어나와 반겨 주시는 전천후 사랑의 샘, 행복의 샘, 한없이 너른 품일 줄로만 알았는데…. 그것이 아니었다.
그러던 중 몇 년 전부터는 그 외로움과 허탈함, 둥지 떠난 빈자리 지키는 그 쓸쓸함을 견디지 못하겠기에 어느 추석 명절 후 다시 먼 길 객지로 떠나는 우리를 향해 "너희들 다 떠나면 나는 어쩐다냐. 나는 어쩐다냐. 나도 같이 가고 싶다." 하시는데 마음이 아파 견딜 수 없다. 그 표정과 지친 목소리가 가슴을 후벼 판다. 아! 어찌하면 좋은가. 뭐라고 달리 위로할 말을 찾지 못했다. 갔다가 금방 다시 올게요. 적어도 다섯 달, 여섯 달이 지나야 다시 명절이 오는데, 그것이 금방인가. 내게는 그날들이 금방이고, 잊고 있다가 어느 날 빨간 날이 겹쳐서 넓은 달력에 나타나면 그때야 고향 찾는 즐거움을 찾는데, 어머니는 말 그대로 하루가 여삼추다.

그때는 몰랐다. 어머니께 하루하루 홀로 긴 밤을 지새우고, 여름날도, 눈발 날리는 긴긴 겨울밤도 그 시간이 초시계 바늘처럼 순간순간 뇌리를 때리며 지나가고 있는지 별 느낌이 없었다. 모든 것을 다 주어도 아깝지 않고, 모든 것을 다 내어놓아도 아쉽고 아쉬워서 살아서 땅에 서 있는 근거가 되는 몸뚱이, 연약한 팔다리까지 어떤 기대나 되돌아올 어떤 것도 바라지 않고 오직 주고, 먹이고 입히고 사랑하고 아끼고 보살피는 것만을 기쁨 삼아 온 그 마음, 그날들···. 모정의 세월은 그렇게 흘러만 간다.

우리 자식들은 많이 받고도 왜 조금만 마음에 새겨 두고, 쉽게 잊고서 마치 받지 않은 것처럼 굴 때도 있는가. 흐르는 물결에 찢어진 노란 단풍잎 떠내려가듯 그렇게 흘려보내야만 하는가. 인생이란 게 이런 것인가. 나서 자라다 주님 부르면 우리는 그 길을 가야 한다는 것을 얼마나 쉽게 머리로만 알고 있는가.

어머니는 자주자주 여섯 자녀에게 전화하고 또 하시면서 꼭 잊지 않고 묻는 게 있다. "언제 올래?", "이번 설에 올래?", "이번 추석 때 안 올래?" 했던 말 또 하고 또 한다. 지겹지도 않은지···.

"네 어머니 갈게요. 가능하면 가야죠. 꼭 갈게요."

고향을 북에 두고 가고 싶어도 갈 수 없는 사람들의 한숨과 탄식 소리가 언제나 쟁쟁한데 어머니 계시는 고향이 천릿길이라 한들 어찌 조금인들 지겨우랴. 지겹도록 차량이 몰려가다 서다 반복해도 고향 찾고 어머니 만나는 기쁨과 행복을 빼앗을 수 있겠는가. 그렇게 지겹고 힘들고 멀게 느껴지는 그 길도 다시 찾을 수 없는 때가 반드시 앞으로 온다는 것을 생각하면 두렵기까지 하다. 그렇기에 시간의 주인이신 하나님 앞에서 가슴속에 묻어 둔 말들을 묻고 또 묻게 된다. 그날이 와 후회하기 전에 작고 작은 행복이라도 그 맛, 그 기쁨, 자식 만나 얼굴 쳐다보고 목소리 듣는 그 행복 누리게 해 드리리라. 결심하고 다짐한다.

그날 오후에 어머니와 통화했는데 목소리가 참 좋고 평화로웠다. 그런데 동생의 카톡 문자에는 어머니 상태가 아주 상태가 안 좋다는 것이다. 치매 증세도 심해지고 얼굴에는 검은 피부가 덮여 있다고 한다. 좀 전에 둘째 형도 전화했는데 목소리에 힘도 있고 치매 증세도 보이지 않았다고 했다.

하지만 상태가 안 좋다는 전갈을 받고 동생이 오후에 고향으로 출발했다. 시골집에서 하룻밤 자고, 다음 날 화요일에 어머니 모시고 이천 셋째 형님 집에 도착했다는 카톡방 글을 보았다. 화요일 날 점심 식사 후에 병원에 입원할 것이라며 여러 형제의 동의를 셋째 형수가 구했다. 나는 당장 입원해서 치료받을 것은 동의하지만 요양원에 장기 입원하는 것은 반대한다고 분명히 얘기했다.

동생이 형수님과 노인 병원에 입원하시기 전 찍은 어머니의 얼굴은 검고 야위어서 생각보다 심각해 보였다. 나는 큰 충격을 받았다. 의사의 말에 의하면 오랫동안 음식을 못 드시고 가끔 술을 드셨기 때문이고, 얼굴은 화장품으로 잘못 알고 세제를 얼굴에 발라서 그랬다는 것이다. 어머니께 병원 전화로 연결하여 위로의 말씀을 드리며 "조금만 참고 몸이 회복되고 좋아질 때까지만 계세요."라고 했다. 저녁때 어머니가 여주노인전문병원에 입원하시고 링거도 맞고 여러 가지 기본 검사를 했다고 한다. 나는 며칠 상태를 두고 보았다. 고향에서 오시자마자 낯선 병원에 입원해 계시는 어머니께 자주 전화를 드렸다.

병원비는 월 50만 원, 병간호비는 하루 1만 5천 원, 매월 95만 원 소용된
단다. 어머니는 입원 후 자녀들에게 계속 전화를 했다. 이틀이 지나자
괜찮다며 속히 퇴원시켜 달라고 한다. 셋째 형수는 의사와 상의했다며
고혈압과 편집증과 알코올 중독 증세가 있어서 조기 퇴원시켜 달라고
해도 응하지 말라는 것이다. 이에 형제들 간에 서로 다른 의견이 있다.
고향에 혼자 계시는 것보다 훨씬 낫다는 것이다. 어머니는 서울이나 이
천, 그리고 안산에 오셔도 며칠만 지나면 도시에는 갈 곳도 없이 방에
만 있으니 시골로 내려가겠다며 야단이시다.
나는 그 마음도 충분히 이해한다. 아무리 자식들이 잘해 드려도 내 집
만은 못할 것이다. 며느리 눈치도 봐야 하고 여러모로 불편한 것이 있
다는 것을 이해한다. 하지만 했던 말 또 하고 고향에 가겠다 하고, 행동
이 좀 민첩하지 못한다고 해서 귀찮아하고 지금 이런 상태에서 병원에
그대로 계시게는 할 수 없다는 것이 분명한 내 소신이다.
그래서 셋째 형에게 문자로 어머니 이번 토요일이라도 퇴원하셨으면
좋겠다고 어머니의 마음과 함께 내 마음을 전했다. 서울형과 나 그리고
남동생은 의견을 같이했다. 그것은 어머니께서 강력히 퇴원을 원하셨
기 때문이다. 또한, 거기에는 거의 침대에 누워 계시기에 친구 할 만한
노인도 없고, 어머니는 그 병실을 저승 가는 대기실 같은 곳이라 싫다
고 여러 번 말씀하셨다. 하지만 나는 전화 때 "어머니! 병원에 계실 동
안 편히 식사도 하시고 몸도 빨리 회복할 수 있도록 하세요."라고 말씀
드렸다.
"걱정하지 마세요, 곧 퇴원시켜 드릴 테니까." 하며 그 분주한 마음을
가라앉혀 드렸다. 주일이 지나면서 형님 부부가 병원에 동지 죽을 쑤어

찾아가 대접해 드리고 카톡방에 글과 사진을 올렸다. 얼굴에 검은 피부가 거의 없어지고 많이 좋아졌다. 그러나 어머니는 계속 하루라도 빨리 퇴원시켜 달라고 요청했다. '안 아픈데 왜 병원에 계속 있어야 하냐.'고 했다.

난 그곳에 계시는 어머니가 마치 고려장 비슷하게 생각되었다. 물론 이천 형님 부부 생각은 병원에 계셔야 치료와 회복이 잘되리라는 것은 나도 잘 안다. 하지만 낯선 병원에 홀로 계시는 어머니의 마음을 생각할 때 그것은 아니라고 생각했다. 어찌 보면 갑자기 고향 떠나 낯선 땅에 잡혀간 유배지같이 느껴지고, 마치 어린 자녀가 낯선 곳에서 빨리 구해 달라며 울부짖는 것처럼 여겨지기도 해서 마음이 참 아팠다. 내가 늙어서 그 처지에 있으면, 그 기분이 어떨까 하고 생각해 보면 그것은 합당치 않은 것으로 생각되었다.

최근 KBS TV 어떤 프로에 시골에 늙어 병든 어머니, 거동도 못 하고 누워 계시는 어머니를 남편의 동의를 얻어 자신의 집에 모시는 어떤 육십 대 여인의 얘기가 감동을 주었다. 비록 활동은 못 하고 누워 계시지만 매일 어머니 얼굴 보고 대화하고 웃고 하니 시골에 홀로 계실 때보다 훨씬 좋은 상태로 변했다며 기쁘게 얘기하는 딸을 보았다. 충분히 공감하고 나는 그렇게 할 수 있으면 하는 게 자식 된 도리라고 여겼다.

부모가 자식들, 손자들 얼굴 보며 함께 밥 먹고 시시콜콜한 얘기도 하고 집 드나들며 '다녀오겠습니다, 다녀왔습니다.' 서로 인사하는 것 등이 삶에 얼마나 위로와 생기를 주고 행복한 마음을 부여하고 의미를 부여하는가. 일상에서 서로 마주 보며 작은 행복의 열매를 엮어 가는 것이 삶의 보람이요 기쁨이 아니겠는가. 이러저러한 이유에서 나는 어머니를 퇴원시키고 우리 집으로 오셨으면 좋겠다고 연락했다. 반대가 있었지만 12월 23일 수요일 드디어 어머니께서 퇴원하셨다.

난 바로 '우리 집으로 모셔 오세요.'라고 연락하려다가 그냥 기다렸다. 성탄절에 우리 교회에 오셔서 함께 기쁨을 나누고 싶었지만, 형 집에 며칠 더 계시며 성탄절에 그곳에 계시는 것도 좋다고 생각하고 있었다. 그런데 성탄절에 카톡방에 어머니 모시고 셋째 형이 시골에 내려간다는 것이다. 어머니께서 고향으로 가고 싶어 하셔서 그런다는 것이다. 그건 아니다. 어머니 그냥 시골 가시면 안 된다. 직접 밥해 드실 기운도 부족하고, 지금 영양 상태도 썩 좋은 편이 아니기 때문에도 그렇다. 또 내 계획은 아내는 힘들지라도 우리 집에도, 동생 집에, 서울형 집에도 돌아가면서 계시면 좋겠다. 그러다가 고향이 그리우면 모시고 가서 며칠 있다가 도로 모시고 와야 할 것으로 생각된다.

아! 이건 아닌데 하며 급한 마음이 들었다. "시골로 그냥 가시면 안 됩니다. 어머니 안산 우리 집으로 모시고 오세요." 하고 나서 더 지체되면 안 되겠기에 전화를 걸었다.

"지금 어디쯤 가세요." 하니 한강 다리쯤이라고 한다. 서울 둘째 형 집으로 모시고 간단다. 참 다행이고 반가웠다. 둘째 형에게 문자 보내서 셋째 형과 함께 얼굴 보도록 꼭 붙잡고 있으라고 부탁하고, 큰아들을 데리고 성탄절 오후에 서울로 향했다. 막내아들도 함께 가서 할머니, 큰 아빠를 만나고 조카들도 만났으면 좋겠다고 생각했는데 아직 대입 체육교육과 수험생인 막내는 집에 있겠단다. 그래서 큰아들과 함께 가며 차 안에서 아들과 학교생활(중대 3년)과 장래 비전과 전망에 관해서 얘기도 나누었다.

눈이 빠지도록 기다린다며 어머니는 여러 번 우리에게 전화하셨다. 형님도 운전 중 두 번이나 전화해서 어디쯤 왔냐고 했다. 길이 좀 밀리긴 했으나 무사히 도착했다.

형님 집 거실에 들어가니 큰 상에 사과, 치킨, 곶감, 딸기 그리고 내가 사간 귤이 기다리고 있다. 좋으신 하나님께 감사기도하고, 짧지만 반가운 대화를 나누고 셋째 형은 이천으로 돌아갔다. 형제간에 서로 의견이 달라서 형제간 의(義)가 상하지 않았으면 좋겠다고 둘째 형이 돌아가는 셋째 형에게 얘기하는 것을 들었다.

나와 아들은 좀 더 얘기하고 나서 어머니 편히 쉬도록 안산으로 돌아왔다. 다시 주일이 지나고 주중에 계속 어머니 전화가 온다. 나만이 아니라 다른 동생들에게도 온다. '시골 가고 싶다, 영배네 집에 갈란다.' 등 하루에도 여러 번 성화였다. 그래서 형님 부부 출근하고 나면 TV도 없는 집에서 종일 금언령(禁言令) 내린 사람처럼, 아니면 독방에 갇힌 것처럼 있어야 하니 오죽이나 몸이 쑤시고 힘들까.

전에 아파트 16층 형 집에서 지루해서 밖으로 나갔다가 길을 잃고 말았다. 형님 두 분은 출근 중이었다. '아파트 몇 동 몇 호냐'고 경비 아저씨가 물어도 모르니 야단났었다. 겨우 아들 이름을 대고 나서야 몇 동, 몇 호인 것을 알았으나 집 앞에서 아들이 퇴근하여 문 열어 주기까지 기다려야만 했으니 아파트 숲에서 살아가는 그 모습이 얼마나 마음에서 멀어졌겠는가.

아들들 집에 오시면 며칠도 지나기 전에 시골로 내려가시겠다는 어머니 말씀이 이해가 된다. 동네에 유모차 끌고 놀러 가고, 회관에도 가고, 친구 태복 어머니 집에도 갈 수 있는데, 그러지 못하고 감옥에 갇힌 것처럼 방과 거실에만 있으니 그 마음이 얼마나 답답하고 쓸쓸할까.

고향에서 홀로 지치고 아픈 몸을 끌고 유모차에 의지해서 기우뚱거리며 친구 집에 걸어가는 모습만 생각해도 가슴이 아프다. 아들들 집에서 직장에 가 있는 동안 종일 홀로 낯선 방을 지키는 모습을 생각해도 난 마음이 편치 못하다. 어떻게 하면 '짧은 여생일 텐데….' 편히, 행복하게 모실 수 있을까 고민하고 또 고민했다.

난 안산에 같은 동네에 사는 남동생과 서울 어머니께 가기로 했다. 12월 31일 2015년 마지막 날이다. 사실 친구 카센터에(서울 국방대학원 부근) 차 정비하고 나서 어머니께 들러 가기로 했는데 카센터에 갔더니 친구들끼리 중국여행 갔단다. 할 수 없이 바로 둘째 형 집으로 향했다. 도착하니 어머니께서 반가이 맞아 주신다. 조카들도 있다.

형은 직장에서 좀 빨리 종무식하고 3시 반쯤 도착한다고 연락이 왔다. 3시 15분쯤 도착하여 수육 해서 맛있게 먹으며 옛이야기로 꽃을 피웠다. 어렸을 때 젊은 어머니께서 예쁜 한복 입고 꽃 양산을 쓰고 집을 나서니까, 형은 어머니를 따라가며 집을 떠나는 줄 알고 '가지 말라.'며 엉엉 울었다고 한다. '안 도망간다.'라고 아무리 얘기해도 형은 막무가내로 졸졸 따라갔다고 했다.

집에서 학다리 역 부근까지는 2km 정도 되는데 얼마나 울며 따라갔는지 모른단다. 그런데 반전이 있다. 어머니는 학교(鶴橋) 역 부근에 있는 사진관에 가서 사진 찍으러 갔다고 한다. 나도 집에 그 흑백사진 복사해서 가지고 있다. 우리는 얼마나 깔깔대고 웃었는지 모른다. 어머니 젊었을 때 사진을 보면 참 예뻤다. 몸도 날씬하고 허리도 곧게 뻗어 있고 머리는 쪽 머리에 비녀를 꽂아 아름다웠다.

이제 늙어 버린 어머니, 지치고 슬픈 눈이 되어 버린 어머니께도 이렇게 젊고 예쁜 시절이 있었다니. 우리도 언젠가 어머니가 서 계신 그 자리, 늙고 병들고 환영받지 못하는 자리. 눈치 보며 자식들 집에 들어갈 날이 금방 올 텐데. 어찌 우리는 그 마음을 제대로 헤아려 드리지 못하는가.

어머니와 함께 마지막 동지 죽. 동생과 나. 2016년 1월 2일

저녁 8시가 되어 형 집을 나섰다. 어머니는 며칠 전부터 우리 집에 가겠다고 졸라대셨다. 나는 어머니 모시는 것이 얼마나 좋은지 모른다. 복이 넝쿨째 들어오는 일 아닌가. 우리가 함께 있고 싶고, 곁에서 섬기고 싶고, 모시고 싶어도 세월이 마냥 어머님을 내버려 두지 않는다는 사실에 마음이 바쁘고 심장이 두근거렸다.

형이 지하 주차장까지 따라오며 전송하는 모습이 애잔하다. 형은 어머니를 지극 정성으로 형 집에서 모시고 싶어 한다. 주변 여건이 다 충족되는 것은 아닐지라도⋯. 조수석에 동생이 타고, 승합차 뒷자리에 어머니 모시고 안산으로 향하는데 보물을 싣고 가는 기분이다. 하지만 어머니를 보내고 뒤돌아서서 눈시울 붉히는 핼쑥한 형의 모습이 짠하다. 왜 우리는 헤어질 때마다 아픈 마음을 진정시키는 데 이렇게 미숙한가. 어머니는 안산 우리 집에 여장을 풀고 나서는 동생네 집에 가서 주무시겠단다. 동생은 얼마 전 아픈 일을 겪고 나서 조그만 방에 혼자 지내고 있다.

"어머니, 그러세요." 난 매일 고독을 씹고, 결혼생활의 어려움을 곱씹으며 지낼 동생을 생각하니 시원하게 '그렇게 하시라.'라고 했다. 상한 마음 하나씩 가슴에 품지 않은 사람이 이 세상에 어디 있으랴. 하지만 막내아들, 그 모습을 지켜보는 어머니의 마음은 오죽할까. 아기 때 사주 보니 '장차 아주 잘 살 거라고 했다는데 왜 저렇게 되었을까?' 하고 탄식과 한숨을 내쉬는 때가 한두 번이 아니다.

'어머니, 죄송하고 죄송합니다.' '우리가 가난하게 산 것도 죄송하고, 보란 듯이 출세해서 어머니 마음을 시원케 해 드리지 못한 것도 너무 송구합니다.' 어머니는 칠 남매를 키우면서 어려운 시절 보낼 때, 내 자식 중에 면서기(面書記) 하나라도, 순사(巡査) 하나라도, 남에게 기죽지 않도록 하다못해 깡패 하나라도 나왔으면 좋겠다고 입버릇처럼 말씀하고 했다.

나도 개척해서 목회를 시원하게 해서 보란 듯이? 하고 싶었는데 개척 교회 딱지를 아직도 떼지 못하고 비실댄다. 여러모로 감추고 싶은 것이 많다. 특히 온 힘을 다해 자식 기르느라 말 그대로 손발이 다 닳도록 고생하신 어머니를 위해, 고향 동네 사람들 다 모아 놓고 큰 소 한 마리라도 잡아놓고 큰 잔치라도 해 드릴 마음이 꿀떡 같다.

'아! 우리 어머니, 나의 어머니! 그래도 힘내세요. 아직도 우리 앞에 기회가 있잖아요. 동생도 다 잘될 거예요. 손자들도 이제는 우리 말고 다 컸잖아요. 취직도 하고 공부도 잘하잖아요.'

우리 애들은 하나는 올해 대학 4학년, 막내아들은 한국교원대 체육교육과 전형 중이다. 큰 애는 졸업하면 학사 장교로 가게 되어 있다. '어머니! 명진이, 장교로 군대 간대요. 멋진 장교 옷 입고 군 복무하는 모습 보도록 기운 차리고 힘내세요.' 참 좋은 울 엄마!

2016년 1월 1일. 어머니와 함께 새해를 우리 집에서 맞이했다. 별 대접도 변변치 못하다. 새해에 용돈이 뚝 떨어졌다는 어머니께 용돈 삼만 원을 드렸다. 더 많이 드리고 싶고, 자주 드리고 싶다. 어머니도 이 연세에 쓸 곳이 왜 없겠는가. 어머니의 존재감을 스스로 느끼게 해 드리고 싶다. 어머니의 의사를 존중히 여기고 이리저리 여행도 다니고 싶다.

막내아들은 저녁때 서울에서 대학 다니는 형과 중앙역 부근에서 자기들끼리 저녁 먹는다고 문자가 왔다. 한참 있으려니 큰아들 전화가 왔다. 막내와 사우나 가서 진로와 학교생활에 관해 얘기도 하고 거기서 자고 오겠다고 한다. "그래라 재밌게 지내고 와." 난 막내에게 용돈 2만 원과 사우나 비용으로 만 원을 건네주었다. 오랜만에 자기들만의 시간에 신이 난 모양이다.

"잘 되어라. 좋은 추억 많이 만들고 두 형제간 얘기도 많이 하고 나중에 커서도 서로 사랑하고 아끼고 돌보아 주고 밀어 주고, 당겨 주며 잘 살아야 한다. 너희가 목회자 안 될지라도 세상 속에서 하나님의 영광을 드러내고 선한 영향력을 끼칠 수 있는 일이 얼마든지 있단다. 배울 수 있을 때 부지런히 배우고 익혀라. 인격을 성숙하게 가꾸고 달인처럼 자기 일에 뛰어나도록 갈고 닦아라. 그래야 어두운 곳에 손 내밀어 줄 수 있다. 다른 사람들이 너희들 덕분에 고마워하고 세상 살맛 난다고 고백하도록 살아라. 너희들 덕분에 영생 길을 찾고 거룩한 순례자의 대열에 함께 참여하는 사람들이 많았으면 참 좋겠다."

어머니는 어느 한 곳, 한 집에 조금만 계셔도 지루해하셨다. 나도 그럴 것이다. TV 보는 재미도 없고, 책을 읽을 수도 없고, 이런저런 취미도 없고, 이제는 눈도 흐려지니 오래 보면 어지러워하신다. 그렇다고 춤을 출 수도 음식 맛있게 먹는 재미도 없다. 다행히 식사는 잘하신다. 아!

전도서에 나오는 말씀처럼 드디어 아무 낙이 없는 인생의 자리에 어머니께서 와 계신다. 죄송하고 미안하다.

동생이 우리 집에 왔기에 조금 앉아 있다가 밖에 나가자고 제안했다. 어머니께 환경을 자꾸 변화시켜 주어 지루하지 않게 하고, 시간도 즐겁게 쑥 지나가도록 해 드리고 싶다.

"어머니 오늘 점심 동지 죽 어때요?"

"응, 괜찮다.", "네, 그럼 함께 나가요."

막내는 오후에 체력훈련 가고 큰아들은 할 일 있어 그냥 집에 있겠단다. 아내는 어디 아픈지 모르나 그냥 침대에 누워 있다. 우리 셋이 물왕저수지로 차의 방향을 잡았다. 전라도 칼국숫집이 있다. 사람들이 북적인다. 우리도 한 상을 잡고 앉았다. 팥 칼국수냐, 팥 동지냐? 어머니께서 동지를 선택했다. 붉은 동지 죽, 어렸을 때는 매년 어머니께서 끓여 주시던 죽이 아닌가. 아무리 가난해도 죽은 쑤어 주셨다. 그때는 얼마나 달콤하고 맛있었는지 모른다. 오늘 함께 먹는 동지 죽은 어렸을 때 어머니께서 쑤어 주신 죽 맛은 아니다. 동생도 맞장구친다.

"어머니 맛있게 드세요."

난 이런 장면이 좋다. 어머니와 동생과 함께할 수 있다는 것이 얼마나 즐거운가. 난 행복한 사람이다. 김치와 동치미에 천천히 추억을 즐기며 잘 먹었다. 식후에 커피를 타서 어머니와 동생과 함께 정자에서 우리만의 겨울 여유를 누렸다.

다시 차를 타고 물왕 저수지 주위를 천천히 한 바퀴 돌았다. 돌아오는 길에 월피동 섬기는 교회에 들러 예배당에 들어갔다. 우리 시찰 조 목사님이 마침 나오다 마주쳤다. 예배당에서 잠깐 기도하고 나오는데 사무실에서 조 목사님이 나와서 어머니께 '맛있는 것이라도 사드시라.'라며 신사임당 한 장을 내어 주었다. 고마운 일이다. 그의 어머니는 작년에 돌아가셨는데 우리 어머니를 자신의 어머니 대하듯 하신 것에 감사한 마음을 표했다.

집으로 오는 길에 아이들을 위해 어머니께서 과자를 사자고 하신다. L 마트에 가려고 하니 차가 많이 들어가서, 시간이 걸려 H 마트로 갔다. 어머니께 백화점 구경시킬 겸 그곳에 갔다. 식품부로 이동하여 이것저것 구경했다. 어머니는 애들을 위해 치킨을 사고 고구마도 샀다. 또 애들 엄마를 위해 실내화도 사고 동생을 위해 간장도 샀다. 겨울이면 차가운 내 귀를 위해 귀마개도 샀다. 어머니 마음이 감사하고 따뜻하다.

집에 돌아와 어머니와 동생, 아들과 나 함께 맛있게 음식을 나누었다. 어머니는 동생 집으로 주무시러 가셨다. 주일예배 후에 따뜻한 점심 어머니와 우리 식구들이 함께 먹었다. 점심 드신 후에 어머니는 남동생에게 서울 둘째 형 집으로 가자고 하셨다. 난 우리 집에 더 계시기를 바랐으나 그럴 수 없는 분위기다. 어머니는 하나뿐인 방 안에 어머니의 훈훈한 정, 아쉬운 정을 남겨 주시고 동생 차를 타고 훌쩍 떠나고 말았다. 내 집에 계실 자리가 없어서인가. '어머니 죄송합니다. 따뜻하게 모시지 못해서. 그곳에서 지루하시면 부족하지만 언제든지 또 오세요.'

64. 어머니 꿀잠

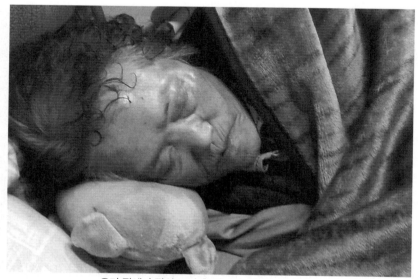

우리 집에서 점심 드신 후 어머니. 2016년 1월 7일

어머니! 귀여운 장난감 강아지를 베고
따뜻한 방에 어린아이처럼 잠자요
평소에 즐기는 재방영하는 〈가요무대〉
설운도, 현철, 송대관, 태진아 나와서
재미있게 노래해 깨워도 89세 어머니
새근새근 아가처럼 잘 자요

하늘의 아기천사라도 내려 왔는지
그 모습 참 평화롭고 사랑스러워요

하늘나라의 꽃길을 걷는지 행복에 취해
자는 모습은 영원히 지우고 싶지 않은
영원히 함께 지키고 싶은 고귀한 임의 숨결이라

그 단잠, 거칠고 지친 인생길
모두 다 지워 버리기라도 하듯, 꿈처럼
평화롭고 사랑스러워 차마 깨우지 못했어라

* 어머니 2016년 5월 27일 하늘나라에

65. 모정의 세월

기나긴 겨울이 짧기만 한 건가. 겨울 같지 않은 겨울이 봄날처럼 가고 있다. 대한(大寒)이 소한(小寒) 집에 놀러와 얼어 죽었다는 말도 있는데 올해 겨울은 이런 말이 무색하게 한다. 그래서 겨울 축제를 기대했던 강원도에서는 연이어 축제를 취소하고 있다. 하지만 소한이 시샘했을 때 갑자기 온도가 뚝 떨어져 어제와 오늘 겨울 맛을 제대로 느끼게 한다.

요즘 난 어머니와 함께 지내고 있다. 지난 주일에 우리 집에 방이 없어서인지 불편을 느껴 서울로 가신 어머니를 다시 우리 집으로 지난 수요일에 모시고 왔다. 하지만 우리 집에는 방이 하나다. 부엌 겸 작은 방이 있는데 방이라고 하기도 어렵다. 여기에 간이침대를 놓고 두 아들이 잠을 잔다. 개척교회 하는 목사는 돈을 벌지 못해? 여러 가지로 행동에 부자연스러움을 피부로 느끼며 살고 있다.

어머니 연세는 2016년 들어 89세다. 어릴 적 칠 남매를 가난한 가정에서 키워 내신 어머니를 생각하면 어느 유행가 가사처럼 '오래오래 사세요. 편히 한번 모시리다.' 하지만 방은 하나다. 그것도 학원 자리에 교회를 개척하고 한쪽을 막아 방을 만들어 십 년 넘게 지내고 있다.

이런 환경을 볼 때마다 내가 얼마나 무능력한가 하고 자책할 때가 있다. 굳이 이렇게 살면서 목회해야 하는가 하고 돌아볼 때도 많다. 하지만 어머니를 생각할 때, 아무리 어머니께서 늙고, 병 들고, 치매 증세도 있고, 모든 것이 부자연스럽고 부족하다 하여 어머니를 무시하거나 멀리할 수는 없다. 그것은 마치 우리가 어렸을 때를 돌이켜 생각해 보면 충분히 처지 바꿔 생각해 볼 수 있겠다.

우리가 제대로 걷지도, 옷을 잘 챙겨 입지도 못하고, 밥을 제대로 입에 넣지도 못하고 흘리고 모든 행동이 얼마나 서툴렀겠는가? 하지만 한 번도 버리지 않고 모든 것을 사랑으로 끌어안고, 칠 남매를 논 한 마지기도 없는 살림에서 보따리 장사하며 수십 리를 그 비싼? 차비 아껴 하나라도 토끼 같은 자식들 죽자 사자 먹이고 입히고 그래도 이만큼 가르쳐 오시지 않았는가.

어머니는 어떤 때는 한 아들에게 전화하고 또 하고, 또 한다. 그것도 같은 내용을 그렇게 한다. 분명 치매 증세이리라. 또 어떤 것을 물어보고 조금 있다가 또 물어보곤 한다. 귀찮기도 하고 답답하기도 하다. 하지만 난 여러 번 같은 내용을 대답해 드린다. 마치 처음 듣는 것처럼. 아마 우리도 어렸을 때 부모님에게 사소한 것을 묻고 나서 금방 또 물었을 것이다.

차이가 있다면 어린아이들의 질문은 귀엽기도 하고 기특하기도 하다. 하지만 늙은 어머니는 귀엽지도, 기특하지도 않다. 행동이 굼뜨고 볼품도 없고, 모양도 아름답지 않다. 그렇다고 외면하거나 버릴 수 없지 않은가. 어렸을 때 우리를 어떤 사랑과 희생으로 길러 내신 것을 기억할 때 더욱 그럴 수 없다고 본다.

어떤 형제는 노인 병원에 계시게 하는 것을 좋게 여기고 그렇게 추진하기로 했다. 아마 조금 지나면 또 그렇게 할지 모른다. 어머니께 가만히 물어본다.

"병원에 계신 것이 좋아요? 이렇게 우리 집에서 함께 밥도 먹고 TV도 보고, 함께 얘기도 하고 지내는 것이 좋아요?" 하고 물으면 두말할 것도 없이 병원은 싫단다.

"병원은 저승 가는 대기실이야. 그런데 내가 왜 거기가 좋겠냐?" 하시며 펄쩍 뛴다. 앞으로 어머니의 몸 상태가 더 나빠지면 그렇게 병원으로 모실 수밖에 없을지 모른다. 하지만 내 맘은 어머니께서 하나님의 부르심을 받아 세상을 떠나 저 천국으로 가기까지 자녀들 집에 돌아다니면서 어머니로서 행복을 맛보도록 함께 지냈으면 좋겠다. 어머니는 자식들 집에 계시다가 며칠만 지나면 고향인 전남 함평 집으로 보내 달라고 아이들처럼 졸라대셨다. 이 요구를 물리치기는 매우 어렵다.

어떤 때는 다투다가 "그러면 그렇게 하시라."라고 집으로 모셔다드리기도 했다. 그렇지만 고향에는 가까운 친척이나 형제가 없어서 따뜻이 모실 수가 없다. 지금은 식사도 홀로 지어 먹을 수 없고, 가스 불도 깜빡하고 그대로 두기도 한다. 혼자 계시도록 할 수만은 없다. 그래도 주일에는 교회도 가고 금요일에는 구역예배도 돌아가면서 참석한단다. 구십 평생 살아온 고향 땅과 집, 눈에 익은 골목길, 다정한 친구들과 이웃들을 떠나서 정글 같은 대도시에 와서 사는 것이 어찌 편할 수 있겠는가. 어제는 운동 마치고 올 때 식당에서 동탯국 한 사람분을 샀다. 저녁에 어머니와 함께 먹기 위해서다. 어린 시절 어머니가 끓여 주신 겨울 동탯국은 참 맛있고 시원했다. 집에 와서 봉지를 열어보니 끓인 것이 아니라 재료다. 끓여 먹으라는 거다. 어머니께서 칼로 파란색 쓸개를 빼는 것도 지켜보고, 굽은 허리로 이리저리 애쓰시는 것을 이 얘기, 저 얘기하며 기쁨으로 지켜보았다. 가스 불에 펄펄 끓여 어머니와 도란도란 얘기하며 맛있는 저녁을 먹었다.

아내는 봉사활동 겸, 그 일을 배우러 다닌다. 그래서 아침밥을 어머니와 둘이서 먹는다. 큰아들은 서울에서 학교 다니고, 방학에도 아르바이트하며 자취하고 있다. 막내아들은 청주에 있는 교원대 체육교육과 입시를 위해 지난 수요일에 내려가서 거기서 2박 3일 있으면서 면접과 체력 시험을 치르고 있다.

어머니는 시골에 계실 때 월요일마다 텔레비전에서 하는 〈가요무대〉를 좋아하셨다. 그 프로는 흘러간 옛 노래를 많이 들려주어서 더욱 그러하리라 생각한다. 나도 또한 〈가요무대〉를 좋아한다. 〈타향살이〉, 〈나그네〉, 〈설움 번지 없는 주막〉, 〈비 내리는 고모령〉, 남진의 〈어머님〉 등. 그 시절 우리 민족 정서를 잘 담아낸 노래들이 심금을 울려 준다.

난 케이블 TV에서 지난 방송을 재방영해 주는 채널에 맞춰 〈가요무대〉 등 노래가 계속 흘러나와 어머니 마음을 기쁘게 해 드리고 싶었다. 어머니께서 가수 이름을 물으면 알아맞히고, 설운도의 머리 모양까지 얘기할 때는 껄껄 웃으며 맞장구쳐 주었다.

아직도 어머니의 기억력이 참 좋다. TV에서 최불암 맛 기행을 보고도 "최불암 씨는 공짜로 좋은 음식 많이 먹더라."라며 부러워한다. 나는 어머니가 말 한마디, 한마디에 감동하였다. 기억력이 살아 있고 화면에 나오는 내용에 따라 반응하는 모습이 마치 어린 아들이 세상의 낯선 모습을 보고, 신기하게 생각하고 얘기하는 모습과 같이 생각되기 때문이다.

"어머니, 오늘 낮에는 고구마 쪄 먹읍시다."

지난번에 먹다 남겨 둔 호박 고구마를 어머니께 씻으라고 했다. 난 압력밥솥을 준비하고 산 바리를 넣고, 씻은 고구마를 넣고 뚜껑을 닫고, 스팀 나오는 구멍을 세워 김새지 않도록 하고 가스 불을 켰다. 나는 지금 행복한 시간을 보내고 있다.

나도 열일곱 되면서 타향살이하면서 어머니와 함께할 수 있는 시간을 늘 그리워했었다. 그래서 공장 생활할 때 메들리로 옛날 노래 틀어 주면 〈나그네 설움〉, 〈타향살이〉 등을 따라 부르며 야간작업의 지루함과 고단함을 달래곤 했다. 비록 좋은 집은 아닐지라도 어머니와 함께 고구마를 찌고 함께 상을 차려 밥 먹는다는 것이 얼마나 행복한 일인가. 솥에서 반응한다. 치지직, 칙칙….

"어머니 끌까요?", "좀 더 둬라."

조금 있다가 고구마 냄새난다며 어머니께서 가스 불을 껐다. 난 전기밥솥에 보온 상태로 넣어 둔 밥을 꺼내 왔다. 냉장고에서 김치를 꺼내 왔다. 어머니께 따뜻한 고구마를 먼저 드시도록 권했다. 포기김치 썰지 않고 그대로 두고, 내가 가위로 밑동을 자르고 한 잎 한 잎 젓가락으로 찢어 놓았다.

"칼로 자르는 것보다 이렇게 찢어 먹으니 훨씬 더 맛있는 것 같아요."

"김치가 익어서 짜지도 않고 맛있네요."

옛날 같으면 어머니께서 육 남매 집마다 김장김치 해 주셨는데 그 일도 그만둔 지 여러 해가 지났다. (누나는 천국이 좋아 결혼 십 년 만에 먼저 하늘나라에 갔다.)

어머니 솜씨는 탁월했다. 이제는 추억 속에서만 맛볼 수 있지만, 그 실력 어디 가랴. 솜씨의 흔적들이 남아 있다. 고구마를 김치랑 드신 후에 난 그릇에 담아 둔 뜨끈한 찌개도 내어 왔다. 또 누룽지를 국자 모양의 손잡이 있는 그릇에 넣고 끓였다.

어머니 식사하시는 동안 나는 대여섯 번이나 앉았다 일어섰다 하며 부엌에 가서 필요한 것이 있으면 즉시 가져 왔다. 어머니는 "그냥 먹어라." 하시는데, 어머니에게 조금이라도 필요한 것이 있으면 곧 챙겨드릴 수 있는 것이 내겐 기쁨이다.

아마도 칠 남매 기르실 때 시골집 부엌 높은 문이 닳도록 이보다 훨씬 여러 번 드나 드셨을 것이다. 난 밥 먹다 말고 부엌에 갔다. 가스 불이 꺼져 있다. 살펴보니 이미 누룽지가 펄펄 끓어 물이 약간 넘쳐서 불이 꺼지고 말았다. 하지만 따끈한 누룽지와 숭늉을 빨리 식지 않도록 쇠그릇에 담아 가지고 왔다.

"어머니 누룽지 드세요.", "구수하죠? 물도 마시면서 드세요."

"모자라면 누룽지에 밥을 더 말아 드셔도 돼요."

난 할 수만 있으면 입안의 혀처럼 어머니께 해 드리고 싶다. 꼭 그렇게 어머니 맘에 맞춰드릴 수 없을지라도 마음만은 그렇게 해 드리고 싶다. 몸은 늙고 병들어 힘이 없지만, 마음만은 청춘이 아니겠는가. 옛 생각 하면 지난날이 무수히 주마등처럼 스칠 텐데….

우리가 얼마 남지 않은 어머니의 마음을 조금이라도 시원케 해 드리면 얼마나 좋을까 생각한다. 드실 때 맛이 "어떠냐?", "맛있느냐", "짜지 않냐?" 이것저것 묻고 답하는 시간에 한 그릇 맛있게 드시는 모습을 볼 때면 기분 좋다. 기쁘다. 행복하다.

식사 중에 KBS 인간극장 특별 프로 〈You are my Sunshine〉를 보는데 마음이 찡해 왔다. 충북 단양에 사는 조용창(55세) 씨가 어린 두 딸 조현미(3세), 조현정(8세)과 함께 어려움 중에도 웃음을 잃지 않고 사는 모습이 가슴을 뭉클하게 하고 뜨겁게 했다.

조 씨는 나면서부터 신체장애가 있어서 정상적으로 걷지도 말하지도 못하고 어눌하지만 어린 두 딸을 지극히 사랑했다. 더 잘해 주지 못해 미안해하는 아빠와 달리 어린 두 딸은 집에서나 학교에서도 아빠를 자랑스러워했다. 모처럼 학교에 양복을 입고 찾아온 아빠를 보고, 다른 친구들이 약간 이상한 눈으로 할아버지 보듯 하는데도, 전혀 부끄러워하거나 기죽지 않고, 친구들에게 "우리 아빠야." 하고 자랑스럽게 소리쳤다.

그때 아빠는 눈물을 흘린다. 아이들은 '울지 말라.' 하며 웃었다. 어리지만 아빠의 마음을 충분히 이해하고 있었다. 집에 오는 길에 두 딸에게 드레스를 사 주었을 때 아이들이 좋아하는 모습을 보고 아빠는 끌어안고 한없이 사랑스러워했다. 그 애들의 엄마는 베트남사람인데 도망갔다고 소개되었다. 하지만 아이들의 얼굴에 그늘이 조금도 없다. 아빠가 '엄마 필요하지 않으냐.'고 조심스럽게 물으니 처음엔 엄마 없어도 괜찮다고 하더니 좀 더 물으니 "엄마랑 아빠랑 같이 살고 싶어요." 하며 두 딸이 얘기하자, 아빠는 두 딸을 끌어안고 울고 말았다. "아빠 괜찮아요, 울지 말아요."

밥을 먹다가 목이 메었다. 어머니도 영상의 내용을 다 알아차리고 계셨다. 내용에 따라 적절히 반응하는 어머니 모습에 나는 마냥 좋다. 언제까지 이런 모습을 계속 볼 수 있을 것인가? 어머니 살아 계실 때, 부자처럼 풍족하게는 못 해 드려도, 아주 사소하면서도 평범한 행복을 누리는 이 시간이 참으로 좋다.

점심 식사 후 김치랑 찌개 남은 것 등을 냉장고에 도로 갖다 넣고 설거지하려는데 어머니께서 하시겠다고 하시기에 "그러세요." 하고 양보했다. 작은 소일거리라도 하시면 좋을 것 같았기 때문이다. 난 아까 데워 두었던 따뜻한 물을 갖다 드리며 "이 물로 씻으세요. 손 시리니까." 조금 휴식한 후에 한 생각이 떠올라 일어섰다.

오늘 금요일이니 병원에 오후에 다녀와야 했다. 오른쪽 눈 속에 다래끼가 나서 눈뜨기가 불편하기 때문이다. "어머니 눈 때문에 병원에 다녀

올게요.", "언제 올래?", "금방 와요." 그러면서 나는 탁구 운동복으로 갈아입었다. 병원에 갔다가 얼른 탁구장에 가서 잠깐이라도 운동하고 오려고 마음먹었다.

병원에서 의사는 눈을 약간 째고 심하게 짰다. 신음이 절로 났다. 눈 찔끔 감고 참았다. 피가 나온다. 짠 곳에서 피가 계속 조금씩 나오고 눈이 부어올랐다. 거울을 보니 탁구장에 갈 수 없겠다. 오는 길에 보니 장갑이 눈에 띄었다. 어머니 털장갑 손가락 부분이 약간 떨어졌다. 어머니를 위해서 장갑 두 켤레를 샀다. 두툼한 양말도 다섯 켤레에 삼천 원 했다. 기분 좋게 사 들고 왔다. 생각보다 빨리 집에 오니 어머니는 "벌써 오냐?" 하신다. 어머니는 한 시간도 혼자 있기 힘들어하신다. 고향 집이 아니어서 그러실 거다. 낯선 곳에 혼자 계시면 '얼마나 힘드실까?' 싶어 가능하면 빨리 오려고 했다.

저녁을 먹어야지. 6시 반쯤에 밥과 반찬을 내어 왔다. 어머니께서 음식을 잘 드셔서 좋다. "어머니 양치하고 오세요." 화장실에 양치하러 아장걸음으로 가셨다. 내 눈에는 다섯 살 난 아이같이 보이기도 한다. '잘 해 드려야지.' 마음만이라도.

저녁 먹은 후에 나는 어머니께 아까 사 온 카키색 털장갑을 선물로 드렸다. 어머니는 끼워 보고 "두툼하니 아주 좋다." 하시며 즐거워하셨다. 누워 계시다가도 일어나 끼워 보시고 "나는 밖에 나갈 일도 없는데, 안 끼워도 되는데…" 하셨다.

"아니에요. 한 번을 끼워도 어머니께서 써야죠. 색깔도 예쁘네요." 벗었다가 잠시 후에 또 일어나 장갑을 끼워 보신다. 어머니께서 다정하게 한마디 하셨다. "선물 고맙다."

66. 실종

밤 9시 어머니께서 식사하신 후, 막내아들의 딸, 손녀 다혜 보러 간다며 남동생 홍강이네 집에 간다고 하셨다. "잠깐 기다리세요." 했는데, 벌써 길 나선 모양이다. 밤인데, 길도 낯선데…. 어쩌시려고 그럴까 하는 생각이 순간 머리를 스쳤다. 난 화장실에 들어가 소변보고 뒤따라가면 금방 따라잡을 줄 알았다. 속으로 생각하기를 뒤따라가며 어머니께서 찾나, 못 찾나 보려는 생각도 했다. 소변보고 난 후 나가 보니까 어머니가 안 보였다. 평소의 걸음이면 한 걸음씩 걷는 속도라면 분명 눈에 금방 띄어야 하는데 안 보였다.

'어? 이런 게 아닌데?! 그래도 금방 뒤따라가면 만나겠지.'라고 생각했다. 동생네 집 가는 큰 골목을 쭉 바라보고, 또 반대쪽도 혹시 하고 두루 살펴보았다. 그런데 안 보셨다. 그럴 리가…. 일단 동생 집으로 빨리 가며 두리번거렸다. 없다. 안 보인다. 이러면 안 되는데 하며 이 생각 저 생각이 뇌리를 빠르게 휘 집고 지나간다. 홍강이 집 다 가서 동생한테 전화해도 안 받는다. 다시 집에 와서 예배당 안을 살폈다. 안 계셨다.

다른 골목으로 해서 동생 집으로 가도 없다. 안 되겠다 싶어 주차장에 가서 차 시동을 걸었다. 걷는 것보다 차가 빠르니까…. 동생 집 반대로 차를 몰고 크게 한 바퀴 돌아 다시 홍강이 집 가니 불이 꺼져 있다. 동생은 다시 전화 받지 않는다. 아직 퇴근하지 않은 모양이다. 실종이다. 어머니는 전화기 가지고 가셨을까?

집에 도착하여 집에 전화기를 두고 가셨으면 안 되는데… 하며 다시 전화해 보았다. 휴대전화 소리 나는지 어머니 가방에 귀를 대 보니 얼마나 다행인가? 벨 소리가 들리지 않는다. 이 추운 밤에…. 어느 골목길을 헤매고 계실까?

112로 경찰에 신고해야 사람 찾는 일이 최우선이라는 것을 경험으로 알고 있다. 하지만 한 번 더 전화하기로 했다. 가슴은 크게 뛰지 않았다. 반드시 어머니 찾을 것으로 생각하며, 마음에 당황하지 않고 침착하기로 단단히 다짐하고 평안한 마음을 유지하려고 했다.

이 추운 겨울에 강추위로 심장마비나 저체온증으로 돌아가신다면 어떻게 하지? 만에 하나 예상치 못한 큰일이 벌어진다고 하더라도 받아들여야지. 그것이 신(神)의 선택이라면 기쁘게 보내드려야지 생각하며…. 금방 전에 둘이서 돼지 찌개를 뜨끈하게 끓여 맛있게 먹었었는데….

"따르릉, 따르릉…." 계속 벨이 울린다. 귀도 어두운 어머니인데, 제발 주머니에서 꺼내 받아 들기를 바라며…. 기다려 보았다. 경찰에 신고 안 해도 되겠다. 어머니 목소리가 들린다.

"거기 어디세요?", "홍강이 집 못 찾겠시야."

"거기 지나가는 사람 없어요?"

"여기 학생 있는데 물어볼란다."

"아니 좀 바꿔 주세요."

"감사합니다. 혹 거기가 어디쯤인지 알려 주시겠어요?"

학현초등학교 부근이란다. 이 근방에서 못 들어 본 학교다. 다시 물으니 한양대대로 길이란다. 그린피그 2층 갈빗집 앞이라고 했다. 감이 안 잡힌다. 내가 짐작하는 그 갈빗집이 맞을까?

여기에 큰 건물이 석호중학교 있다 하니 그분이 어머니 모시고 그곳으로 오겠다는 것을 다른 데 가지 말고 거기 있어 달라 부탁했다. 내비게

이선에 입력하니 방향을 잡을 수 있었다. 급히 차를 몰고 밤길을 달렸다. 시(市)에서 대여하는 자전거를 가진 아가씨가 어머니 곁에 서 있다. 차에서 내려 두 번이나 허리 굽혀 고맙다고 절하고 어머니를 차에 부축해서 태웠다. 어머니가 말씀하시기를, "모퉁이만 돌면 금방 찾을 줄 알았는디, 없어야!"

휴…. 얼마나 다행인가? 감사하고 감사하다. 이렇게 기나긴 겨울밤의 모정의 세월은 가나 보다.

천만다행이다. 강추위 겨울밤이다. "실종 어머니" 찾고 나서 따뜻한 방에서 이 글을 쓴다.

67. 어머니와 고향길 함께 가다

사십여 일 동안 어머니는 아들들 집에 와 계시다가 그렇게 고향에 가고
싶다던 집으로 가는 날이 되었다. 안산에서 출발하여 전남 함평에 이르
니 궂은비가 계속 내렸다. 겨울이라는 계절의 본분을 잊은 것처럼 비가
내렸다. 겨울 가뭄을 생각하면 참 고마운 비였다.

고향에 도착하니 얼마나 반가운가. 빗 사이로 흘러오는 공기가 전혀 낯
설지 않고 언젠가 만났던 사람처럼 익숙하게 숨길을 따라 폐 깊숙한 곳
까지 스스럼없이 들어와 편안히 돌고 나갔다.

도착해서 어머니 주민등록증 새로 만들어 드리기 위해 먼저 면사무소
로 갔다. 그런데 주민증 하려면 증명사진이 필요하다고 하여 일단 집
으로 갔다. 짐을 정리하는 동안 어머니는 피곤하고 지친 몸으로 라면을
끓였다. 그런데 양은 푸짐한데 라면이 매우 짜다. 난 물을 조금 부어서
짠맛을 달랬다.

설거지 중 물 싱크대 밑으로 흘러 살펴보니 호스 삭아서 오른쪽으로만
사용 중인데, 어머니는 몰라서 평소대로 왼쪽으로 썻었으니 물이 그냥
아래로 쏟아져 바닥 밑으로 흥건히 고였다. 함평 가서 연결 호수를 사
고, 어머니 주민증을 위해서 사진도 찍었다. 조그마한 증명사진 찍는데
일만 팔천 원이란다. '와! 비싸네.' 다시 면사무소로 갔다. 어머니 증명
사진 제출하고 임시 주민증을 받아서 사거리 농협 협동조합으로 갔다.
농협으로 가서 통장 갱신하고 나서 그렇게 원하던 노령국민연금 오만
원 찾고 마트에 들러 귤 오천 원어치 샀다. 한 달 넘도록 보지 못한 어머
니 친구 태복 엄마 집에 들러 인사하기 위해서였다.

집에 와서 보니 큰형이 퇴근해 있었다. 일단 호수부터 연결하고 나서 거실 바닥 깔판 걷어 내고 물 닦아 내기 공사를 시작했다. 해는 벌써 저물고 어둑어둑해졌다. 때가 되어 저녁 식사로 떡국을 끓였는데 또 짜다. 아마 늙으신 어머니는 이제 적당한 맛을 분별할 만한 기능을 많이 잃은 것 같다. 마음이 짠했다. 뭐라고 타박할 수도 없다.

대충 먹고 나서 장판을 걷어 내고 바닥에 흘러든 물을 닦기 시작했다. 다시 물 닦기 공사를 시작했다. 닦아도, 닦아도 계속 물이 흘러나온다. 수질이 좋았으면 댐 공사? 했을 텐데, 수질이 별로여서 닦아내기만 하기로 작정했다. 형은 방에서 텔레비전만 보고 있다. 어머니와 나는 허리가 휘도록 물 닦아 내는 공사를 했다. 이왕 할 것 즐겁게 해야지 생각하며 장난기 어린 말을 일부러 하며 지루한 시간을 보냈다.

오랫동안 잘 쓰지 않아서인지 거실 바닥에서는 곰팡냄새가 지독히 났다. 좀 더 효과 높이기 위해 바닥에 신문지 태웠다. 연기가 나고 재가 하늘을 날았다. 이러면 안 되는데⋯. 그래서 머리 굴렸다. 숯덩이 가져다가 불붙이니 시리던 손이 따끈했다. 신나게 곰팡이 냄새나는 바닥과 깔판을 닦아냈다. 냄새 한번 구수하다. 화로(火爐) 생각이 절로 났다. 밤이나 고구마 구웠으면 좋겠다. 겨우 다 닦고 말린 후 깔판을 원위치로 놓고 한숨 돌리며 지친 등허리를 구들에 내맡기니 단잠이 왔다.

아침은 기다리지 않아도 고요히 찾아와 우리 곁에 와 있었다. 죽어야 끝나는 일을 위해 김치찌개 맛있게 먹고 일을 시작했다. 큰형은 방학이라 일곱 시 반에 목포에 있는 바둑학원 조용히 출근했다. 어머니는 연약한 몸으로 곰팡이 난 김치, 떡, 찌개 그릇, 이것저것 버리고 닦고 치우고 하느라 분주하다. 밀린 세탁도 했다. 형이 내게 세탁기 어머니께 돌리도록 부탁하고 갔다.

승합차 돌리는 것도 장난이 아니다. 눈이 쌓인 것이 아직 마당에 수북한데 거기다가 비까지 왔으니 마당이 물렁물렁했다. 그래서 차바퀴는 헛돌고 흙탕물은 튀고 마당은 좁아서 쉽지가 않았다. 비는 오고 날은 추웠다. 어제 빗길에 오느라 차가 지저분하다.

수돗물에 호수를 연결하여 물을 뿌리고 차를 닦았다. 호수 끝부분이 허술하게 되어 물이 앞으로만 분사되지 않고 뒤로도 뻗어 나와 얼굴과 옷으로 튄다. 고역이다. 이리저리 용을 쓰며 겨우 다 닦았다. 깨끗해진 차를 보니 옷은 젖고 머리는 비에 흠뻑 했지만, 기분이 좋다. 그러는 중에 온라인으로 주문한 택배가 도착했다. 김치 10kg이다. 고향에 내려가시면 드실 김치가 없을까 봐 미리 안산 집에서 인터넷으로 신청해서 시골 집에 도착하도록 했다. 뻐근하게 이것저것하고 나니 오후 한 시다.

그새 어머니는 태복 어머니 집에 다녀와 손에 검은콩 조금 가져오셨다. 가면 콩을 물에 불렸다가 밥할 때 함께 넣어 먹으면 밥이 맛있다고 하셨다. 이제 연세가 많아 기억이 흐물흐물하고 치매증세가 종종 나타나지만, 자녀 사랑하는 마음에는 전혀 치매 증세가 없었다.

난 어머니께서 그냥 집에서 해 드셨으면 좋겠지만 어머니 마음으로 헤아려 "가지고 가겠으니 싸 주세요." 했다. 어머니는 김치 택배 온 것을 보고 열어 보시더니 참 맛있게 보인다고 하신다. 난 김치 주문 때 중국산 고추가 아닌 국산 고추와 배추로 만든 김치로 주문했었다.

이글을 스마트폰에 쓰고 있는 동안 점심이 나왔다. 김치찌개다. 먹어야 사니 맛있게 먹자. 먹어 보니 맛이 참 좋다. 어제는 음식이 모두 짰는데 오늘 김치찌개는 아주 맛있다. 입안에 침이 돌았다. "어머니 찌개도 밥도 참 맛있는데요."

배달된 김치도 꺼내어 상에 올려 함께 먹어 보니 맛있다. 어머니도 드시고서 "먹을 만하다."라며 좋아하셨다. 식사 중 어머니는 숭늉을 끓여 오셨다. 어머니는 누룽지를 맛있게 드신다. 나도 숭늉을 마셨다. 속이 확 풀어지는 듯하다. 안산 우리 집에 있을 때는 내가 숭늉 끓여 대접했는데 고향 집에 오니 어머니께서 솔선해서 끓여 오셨다. 모든 일을 익숙하게 잘도 하셨다. 늙고 병들어, 이제 치매 증세까지 있으니 하나하나가 예사로 보이지 않았다. 조심스럽게 지켜보는 내 마음은 좋다. 더 많이, 더 길게 어머니께서 할 수 있는 일을 계속하는 모습을 보고 싶다. 숭늉을 더 끓여 보온병에 담았다. 집에 갈 때 운전하면서 마시기 위해서다.

점심 후 바로 떠날 준비했다. 어머니는 "설에 안 올래?" 물어보셨다. "글쎄요." 하니 "그러면 서운하지!" 하셨다. 어머니 주신 검은콩과 조기를 넣은 검은 비닐봉지를 차에 실었다. 그리고 밀린 세탁물 있어서 "세탁기에 호수 연결해 드릴까요?" 하니 "할 줄 알아야!" 하셨다. 그래서 어머니께서 혼자 하도록 그냥 두니 잘하셨다. 모든 기능이 떨어지니 가능하면 어머니 혼자 힘으로 할 수 있도록 해 보았다. 기능 하나라도 기억에서 멀어지지 않도록, 또 작은 일을 해냄으로 보람과 기쁨을 얻게 하기 위해서다.

점심 후에 세탁기 열어 보니 세탁이 다 잘되어 있다. 세탁물을 꺼내어 비가 오는 오후 처마 밑 빨랫줄에 어머니와 함께 빨래를 널었다. 더 할 일은 크게 없다. 쓰레기 종이 태워야 하는데 그게 남은 일이지만 큰일은 아니다.

이제 출발해야 한다. 어머니와 안방에서 엎드려 하나님께 어머니를 지키고 보호해 주시도록 기도했다. 어머니는 덩그러니 방에 홀로 계시기

너무 적적하니 바로 태복 엄마 집에 가신다고 하셨다. "그러면 차에 타
세요."

겨울비 부슬부슬 내리는 고향 땅을 이렇게 또 떠나는 연습을 했다. 군
산을 지나기까지 비는 계속 내렸다. 빗길에 운전하기가 쉽지 않았다.
더욱 조심해서 운전하여 무사히 안산 집에 도착했다. 아무도 없는 썰렁
한 방에 짐 정리하고 씻으려는데 전화벨이 울렸다. 반가운 어머니 목소
리다. 태복이 엄마 집에서 집으로 오셨단다. 내가 잘 도착했는지 궁금
해서 전화하려고 왔다고 하셨다. 목소리는 크고 힘이 실려 있다. 듣는
난 기분이 참 좋다. 내가 먼저 하려고 했는데…. 어머니의 사랑이 역시
더 크다. 아~! 끝없는 어머니의 사랑의 줄….

68. 어머니 생각

집에 가스 떨어져서 어머니께서 행님이네,
2만 원 점방 아짐한테 일만 원 빌렸다고 해요.
그런데 빌려준 사람에게 찾아가
돈 빌려주지 말라고 한 사람 있다네요.
그것이 어머니 귀에 들어가 몹시 노여워하고 계셔요.

제발 어머니께 잘했으면 좋겠어요. 깜박깜박해서 그렇지,
알 것 느낄 것 다 느끼고 있어요.
좋은지 싫은지 다 알아요.
한 인간으로 대우해 주시는 것을 좋아합니다.
좋고 싫은 것 다 느끼고 있어요.
얼마나 사시겠어요. 잘해 드리면 좋겠어요.

이번에 갔을 때도 어머니로서 길을 변함없이 걸어가는
모습을 보았어요. 쓸고 닦고, 빨고, 치우고….
전기세, 텔레비전 세, 전화세, 수도세, 국민건강보험료 등
모두 어머니 변변찮은 노령연금에서 나가고 있어요.

칠 남매의 자식들 키웠지만,
솔직히 잘해 드린 게 얼마나 있습니까?
참 어머니가 불쌍하고 가련합니다.

늙고 병든 게, 당신 탓이겠어요?
어머니도 한 인격체로 사람답게 살고 싶은데
늙었다고, 기억력 부족하다고
너무 무시하고 있지 않은지 돌아봅니다.
집에 세숫비누도 없더라고요. 어머니께 아직은
돈도 필요하고 뭐든 스스로 하실 수 있도록
도와드리고 살펴 드리면 좋겠어요.

69. 빈 둥지의 그리움

설 명절 다녀온 지 이틀이 지났는데도 한 달도 더 지난 것 같다. 오전에 어머니 전화다. 함평군 학교면 명암에 자리한 골목길 끝에 어릴 적 뛰놀던 커다란 우리 집이 있다. 이 커다란 둥지에 일곱 남매가 가난했지만, 행복하게 자랐다. 그때는 엄마 아빠랑 한 상에 둘러앉아 먹고 마시는 것이 행복인 줄 몰랐지만….

막내 홍강이가 둘째 형에게 속아 설에 못 내려 왔다며 무거운 마음을 가슴에 안고 있다. '그냥 내려놓으세요. 어머니 싸 주신 음식 가지고 동생 만나 보니 정말 감기 심하게 들어 서울에서 설 같이 못 지냈는데요.'

'둘째 형은 설 지나서 다음에 동생이랑 함께 오려고 못 왔대요. 한꺼번에 모두 왔다 가면 어머니가 너무 쓸쓸해지기 때문이겠죠.' 이렇게 저렇게 말씀드려 그 상한 맘을 달래 드리고 싶었다. 아무도 어머니의 외로움, 쓸쓸함을 모를 것이다. 누가 그 나이 되어 보았는가. 누가 오십 후반에 남편 떠나보내고 홀로 거의 같은 집에 긴긴밤을 사십여 년 보내 보았는가. 아버지 떠나실 때, 어머니 이제 홀로 어떻게 사냐며 그리 서럽게, 서럽게 울던 큰딸, 그 딸이 한 달 만에 변고로 먼저 하늘나라에 갔을 때 애처로워, 애처로워 가슴에 묻고 사는 그 아픈 마음을 누가 알겠는가.

어머니는 지금도 홀로다. 서울 근처에 흩어져 사는 자녀들 집에 와도 일주일 넘기기 힘들다. 시골에 내려가겠다고 졸라대면 감당하기 힘들다. 지난번에도 아파서 올라오셨다가 사십여 일 기적같이 계시다가 내가 시골에 모셔다드렸다. 바로 열흘쯤 지나 설에 가족들 함께 볼 수 있었다.

어머니께 휴대전화에 전화했다. 받지 않았다. 아마 휴대전화기를 어디 두었는지 모르고 계신 모양이다. 이 휴대전화는 셋째 형이 사서 전화비 내 드리고 있다. 동생에게 문자 넣어 어머니께 전화해서 못 간 것, 변명도 하고 곧 가겠다 하여 안심시켜 드리라고 했다.

오늘도 열 번도 어머니 전화 받았다며 답이 왔다. '귀찮아도 전화 받고, 했던 얘기 또 묻고 물어도 처음 하는 것처럼 잘해야지 이런 일도 얼마나 가겠느냐?'

내가 전화하려고 했는데 집 전화 아닌 휴대전화로 전화가 왔다. 반갑다. 자주 가는 태복이네 집에서 좀 전에 찾아 가져왔다는 거다.

"잘하셨어요. 어머니. 점심은 어떻게 하셨어요?"
"안 먹었다.", "그래도 드세요. 조금이라도, 속 비면 쓰리고 힘 떨어지니까."
"여기 비 조금씩 오는데 거기는 어때요?"
"응, 여기도 조금씩 온다.", "어제 상추밭에 비료 했는데 잘된 것 같다."
"네, 잘하셨어요. 비에 잘 녹아서 상추 잘 될 거예요."

어머니는 기운 남아 있으면 뭐라도 하려고 하셨다. 작은 텃밭을 일구는 어머니 모습이 눈앞에 그려졌다. 엊그제 설에 보니 그 추운 겨울을 이겨 내고 상추가 노릇, 푸릇하며 잘도 자라고 있다. 간간이 쑥갓도 눈에 띄었다. 어머니 마음이다. 솜씨다. 훌륭하다. 긴긴 겨우내 봄 같은 햇살에 기대어 푸르게 자라는 상추처럼 어머니 계신 것이 우리 아들딸들에게 추운 겨울을 이겨 내게 하는 봄 햇살이다.

"언제 올래? 홍강이, 올 때 같이 와야!"
"네, 갈게요."
"상추 자라면 갖다 먹어라."
"네, 그렇게 할게요."

어머니, 너무 외로워 마시고 힘내세요.

70. 모정의 세월, 둘

어머니께서 어제 주일날 오셨단다. 감사하다. 토요일 전화 드렸을 때는 거의 힘이 없었다. 그땐 마음이 아려 왔다.
도무지 음식이 먹고 싶지 않다는 것이다. 그래도 뭘 좀 드세요. 약 드신다 생각하고 잡수세요. 그래야 조금이라도 힘이 나요.

그러던 어머니를 어제 남동생과 둘째 형이 모시고 왔다.
서울 둘째 형 집에 계시면서 집에 아무도 없다며 심심하다고 전화하셨다. 그런데 목소리가 힘이 있다. 감동이다. 기쁘다. 주께서 힘을 주셨다. 새 힘 달라고 기도했었는데….

벌써 집에 가고 싶단다. 그렇게 고향이 그리우세요? 엊그제 오셨는데 벌써 가고 싶으면 어떡해요. 편히 계세요. 제가 또 올라가 뵐게요. 오늘 올래? 하셨다. 네, 시간 만들어 언제든 갈게요. 둘째 형께 문자 넣었다.
"텔레비전 한 대 사세요.
어머니 온종일 혼자 계시면 얼마나 심심하겠어요? 요즘 중소기업 것, 싸고 좋은 것 많아요. 이십만 원 안 줘도 좋은 것 많아요. 힘내세요." 하고 회사로 문자 했다.

대학생 두 아들에게도 문자로 문자 보냈다.
'할머니 서울 오셨는데 전화 한 번 드려라. 너희들
얼마나 사랑하고 아끼는 줄 아느냐? 잠깐이면 돼.'

안산에서 그리 멀지 않은 곳에 계셔서 좋다. 건강한 목소리 들으니 가을 들녘에 풍년 농사 바라보는 것처럼 맘이 흡족하고 행복하다. 어머니 건강하고 주님 은혜를 누리세요.

사랑합니다.

71. 봄 향취 그윽한 선물

고향 집 텃밭에도 떠났던 봄 향기가 돌아 왔다. 텃밭 상추랑 고춧가루, 김치랑 보냈다.

"사거리 장에 가서 깨 사서 볶았시아.
택배로 보내니 낼 받아라. 택배비 줬는지 모르겠다."
"걱정하지 마세요. 안 줬으면 제가 주면 되죠."

봄 향이 봄바람 타고 아들이 사는 안산까지 올라왔다. 택배를 받고 보니 김치뿐만 아니라 박하사탕도 두 봉지, 약과 한 봉지도 있다. 볶은 깨 냄새가 진동했다. 텃밭에서 오전 내내 쪼그리고 앉아 상추를 솎아 내고 깻잎을 따서 한 봉지 가득 담아 보낸 어머니의 모습이 눈에 선했다. 너무나 감사하고 감동되어 고향 집으로 전화하니 두 번이나 받지 않는다. 동네 마실 갔나 싶어 태복이 엄마 집에 전화해도 안 계신단다. 어디 가셨을까?

오후 늦게야 전화가 왔다. 팔십구 세의 어머니 목소리다. 택배 잘 받았어요.

"전화하니 안 받던데요?", "텃밭 풀 메고 있었다.", "고생하셨어요. 잘 먹을게요."
"언제 내려올래?", "네, 시간 만들어 내려갈게요."

말은 하고 당장 내려갈 수 없는 자신이 안타깝다. 천릿길…. 마음은 하룻길인데….

고향에 어머니 계시니 행복하다. 건강한 어머니 목소리 들을 수 있으니 기적이다. 얼마나 감사한지 모르겠다. 마음에 살아 있을 뿐 아니라 내가 그리워하는 곳에 계시다니 얼마나 놀라운 일인가? 어머니, 고향 집에 외로이 계시지만 자식들 사랑하므로 그리움 삭히고 계신다. 그런데도 좋다. 당장 뛰어가지 못하는 애틋한 마음이나 생각하는 것만으로도 좋다. 그리워할 수 있는 것만으로도 행복하다.

난 오늘도 생기 넘치는 봄나들이를 보았다. 풋풋한 상춧잎에 묻어 있는 어머니의 귀한 사랑의 노래를 듣는다. 어머니 기적이다. 어머니는 봄바람 불어오는 사랑의 향취다.

72. 심쿵

봄은 기다리지 않아도 온다. 하지만 봄은 기다리는 사람의 것이다. 봄을 기다리지 않고 산다는 것은 희망을 접어 놓고 산다고 해야 할 거다. 그에게 다가온 새싹은 그냥 잡풀에 불과하고, 그가 만난 새봄의 진달래꽃은 한가한 봄날에 그냥 넋 놓고 웃고 있는 사람처럼 보일 수 있다. 하지만 기나긴 겨울 아침과 저녁을 헤아리며 새봄, 새싹, 찬란히 빛나는 황매화, 겨울이 다하기 전에 피어나는 동백의 붉은 미소를 기다린 사람에게는 봄은 희망이요, 설렘일 것이다.

어떤 사람은 묻는다. 올라가면 내려올 산(山)을 뭐 하러 올라가느냐고 말이다. 어디 한 번 전문 등산객에게 물어보라. 산에 다니는 어떤 사람은 건강을 위해 간다고 하고 어떤 사람은 산이 부르니 간다. 산이 거기 있어 간다고 하고, 어떤 이는 내려오기 위해 올라간다고 말한다. 어떤 사람은 산이 거기 있어서 산에 간다고도 한다. 나는 산이라는 작품을 만들어 꽃과 나무를 심고 꽃피어 열매 맺게 하고 시내가 흐르는 곳에 꾀꼬리 같은 산새를 두신 이의 아름다움과 지혜, 그리고 그 품의 너그러움과 선함을 맛보기 위해 간다.

작년부터 계획했는데 여러 사정으로 못 가고 올봄 들어 계획했던 할롱 베이로 여행을 떠나게 되었다. 할롱 베이는 베트남 북부에 있는 만(灣)으로 1,969개의 크고 작은 섬과 석회암 기둥 등을 포함하고 있는 유네스코 세계자연유산으로 등록된 명승지이다. '하(Ha)'는 '내려온다.', '롱(Long)'은 '용'이라는 뜻으로, '하롱'이란 하늘에서 내려온 용이라는 의미를 지니고 있다. 일행 중에 사정이 있어 취소한 사람도 몇 분 있었다. 하지만 나머지는 우리의 길에 몸을 실었다. 겨우 열 명이다. 부부 셋, 나머지는 홀로다.

여행하기 딱 좋은? 숫자다. 하노이 공항에서 내리니 베트남 현지인이 우리를 맞아 주었다. 사회주의 국가 사람들은 확실히 자유주의 국가에 사는 사람들과 다른 점이 있는데 그것은 표정이다. 입국 심사하는 사람이 군복을 입고 있으면서 웃을 수는 없지 않은가? 그들은 자신의 임무에? 충실 하느라 한 번도 웃지도 않는다.

친절? 그건 모르는 단어다. 그냥 기계처럼 이랄까 군인처럼 자신들의 업무에만 충실했다. 가벼운 인사마저 없다. 우리는 다 이해한다. 사회주의 국가니까. 우리도 한때 표정이, 태도가 그들을 닮지 않았던가. 지금도 그 표정을 붙들고 놓아주지 않는 사람들도 적지 않지만⋯. 현지 가이드를 보니 수수한 청년이다. 나이를 잘 가늠할 수 없지만 착하고 얌전하게 보였다. 버스는 한국에서 물 건너온 대형버스다. 조금 가다 보니 한국인 가이드가 올라탔다. 얘기를 들어보니 한-베트남 간에 문제가 있어서 한국 가이드들을 단속하기 때문이라고 했다.

우리 일행은 다른 곳에서 있었던 가이드들을 얘기하며 어떤 사람일까 하고 기대하며 깔깔대며 여행이 주는 여유를 즐겼다. 그러나 그가 마이크 잡고 우리 앞에 서서 얘기하기도 전에, 그의 눈이 마주치기도 전에 마치 1학년 교실에서 아이들이 떠들다가 담임선생님이 오시면 갑자기 조용해지는 바로 그런 모습을 오륙십 대인 우리가 연출하고 말 줄이야. 아무도 예상하지 못한 상황이다. 키는 1m 65cm 정도 될까? 머리는 갓 해병대 입대한 군인, 아니 베테랑 산전수전 다 겪은 진짜 군인의 모습이다.

가이드 생활 이십 몇 년, 베트남에서만 팔 년째란다. 피부는 가무잡잡하고 눈은 동그랗게 뜨고 부리부리하다. 그가 우리 앞에 서는 순간 찬물을 끼얹은 듯 누가 말하지 않았는데 조용해졌다. 이 깜짝 놀란 분위기 때문에 사실 속으로 웃음이 나왔다. 좀 심하게 말하면 그는 깍두기를 닮았다. 우리끼리 하는 얘기다. 그가 없을 때 하는 말이었지만, 그는 조폭 비슷하게 생겼다. 위아래 옷도 모두 검은색이다. 나는 눈을 내리깔고 그의 신발을 보았다. 눈치챘을 것이다. 역시 검은 양말에 검은 구두다. 그가 정확히 뭐라고 했는지 잘 기억이 나지 않지만 좀 더럽게 생겼죠? 한다.

조폭 비슷하게 생겼죠? 우리는 우리 마음을 들킨 것 같았다. 심장이 울렁울렁하고 뒤에서 약간의 신음 비슷한 소리가 나왔다. 70년대 가끔 버스 타면 큰 집에서 바로 나온 사람이 물건 팔러 와서 얘기하는 모습과 흡사했다. 우리는 하나님을 아버지라 부르는 사람들이기 때문에 가능하면 외모로만 사람을 보고 판단하려 하지 않으려고 기도하는 사람들이다. 어떤 때는 기도가 부족해서인지 외모(外貌)와 내모(內貌)가 비슷할 때도 종종 있다.

우리는 노랑풍선 타고 이곳에 왔다. 그 여행사에서 일정을 만든 표를 주어서 대충 알고 있다. 그런데 그가 만든 새로운? 안내지를 건네주었다. 그는 체대 나와서 국가대표 태권도선수를 했고, 국제대회에서 메달도 땄다고 한다. 부모님을 일찍 여의고 이런저런 사연이 있어 스페인에서도 살았고 현재는 태국에 가족과 집이 있고 이곳 베트남에서 혼자 가이드 생활하고 있단다.

그가 만든 안내지 중에 모터보트, 전통마사지, 씨푸드 활어회, 센 레스토랑 등을 패키지로 일 인당 170달러라고 했다. 이것은 실속 상품은 못

된다. 기본도 아니다. 기본 아래 있는 알뜰 패키지인데 170달러다. 얼른 계산해 보니 내가 머리가 나쁘지 않다면 일 인당 약 20만 원, 열 명이니 200만 원 정도의 경비다. 난 속으로 재빠르게 생각했다. 나 혼자만이라도 빠져야지. 뺀 돌처럼.

그런데 그렇게 생각하고 말도 하기 전에 맨 뒷줄부터 돈을 걷겠다고 다가왔다. 난 그래도 일행 중 앞에 앉아 있었다. 달러 없으면 한화도 되고, 카드도 된단다. 카드도 없으면 빌려주겠단다. 나중에 한국 가서 통장으로 넣어 주면 된단다. 얼마나 친절하고 고마운 일인가. 그 순간 힘깨나 쓰게 생긴 천하장사 강호동 닮은 L 씨가 "지금 우리에게 강매하는 거요?" 했다.

그 짧은 순간, 긴장이 베토벤의 운명 교향곡처럼 '밤밤밤~밤, 밤밤밤~브암….' 하고 흘렀다. 어쩌지? 그만두고 그냥 한국으로 돌아갈 수도 없고….

"아! 강매는 아니고요, 이것이 그나마 제일 싼 것이니 베트남 왔으면 꼭 체험하면 좋겠습니다."라고 했다. 그가 한발 물러서자 우리는 우리끼리 얘기 좀 나눠 보고 얘기해 주기로 하고 대형버스 뒤로 어제의 용사들이 모였다.

처음 노랑풍선 안내지에는 추천 선택 관광이라고 되어 있었다. 선택이라는 것은 이용자가 해도 되고 안 해도 되는 말 그대로 개인의 선택 아닌가. 난 오직 전우들과? 교제하고 주님의 지으신 세계적인 자연 유산인 그 바다에 서 있는 바위섬들을 보기 위함이다. 내 마음에 누워 있는 감동을 그 할롱 베이의 기막힌 절경을 보고 깨우기 위함이 아니었던가? 이 분위기를 어쩌지? 처음엔 의견을 잘 내지 못했다. 살살 눈치를 보며 이 얘기, 저 얘기가 오갔다. 난 그런 돈도 없고, 있다 해도 그런 비싼 호사를 누릴 수가 없다.

이런저런 얘기 오가더니 씨푸드(seafood), 일 인당 30달러짜리 하나만 하기로 했다. 우리는 서로 미루다 시찰장이 총대를 메기로 하고 맨 앞으로 갔다. 한참 우리 입장을 얘기하는 것 같더니 우리에게로 돌아왔다. 그러고 나서 그 가이드가 일어나 말하기를 선택 관광 안 해도 된다고 했다. 그러면서 분위기가 싸해졌다. 하지만 우리가 누군가. 그 분위기에 젖어 있을 사람들이 아니다. 눈싸움으로 지지 않을 해병대 출신 육십 대인 K 씨도 있다. 키도 그 사람보다 크다.

K 씨 : 왜 눈을 똥그랗게 뜨고 그렇게 인상을 쓰며 말해요?
가이드 : 원래 인상이 그래요. 그러시는 분은 왜 인상 쓰고 말하세요?
K 씨 : 나도 원래 인상이 이래요…
가이드 : ….

말로는 지지 않는 저 유명한 H 목사 조카도 있다. 신방과 출신이란다. 젊었을 때 산업 전사로 열사의 땅 중동에 갔다 온 분도 있다. 또 있다. 공수부대 출신이고, 내일모레면 칠십인 분도 있다. 합신 교단 축구 대표선수인 K 씨도 있고, 이 중에서 탁구 제일 잘하는 나도 있다. 사모님들은 뭐가 그리 좋은지 별 웃을 거리도 아닌데, 분위기도 웃을 일이 아닌데 잘도 웃는다. 에라, 우리도 웃자. 그래서 그리 크지 않게 웃으며 우리의 길을 갔다.

점심은 공항 식당에서 그 유명한 베트남 칼국수를 먹고 오후에 옌뜨 국립공원에 올라갔다 내려와 돼지고기볶음을 먹는데 꿀맛이다. 사장도 한국인인 데다, 더 달라면 더 주었다. 난, 밥 두 공기를 먹어 치웠다. 보통 집에서는 반 공기 정도 먹는데 이곳에서 먹으니 더 맛있었나 보다. 하노이 시내를 지나는데 그 퇴근하는 모습이 과연 장관이다.

하늘은 뿌옜다. 그럴 때도 있겠지. 그런데 할롱 베이 갔을 때도 같은 하늘이고 배 타고 섬을 돌 때도 마치 안개가 짙게 낀 것처럼 시야가 흐렸다. 습도는 높고 퇴근길에 있는 사람들은 제각기 자기 집으로 가느라 마치 개미군단이 집단으로 이주하는 것처럼 물 흐르듯 잘도 간다. 선진국인? 한국에서 온 우리의 눈에는 신기하기만 하다. '대단하다. 대단해.' 연신 우리들의 입에서 터져 나오는 말이다. 도로에는 차보다도 오토바이가 훨씬 더 많다. 재미있는 것은 자유자재로 차도, 자전거도, 오토바이도 가고 있다. 소위 고속도로에도 자전거나 오토바이가 가고 사람들이 가로질러 가기도 하고 가끔 소들도 지나갔다. 역주행하는 대형트럭이나 자동차도 있어서 살 떨렸는데 그러려니 하고 자기들끼리 멈추고 비켜 주고 잘도 다녔다.

하노이 시내에 퇴근길을 보는데 그 정경이 대단하다. 조그만 오토바이에 한 사람, 두 사람, 세 아이도 태우고 달린다. 곧 부딪힐 것 같은데 아슬아슬하게 비키고 스치고, 멈추고 잘도 지나갔다. 우리 중에 신방과 출신 K 씨는 시내를 빠져나가는 내내 중계 방송했다. 이것 보라, 저것 보라 하며 놀라고 웃고 감탄하기도 했다. 매연은 또 어떤가. 사실 숨쉬기가 불편했다.

마스크 쓴 사람도 있지만, 그냥 다니는 사람이 훨씬 많았다. 표정들도 거의 무표정이다. 저 아래 호찌민(前 사이공) 시민들은 훨씬 자유롭고 표정도 더 밝다고 했다. 그런데 부딪힐 듯 뒤엉켜 지나가는 사람 중에서 천사의 얼굴을 보았다. 어떤 아가씨 두 사람이 한 오토바이를 타고 가고 있어서 내가 차창으로 손을 흔들었더니 의외로 웃으면서 한 손을 흔들며 답례하는 게 아닌가. 뒤에 타고 있는 아가씨도 밝은 얼굴에 미소를 얹었다. 나는 요즘 말로 심쿵 했다.

우리의 버스가 가는 속도나 오토바이가 엉켜서 가는 속도나 비슷해서 계속 따라오기를 은근히 바랐다. 길이 한 번 바뀌나 하더니 그 아가씨들이 사라지고 없다. 그 무수한 무표정한 사람들 속에, 그 흐릿한 매연 속에, 마치 갯벌 속에 연보랏빛 찬란하게 피어난 연꽃처럼 그 모습은 참 아름다웠다. 그것은 천사의 얼굴이요, 천사의 미소였다. 아! 여기서 하나님의 영광을 보는구나. 꽃 향에서 보았던 임의 얼굴, 그 품격, 그 인자(仁慈)함을 다시 보고 내 마음에도 꽃피어 향내 나도록 가꾸어야지.

여러 일정이 좀 빠르게 진행되다 보니 목요일 저녁을 일찍 먹었다. 잘된 일이다. 하노이에서 사역하는 Y 선교사가 오기로 했기 때문이다. 나는 통화할 때 옆에서 소리 질렀다. '사모님도 함께 오세요.' 하고, 저녁 6시 반에 만나기로 했는데 좀 늦는다. 통화를 시도해도 잘 연결이 안됐다. 몇 번만에 연결되었는데 10분 정도 후면 숙소에 도착한단다. 안산 시찰에서 사역하다 갔기에 더욱 반가웠다.

2009년 한국을 떠나 하노이로 갈 때 눈발이 날리는 2월 어느 새벽이었다. 우리 교회 차로 그 가족들을 모시고 살림살이 챙긴 짐을 싣고 인천공항에 내려 드렸다. 길가에 잠시 차를 세우고 손에 손잡고, 저들의 앞길을 위해 내가 기도했던 기억이 새롭다. 우리는 작은 정성을 모아 전해 드리고 선교사님 사역을 위해 서로 합심해서 기도했다. 그러고 나서 밖에 나가 열대과일을 좀 사서 우리 방에 모여 이야기꽃을 피웠다.

돌아오는 금요일 오전 일정이 있었는데 가이드는 바로 공항으로 간다고 하고는 도착 전에 내렸다. 잘 가라는 인사도 없었다. 선상에서 미리 주문한 씨푸드도 설마 했는데 나오지 않았다. 그는 전날 '내가 뭘 잘못했기에 이렇게 하느냐?'며 오히려 우리에게 섭섭하다 했다. 아무 말 없이 버스에서 내린 그는 검은색 옷을 입고 자기 길을 갔다.

꼭 저래야 할까? 자신이 할 것만 하고 받을 것만 받으면 되지 않을까.

가이드 비도 1인당 50달러였다. 사실 우리는 그래도 가이드에게 팁을 주려고 했었다. 하지만 우리의 맘속에 흐르는 분위기는 아니올시다였다. 한국인 가이드가 내리고 난 후 현지 가이드를 불렀다. 각자 1만 원씩 걷어 놓은 돈을 절반쯤 주고 교대로 운전한 두 기사에게 전해 주라 했다. 그는 고맙다며 꾸벅 절을 했다. 참 순박한 미소를 하고 있다. 그는 우리가 가는 곳에 함께 가고 거친 태도나 표정을 지은 적이 없었다. 모두가 그렇게 느끼고 그에게 팁을 주자고 결정했다. 적지만 한국인 가이드에게 갈 팁이 그들에게 갔다.

드디어 공항이다. 출국 심사를 받기 위해 좀 전에 나눠 받은 여권을 가지고 줄을 섰다. 그런데 문제가 생겼다. '지금 우리에게 강매하는 것이냐고 항의했던 L 씨 여권에 문제가 있어서 비켜서라고 했다. 자세히 보니 여권 두 장이 찢어져 있어서 다른 곳(공안, 公安)에 가야 한다고 했다. 그것은 그냥 찢어진 게 아니라 누군가 일부러 찢은 것이 분명하다. 그 노랑풍선 여행사 관계자와 전화하고 이리저리 신경 쓰며 일을 처리했다. 우리는 기도하는 마음으로 잘 해결되어 귀국할 수 있기를 바랐다. 난 아직도 비행기가 하늘을 날아오르는 것이 신기하다. 놀랍다. 기적 같다. 옛날에는 상상하기도 어려웠는데, 이제 기적도 아니다. 낯선 땅에서 경험한 일들이 자꾸 비행기를 앞으로 밀어내더니 반가운 인천공항까지 무사히 왔다. 아마 천국 갈 때도 주님 주신 여권을 가지고 기적 같이 이 땅에서 떠올라 저 천국에 갈 때 천사들과 성도들이 주님과 함께 둘러서서 우리를 반겨 주리라. 난, 아직도 심쿵 한 그 기쁨이 가슴속에 자리하고 있다. 지금도 그 자리에 있나 하고 뒤돌아본다. 혹시?

73. 배려인가? 자존심인가?

우리는 태안 앞바다를 뒤로하고 밤길을 달리고 있다. 지난 이월 하순이다. 아직 추위가 다 달아나지 않고 이 언덕, 저 거리의 지친 나그네의 허리둘레에, 어깨 위에 걸쳐 있다. 바다를 볼 때마다 신비감을 던져 준다. 멀리 갔다가도 어느새 가까이 아주 가까이 와 있다.

멍하고 한눈을 팔면, 마치 친한 사이처럼 가까이 와서 얼굴 가까이 들이댔다. 그러다가 낮 동안에 수많은 사람의 사연을 간직한 사람들의 발자국을 하나도 남김없이 다 지워 버리고 안 그런 척 시치미를 떼곤 한다. 아낌없이 다 들어주었다는 신호인가? 아니면 듣고도 못 들은 척하며 스스로 견디고 이겨 내 보라는 응원인가? 바다를 파도랑 어깨동무한 사람들은 자신이 듣는 귀 맛대로 듣고, 다만 다시 오겠다는 막연한 약속만을 가지고 자신들이 정한 길을 가리라.

난, 사실 내일 가려고 했다. 어차피 우리 총동문회 모임에 왔으니 동문 간 친교도 하고 몸과 마음도 쉬고 하면 얼마나 좋은가. 그래서 월요일부터 수요일까지 있기로 했는데 안산에서 함께 온 동문이 이 늦은 밤에 길을 가자고 한다. 나는 밤길 가는 것을 좋아하지 않는다. 물론 밤에 운전하는 걸 싫어한다. 물론 밤에 운전하는 걸 즐기는 사람도 있겠지만…. 하지만 결정권이 내겐 없다. 왜냐고? 그건, 그의 큰 차, 그랜드 스타렉스로 왔기 때문이다. '어떡하겠어? 그가 가자는데….' 그래서 여행 가방에 짐을 모두 챙겨 왔다. 태안에서 안산까지는 두세 시간 거리다. 밤이니까 천천히 가더라도 안전하게 가는 게 제일 아닌가. 난 조수석에서 운전하는 긴장에서 벗어난 여유를 만끽하며 어둠을 길게 뚫고 갔다. 어두운 밤은 우리의 시선을 한곳으로 모았고 대화마저 서로의 얘기만을 하도록 붙잡아 놓기에 충분했다. K는 운전 중에 신나게 얘기한다. 손 몸짓(gesture)까지 자유롭게 하면서…. 난 그가 운전에만 집중하기를 원했다. 작은 사고라도 나면 안 되니까.

차를 타고 우리가 사는 안산으로 오기 전(前) 저녁 집회가 있었다. 그 집회시간에 동문을 위해 값이 사십만 원이 넘는 기타를 열한 대나 기증한 사람이 있었다. 그래서 사회자가 그것을 나눠 주는데, 그 방법이 필요한 사람에게 선착순으로 나눠 주겠다는 것이다.
아니 이런 건 행운권 추첨으로 나눠 줘야 하는 것 아니야? 아니 이렇게 나눠 주다가 밀고 밀리는 사태가 일어나면 어쩔? 그건 안 되지. 하지만 진행자의 의지대로 하겠단다. 그러면 어쩔 수 없지. 그 순간 난 생각에 잠겼다. 준비하고 있다가 빨리 뛰어가면 십 등 안에는 들겠지?
우리 아들이 둘인데 대학교 4학년과 올해 신입생 막내가 있다. 큰형 덕(德)에 동생도 기타를 친다. 둘 다 동산고등학교 다닐 때 기타로 찬양 반주하며 선도하기도 했다. 그래서 전에 중고기타를 벼룩시장에서 하나 사 준 적이 있다. 오만 원짜리다. 최소 몇십만 원 줘야 살 텐데, 중고지만 오만 원이라니 혹했다. 기분 좋게 아내가 결정해서 사 왔다. 그런데 기타 소리가 약간 이상했다. 난 기타에 대해 전문가가 아니니 왜 그런지 알 수가 있겠는가. 내가 기타를 닦다가 자세히 살피니 울리는 통 부분이 깨어져 있었다. '그러면 그렇지. 오만 원짜리 중고가 얼마나 좋겠어? 이것도 어디야?' 큰아들이 이것으로 연습하고 조금씩 실력이 늘어가는 것을 볼 때 얼마나 기특한가.

난 그 깨어진 부분을 칼로 다듬고 노란 접착제로 붙였다. 단단히 잘 붙도록 무거운 바벨을 올려 며칠을 두었다. 하지만 기대와는 달리 맑고 청아한 소리와는 거리가 멀었다. 그래도 소리가 나는 게 어디냐. 이것으로라도 연습하고 기타를 칠 수 있는 것 자체가 기쁨이 아닌가. 이런 생각을 하며 앞으로 조용히 나가 볼까 생각도 해 보았다. 거기에는 약 사백여 명의 동문이 모여 즐겁게 지냈다. 여기에 이런 행운의 시간도 있으니 침이 꼴깍 넘어갈 일이 아닌가? 하지만 난 나가지 않았다.

함께 밤길 가는 K 동문은 "왜 기타 받으러 가지 않았느냐?"며 한사코 묻는다. "그거 갖다가 아들들 주면 얼마나 좋아요." 한다. 나도 그 장면을 생각해 보면 아빠가 모처럼 멋지게 무게 잡을 좋은 기회 아닌가. 제대로 된 기타 하나도 못 사 준 개척교회 목사 체면에…. 그러나 난 내 자리를 지키기로 했다. 나보다 더 필요한 사람이 가져가겠지.

우리는 없는 것은 아니지 않은가? 그렇게 간절하지도 않다. 이건 내가 안 가지고 가도 얼마든지 다른 사람이 가져갈 만큼 괜찮은 물건 아닌가. 또 공짜로 준다고 그걸 받겠다고 달려가는 모습이 얼마나 우스꽝스럽겠는가. 사실 공짜로 준다고 그걸 가지려 서로 경쟁한다는 게 말이 되는가? 말 그대로 필요한 사람, 더 간절한 사람이 얼마든지 있으니 그가 가져가면 그만이다.

내 뒤에 있는 후배 한 분이 맨 뒷좌석에 있었는데 달려나갔다. 어떤 분은 '사십 만원 넘는 기타를 선착순으로 나눠 줘? 어쩌려고?' 하는 표정도 읽을 수 있었다. 다른 사람들도 그렇게 소란스럽게 달려가지는 않았다. 그러나 조금은 남보다 빠르게 나갔다. 열 한 대니까. 내가 후배보다 조금 뒤에 빨리 따라갔으면 나도 받을 수 있었다. 그러면 기타 집도 있는 새 기타 들고 집에 나타나면 아들들이 얼마나 좋아했을까? 그 기뻐하는 얼굴도 떠올려 보았다. 나는 쭈뼛쭈뼛 조금 자존심을 지키다 늦어 기타를 받지 못한 사람들의 그 느림의 자존심에 작은 자존심 하나 더 보태어 끝까지 내 자리에 가만히 있는 것을 택했다. 암, 내가 안 가져가도 가져갈 사람 얼마든지 있는 매력적인 물건이지. 그리고 그 기타를 아낌없이 선물한 그 사람은 또 얼마나 매력 넘치는가?

우린 이런 데에는 일등 못해도 괜찮지 않은가? 우린 이런 경쟁에서 꼴등 한다고 부끄러운 일이 아니지 않은가? 나 때문에 다른 사람에게 득이 되고 보탬이 되고, 그 사람이 빛이 나게 하고, 그 사람의 부끄러운 것이 감춰지고 영광스럽게 하는 그 일에 꼴등 되지 않기 위해 경쟁하고, 그 경쟁에 일등을 못 하면 억울해하는 이런 마음을 가질 수 없겠는가.
아들들아! 아빠는 너희들에게 멋진 기타를 선물해 주지 못했지만 이런 경쟁에서 죽지 않고 살아남는, 이런 경쟁에서 도태되지 않는 사람, 거저 받는 일에 조금은 게으른, 그런 내 사랑스러운 아들들이 되었으면 좋겠다. 이런 얘기를 훗날 들려주면 너희들은 뭐라고 할까? 난 멋진 기타를 받은 사람들을 위해 진정한 마음으로 박수를 보냈다. 선물 받은 그들이 함께 가족들과 기뻐할 그 모습을 생각하며 축복해 주었다.

"아니, 그래도 목사님! 그거 받아다 아들들 주면 얼마나 좋겠어요." 했다.
"난 목사님이 꼭 나갈 줄 알았어요." 한다.
"아니요. 괜찮아요. 먼저 필요한 사람들에게 돌아갔으니. 그리고 서운할 것도 없어요. 원래 내 것도 아니었고…. 혹 서로 안 가져가겠다고 떼쓰며 양보하면 모를까. 이럴 땐 다른 사람이 달음질하도록 배려하는 것도 괜찮지 않나요?"
"에이! 목사님 고집하고는 참!" 했다. 우린 한바탕 크게 웃었다. 난 내물건도 아니면서 마치 내가 남에게 선심 쓴 것 같은 착각에 빠지는 기뿜을 잠시 누려 보았다. 새벽 한 시가 넘어 편안히 산다는 안산(安山)에 도착했다. '이 얘기를 가족들한테 할까 말까?' '저들은 듣고 뭐라고 할까?' '혹 서운해하지 않을까?'

난 긴 여행의 고단함을 '배려인가 자존심인가?' 하는 작은 고민을 든 거 많아 무거운 내 머리, 그걸 받치고 밤새 수고할 베개, 모두 평안의 바다에 실어 보내며 단잠을 청했다.

♤ 넷째 꽃:
흔들리는 기둥
(2016~2018년)

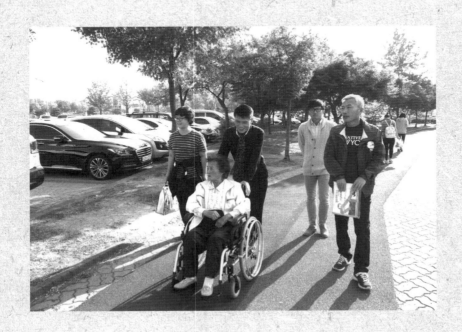

74. 흔들리는 기둥

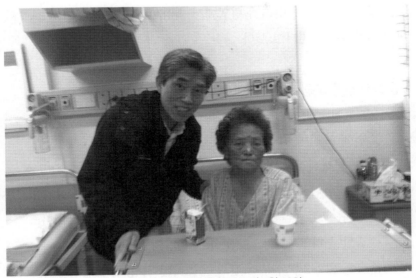

돌아가시기 전 무안병원. 2016년 4월 13일

2016년 4월 6일 수요일 오전 10시 46분 "어머니, 오늘 태복이 엄마 집 다녀오시다 넘어져, 넓적다리관절 골절, 무안 제일 병원에 입원하셨다 합니다. 몹시 나쁜 상황이라 앞일이 걱정입니다. 관심 가져 주세요.", "큰형이 입원시켜 드리고 출근, 접합이 안 돼 수술 예정입니다. 그 후 (後)가 문제지요. 다시는 걷지 못할 수도 있으니….."

이것은 셋째 형이 가족 카톡방에 올린 글이다. 상당히 충격적인 얘기다. 혼자의 몸으로 건강하여도 힘든데 넘어져 넓적다리관절 수술을 받아야 한다니 어머니가 가엾고 불쌍하다. 큰형이 119에 신고해서 무안병원에 입원시켰다고 했다. 어릴 때는 건강하여 칠 남매 먹이고 입히고 키우는 재미로 사셨을 텐데, 이제 늙고 병들어, 게다가 넘어져 넓적다리관절 부러져 수술까지 받아야 하게 생겼으니 마음이 아프다. 셋째 형은 수술 후 다시 걷지 못할까 봐 걱정했다. 그런데 카톡방에 여동생의 문자가 왔다. "엄마 비상." 오늘 수술인데 안 한다고 하고 깁스로 감아 놓은 붕대도 다 풀어 버려서 병원에서 비상이라며 연락 왔다고 보호자에게 연락 부탁드린다고 했다.

* 난 카톡방에 글을 올렸다. 2016년 4월 8일 금요일.
　　"좀 전에 무안제일병원장님과 통화한 내용입니다.
　　오전에 모친이 119로 무안제일병원에 와서 603호실에 입원했고, 넓적다리부 쪽 넓적다리관절이 손상되어 수술이 필요하다고 한다. 그 뼛속이 비어 있어 노인들은 그 뼈가 잘 부러진다. 고정 안 하면 걸을 수 없으므로 수술이 필요합니다. 수술할 준비 조치가 되어 있고 금요일에 수술할 예정이다. 수술하면 2~3주 후부터 걷기 운동시킨다. 평소에 잘 걸었던 사람은 수술 후에도 잘 걸을 수 있다. 수술 부위는 새끼손가락 길이 정도 째고 수술한다. 깁스는 안 하고 입원 기간은 한 달 정도 소요된다. 보호자 없어도 가능하다. 간병인은 하루 1만 원이다. 수술비와 병원비 총액은 150만 원 정도 든다. 의료보험 다 적용된다."

인터넷에서 검색하여 병원에 전화해서 이런 정보를 알아냈다. 전화는 061-450-**00이다. 어머니는 603호실에 계시지만 못 움직이니 바꿔 줄 수 없다고 했다. 지난 수요일에 사고 나고 금요일에 수술 예정되어 있다. 안타까운 일이다. 저녁때에 간호사와 통화했는데 어머니 수술은 잘

된 것 같다고 했다. 아직 마취에서 깨어나지 않고 밤 9시쯤 깨어난다고 했다. 낮에 나이 드신 분이 다녀가셨다고 하는데 어머니 다니시는 학다리 중앙교회 성도들인가 생각되었다. 내일 토요일은 오후 1시까지 근무하니 병원 원장님과 통화하면 자세히 들을 수 있다고 했다.

* 2016년 4월 9일 토요일 오후 5시 18분 카톡방.
  "다들 잘 지내세요?
  아침에 어머니와 통화 했는데 마취에서 덜 깨서 그런지 발음이 분명치 않더군요. 이 시간은 어떤지 모르겠어요. 오늘 셋째 형 내려간다는 말씀을 어머니께 드렸는데 제대로 알아듣지 못하는 것 같았어요. 함께 소식 나누는 것 어때요?"

나중 문자는 내가 전하는 말에 통 반응이 없는 우리 가족의 무신경함에 대해 반응을 기대하고 하는 말이다. 들은 얘기로는 어머니께서 마구 움직이니 손발을 묶어 놓고 수술하고 수술 후에도 손발을 묶어 놓았다고 했다. 좀 전에 통화는 잠시 손을 풀어 주었을 때 통화한 것이다.
셋째 형은 주일날에 병원에 찾아간 모양이다. 내가 주일 오후에 병원과 통화하니 가족들이 다녀갔다고 했다. 주일 오후에 학다리 중앙교회 김 목사님으로부터 전화가 왔다. 어머니 치매약이 필요하다는 것이다. 치매 증세가 나타나서 간호사도 힘들고 어머니도 힘들다고 전해 주었다. 어머니 병문안하고 기도해 주신 것을 감사했다. 셋째 형과 통화하니 형 부부는 오늘 새벽에 출발해서 오전에 병원에서 어머니 뵙고 현재는 이천으로 올라가고 있다고 약간 기분 좋은 목소리로 형수가 운전하는 형을 대신해서 얘기해 준다.
어머니가 난리를 쳐서 손발을 묶어 놓았다고 했다. 형수가 의사에게 얘기해서 어머니께 신경안정제를 놓아 달라고 해서 주사했다고. 전화 목소리는 조금 들뜬 목소리로 전한다. 뭐가 그리 좋아서 의기양양한 목소리로 얘기하는지 듣는 나는 얼마나 마음이 아려 왔는지 모른다. 나는 수술 후 마취에서 깨어 침상에 홀로 있는 어머니 자신을 볼 때 '얼마나 쓸쓸하고 외로웠을까.' 그리고 '노인네가 자식들 병원비 들까 봐 그냥 퇴원하겠다고 했을 때, 강제로 손발을 침대에 묶었을 때 그 마음이 어떠했을까?' 생각하니 가슴이 저며 왔다. 너무 마음이 아팠다. 그 모습을 두고 난리를 쳤다고 얘기하는 형수의 목소리는 나에게 우리 가족이 아니어서 그런가 하는 생각을 들게 했다.

어머니의 손발 묶여 몸부림치는 모습이 떠올라 어서 전화 끊도록 했다. 몹시 쓸쓸했다.

지난해 12월에도 여주 노인 요양 전문병원에 어머니 의사와 상관없이 입원시킨 일이 있다. 그때 병원에 계신 어머니와 통화해 보니 정신이 멀쩡하고 맑았다. 그래서 내가 책임질 테니 병원에서 퇴원시켜 달라고 요청했다. 어머니는 치매 증세가 있는 게 분명하다. 하지만 어머니는 그렇게 심하지 않다. 편집증 증세도 있다. 난 그것을 이해한다. 한 가지 얘기하면 했던 얘기 하고 또 하고 하셨다. 또 병원에서나 형 집에서 계시면 일주일 넘기기 어렵다. 얼마나 고향 집에 내려가시겠다고 하는지 옆에 있는 사람이 견딜 수 없게 하신다.

그때도 셋째 형이 그것을 견디지 못해, 지난 성탄절에 시골로 모시고 간다고 해서 내가 안 된다. 우리 집에 모시고 오라고 했다. 왜냐하면, 어머니는 홀로 계시면 여러 모양으로 위험하기 때문이다. 그래서 형은 어머니를 둘째 형이 자신의 집으로 모셔 오라고 해서 거기로 가셨다. 난 성탄절 오후에 큰아들과 함께 서울형 집으로 올라갔다. 어머니를 뵙고 건강한 모습, 정겨운 모습을 보고 얼마나 좋았는지 모른다. 어머니는 거기서 며칠 계시다가 수요일쯤인가? 내가 서울 가서 우리 집으로 모시고 왔다. 총 사십 일쯤 우리 집에 계시다가 설 1주일을 앞두고 또 내려가신다고 졸라서 내가 함평 고향 집에 모셔다드렸다. 그러고서 설에 다시 내려가 어머니와 가족들을 만났었다.

어머니는 늘 그립고, 보고 있어도 보고 싶고, 한순간만 눈앞에서 안 보여도 그리운 얼굴이다. 어머니는 세월이 물처럼 흘러 이제 가지만 앙상하게 남은 가을 나무 같다. 그가 맺은 열매들을 우리 자녀가 다 따먹지 않았는가? 그 정성과 사랑의 열매를 오늘 우리 형제들이 건강하게 이 세계를 살아가고 있지 않은가?

어머니의 그 정성, 그 사랑, 거친 손마디와 허약한 몸을 볼 때마다 더욱 짠하게 가슴속 깊이 울려 온다. 마음은 당장 내려가고 싶다. 병실을 지키며 어머니와 함께하고 싶다. 고민이다. 어떻게 하지? 사실 4월 13일 수요일은 국회의원 선거일이어서 쉬는 날이다. 우리는 지난 토요일에 구청에 가서 미리 투표를 마쳤다. 선거일에 어머니 병문안 가기 위해서이다. 그런데 어머니 손발을 묶어 놓았다고 하지, 정신도 맑지 않고 다른 얘기도 한다고 하지 고민되었다.

300km의 거리다. 가난한 목회자인 나는 여기 안산에서 무안제일병원까지 교통비도 생각지 않을 수 없다. 자주 갈 수 없는 것도 문제다. 4월 12일 화요일에 병원간호사와 전화 통화 후 안 내려가기로 했다. 몸이 회복되고 정신이 맑아진 후에 가서 뵙는 게 좋을 것 같았기 때문이다. 그런데 아내는 시간이 선거일에 나니까 갔다고 오자고 해서 아침 일찍 출발해서 수요일이니 저녁 예배 전에 올 것을 계획하고 새벽을 맞았다. 하필 비가 내린다. 많이 내리는 것은 아니다.

하늘이 뿌옇고 시야가 매우 짧다. 중국에서 날아온 미세먼지도 있고 차바퀴에서 튀어 올라오는 물방울이 시선을 가로막는다. 다행인 것은 매송(梅松) 요금소에서 고속도로에 들어가니 차량이 그렇게 많지 않다는 것이다. 아마 날씨가 좋았더라면 아침부터 고속도로가 차량으로 꽉 찼을 것이다.

내가 오늘 병원에 내려가기를 꺼린 것도 이 비가 한몫했다. '더욱 조심스럽게 운전하지 뭐. 또 아내와 함께 가서 다른 날 못 가는 마음을 채워야지' 하는 생각에서 길을 나선 것이다. 고속도로에서 버스나 대형트럭 뒤에 가면 앞이 잘 보이지 않아 와이퍼를 빠르게 작동시켜야 했다. 군산 휴게소를 들렀다. 맑은 공기를 쐬고 손발을 오그리고 펴고 하여 몸 상태를 좋게 하고 다시 130km 정도 남은 거리를 달렸다.

내비게이션이 있어서 병원 찾는 데는 문제가 없었다. 또 무안이 읍 소재지니까 기계가 없으면 물어서라도 얼마든지 찾을 수 있다. 나중에 안 사실이지만 병원이 1번 국도(國道) 바로 옆에 있다. 처음 병원에 도착했을 때는 방향 감각이 없어서 이곳이 어디인가 했는데 알고 보니, 전에 몇 번이고 이곳에 올 때, 지나면서 보았던 곳이다.

드디어 병원에 도착했다. 승강기를 타고 6층 병실을 찾았다. 603호실 가는데 602호실을 통해 들어간다는 안내문이 붙어 있어서 그렇게 들어갔다. 들어서자마자 넓은 병실에 여러 노인 환자분들을 둘러보았다. 어머니를 금방 찾을 수 있었다. 기쁨으로 어머니께 다가갔다.

"네가 어쩐 일이냐?" 하신다. 나를 알아보고 가볍게 반겨 주시는 것이 얼마나 감사한지 몰랐다. 아직 정신이 맑지 않을지 모른다고 생각하였기 때문이다. 더구나 침대에서 일어나 앉으시려고 해서 어머니 등을 받쳐 일으켜 드렸다. 우리가 낮 12시 전에 도착했는데 어머니는 좀 전에 점심을 드셨다고 했다. 얼굴은 평안해 보였다.

어머니 손을 보니 양손 목에 묶은 자국이 아직도 남아 있다. 양손 등을 보니 피멍이 가득 들어 있다. '얼마나 세게 묶었으면 저럴까?' '얼마나 묶는 게 싫었으면 저토록 몸부림치다가 저렇게 되었을까?' 마음속 깊이 아픔이 저렸다. 가슴이 멍하고 보기조차 싫다. 어머니는 왜 손이 그렇게 피멍이든지를 잘 모르고 계셨다.

어머니는 알고 계셨다. 시골 어머니 친구분이 몸이 안 좋아 병원에 가셨다. 그런데 단순히 아픈 곳 치료하러 간 것이 아니라 다시 나올 수 없는 곳으로 갔다고 말씀한 것을 내가 들었다. '혹시 어머니께서 그런 기억이 있어서 더욱 병원이 싫다며, 집에 가신다고 몸부림하지 않으셨을까?' 자식들에게 병원비 부담을 주지 않기 위해서 수술하시고는 '몸 괜찮다.'라며 집에 가겠다고 하지 않으셨을까? 그런 어머니를 저렇게 세게 손발을 묶어서 저 모양을 만들어 놓다니 저런 모습을 보고 뭐가 좋아서 그렇게 생기발랄한 목소리였을까?

나는 그때, 어머니가 난리 치니까 묶고 신경안정제 주사를 했다는 소식이, 마치 짐승을 강제로 묶는 모습이 연상되어 슬프고 괴로웠다. 나는 이런 어머니 모습을 보고도 못 본 체했다. 그냥 눈으로 보고 손으로 어루만지며 어머니의 얼굴을 살폈다.

어머니는 왜 그렇게 멍들었는지 모르고 계셨다. 넘어질 때 그런 것 같다고 하셨다. 차라리 모르는 것이 낫지 나을까? 몸은 전체적으로 더 왜소해졌다. 하지만 정신은 맑아서 의사소통이 충분히 가능했다. 물론 어떤 때는 같은 것을 여러 번 말씀드려야 하고 깜박깜박하기 때문에 다시 알려 드려야 했다. 내일모레 구십인 연세에 이만큼도 안 하는 어른 계시면 나와 보라고 하라.

난, 그저 어머니께서 병원에 계신 것이 마음 아프지만 여러 좋은? 친구 환자분들이 옆에 계셔서 서로 얘기할 수 있는 것이 좋고, 스스로 침대에서 일어나 앉을 수 있는 것도 참 좋았다. "어머니! 조금만 더 참고 병원에 계세요. 2~3주 후면 걷기 운동하고요. 한 달 지나면 걸어서 집으로 갈 수 있데요. 걱정하지 말고 편히 계세요." 우리는 먼저 하나님께 감사와 소망의 기도를 드렸다.

'살아 계신 것을, 수술이 잘된 것을, 정신이 맑아 우리를 알아보고 함께 얘기 나눌 수 있는 것을, 어머니 마음이 안정되고 평안한 것을, 감사드렸다. 또 수술 부위가 잘 아물고 회복되어 걷기도 하며 뛰기도 하면서 하나님을 찬송하고 기뻐하는 생활할 수 있도록' 기도했다. 또 '이곳에 함께 아파서 입원한 사람들의 치료를 위해서, 환자들을 위해 애쓰고 수고하는 의사와 간호사와 간병인과 환자 가족들을 위해 주께서 함께하시고 은혜 주시기를' 기도드렸다.

어머니는 나보고 파스를 좀 사 오라고 하셨다. 수술 부위에 통증을 느껴서 그랬다. 하지만 거기에 맞는 치료 약과 조치를 병원에서 다 하고 있다고 했다. 여러 말로 어머니의 마음을 안심시켜 드렸다. 어머니는 우리에게 나가서 귤 좀 사 오라고 하셨다. 옆에 있는 환자와 가족들에게 대접하기 위해서라고 하셨다.

그런데, 귤 사러 같이 가기 전에 수술 마치면 원장님이 어머니 수술 과정과 그 이후의 상태에 관해 얘기해 준다고 했다. 그래서 우리가 없으면 안 되기 때문에 아내는 병실에 있게 하고 나 혼자 가려고 차에 시동을 걸었다. 내비게이션에 마트를 찍고 가려고 하는데 벨이 울렸다. 원장님이 수술 마치고 나와서 우리를 찾는다고 간호사에게서 연락이 왔다고 아내가 전화했다. 곧바로 1층 원장실에 들어가니 그는 어머니의 수술 전 손상된 넓적다리관절과 수술 후 넓적다리관절 부분에 기구를 삽입하여 고정한 부분의 사진을 보여 주며 자세히 설명해 주었다. '수술 잘되었고 다른 합병증이 없으니 염려 말라.'고 했다. 친절하고 호탕한 성격의 원장님 설명에 안심이 되었다. 나는 두 종류의 어머니 수술 부분의 사진을 원장님께 물어보고, 찍어서 나중에 가족들 카톡방에 사진을 올렸다.

나는 아내와 차를 타고 읍에 있는 마트를 찾았다. 두유 한 상자와 오렌지 한 봉지를 샀다. 어머니께서 오렌지와 두유를 병상마다 나눠 주라고 아내에게 얘기하셨다. 저쪽에 계신 할머니께서 여기도 달라고 소리하신다. 우리는 즐겁게 나눠드렸다. 아마 어머니도 얻어 드신 것이 있으리라. 또한, 어머니께서 수술 전과 후에 손발이 묶여서 몸부림치던 모습을 기억하고 있는 눈치였다.

어머니는 우리에게 나가서 점심 먹고 오라고 하셨다. 그래서 우리는 병실을 나와서 차로 갔다. 아내에게 "어디 가서 짜장이라도 먹어야지." 하니 집에서 가져온 우유와 사 놓은 모시떡이 있다고 해서 차 안에서 음악을 틀어 놓고 그것으로 점심을 대신했다. 좀 전에 사 온 오렌지도 까 먹으면서 즐겁게 지냈다.

바나나도 하나 벗겨 먹었다. 이것은 병실에서 어머니께서 주신 것이다. 누가 줬는데 안 드시고 침대 옆 작은 탁자 위에 두신 것이었다. 며칠 되었는지 약간 물렁거렸다.

"어머니 드셔요." 하니 "나는 안 먹어야. 놔두면 버려야!"

"그래요? 그러면 제가 버릴게요. 제 입에다 버릴게요." 했다. 그러니까 옆 침대에 누워 계시던 할머니와 그를 돌보는 따님까지 깔깔대고 웃었다. 나도 싱글벙글 웃어넘겼다. 간단히 점심 먹고 나서 어머니 만난 얘기와 그 상태와 어머니와 함께 찍은 사진을 카톡방에 올렸다. 어머니는 오른쪽 넓적다리관절이 부러져 그곳을 수술해서 안전하게 고정하는 과정을 마쳤다.

* 2016년 4월 13일 수요일 오후 12시 50분 카톡방.

"어머니 계시는 병원에 왔어요. 어머니 만나 보니 정신도 맑고, 상태도 좋고, 마음도 편안한 것 같습니다. 바로 전에 점심 드셨어요. 휴대전화도 옆 침상에 계시는 분의 충전기에 연결해서 충전하고 있습니다. 전화기가 꺼져 있어서 켜 놓았고, 충전도 하고 있으니 어머니와 통화도 할 수 있습니다. 종종 전화하세요. 옆에 분들의 말씀이 어머니께서 외로워하신대요.

오늘 아침에도 다른 환자분들은 가족이 옆에 함께 있는데 어머니는 아무도 없어서 그런지 눈물을 흘리기도 했다 합니다. 원장님 만나 어머니 수술에 대한 자세한 얘기 들었는데 크게 염려할 것 없다고 합니다. 수술한 부분 잘 아물고 또 근육이 생기도록 2~3주 후부터 걷기 운동시킨데요. 함께 기도하고 응원해 주세요."

서울 둘째 형이 직장에서 카톡방에 글을 올렸다.

"바쁠 텐데 귀한 시간 어머니께 드렸구나. 집에 들러보고 와라. 수술도 잘되고 정신이 맑다 하니 다행이구나. 조심해서 올라와라." 오후 1:21

우리는 오후 두 시 되기 전에 어머니께 올라가야 한다고 말씀드렸다.

어머니는 퇴원하고 싶다고 하신다. 나는 다시 '안심하고 병원에 계시면, 수술 부위 아물고 걸어서 퇴원할 수 있다'라고 안정시켜 드렸다. 그래도 옆에서 함께 있으면서 간호하고 돌보지 못해서 죄송했다. 어머니는 우리가 사서 가져간 두유도 주시며 가지고 가라고 하셨다. 나는 다시 한 번 어머니 손발을 매만졌다. 아직도 손목과 손등에는 자국이 뻘겋게 멍들어 있다. 침상에 앉아계시는 어머니 손을 맞잡았다.

"어머니! 조금만 참고 계세요. 수술 잘 되었으니 편안히 의사 얘기 잘 듣고 계세요.

다 잘 치료되고 금방 나을 거예요. 또 올게요."

만질만질한 어머니 맨발을 만지며, "어머니 발하고도 악수하고." 혼잣말을 하면서 어머니 맨발을 만지니 옆에 그 광경을 보고 환자와 그 가족들이 웃음을 터뜨렸다. "아드님이 재미있네요." 했다. 몇 번이고 어머니께 인사하고, 뒤를 돌아보며 또 인사했다. '참 죄송하다.' '옆에서 지켜드리지 못해서.' 그나마 병원에 계시니 아픈 것에 대해서 염려 놓을 수 있고, 식사도 때마다 나오니 다행이다. 무안제일병원을 나와서 곧바로 학다리 명암마을, 우리 집으로 가면 8km의 거리다. 십여 분이면 도착한다. 혹시 집에 큰형이 계실까 봐 아내가 음료라도 사서 가자고 하여 두유 한 상자를 샀다.

옛말에, '산천은 의구하되 인걸은 간데없다.' 했던가? 어릴 적 우리 동네는 아이들의 뛰노는 소리로 왁자지껄했는데, 이제는 나이 든 사람만 드문드문 눈에 띄었다. 골목길에 들어서니 화순이 어머니 오 권사님이 계신다. 나는 그 집 마당으로 들어가 인사를 드렸다. 어머니께서 아프고, 치매 증세로 어려운 일 당한 것을 잘 알고 계셨다. 학다리 중앙교회 목사님도 염려하며 기도하고 계시다고 했다.

권사님은 할머니가 다 되셨지만 밝고 건강한 모습이다. 내 머리가 하얗게 되었다고 하며 함께 늙어 간다고 얘기하셨다. 그러면서 '점심은 먹었냐?'고 물어보셨다. 우리는 점심 먹었다고 말씀드렸다. 누가 우리에게 점심 먹었느냐고 물어 주겠는가? 그 흔한 개구쟁이 친구 없는 어릴 적 동네가 되었는데, 지금까지 친구 어머니는 우리의 어릴 적 꿈 많은 동네를 지키며, 점심까지 챙겨 물어 주셨다. 여간 고마운 일이 아니다. 그 집에 조팝꽃도 화사하게 피어 있었다.

"권사님 함께 사진 찍어요." 내가 청하니 '노인네가 무슨 사진?' 하셨다. 나는 즐겁게 어깨동무한 사진을 휴대전화기에 담았다. 기분 좋은 시간이다. 골목길 끝에 있는 우리 집으로 갔다. 대문은 닫혀 있다. 인기척은 없고 고요하기만 하다. 대문의 작은 문은 쇠고랑으로 묶인 듯 닫혀 있다. 자세히 보니 쇠고랑을 돌려 끼워 저절로 열리지 않게 해 두었다. 나는 작은 문을 열고 마당으로 들어섰다. 온갖 봄꽃들이 합창하듯 나를 반겨 주며 푸른 잔디 마당으로 안내했다.

아직 어머니 좋아하는 목련은 힘겹게 자신의 몸무게를 지탱하느라 대롱대롱 목련꽃을 달고 있다. 동백꽃은 그 붉은 빛이 바래서 약간 시들었고, 개나리꽃도 아직 피어 있다. 또 분홍빛 꽃이 가느다란 나무에 더덕더덕 붙어 있고, 감나무에는 푸른 잎이 힘차게 뚫고 나와 가을하늘을 향해 질주하고 있다. 하지만 주인의 손길을 잃은 상추와 마늘밭은 상추와 풀과 마늘이 섞여서 오지 않는 주인의 손길을 마냥 기다리고 있다.

우리가 집에 들러서 간다고 할 때 어머니는 "가서 상추 많이 뜯어 가라."라고 하셨다. 상추는 돌보는 이, 뜯어 먹는 이가 없어서 대가 웃자라 조금만 더 그냥 놔두면 먹을 수 없을 것 같다. 아내에게 작은 화분 삽을 갖다 주며, 대충 상추를 뜯어 비닐봉지에 넣도록 했다. 수요일이기도 하고, 고향에 내려온 김에, 충남 보령에 계시는 배○○ 목사님 댁도 들러서 가기로 해서 마음이 분주했다. 상추를 대충 뜯어 담고 있는데, 아랫집 오 권사님이 오셨다. 권사님은 내게 "김 목사님 점심이라도 한 번 대접해야 하는데 못해 아쉽다."라며 잡은 손에다 무언가를 올려 주신다. "이것으로 가다가 음료라도 사 먹으라."라며 귀한 마음을 전해 주셨다. 마음이 뭉클했다.

"아니 제가 대접해야 하는데 무슨 말씀이세요." 했다. 권사님은 마당 가 의자에 앉아 가쁜 숨을 고르며 기도하신다. 나는 기도 끝나기를 기다렸다가 함께 기도하자며 감사의 기도를 드렸다. 권사님 부부 건강과 그 가정의 자녀 손의 복된 믿음의 삶을 위해 주께서 복을 주시도록 기도했다. 이제 고요한 고향 집. 적막한 정든 집을 뒤로하고 다시 타향인 안산, 집으로 가야 한다. 쓸쓸하고 아쉽다. 어머니께서 여기 집에 계셔야 하는데, 저 멀리 병원에 계시니 우리에게 '잘 가라' 아쉬움으로 전송하시던 어머니의 얼굴도 볼 수 없으니 어쩌랴! 인생은 이렇게 나그넷길을 가나 보다. 고향 집 마당에 봄꽃이 만발한데 이를 기뻐할 고향 집 주인공들은 봄꽃 놀이를 멀리 두고 어디에 있다는 말인가? 보고도 그립구나. 정다운 목소리, 벌써 그립구나. 사랑으로 가득한 어머니 얼굴!

* 2016년 4월 15일 금. 고향에 어머니 병문안 다녀와서,
불효자 넷째 아들 김영배

* 이 글을 교정할 때(2016년 5월 5일 수요일)는
뇌졸중으로 쓰러져 목포한국병원에 입원해 계신다.
* 현재는 2016년 5월 4일 수요일에 병원비 많이 드니
무안제일병원으로 옮겨 계신다.

75. 장막 집이 무너지다

5월 5일 어린이날이다. 동생과 함께 아침 일찍 고향을 향해 길을 나섰다. 서해안 고속도로로 들어서자마자 어찌나 차가 밀리는지 곧바로 나왔다. 39번 도로도 나은 건 없다. 아산 방조제 건너는데 3시간 가까이 걸렸다. 홍성 나들목으로 진입하니 지방도로보다는 빠르다. '어서 가자 어머니 기다리시는 병원으로.'

정오까지 도착하라는 큰형의 얘기가 있어서 그 시간에 맞추려고 애썼으나 1시 반쯤에 도착했다. 아픈 마음이 서려 있는 무안제일병원, 어제 11시 반에 목포한국병원에서 이곳으로 어머니를 옮겨 왔다. 넓적다리 관절 수술 후 이 병원에서 뇌졸중으로 쓰러져 급히 목포병원으로 옮긴 후(4월 19일) 다시 5월 4일, 어제 무안병원으로 모시고 온 것이다.

여동생 양숙이는 병원주차장에서 손짓하며 우리를 반겨 주었다. 우리가 살던 함평군 옆에 있는 무안군 읍에 있는 병원에서 우리 형제들이 만난다는 것이 여간 낯설지 않다. 가슴 한 곳에 아픈 마음 한 덩어리씩 끌어안고 서로의 모습을 만났다. 함께 점심 먹으며 어머니 병환과 그후 처리문제를 얘기하기로 했다. 형제들과 인사를 나누고, 늦었지만 점심 먹기 전에 먼저 605호실에 계시는 어머니를 뵙기 위해 나와 동생은 6층으로 올라갔다.

가슴이 떨려 왔다. 며칠 전, 그러니까 지난 4월 13일에 우리 부부가 넓적다리관절 수술 후 재활을 기다리는 어머니를 뵈러 바로 이 병원에 왔었다. 호실도 603호였는데 지금은 605호실이다. 그런데 602호, 603호,

605호실이 하나로 뚫려 있다. 그래서 더욱 익숙하다. 하지만 지난번 왔을 때의 어머니 모습과는 너무나 다르다. 어머니는 몹시 휑한 모습으로 누워 잠자고 계신다. 가까이 다가가 그 지친 얼굴을 물끄러미 바라만 보고 그냥 내려 왔다. 잠시라도 편안히 주무시도록….

늦은 점심시간 큰형은 병원에서 그리 멀지 않은 식당으로 안내했다. 셋째 형 부부, 동생들, 큰형, 나까지 모두 여섯 명이다. 서울 둘째 형만 무슨 사정인지 빠졌다. 우리 승합차를 타고 정원이 있는 식당으로 갔다. 큰형이 오늘은 자신이 쏜다고 음식을 시켰다. 무슨 탕탕이라고 한다. 소고기 생고기와 낙지를 조그맣게 썰어 함께 섞어 놓은 것이라며 별미라고 했다.

먼저 그간 어머니 병세와 병원비에 대해 그리고 목포 큰형수가 삼백만원 병원비 보내 줘서 목포한국병원에서 수술한 비용 모두 부담하고 얼마 남았다고 했다. 형들은 어머니의 병세와 노환으로 볼 때 거의 체념 상태였다.

인생의 마지막 가는 길, 모두가 한 번 가는 길, 체념하고 마음 준비하고 마음 준비하라는 듯 얘기하며 조금은 유쾌하게 분위기를 끌고 가려고 했다. 음식이 나왔다. 음식을 먹으려다 말고 누가 나보고 기도하지 않느냐고 했다. "어머니 돌아가시면 그때 기도하지요." 대답했다. 어색한 시간이 방 안 공기를 약간 긴장시켰다. 몇 초의 적막이 흐르니 기도해야 했다.

어머니가 자신의 몸을 못 가누고, 반가이 자식들과 얼굴을 보며 맞이하지도 못하고 힘겹게 병마와 사투를 벌이고 있는데…. 즐거운 맘으로 먹을 수가 없었다. 이런 식당에서 함께 모여 식사하는 것이 큰형하고는 너무나 오랜만이다. 어머니도 함께 이 자리에 계셨으면 기뻐하셨을 텐데…. 바로 가까운 곳에 계시나 함께 할 수 없으니 너무나 아쉽다.

생명의 하나님께, 사랑의 하나님께 긍휼과 자비와 생명의 능력을 불어넣어 주시도록, 불쌍히 여기사 입술이 열리고 무너진 기둥(어머니의 다리)이 다시 회복되도록, 깨진 뇌의 기능이 살아나도록, 사랑하는 자녀들이 잘되고 형통한 것을 보도록 기도하는데, 목이 메어 말이 나오지 않았다. 더 말을 이을 수 없었다.

"어머니 이럴 땐 어떻게 해야 하나요?" 수초의 시간이 흐른 후 다시 힘겨운 기도를 이어 갔다.

"주여! 도와주소서. 긍휼히 여기사 다시금 깨어나 하나님의 영광을 보게 하옵소서. 일어나 걸으며 주의 이름을 찬송케 하소서!"

주의 이름으로 기도를 마치고 음식을 먹기 시작했다. 그래도 산 사람은 살아야 하니 먹어야 했다. 무슨 탕, 탕인지 모르지만 난 그 음식에 손 하나 대지 않았다. 그 음식 맛은 모르지만, 솔직히 먹고 싶지 않았다. 그래서 다시 곰탕을 시켰다. 형제들은 소주도 한 잔씩 하며 정담을 나눴으나 난 별로 끼고 싶지도 않고, 보탤 말도 기억 안 나고 해서 묵묵히 곰탕만 먹으며 먼 산을 바라만 보았다. 식사를 마치고 다시 어머니 계시는 병원으로 향했다.

병실 앞에 서니 들어가지 말라고 한다. 지금 침상에 있는 어머니께 의사와 간호사가 뭔가 하고 있단다. 커튼을 내리고 열심히 하고 있는데 뭘 하는지 모르겠다. 시간이 30여 분 흐르도록 기다렸다. "꿀꺽! 하세요." 또 "꿀꺽." 한다. 뭔가 삼키라는 얘기 같았다.

나중에 보니 코에 작은 호스를 갈아 끼우는 거라고 했다. 그 작은 호수 구멍으로 어머니의 생명을 연장할 음식이 타고 들어가 위장에까지 간다고 한다. 이 물질이 코를 통해 목구멍을 넘어 속 깊은 곳까지 들어가니 어머니께서 얼마나 불편하고 아프실까? 얼마나 힘드셨을까? 당신이 그런 일까지 경험할 것이라고는 꿈에라도 예측했을까?

"어머니 우리 왔어요. 막내 홍강이도 왔어요." 어머니는 아무 반응도 없다. 아니 뇌졸중으로 왼쪽 반신에 마비증세가 오고, 말도 제대로 할 수 없게 된 것이다. 등받이를 들어 올려 반쯤 굽혀 있어 어머니는 앉아 있는 모습을 하고 우리를 맞았다. 아! 평소 같으면 집에서 얼마나 반기셨을까? 얼굴에 희열이 가득했을 텐데….
마치 마네킹처럼 무표정이다. 아무 감정도, 느낌도 없는 표정이다. 어머니 속도 그러겠는가. 아마 다 알고 반가워하실 것이다. 몸이 말을 듣지 않아서 그러실 텐데, 어머니 마음이 얼마나 상심이 될까. 나의 마음도 쓰리고 아프다. 난 다가가 손등으로 어머니 볼에 살짝 갖다 대었다. 아직 따스한 기운이 남아 있다.

"어머니! 힘드시죠? 우리 왔어요. 고생하셨어요. 어머니! 이제 천국 갈 준비하셔야겠네요. 하나님 만나 뵈려고 기도하며 계세요. 나그네 인생길이 다해 가네요. 그래도 힘내세요. 여기 있는 의사와 간호사들이 많이 도와줄 거예요. 학다리 중앙교회 목사님과 성도들도 다 같이 어머니를 위해 기도하고 계신데요. 저도 한번 기도할까요?" 대답이 없다. 또 물으니 조금 있다가 "몰라." 하신다. "그냥 기도하면 '아멘'만 하세요." 했다.
난 어머니의 가냘픈 어깨에 살며시 손을 얹고 생명의 하나님, 사랑과 구원의 하나님께 기도했다.
여동생 양숙이도 두 손을 모으고 남동생도 함께했다. "긍휼함이 많으신 하나님! 어머니를 구원해 주세요. 생명의 능력을 불어넣어 다시 소생하는 기쁨을 누리도록 도와주세요. 닫힌 입술이 다시 열려 주님을 찬송하고, 사랑하는 아들딸들의 이름을 부르며 얘기할 수 있도록 새 힘을 불어넣어 주세요. 기나긴 인생 여정에 평안을 누리며 천국을 소망하며 하나님을 사랑할 수 있도록 은혜 베풀어 주세요." 하고 간절히 기도드렸다.

떠날 시간이 다가왔다. 큰형은 내려가서 1층에서 기다리고 있다. 난 당직 간호사를 만나 어머니의 병세와 앞으로 어떻게 치료될 수 있는지 물었다. 그녀는 아는 대로 잘 설명해 주고 더 자세한 것은 내일 담당 내과 의사에게 물어보라고 했다. 난 올라가야 하니 전화번호를 남겨 두고 시간 될 때 연락 달라고 부탁했다.

병실에 다시 찾아가 어머니 간병인에게 인사를 건넸다. "보니 돌봄을 받을 연세인 것 같은데, 힘드시죠? 저의 어머니 잘 좀 보살펴 주세요." 인사하고 나왔다. 우리는 각자의 차에 나눠 타고 8km의 정도 떨어진 정겨운 우리 집, 언제나 어머니께서 우리를 애타게 기다리셨던 곳으로 갔다. 오늘도 우리가 도착하기 전, 어머니께서 "막내, 막내." 하고 부르셨다고 했다.

우리는 승합차를 도로 옆에 세워 두고 50여 미터 언덕 위에 있는 집으로 올라갔다. 먼저 도착한 형들과 여동생이 어머니의 놀이터인 텃밭에 몸을 숙이고 있다. 어머니의 마지막 작품인 상추와 마늘을 함께 섞어 심은 조그만 마당 가 밭이다. 어머니의 사랑과 정성이 녹아 있는 밭이다. 우리가 어려서부터 그 밭에서 나는 상추와 무, 배추도 먹고, 옥수수와 단 수수도 먹은 기억이 많다.

상추는 웃자라 꽃이 피어 있다. 주인의 손을 잃은 상추도 줄기가 하늘 높은 줄 모르고 자라서 작은 잎만 우두커니 달려 있다. 그런 것은 그냥 두고 아직 상춧잎이 크고 넓은 것을 골라 대를 꺾어 내었다. 마늘도 간간이 뽑고 쑥갓도 땄다. 나는 마당 가에서 상추를 먹을 수 있는 것만 골라 따서 큰형이 가져다준 비닐봉지에 넣었다.

나는 상추를 따면서 "이것이 어머니다. 이것이 어머니야!" 했다. 가슴이 먹먹하고 답답하다. 어머니 계시지 않은 곳은 적막강산이다. 쓸쓸한 광야다. 아니 이 지구촌에 아무도 살지 않은 황량한 무인도다. 어찌 이리도 집이 썰렁한가? 온화한 기운도 없고 조용하기만 한데, 오월의 봄꽃은 자신의 모양을 왜 이리 뽐내는가? '그리 마라. 너희들의 주인이 없다. 이제는 저 하늘나라를 소망하고 있다. 어쩌란 말이냐?'

"우와! 아직 상추 먹을 만한데?! 이게 어머니 유작(遺作)이다. 어머니께서 남겨 주신 마지막 선물이야."
형들과 동생들이 저마다 어머니를 생각하며 한마디씩 했으나 쓸쓸하고 뭔가 아쉬운 마음은 감출 수 없다. 아! 이런 외로움. 아! 이 쓸쓸함. 당신의 사랑이 얼마나 컸는지 아직 다 헤아리지 못하나 조금은 알 것 같았다.

"불쌍한 우리 어머니, 불쌍한 우리 어머니! 왜 이리 가슴이 아프고 마음이 미어집니까? 미치겠다. 미치겠다." 나도 모르게 입에서 흘러나온다. 어찌할 수 없는 절망감이 아직 어머니가 돌아가신 것도 아닌데 왜 그런 거죠? 우리는 안다. 다시 어머니께서 이곳에 오셔서 이 집의 가장 노릇하며 감나무, 무, 배추, 상추, 갓이며, 쑥갓, 등 온갖 것들을 호령할 날이 올 것인가? 하나님의 기적으로 이런 날이 온다면 나는 훨훨 마당에서 저 봄꽃들이랑 춤을 추리라.

오늘 저녁부터 때아닌 비가 내린단다. 각자의 삶의 터전으로 가야 할 형제들이 서둘렀다. 상추, 마늘, 쑥갓 등 대충 다듬어 봉지에 담고 자신들의 삶의 터전으로 방향을 잡는다. 혼자 남을 큰형은 어서 가라고 보챘다. 아마 자신이 홀로 큰 집에 남아 이곳을 지키는 외로움을 달래려 함일까. "나는 이제부터 독도를 지킬란다."고 하는데 몹시 쓸쓸한 인생의 나그넷길처럼 보여 짠하게도 보였다.

'그래 가야지. 가기 싫지만 가야지. 내가 사는 안산에 간다고 누가 반겨줄 사람 없겠지만 가야 하지. 어머니를 저 커다란 병동에 홀로 두고 가야 하지.' 몹쓸 나다.

나와 동생이 말을 걸 때 어머니는 거의 무의식중에 "옆에 있어라. 옆에 있어야." 두 번 반복하셨다. 지난번에도 혼자 계시는 것을 싫어하셨다. 다른 사람들은 무안에 가까이 있는 환자 가족이 와서 병간호하는데, 어머니는 혼자 계셔서 외롭다고 하셨다. 너무 죄송하다. 그때는 정신이 맑고, 정정했었는데….

이제는 말도 제대로 못 하고 정신도 흐리다. 저렇게 볼품없고 망가진 모습이 내 책임인 양 죄송하고 죄송하다. 뇌졸중으로 입도 오른쪽으로 돌아가 있다. 얘기하실 때 입안을 보니 혀가 하얗게 말라 있다. 뭐라고 얘기하려는 듯했으나 발음이 제대로 되지 않았다. 그때 내가 여동생에게 "물 좀 입술에 적셔 드려라."라고 했다. 그때 어머니는 "요구르트." 하셨다. 그때 셋째 형수가 요구르트는 안 된다고 했다. 그래서 물을 조금 입술에 부어 드렸다. 또다시 조금 부어 드렸다. 그 모습을 보니 마음이 또 아팠다. 인생이 질그릇처럼 깨어지고 낡아진다는 것을 알긴 알지만, 내가 해 드릴 수 있는 게 없고, 저 약하고 무너진 모습을 그냥 보고만 있어야 한다니 죄송하고 슬프다.

"어머니 이제 가요. 또다시 올게요." 아무 대답이 없다.

어머니는 57세에 홀로 되셔서 이 커다란 집, 방이 다섯 개나 되는 집을 외로이, 그러나 꿋꿋하게 지켜 내시며 우리를 멀리서 가까이서 길러내셨고, 언제나 잘되라고 응원해 주셨다. 다른 때 같으면 "저 갑니다." 하고 인사드리면 녹음된 것처럼 "도착하면 전화해라."라고 버릇처럼 말씀하셨다. 동생을 보며 이 얘기를 하니 동생도 공감했다. 아쉽고도 너무나 아쉽다.

어머니가 돌아가신 것도 아닌데 왜 이리 힘드나. 가슴이 먹먹하기만 하다. 다시 어머니가 일어날 수 없다는 것을 짐작하기에, 다시 정겨운 어머니의 목소리를 기대할 수 없다는 사실이 앞을 가로막기에 더욱 그럴 것이다.

큰 형께 인사드리고 이제 출발이다. 익산에 가는 여동생이 먼저 출발하고, 우리도 바로 뒤를 따랐다. 상추와 마늘, 어머니의 정성을 차에 싣고 길을 나섰다. 같은 동네에 태복이 어머니가 계신다. 어머니 친구다. 그날, 어머니는 이 집에 다녀오시다 넘어져서 넓적다리관절 수술을 하게 되었다. 태복 어머니와 엄마는 둘도 없는 친구다. 서울이나 안산 자식 집에 와서도 보고 싶어 잊지 못하는 그런 사이다. 동생 홍강이에게 가다가 태복 어머니 집에 가서 인사드리자고 했다. 집에서 300m가 채 되지 않은 곳에 있다.

차를 길가에 세워두고 아랫동네에 갔다. 이곳도 적막강산이기는 마찬가지다. 늙고 병들어 거동이 불편하여 방 안에만 계신다. 허리도 심히 굽었다. 자식들은 모두 떠나 온종일 홀로 계시는데, 어머니가 매일 이곳에 오셔서 재미있게 얘기하며 지내는 곳이다. 마치 빈집처럼 조용하다. 몇 번이고 불렀다. "태복 어머니, 태복 어머니." 하지만 대답이 없다. 몇 번이고 불렀다. 다시 불렀다. 부엌문을 열어 보았다. 방과 하나로 연결된 문이 열리더니 태복 어머니께서 기어 나오셨다. 우리를 보자마자 소리 내어 우셨다. 어머니가 어떻게 된 것을 다 알고 계셨다. 엉엉 소리 내어 운다. 나도 따라 울었다.

"제가 지난번에 넓적다리관절 수술 후 어머니께서 집으로 가고 싶다고 하여 퇴원시켜 드리려고 했어요. 그런데 이렇게 되었어요."
탄식하며 함께 울었다. 태복 어머니는 탄식하며 울었다. 태복 어머니는 "어쩌면 좋으냐고." 몇 번이고 되뇌며, 우리들의 손목을 붙잡고 울기만 하셨다.
"어서 가세요." 하신다. 어머니 친구분은 여기 계시는데, 어떤 땐 이곳에서 어머니 만나기도 했는데, 오늘은 없다. 어떤 땐 우리 가면 외롭고 허전하다고 하셔서 "태복 엄마 집에 갈란다." 하시면, 우리는 차에 모시고 짧은 거리지만, 그 집 마루까지 모시고 가서 아쉽지만 거기 계시게 하고, 인사하고 나오곤 했는데 오늘은 없다. 어머니가 안 계신다. 안다. 인생은 나그네라는 것을, 하지만 아직 어머니를 멀리 보낼 준비가 난 덜 되어 있다.

난 적어도 십 년은 더 사실 것으로 생각했다. 지난번 병원에서 만나 얘기하고 후에 전화 통화하며 얘기할 때 "병원에 올 때 손톱깎이 갖고 와라." 하셨다. 그 정정하고 밝은 목소리와 그 정신은 당연히 그렇게 생각하게 했다. 그런데, 그러고 난 후 1주일도 아니다. 2시간도 채 되기 전에 뇌졸중으로 쓰러지신 것이다. 그것도 병원에서 화장실 다녀오다가⋯. 아⋯.
잡은 손을 놓아야 한다. 다시 다정히 손잡기 위해서. 어머니와도 이렇게 손잡고 싶다. 어머니의 왼손은 쓸 수 없다. 오른손도 약하다. 정신도 흐리고 어지럽다. 입술의 발음도 분명치 않다. 안타까운 눈물을 뒤로하고 다시 차에 몸을 실었다. 정부에서는 공휴일이라 지정했지만, 동생은 내일 출근이다. 사랑하는 동생에게 난 계속해서 어머니와 지난 몇 주 사이에 있었던 얘기를 줄곧 했다. 자꾸 입술이 말랐다. "생수병 뚜껑 좀 열어 줄래?"

* 어머니 무안제일병원에 가서 문안하고
돌아온 다음 날 안산에서

76. 마당 가 텃밭에 홀로 웃는 꽃

어제는 사랑하는 어머니를 하늘나라로 보내 드리고 올라왔어요. 주님의 은혜로 어머니 다니시던 학다리 중앙교회, 소망의 동산에 잘 안장할 수 있도록 은혜 주신 것을 감사드리며, 함께 하여 애도해 주신 여러분께 감사하며 올라왔어요.

어머니는 안 계셔도 밥은 맛있고 형제들은 씩씩한 웃음을 잃지 않고 힘을 내어 올라왔어요. 고향 땅, 어머니께서 수도 없이 거닐던 걸음을 뒤로하고 함평 천지를 빠져나오는데, 왜 저 노란 꽃들은 아무 근심 걱정 없이 살랑대고 있나요?

어찌나 예쁜지 입가에 웃음이 번져 참 좋았어요. 참 좋다. 참 예쁘다. 내 마음속을 너무나 모르는 저 노란 꽃들은 자기 세상을 만난 듯 신이 났습니다. 얼굴에 화색이 가득합니다. 너무나 보기 좋아 질투가 날 정도입니다. 내 마음은 아직 아려오고 슬픈데, 그 마음 하나 헤아려 주지 못하는 햇병아리 아이들만 같습니다.

전국도로에 누가 심어 놓았는지 어떤 슬픔과 고통도 다 빼앗아 가버릴 만한 그런 노란 꽃길이 저 천리타향 안산까지 오도록 끊어지지 않습니다. 난 의지가 강해요. 조금 기쁨을 맛보았으나, 아니 아직 맘껏 기쁘고 즐거워하기에는 마음속 애통해하는 심장이 식지 않았어요. 아니 식을 수가 없어요. 아니 식지 않아요. 저 노란 병아리 같은 꽃들이 얼마나 예쁘던지 사실 맘껏 웃고 즐거워하고 싶었어요. 그러나 죄송한 마음이 드는 것은 왜일까요? 작은 기쁨도 어머니와 함께하고 싶었는데, 올봄, 추운 겨울 지나면 어머니께 꽃구경시켜 드리려고 결심하고 있었는데….
어머니, 내겐 어머니께서 얼마나 큰 힘과 사랑이었는지 모릅니다. 어머니를 통해 주님의 심정, 참 사랑하는 것을 배웠습니다. 미워도 다시 한번 사랑하는 것을 배웠습니다. 어머니의 음성은 내게 기적이었어요.

어머니! 전화기로 들려오는 목소리, 그 말만 들어도 얼마나 좋은지 몰랐습니다. 연인의 목소리가 이보다 더 달콤할까요? 그것은 기적이었어요. 사랑의 소리, 기쁨의 소리, 행복의 소리, 적어도 내게는 그러했어요. 전화 끊을 때마다 "잘 있어라~." 이 목소리가 너무도 다정하고, 정겨워 미칠 것만 같았어요. 그런데, 그런데 그게 천국 가는 인사가 될 줄은 꿈에도 몰랐어요.
좋은 우리 엄마! 세상 끝날까지 우리 곁에 사랑으로, 아니 적어도 내 곁에만은 계실 줄만 알았지요. 가더라도 손자 명진이 학사 장교 제복 입고 휴가 나오는 것은 보고 가실 줄 알았지요. 너무합니다. 가더라도 "먼저 간다. 잘 살아라. 천국에서 만나 보자." 뭐라고 해야 이 가슴이 그래도 조금은 진정되지 않겠습니까?
어머니는 머나먼 여행을 준비하고 계셨는데 아둔하고 내 좋은 대로 생각하는 자식은 적어도 앞으로 십 년은 더 어머니와 함께할 수 있을 것으로 생각했으니 원통합니다. 멀대 같은 손자들이 세상 속에서 멋지고 자랑스럽게 살아가는 모습도 보여드리고 싶었고, 내 아들들이 장교로 임관하면 그 자랑스럽게 자라나서 손자의 월급에서 나오는 용돈도 드리고 싶었는데 왜 기다려 주지 않고 그렇게 빨리 가셨나요? 너무 안타깝고 슬픕니다.

사랑스러운 어머니~! 평생 자녀 손들을 사랑하고 도와주고 더 많이, 더 자주 주어야 직성이 풀리는 그 거친 성정이 이제 땅에 누워서야 그칩니까? 아직 어머니께서 담가 놓으신 된장이 채 맛도 들기도 전에 훨훨 날아 하늘나라로 가셨나요?

헤아릴 수 없는 그 정성, 말 그대로 손발이 다 닳도록 오로지한 그 사랑, 코흘리개 깨복쟁이 아이들을 어엿하고 장성한 청년들로 보호하고 길러내신 그 희생, 그 열정, 기도로 새벽을 깨우며 사랑과 희생의 손길로 우리를 어루만진 그 흔적들, 지우지 않고 마음에 새겨 평생 그 은혜 마음에 새기고, 또 새겨 그 마음 헤아려 보겠습니다.

아~! 아름다운 학처럼 고운 어머니, 내 곁에 위로와 기쁨입니다. 잔설(殘雪) 머리에 이고 있는 붉은 동백꽃처럼 곱디고운 울 어머니는 숲속에서 조용히 흐르며 물길 닿는 곳마다 꽃피고 열매 맺게 하는 잔잔한 시냇물 같은 어머니, 당신은 우리의 푸른 숲이요, 아무리 뒹굴어도 다치지 않은 잔디마당이었습니다.

언제나 어머니는 커다란 바위보다 더 커다란 버팀목이요, 든든하고 편안한 이불이요, 세상 어디서도 나를 바라보는 망원경이요, 쓸쓸하고 외로울 때 언제나 가까이 다가와 힘을 주신 안락한 품, 저 푸른 초원이었습니다. 조그마한 것을 잘해도 크게 칭찬해 주시고, 언제나 뒤에서 한없이 응원해 주시는 이 세상에 둘도 없는 울타리요, 자랑과 보람이었습니다. 그냥 우리 곁에 계신 것만으로도 두 주먹을 불끈 쥐고 일어나게 하는 힘이요, 살아 놓은 삶의 여정은 거친 광야라도 끝없이 길을 열어 주는 긍지였습니다.

어머니~! 너무도 무정하게 떠나셨어요. 난, 이제 정을 떼려 얼마나 몸부림해야 할까요? 너른 바닷물이 검은 바위를 얼마나 후려쳐야 못다 한 송구한 마음이 씻길까요? 한없는 사랑과 정성으로, 쉬지 않은 노고로,

마르지 않는 눈물과 탄식으로, 보드라운 여인의 살결이 거칠다 못해 검어지고, 저 경복궁의 대들보처럼 어떤 태풍이 몰아쳐도 흔들리지 않을 것 같은 그 뼈마디가 나뭇가지처럼 메말라 부러지기까지, 심장의 뜨거운 피가 온몸을 돌고, 돌아 지구를 몇 바퀴 돌기까지 지칠 줄 모르고 달리고 달려온 그 정성, 그 사랑으로 길러 내신 칠 남매!

여기 있습니다. 내가 거기 서 있습니다. 내가 그 큰 사랑 받은 아들입니다. 감사하고 감사합니다. 사랑하고, 다시 사랑합니다. 다시 한번 먼 길 마다 않고 함께하여 귀한 사랑 보여 주고, 위로와 새 힘주신 그 애정 어린 눈길을 간직하면서, 사랑이라는 단어 외에는 그 어디서도 대신할 다른 단어를 찾을 길 없고, 형용할 길이 없어 마음과 정성을 모아 어머니라 쓰고 사랑이라 부르렵니다. 어머니~! 사랑합니다.

이제 그리운 저 하늘나라! 세상의 모든 수고 그치고 사랑의 주님 품에 안겨 복락을 누리며 사랑하는 자녀 손들이 세상의 태양처럼 빛나게 살아오도록 소원하는 어머니의 그 숨결, 비바람 불어도 지워지지 않은 마음 판에, 손과 발에 눈동자에 새기고 달려가고, 지치면 걸어가겠습니다. 기쁨과 자랑이 되도록 살아가겠습니다. 저 하늘나라에서 손에, 손잡고 기쁨으로 얼싸안고 춤을 출 그 날을 고대하겠습니다. 어머니! 오늘은 어머니께서 마당 가 텃밭에 심어 놓은 노란 봄꽃이 주인공도 없는데, 왜! 저리도 환하게 웃고 있는 걸까요?

* 어제 어머니를 고향 땅에 묻어 두고 올라와서,
어머니의 사랑받은 넷째 아들 영배

77. 어머니, 어디 계세요?

고향 집 마당에서 육 남매

♤ 2016년 5월 10일 화요일 카톡방

"어머니는 그래도 되는 줄 알았습니다." 심순덕

온종일 밭에서 죽어라 힘들게 일해도
어머니는 그래도 되는 줄 알았습니다.
찬밥 한 덩이로 대충 부뚜막에 앉아 점심을 때워도
어머니는 그래도 되는 줄 알았습니다.

한겨울 냇물에서 맨손으로 빨래를 방망이질해도

어머니는 그래도 되는 줄 알았습니다.

* 김영헌(둘째 형) 올린 "어머니" 영상 시 보고 나서

* 나(김영배, 넷째):
어머니! 우리 어머니입니다. 그러면 안 되는 우리 어머니입니다. 한없이 그립고 그리운 우리 어머니입니다. 그 정다운 목소리 다시 듣고 싶고 그 정겨운 모습 다시 보고 싶습니다. 하루에도 몇 번이고 어머니의 그 음성 귀에 들려와 미칠 것만 같습니다. 함께 길을 걷고 함께 올 봄꽃 구경하고 싶었습니다.
찬은 없어도 함께 밥을 먹을 수 있던 때가 무한한 행복의 순간이었습니다. 그리운 어머니, 홀로 두고 떠나와서 너무나 죄송하고 "옆에 있어라. 옆에 있어라." 병상에서 마지막 소원처럼 말씀하신 어머니의 그 마음 헤아려 드리지 못하고 그냥 떠나와서 너무나 송구합니다.

어머니! 마지막 힘을 내어 기운이 소생하길 빌어 봅니다. 어머니! 마지막 힘을 내어 사랑하는 아들딸들을 그 사랑의 눈으로 불러 보아 주세요. 어머니! 끝까지 지켜 드리지 못해 죄송합니다. 어머니! 끝까지 마음 편하게 해 드리지 못해 죄송합니다. 어머니! 그 큰 사랑으로 어린 우리를 잘 길러 주시니 진정 감사합니다. 어머니! 그 큰 은혜 진심으로 감사합니다. 어머니! 못난 자식이 온 마음으로 사랑합니다.

* 김영헌: 영배의 간절한 마음에 기도가 어머니에게로 전달되어 기적이 이루어지길 주께서도 함께해 주시길.
* 김영배: 아멘. 진심으로 그렇게 되길 바랍니다. 평안한 밤 되세요.

어머니, 윤금애 집사 영정.

♤ 2016년 5월 11일 수요일

* 김영배: (무안병원 간호사와 통화)

어머니 목포 가지 않고 그대로 계심. • 폐 염증 치료 중. • 계속 누워 계시며 묻는 말에 바른 대답 못 하심. • 욕창 조금 생겨 공기침대 깔아 드림. • 자세한 것은 담당과장이 보호자와 얘기함.

어머니께 주님의 위로와 치료 주시길 기도합니다.

♤ 2016년 5월 13일 금요일

* 김영배:

어머니 상태가 어떤지 아는 분은 카톡방에 올려 주시면 좋겠습니다. 어머니께 무슨 일 있으면 치료 포기하겠다는 각서 큰형이 썼다는데 다들 알고 있습니까? 그래도 되는 건지, 그냥 내버려 둬야 하는 건지.

조금 전 형한테 받은 문자입니다.

* 큰형:
필요 없는 문자 하지 마라. 어머니 위험하시면 내가 먼저 전화해서 알려줄 테니까. 오전에 병원 들렀는데, 그 상태로임. 어머니, 영배야 더 구체적으로 알고 싶으면 직접 병원으로 찾아가서 물어봐.

* 김홍표(셋째 형):
영배야, 안타까운 일이지만 엄마는 절망적이야. 넓적다리관절 골절은 노인에게 치명적이지. 거기다 뇌졸중에 따른 왼쪽 마비, 폐렴, 욕창. 기운 없는 노인이 감당하기엔 너무 무리다. 인정하고 싶지 않겠지만 엄마는 10년 전에 치매가 시작되었다. 그때는 엄마가 이상해지셨다고만 생각했어. 나도 전혀 몰랐어. 겉으론 너무 정상적으로 보였기에. 그러나 5년쯤 전부턴 거의 확신했어. 그리고 의사 진단도 치매였지. 희귀성 치매, 즉 전두측두엽 치매라고, 일반적인 치매와는 좀 다르지. 인지능력이 정상적인 치매니까. 치매 환자에게 제일 중요한 세 가지는 영양, 약복용, 스트레스다.
엄마는 심장 박동기를 차고 있어 특히 규칙적인 약 복용이 중요했지. 영양 때문에 쓰러지셨고 약 때문에 혈관이 막혔다고 해야지. 이게 현 엄마에 대한 내 생각이다. 안타깝고 슬프지만 이젠 현실을 받아들여야 할 것 같다. 그래도 우리 모두의 기도가 엄마에게 위안과 용기가 되리라 믿는다.

* 김영배:
이런 현실은 받아들이기는 싫지만 언젠가는 모두 가야 할 길이기에 오실 때 사랑과 축복 속에 오셨듯이 이 땅을 떠나 주님의 부르심을 받아가실 때도 그러해야 한다고 봅니다. 생명은 하나님의 손에 있지요. 마

지막 가시는 그날까지 한 인간으로 존엄하게, 한 가정, 많은 자녀를 둔 어머니로서 사랑과 존경을 최소한 받아야 한다고 생각합니다. 안타깝고 괴로운 일이 많으나 어머님만 하겠습니까? 어머님이 외로워할 때 함께해 드리지 못하고 아프고 괴로울 때 조금도 덜어 드리지 못하고 어머님께 아무런 도움과 힘이 되어드리지 못해 너무 죄송하고 송구할 뿐입니다.

마지막 한 호흡할 때까지 평소에 하지 못한 것 조금이라도 더 잘해 드렸으면 좋겠습니다. 주께서 어머님과 우리 모든 형제를 불쌍히 여기고 긍휼히 여기시길 기도할 뿐입니다.

* 김영헌:

오늘도 어머님 샘물에서 흘러온 물로 몸과 마음이 적셔집니다. 초여름의 태양도 적신 마음을 마르게 할 수 없습니다. 활기 넘치던 엄마의 기들이, 구름 위를 날아가는 새들이 둥지를 찾고 날개를 접듯이 가냘프게 접혀 갑니다. 우리는 엄마의 음성을 들을 수가 없습니다.

다만 엄마의 자식을 사랑하는 마음만 병원 구석에서 외롭게 피어 있습니다. 인생은 이렇게 쓸쓸해지는 꽃인가 봅니다. 그래도 우리 형제들은 그 꽃을 꺾지 않고 함께 가꾸어가야 합니다. 우리는 가난의 꽃밖에 없습니다. 서로 시간 날 때 그 꽃이 비록 가난하고 힘없지만, 행복의 꽃으로 다시 필 수 있도록 이해하며 살아가야겠지요.

우리 형제들은 서로 사랑합니다. 서로 보고 싶어 합니다. 우리 핏속에는 어머님이 계십니다. 그리고 아버님도 계십니다. 오늘도 형제들의 엄마 생각하는 마음 때문에 힘든 하루였겠지요. 다들 힘내고 엄마의 고통 없는 병원 생활이 됐으면 좋겠습니다.

어머니 장례 후 산소 입구에서

♤ 2016. 5. 21. 토요일
* 김홍표: 어머니 위독! 긴급. 어머니 위독! 마음의 준비하길 바람!
* 김영배: 주님께서 이 세상에서 모든 고단한 수고 그치고 그의 영혼을 품어주시고 천국에서 영원한 안식 누리게 해 주시길 기도합니다.

♤ 2016. 5. 22. 일요일
* 김영헌: 홍표야! 어머니 어쩌시냐?
* 김홍표: 어머니는 의식이 없고 산소만 공급하고 있는 상태입니다. 어젯밤에는 산소포화도가 위기였으나 지금은 좀 올라갔습니다.

* 김영배: 어머니 병실에 왔어요. 우리 가족 와서 어머니와 얘기하고, 일방적이지만…. 눈동자를 돌리고 뭐라고 얘기하려고 애쓰는 모습이 안쓰럽습니다. 가래 때문에 힘들어하시네요. 주님께서 어머니께 평안,

위로, 소망 주시길 기도합니다.

* 김홍표: 고마운 일이다. 네 가족의 문안과 기도가 어머니께 큰 위안이 되리라 믿는다. 오가는 길에도 주님이 동행하시길.

* 김영배: 감사합니다. 집에 와 보니 반기는 이 없고 마당에 풀만 무성하네요. 큰형은 답답하여 친구들 만나러 갔대요. 이따 들어올 거랍니다. 주인 잃은 어머니의 성경책이 마냥 기다리다가 곰팡이가 슬었네요. 큰형이 둘째 형 전화 기다리더군요. 너무 적막한 집에 저녁거리 챙겨 먹으려 뒤적이고 있어요. 어머니 계시면 얼마나 반기셨을까요? 우린 여기서 자고 내일 올라갑니다. 우리 애들도 할머니 돌아가시기 전에 얼굴 뵙고 목소리라도 들려 드리기 위해 왔어요. 애들이 고맙지요. 어머니께서 보시면 참 좋아하셨을 텐데…. 아마 반가워하고 즐거워하셨을 거예요. 모두 평안한 밤 되세요.

* 김양숙: 적막하지만 좋은 밤 보내세요.
* 김영배: 좀 전에 서울 이모부 전화하셨는데 어머니 돌아가시면 다만 외가(外家) 선영(先塋) 옛날 밭에 모시랍니다. 이모부가 책임질 테니 그렇게 전하라고 말씀하셨습니다.
* 김양숙: 그렇게만 될 수 있으면 좋겠습니다.

* 김영배: 글구 어머님께서 생전에 내가 되찾은 땅에 묻어 달라고 말씀하셨다고 성남 외삼촌한테 얘기하라고 하셨습니다. 그래야 이모부께서 나서서 힘 있게 말씀할 수 있다고 하셨습니다.

장례식 고향 집. 입구에 최병선 목사

♤ 2016. 5. 23. 월요일

* 김영배:

사랑하는 어머니께 잘 다녀왔습니다. 고향 집에도 들러 일박하며 주인
잃은 곰팡이 나는 성경책도 매만져 보았습니다. 마당 가 풀도 많이 자
랐고 밭의 쑥갓은 노란 꽃을 피워 놓고 오월의 맑은 하늘을 수놓고 있
습니다. 저녁은 우리가 가지고 간 음식과 큰형이 끓여 먹고 남은 것에
쌀밥 지어 맛있게 먹었습니다. 하얀 쌀은 윤기가 있어 입맛을 더 돋우
어 주었습니다.

그래도 뭔가 허전하고 이상합니다. 뭔가 크게 빠진 것이 있는 것 같은
데, 그것이 어머니가 아니었으면 참 좋겠습니다. 우리는 아침을 꾸역꾸
역 끓여 큰형도 한 상, 우리도 한 상 차려서 목구멍에 집어넣고 어느 낯
선 이의 전송을 받으며 내 고향 집을 떠나왔습니다. 형은 누가 준 양파
라며 검정 비닐봉지에 넣어 가라 했습니다. 고마운 마음입니다. 우리는

이렇게 이별 연습이 일상이 되어야 할까요?

우리 마음을 속이기라도 하듯 안산은 어머니께서 계실 때와 조금도 다름없어 착각을 불러일으킵니다. 우리 집이 변함없이 그대로 있으면 고향 집 지키는 그 마음도 그대로 있어야 하지 않느냐고 가슴속에서 소리를 지릅니다. 그래도 일상은 우리를 아무 일 없는 것처럼 자기들 품에 불러들입니다. 다람쥐 쳇바퀴 돌 듯이 도착하자마자 고향 집 전화에 어머니께 잘 도착했다고 보고했는데, 이제는 정다이 들어줄 귀가 없네요. 감사합니다. 건강하세요.

* 김영헌:

고생했다. 고향에 있는 풀 한 포기에도 엄마의 억센 손자국이 남아 있었겠지! 검정 비닐봉지에 담겨 있는 양파들 틈새로 엄마의 정성이 묻어 있겠지. 아무리 둘러보고 불러보아도 희미한 그림자조차도 없는 그곳에는 자식 기다리는 마음과 보고픈 엄마의 마음만 오월의 태양 아래 피어 있겠지. 보고파라 보고 싶어라.

어둠이 거치고 밝은 태양이 솟아나듯 엄마의 몸과 정신이 맑아졌으면 얼마나 좋을까? 그래도 고향 집이 있어서 그리우면 찾아갈 수 있어 그나마 다행이다. 시원하게 푹 쉬고.

* 김홍표:

어머니 다시 위독(危篤), 긴급 보호자 필요하다 함. 오늘 밤 넘기기 힘들 것 같다고 함. 영배는 연락이 안 되고, 큰형은 먼 곳에 있다 함. 어머니 다시 위독.

* 김영헌: 형은 친구분이 사망하여 조문 중이라 합니다. 끝나고 병원에

들른다고 하고 각자 준비하고 있으라 하네요.

* 김영배:
학다리 중앙교회 장지가 닻빼기에(학교면사무소 뒤쪽) 있고, 교인이면
누구나 무료로 사용 가능. 전에는 전갑성 장로님이 교회 묘지 책임자이
셨는데 지금은 이한모 장로님이나 김 아무개 장로님이 담당인데 신청
하면 무리 없이 가능하다고 함. 그리고 묘지 공사는 닻빼기, 그 동네 사
람을 쓰는 것이 좋다고 함. 전갑성 장로님과 통화 후 알게 됨.

♤ 2016. 5. 24. 화요일
* 김영배:
좀 전에 학다리 김○○ 담임 목사님과 통화해서 교회 장지(닻빼기, 학
교면사무소 뒤쪽)에 어머니 모시도록 부탁해서 허락받았습니다. 그렇
게 되면 목사님이 장례를 주례하게 됩니다. 이에 대해 가족들이 한마음
으로 모여야 한다고 생각합니다. 교회에서 장례 주관해 주시면 참 고마
운 일입니다. 보통 임종 예배, 입관 예배, 발인 예배, 하관 예배 등 몇 번
의 예배 순서가 있습니다. 문상객 받을 때도 특별히 다른 것은 없습니
다. 서로 협력해서 앞으로 있을 일에 위로와 은혜가 되었으면 합니다.
교회에서는 기꺼이 어머니 장례에 대해 협조하기로 했습니다.
목사님께 고마운 마음을 전했습니다. 그리고 있다가 오후에 위로 예배
차 병원에 교인들과 함께 오신다고 했으니 함께 예배에 참석했으면 합
니다. 이 모든 일에 주께서 인도해 주시고 은혜 주시길 기도합니다.
김정광 목사님 오셔서 위로 예배 인도해 주신 것 감사합니다. 주의 평
안과 위로와 소망이 모두에게 임하길 기도합니다.

♤ 2016. 5. 25. 수요일

* 김영배: 어머니께 먼저 인사를 전합니다. 모두 수고 많으셨습니다. 누구랑 가서 함평요양병원으로 옮겼는지 다른 분들 상황은 어떤지 궁금합니다.

* 박광옥(셋째 형수): 어젯밤에 모두 올라가시고 오늘 큰 시숙님과 해도 아빠와 제가 요양원에 모셔다드리고 지금 출발합니다.^^

* 박광옥: 어머니는 요양원에서 기본 수액에 산소호흡기하고 계십니다. 아침에 우리가 나올 때 산소 수치 정상범위였습니다.^^
무안병원에서 요양원으로 보낸 소견서와 그동안 했던 검사결과지에 의하면 간 신장은 이미 망가져서 제 기능을 못해서 들어가는 수액 양보다 신장기능이 제대로 안 되어 소변량이 적으니까 손발이 심하게 부어 있고, 백혈구가 생성되지 않아 항생제가 더는 효과가 없는 상태에 콧줄 식사로 인해 가래는 점점 더 심해진 상태입니다. 혹시 어머니의 의료적 상태가 궁금하실까 봐 알려 드립니다.

* 박광옥: 영양실조로 인한 장기 기능 저하, 넓적다리관절 수술, 뇌경색 수술. 그 과정에서 패혈증으로 폐렴이 와서 결국 직접적인 사망 원인은 폐렴! 이렇게 정리됩니다!! 이건 제 사견이 아니라 의사의 의견입니다^^

♤ 2016. 5. 26. 목요일
* 김양숙: 혹시 요양병원으로 전화하셔서 엄마 상태 아시는 분 있으세요?

* 박광옥:

보호자 이름을 큰 시숙님과 제 이름으로 해 놔서 어제부터 지금까지 화장실 갈 때도 휴대전화를 가져갈 정도로 온 신경을 휴대전화에 두고 있습니다. 병원에서 연락 올까 봐….

어머니께서 생명의 끈을 놓지 않고 힘겹게 견디고 계실 겁니다. 전화에 온 신경을 쏟으면서 전화벨이 울릴까 봐 조마조마하며 시간을 보내고 있습니다. 모두 같은 심정이겠지요.

* 김양숙: 네, 그렇죠. 전화가 오면 그게 두렵고요. 현 상태 혹 전화해서 알고 계신 분 없나요?

* 박광옥: 제가 30분 후에 전화해서 보고할게요.
* 김영배: 전화 오면 뭐가 두려우냐? 돌아가신 지가 언제인데 우리 손을 떠났잖아.

* 박광옥:

어제 나올 때 산소포화도 88 정도였는데 오늘 4~5시쯤 60~70으로 떨어졌다가 지금 84 정도 유지하고 계시답니다. 여전히 수액 들어가고 있고 호흡은 어제보다 좀 더 거칠어지신 상태랍니다.

어머니 장례 후 각자 삶의 터전으로 가기 전 가족들

♤ 2016. 5. 27. 금요일

* 박광옥: 병원에서 연락 왔습니다. 일찍 도착해야 임종을 볼 수 있을 것 같다고 지금 큰 시숙님이 가고 계십니다. 10분 정도 후에 도착하실 예정입니다.

* 박광옥: 어머니 의사 사망신고 시간은 2016년 5월 27일 오전 7시입니다.

* 김영배: 교회 목사님께 어머니 하늘나라 가신 것 알려 드렸습니다. 교회에서도 여러모로 준비한다고 했습니다.

다들 아시겠지만, 성도들의 장례식은 주일이 발인 날이면 그다음 날 발인예배 드리고 장지로 갑니다. 목사님께서 그렇게 말씀하시고 관계된 장례절차에 대해 교회에서도 잘 준비하겠다고 말씀했습니다.

* 김영배: 글구, 상조회에서 오면 기독교식으로 한다고 하면 거기에 맞게 준비해 줄 것입니다. 어머니는 학다리 중앙교회 윤금애 집사입니다.

* 박광옥: 어머니 생전의 모습들을 담은 사진 액자에 넣어 장례식장에 놓으려고 합니다. 혹시 어머니와 나눈 편지나 시 써 놓은 거 있으면 가져오시거나 메일로 보내주세요.
종이로 된 사진은 우리한테 있는 거로 일단 하겠습니다. 휴대전화에 자료 소중한 거 있으면 메일로 보내주세요.

* 김영배: 양숙이는 어디에 도착했냐? 집이냐? 장례식장이냐?
* 김양숙: 장례식장 경훈이랑 왔습니다. 지금 큰 오빠랑 식사하러 식당 왔습니다.
* 김영배: 어느 장례식장이냐?
* 김양숙: 사거리에서 함평역 방향 바로 앞 신호에서 유턴하면 50m 앞 우측입니다. 함평천지장례식장.
* 김영배: 그래 애썼다. 장지 교회에 얘기해서 미리 가 보는 것이 좋지 않을까요?
* 김양숙: 홍표 오빠 식사하고 오면 장로님과 가기로 했습니다.

* 김영배: 이모부 전화하셨는데, 소식 듣고 바로 내려가야 하는데, 이모님 병원에 입원해 계시니 내일쯤 내려오신답니다.

♠ 2016. 5. 30. 월요일.
어머니를 정든 땅에 돌려 드리고 나서, 생활 터전으로 돌아가며….

315

* 김영배: 모두 잘 가고 계시나요? 우린 명인이 청주교대에 내려 주고 이제 안산에 도착했어요.

* 김양숙: 저도 잘 도착했습니다. 모두 고생하셨습니다.
* 김영헌: 방금 도착했어요. 모두 고생하셨어요. 피로 푸시고.
* 김홍표: 모두 수고 많으셨습니다. 이천에 잘 도착했고요.
푹 쉬시고 건강히 지내시길 빕니다.
* 김영배: 모두 고생했습니다. 주님의 위로와 평안, 소망과 감사가 가득한 삶 되길 빕니다.

지금까지 병든 어머니 윤금애 집사, 사랑하는 울 엄니! 쾌유를 위해 엎디어 생명의 하나님께 애타는 마음으로 기도해 주신 모든 분께 진심으로 감사드립니다. 주님의 은혜와 평안, 여러분의 삶에 가득하길 소망합니다. 감사합니다.
어머니 윤금애 님 2016년 5월 27일 아침 7시 주님 품에 잠들다.
어머니와 나눈 마지막 추억 이야기(어머니와 마지막 사랑 나누기. 형제들의 카톡방 이야기 "어머니")

2016년 6월 3일 어머니를 그리워하는 넷째 아들
김영배 올림

78. 숨 쉬는 흔적

밤하늘 별처럼 수많은 별, 세어도, 세어도 또 제자리 지키며 빛나는 저 밤하늘 별들, 바로 어머니, 당신은 별이었습니다. 내 마음속에 초롱초롱 반짝이는 저 별들은 밤이면 밤마다 얼굴을 내미는데, 아니 비가 내리는 어두운 밤이면 내 마음에 떠올라 말을 걸어오는데, 당신은 어디 가고 조용한 미소만 보내옵니까?

봄꽃처럼 잠시 향기 풍기더니 한 번 사라지고 나니, 수없이 눈을 비비고 또 비벼 찾아보아도 보이지 않으니 어찌 된 일입니까? 신에게 드린 사랑은 적고, 당신에게서 건네 온 사랑은 나의 평생, 삶의 여정마다 가득히 사랑의 흔적으로, 온화한 손길로 남아 있어요.

어머니~! 아직도 어머니는 내 가슴에 숨을 쉬고, 내 걸음마다 심장에 박동이고 있어요. 평소에는 걸음이 그렇게 느려 가다가 쉬고, 가다가 "좀 쉬었다 가자." 하시더니 그것은 엄살이었나요? 오늘은 어머니 걸음이 너무나 빨라 도저히 따라갈 수 없도록 저 멀리 가셨네요. 어머니 얼굴 한 번 뒤돌아다볼 수 없나요? 너무 보고 싶고, 말도 건네 보고 싶어서 그래요. 어머님께서 남겨 두신 사랑의 흔적들이 아직 숨을 쉬고 있어요. 보고 싶은데 볼 수 없을 땐 어떻게 해야 하나요? 저 천국에서라도 그 길을 좀 가르쳐 줄 수 없나요? 아직 우리 집에는 지난겨울 어머니께서 남겨놓은 흔적이 생생하게 어머니의 따뜻한 정을 뿜어내고 있어요. 한번 바라봐 주세요.

하나, 커튼, 예배당 커튼이다.

밝은 하늘색으로 수직 길이가 삼 미터 가까이 되어 세탁하기도 불편하다. 그 커튼이 맨 뒤에 있는데 거기서 아들들이 축구공 가지고 많이 놀았다. 그래서 커튼에 때가 많지만 무늬 때문에 눈에 표가 잘 나지 않는다. 그런데 작년에 어머니께서 우리 집에 오셨을 때, '그 커튼을 빨아 깨끗하게 하자.'고 하셔서 세탁기에 구겨 넣고 빨아 보았다. 세탁기에서 커튼을 꺼내어 어머니와 함께 널었다. 생각보다 잘 빨렸고, 거짓말처럼 깨끗해서 기분이 좋았다. 사랑의 눈길로 살피는 어머니의 마음이 아직도 우리를 둘러싸고 있다.

둘. 고추장이다.
항아리 모양의 플라스틱 통에 4.5kg의 고추장을 사 주신 것이다. 작년 가을에 이천 형님댁에 갔을 때 큰 슈퍼에 들러 세 통 사서 하나는 셋째 형 것, 하나는 남동생 것, 나머지 하나는 내 것이다. 어머니께서 선물로 사 주신 것이다. 아직도 먹고 있어서 어머니의 손길을 보여 준다. 얼마 전에는 시골에서 어머니께서 된장 담느라 힘들어 죽을 뻔했다고 전화해서 말씀하시기에 "뭐 하러 그렇게 하셨어요? 그거 마트에서 사 먹으면 돼요. 어머니, 몸 하나 거두기도 힘든데, 이제는 안 하셔도 돼요." 그래도 어머니께서 담가 놓으셨으니 된장이 익을 때면 언젠가 내려가 장독대를 뒤져야지. 그런 마음이 이제는 먼 이야기 속으로 사라지고 말았다.

셋. 물티슈, 자연 물티슈라고 쓰인 칠십 개들이 영유아용 물티슈다. 형제 중, 어머니의 약한 피부를 위해 편리하게 이 모양 저 모양으로 쓰라고 사드린 것이다. 그런데, 당신은 쓰지 않는다며 지난 이월에 우리 집에 계실 때 놓고 간 것인데 아직 먼지만 쌓인 채 그냥 있다. 난, 연로한 어머니께서 쓰셔야 할 것으로 알고 "어머니 그냥 아끼지 말고 수건이나 물수건용으로 맘껏 쓰세요."
그래도 잘 쓰지 않으셨다. 왜 어머니는 당신을 위해 쓰시는 것에 인색한가? 하나하나가 마음을 아려 오게 한다. 결국, 물티슈는 어머니 남겨 두신 작은 선물이 되어 주인의 손길을 기다리고 있다.

넷. 박하 향 사탕
지난겨울에 올라오셔서 서울, 이천을 거쳐 안산 우리 집에 오래 계셨는데, 그때 가방에서 꺼내 주신 것이다. "너는 술도 안 먹으니 이거라도 먹어라." 박하사탕 아닌가? 어머니께서 입 마르고 하니 드시라고 사 드린 것일 텐데, 시골 작은방에 있는 것을 갖고 오신 것이다. 어머니께 필요해 보여서 하나 꺼내먹고 쪽~, 그냥 두어 책상 가에 아직도 놓여 있다. 박하사탕만이 아니라, 무설탕이라 선전하는 인삼 사탕도 두고 가셨다. 함께 먹고 싶다. 어머니랑!

다섯. 침대보, 황금색 침대보
침대에 까는 침대보다. 지금도 매일 깔고 잔다. 어머니는 뭐든지 다 주시려 한다. 난 그것이 필요하지 않지만, 어머니께서 주려고 하면 어머니의 그 마음을 생각해서 기쁨으로 받아 사용한다. 이런 일이 참 좋았다. 어머니께서 비싼 것은 아니지만, 또 사용한 것이지만 거기에는 어머니의 사랑이 젖어 있기에 감사하고 좋다. 내가 몸으로 비벼댄 곳이 하얗게 닳아 있다. 어머니의 자식에 대한 사랑은 끝이 없다.

여섯. 붉은색 엷은 솜이불과 하늘색 엷은 솜이불이다. 어머니께서 손수 지어 주신 솜이불이다. 재작년에 팔십칠 세 되신 어머니께서 친히 손으로 이리 꿰매고, 저리 펼치고 접고 하여 세상에 둘도 없는 최고의 솜이 불이 탄생한 것이다. 따뜻한 어머니의 이불이다.

바늘 뜸 하나하나에 자식을 향한 뜨거운 애정이 담겨 있다. 선물이다. 귀하고 따스한 선물이다. 이 솜이불을 아끼고 아끼다가 지난겨울부터 온몸을 덮었다. 참 따뜻하다. 온몸을 포근히 감싸 주는 것이 마치 어머니 품속 같기만 하다. 지금도 내가 덮는 어머니의 빨간 이불을 보면 맘이 아리다. 하늘색 이불은 내 아들들을 위해서 남겨 두었다.

일곱. 하늘색 와이셔츠다.

여름용 옷으로 바지 위로 내어 입는 옷이다. 재질은 고급은 아니지만 작은 구멍이 송송 뚫려 있어 시원하다. 몇 년 전에 사 주신 것인데 입으면 아주 시원하고, 사람도 시원하고 멋지게 보인다. 어머니는 시골 장에 가실 때마다 자녀들을 위해 값싸지만, 사랑과 정성이 최고급인 옷가지 몇 개를 사셨나 보다. 난 올여름도 이 옷을 입고 저 하늘 높이 날리라. 어머니께서 이미 저 하늘에 계시지 않은가? 좀 더 가까이 다가가 그 숨결을 느낄 수 있지 않겠는가.

여덟. 2G 폴더 휴대전화기

010-****-7741 어머니 휴대전화 번호다. 올해 들어 최근에는 편집증 증세가 있어 울 형제들에게 하루에 같은 전화를 수십 번씩 하는 때도 있었다. 매일 그러는 것은 아니었다. 어떤 형제는 일부러 받지 않았고, 여주노인병원에 있을 때는 퇴원시켜 달라고 억지 부리니 전화 받지 말라고, 부탁한 적도 있다. 하지만 난, 그럴 수 없다.

고향을 미치도록 그리워하게 해도 된다는 말인가. 그럴 수는 없었다. 병원에서 남도록 해서 저 요단강을 건너가는 것이 일상이 된 그런 곳에 이제는 어머니를 머물게 그냥 둘 수 없었다. 어머니에게 휴대전화는 소중한 보물이었다. 거기에는 사랑스러운 자녀의 목소리만 아니라 어머니의 보물인 자식들과 만날 수 있는 소중한 통로이기 때문이다.

어머니는 그 전화기로 내게 전화하셔서 빨리 병원에서 퇴원시켜 달라고 하셨다. 고향에 내려가겠다는 것이다. 그 마음이 내게는 절절히 다가왔다. 내가 늙고 병들었을 때, 그렇게 되면 무슨 마음이 들까? 나는 가능하면 어머니의 마음과 생각을 존중하고 소중히 하려고 했다. 고향에 계시면 행복하겠다는 그 마음을 헤아리려고 했다. 나와 통화할 때 참 정신이 맑고 좋았다. 그 노인 병원에 그냥 두면 안 되겠다는 판단이 섰다.

어머니는 그 조그만 손전화를 항상 몸에 가지고 다니셨다. 결국, 그 전화기로 통화해서 우리 집에 모시게 되었다. 그래서 지난겨울에 우리 집에 계시면서 수많은 추억을 쌓을 수 있었다. 어머니는 우리 집에 오래 계시다가 삼월 십구일, 토요일에 내려가서도 나에게 전화를 참 자주 하셨다. 어머니 전화는 내게 기쁨이고, 설렘이고 기적이었다.

무안병원에 계실 때 아무리 다이얼을 돌려도 어머니는 전화 받지 않았다. 아니 받고 싶어도 이제는 받을 수 없는 상태다. 어머니도 안타까워하고 계셨을 것이다. 다시 듣고 싶다. 너무나 정겨운 어머니 목소리. 하루 수십 번이라도 좋으니 또 듣고 싶다.

사랑스러운 우리 어머니 목소리. 듣고 싶어 미치겠다. 환청이 들리듯 하루에도 수십 번씩 어머니의 그 정겹고 다정한 목소리가 귀에 쟁쟁하다. 어머니, 다시 기운 차리어 그 정다운 목소리 듣게 해 주세요. 어머니 하늘의 은총으로 소생하여 그 사랑스러운 눈망울로 우리를 쳐다봐 주세요.

난, 어머니의 자주 하는 전화가 싫지 않았다. 나는 어머니의 전화를 받을 때마다 처음 받는 전화처럼 반갑고 친절하게 받았다. 이런 어머니 전화 얼마나 더 받을 수 있을까 해서 즐겁고 행복했는데, 이제는 전화를 받을 수 없게 되었다. 쓰러져 무안병원에 계실 때, 이제는 전화를 주고도, 받고도 할 수 없어 너무나 슬프고 안타까웠다. 아니 이제는 내가 전화해도 이제는 전화 받을 수 없는 곳에 계신다.

사랑하는 어머니의 살아 있는 목소리를 이 세상 어느 곳에 가서 들을 수 있겠는가? 이 지구촌에서 어머니만큼 나를 사랑하는 존재가 어디 있는가? 이 사랑과 정 가득한 목소리를 어디서 다시 들을 수 있겠는가?

아홉, 하늘의 선물인 어머니 자신이다.

이 세상 그 무엇과 비교할 수 있을까? 그 큰 사랑을 세상의 어느 숫자로도 다 표현할 수 없으리라. 아! 어머니의 사랑이 너무나 크고 귀하다. 천사보다 더 아름다운 어머니의 사랑의 흔적이 온 집에 가득하다. 아니 어머니의 살과 피가 내 몸에, 내 삶에 가득하여 가슴 저리도록 끝없이 사랑의 끈, 붙들게 한다.

어머니는 하늘의 선물이다. 그 끝없이 펼쳐지는 사랑의 흔적이 이뿐이랴? 내가 잠든 사이에도 끊이지 않았던 그 사랑, 모르고 지나친 날이 얼마인지요? 아! 고마운 어머니의 따스한 손길아! 사랑스러운 어머니의 고운 마음, 비단결 같아라. 가슴팍을 파고드는 마르지 않는 하늘의 사랑 샘일러라. 앞날을 살아가면서 그 사랑, 그 은혜 걸음마다 놓치지 않고 헤아려 보리라. 그렇게 살아가도록 흉내 내어 보리라. 사랑해요. 어머니! 천국에서 다시 만나요.

* 2016년 여름. 어머니를 그리워하며

79. 내 형이 벌써 화갑(華甲)이라니~!

김홍표 셋째 형 회갑 때 가족들 한자리에

내가 언제부터인가 내 위에 권위자, 곧 힘을 가진 자가 있다는 것을 느낀 때가 있는데, 그것은 아마 머리에 혹부리가 생겼을 때가 아닌가 생각한다. 나는 괜찮게 생각하고 행동했는데, 형은 순전히 나보다 먼저 태어났다는 그 권위로 자신만의 독특한 기준으로 생각지도 못하고, 원하지도 않았는데 혹부리가 생겼다. 일명 알밤이다. 주먹을 쥐고 가운뎃손가락을 뾰족하게 튀어나오게 하고서 '호' 하고 나서 동생들의 머리를 때리면 그 맛이 별미다.

이 기억을 잊는데 유효기간이 적어도 50년은 넘었다. 그 독특한 추억을 환갑을 바라보는 나이에도 기억하고 있는 것을 보면 더욱 그렇다. 바로 위의 형인 홍표 형과는 이렇게 만남이 이루어졌다. 세 살 차이가 난다. 우린 아버지 김진호(金振鎬) 님과 어머님 윤금애(尹今愛) 님 사이에 오 남이녀(五男二女) 곧, 칠 남매로 말 그대로 남 부러울? 게 없는 형제들이 있다. 나는 태어나면서부터 위계질서가 이 세상에 존재한다는 것을 피부로 느꼈다. 먼 훗날, 진정한 질서, 진정한 권세가 하늘의 하나님께 있다는 것을 깨닫기까지 이십여 년이 흘러야 했다.

아마도 오 형제 중에서 가장 많이 시간을 갖고 추억이 많은 사람이 셋째 형일 것이다. 바로 밑에 동생은 두 살 차이가 나지만 그때는 동생이 같이 놀기에는 너무 어려서 어울릴 수 없었다. 그래서 형하고 많은 추억을 만들어 갔다. 형과 함께 외할머니댁에 심부름도 함께 가고, 공동묘지에 있는 밭에 일하러 가고, 광주 무등극장도 가고, 목포극장도 가고, 1972년 춘천 삼촌 댁에 어렵게 찾아갔던 일 등 수없이 많다. 홍표 형과 만든 추억을 다 말하려면 소설 삼국지처럼 몇 권은 써야 하고, 영화로 하자면 '황야의 무법자'나 '인디아나 존스' 등 몇 편을 찍어야 할 것이다.

제일 큰형은 얼굴도 잘 모른다. 나이 차이도 열 살이나 나고, 같이 어울려 볼 군번도 아니다. 기억이 있다면 아마 다섯, 여섯 살쯤 되지 않았을까. 큰형은 목포제일중학교로 가느라 새벽마다 어머니께서 지어주신 모락모락 김이 올라오는 밥을 먹고, 학교역으로 달려가 통학 열차를 탔다. 적어도 우리가 보기에 멋지게 보였다. 우리 동네에서는 유학을 다닌 셈이다. 호랑이띠 큰 누나가 있었지만, 저 아랫녘 사창(社倉)으로 시집가더니 십 년 만에 천사의 옷을 입고 먼저 하늘나라에 가고 말았다.

그 밑에 둘째 형의 나이를 잘 모른다. 이것은 내 머리 탓이 아니다. 생일이 애매해서 그렇다. 우리말로 애무 살을 먹어 생일이 음력, 양력에 따라 나이 한 살이 더 되기도 하고 덜 되기도 한다.

분명한 것은 내가 큰형 손을 붙잡고 학다리 중앙초등학교 1학년에 입학할 때, 둘째 영헌이 형은 제일 높은 학년 6학년이었고, 바로 위의 형인 홍표 형은 초등학교 4학년이었다. 우리 삼 형제가 한 학교에 다니니 누가 우릴 건드릴 수 있으랴. 아마 내가 제일 든든했을 것이다. 안 그래도 주먹? 좀 쓰는데 위의 형들까지 떡 버티고 있으니 말이다. 우리 동네에서도 우리 깔보는 사람은 아무도 없었다. 누나도 힘이 세서 어지간한 동네 남자들은 누나 앞에서 꼼짝 못 했다.

가장 어릴 적 기억은 함께 우는 것이었다. 커다란 초가지붕 아래 옹기종기 넓은 마당에서 놀다가 조금 어두워지면 홍표 형, 나 그리고 동생 모두 큰 방에 들어갔다. 우리는 아랫목에서 커다란 보자기를 뒤집어쓰고, 뚫린 구멍으로 일하러 간 엄마, 아빠를 기다렸다. 마치 먹이를 기다리는 지붕 밑 제비 새끼들처럼.

그때는 가난했지만, 가난이 뭔 줄 몰랐다. 엄마 아빠가 집에 안 계신 것이 가난이면 가난이요, 배고픔이었다. 엄마가 계시면 부자고, 행복이 가득했다. 우리는 찢어진 보자기 구멍으로 아직 집에 도착하지 않은 어머니를 애타게 기다렸다. 둘째 형, 큰형은 어디 가서 무얼 했는지 내 야사(野史), 기록에는 없다. 나는 확신하건대 절대 먼저 울지 않았다. 그러나 운 것은 분명하다. 커다란 이불보를 덮어쓰고 있다가 고요한 시간이 깊어지고, 배에서는 이상한 소리가 나면 이 무서우리만치 고요한 시간이 울음보를 터뜨리고 만다.

나는 아니다. 누군가 소리 내어 울기 시작한다. 나는 울지 않으려고 이를 악물었다. 나는 그때부터 인내의 한계를 느꼈다. 나도 모르게 그만 울고 말았다. 옆의 형도 따라 운다. 셋인지, 네 명인지 다 같이 엉엉 운다. 신나게 운다. 콧물과 눈물이 함께 섞여 오르락내리락한다. 훌쩍훌쩍 그러다 잠이 들고, 그러다 어머니의 반가운 발소리에 모두는 깨어나고, 행복한 저녁 시간이 환하게 열리기 시작했다. 꽁보리밥에 배추김치, 무김치만 있어도 얼마나 달콤한 맛이었나? 아! 그 시절 그립다.

홍표 형은 똑똑했다. 내 기억으로만 해도 부반장 명찰을 몇 번이나 보았다. 반장은 해 보았는지 모르겠다. 난 그래도 3학년 때 투표로 반장에 당선되어 멋있게 왼쪽 가슴에 반장 명찰 달고 의기양양하게 이 동네 저 동네를 휩쓸고 다니며 뛰어놀았다. 형은 일단 공부를 잘했다. 요즘 말로 하면 영리했다. 키도 나보다 크고, 힘도 세고, 아는 것도 많고, 뭐든지 더 잘했다. 초등학교 시절부터 형과 나는 일도 많이 하고, 전쟁놀이 하는 데도 많은 시간을 보냈다. 형과 함께 만화책도 많이 빌려 보았다. 특히 전쟁 만화를 많이 읽었다. 그래서인지 총이며 나무칼과 활과 화살 등 이것저것 전쟁놀이에 필요한 것들을 형은 참 잘도 만들었다. 그래서 공수특공부대도 만들고 부대 깃발과 부대 군가까지 만들고 작은 책자도 만들었다.

나는 열심히 좀 과해서 유격 훈련을 자체적으로 했는데, 하강훈련을 위해 5m 정도 되는 구술나무 위에서 굵은 동아줄을 타고 거꾸로 내려오게 되었다. 지금 생각해 봐도 형이 시범 보여 주지 않았다. 하지만 나는 어디선가 본 것은 있어서 거꾸로 매달려 수직 하강을 하게 되었다. 문제는 여기서 발생했다. 우리 집에 벼농사하지 않은 게 화근이기도 했다.

새끼줄을 꼬아야 하는데 볏짚이 어디 있나? 옆집 승희네 집에서 조금 얻어서 꼬는데 좀 모자란다. 짚으로 새끼 꼬려면 겉 부분을 훑어내고 질긴 속 부분만 골라 묶어서 물을 뿌리고, 얼마 동안 두었다가 방망이로 두들겨 써야 부드럽고 질긴 새끼줄을 만들 수 있다. 하지만 나는 짚이 모자라서 겉 부분을 훑어낸 것을 못 버리고 그것 가지고 섞어서 새끼를 꼬았다.

결과가 어떻게 되었겠는가? 나무꼭대기에 올라가 새끼줄에 내 몸을 수직으로 세우고 '하강'하는데 무슨 소리가 났다. '찌지 직' 이것은 쥐새끼 울음소리가 아니다. 새끼 줄 끊어지는 소리다. 그 순간 기다렸다는 듯이 또 하나의 소리가 들린다. 이 소리는 대지진 소리와 비슷하다. "꽈광! 철퍼덕!" 내 몸이 땅에 떨어지는 소리다. 맨 위에 묶어 놓은 새끼줄이 끊어지면서 내 몸이 거꾸로 땅에 처박힌 것이다.

여기 또 하나의 소리가 터졌다. "으앙, 으앙 엉엉~!" 아! 끔찍하다. 성경에는 이때의 모습을 이렇게 기록하고 있다. 방성대곡(放聲大哭)이다. 곧 목을 놓아 크게 울었다는 말이다. 그때가 아마 여름방학 기간이었을 것이다.

지금 같으면 119에 신고하여 병원에 입원했을 것이다. 내가 누군가? 용감한 칠 남매 중 한 사람, 대(大) 김해(金海) 김씨, 왕가(王家)의 자손이 아닌가! 얼마나 크게 울었는지 모른다. 콧물, 눈물, 피와 침 할 것 없이 모조리 쏟아 내며 정신이 혼미한 가운데 울고 또 울었다. 난 그때 이후부터 울어도 눈물이 그렇게 많이 나오지 않는다.

그때 오른손을 크게 삐어 왼손으로 숟가락질을 했다. 부모님은 장사를 나가시고 형제들은 제각기 살길 찾아 바쁜 시절이다. 내게 얼마나 아픈지, 병원은 안 가도 되는지, 빨간 약이라도 발라야 하지 않은지 별 물어 본 사람이 없었다. 방학 기간 내내 내 오른팔에서는 검은 털이 나왔다. 언제부터인지 오른손으로 다시 젓가락질할 수 있었는데 아마 함께 있는 엄마 아빠 형제들의 사랑의 묘약 때문이 아니었을까?

추석 때, 형과 나는 부잣집 장독에 있는 송편을 갈고리로 찍어 올려 가난한 사람 집에 몰래 갖다 주려는 계획을 세웠다. 그래서 굵은 철사를 끊고, 끝부분을 숫돌에 뾰족하게 갈고 휘어서 세 개를 하나로 단단하게 만들고, 뒷부분에 길다란 줄을 맨 철 갈고리를 만들었다. 하지만 실행하지는 못했다. 나무에 올라가면 장독대가 너무 멀고, 장독대가 있으면 커다란 나무가 없었다. 한때는 의적(義賊)인 것처럼 머리에 검은 두건을 쓰고 빼꼼히 눈만 내밀고 다닌 적도 있었다.

아버지는 일제강점기에 강제노역을 갔다 온 트라우마(trauma는 일반적인 의학용어로는 '외상(外傷)'을 뜻하나, 심리학에서는 '정신적 외상(영구적인 정신 장애를 남기는 충격)'을 말하며, 보통 후자의 경우에 한정되는 용례가 많다.) 때문인지 술을 많이 드셨다. 괴로워서였을까? 아니면 삶이 고달퍼였을까? 아마 둘 다인지도 모르나 행복해 보이지는 않았다. 내가 볼 때는 건장한 신체도 아니요, 건강해 보이지도 않았다. 그런데도 열심히 돼지고기 장사를 나갔다. 때론 돼지를 농가에서 사다가 도살장에 갔다 팔고, 또 돼지고기, 내장 등을 팔러 다니고 하시다가 꼭 술을 드셔야만 집에 돌아오셨다.

둘째 형과 셋째 형이 함께 밤길을 밝히며 늦은 아버지를 마중 나갔다고 했는데, 나도 홍표 형과 꽤 많이 아버지 맞이하러 마중을 나갔다. 어떤 땐 졸리기도 하고 몸이 지치고 힘들 때도 있었지만 별 군말 없이 나갔다. 우리는 이 일을 당연히 생각했다. 돌아보면 아버지의 모습이 가슴 짠하게 생각된다. 한마디로 인생이 꼬이고 심히 고달프지 않았을까. 청소년, 청년기를 일제강점기에서 보내고, 6.25 전쟁과 가난한 시절을 온몸으로 살아 왔으니 얼마나 고달프고 힘들었을까? 그렇다고 누가 속 시원히 도와준 사람도 없었다.

그래서 그랬을까? 거의 매일 술 드시고 집에 오셨다. 집에 오시면 한강 물 흐르듯, 소위 잔소리가 경청? 하는 아들들 앞에서 끝도 없이 이어진다. 언젠가 어머니께서 영역을 넓힐 때부터 아버지의 쉼 없는 말씀은 그 시간이 짧아졌다.

홍표 형은 달란트(talent. 재능)가 한둘이 아닌 것 같다. 나는 가진 게 몸밖에 없어 초등학교 시절부터 몸으로 때우며 살았다. 동네의 일이면 어떤 것이든 다 했다. 보리 베기, 모내기, 벼 베기, 양파 나르기, 양파 엮기, 담뱃잎 따서 엮고, 그것을 말리는 일 반하(半夏) 캐기 등 참 허리도 아프고 목도 마르고 힘들었다. 나는 인기가 좋아서 밤에도 동네 일하는 곳에 불려 갔다. 내가 볼 때, 그때 형은 화이트칼라였다. 참 고급지게 놀았다. 중학교 때, 애국 조회 있는 날이면 나는 양손을 꼭 챙겨서 나갔다. 왜냐고? 그 높은 강단에 올라가 상 받는 형에게 축하해 주어야 하기 때문이다. 형은 지혜가 있어서 고등학교 제대로 못 갈 것 같으니까 미술부에 들어가서 돌파구를 찾기로 했다.

그때 형은 나를 불러 함께 민등마을에 사는 미술 선생님을 찾아가자고 했다. 그 밤에 나는 함께 가서 응원했다. 내 응원의 힘이 커서인지 고등학교 1학년 2학기부터 전액 장학금을 받더니 3학년 졸업 때까지 쭉 이어 갔다.

나에게는 그림의 떡이었다. 난 온몸을 논과 밭에 바쳐서 학급비, 보충수업비, 저축비, 앨범비를 다 냈다. 하지만 납부금 2, 3, 4분기 총 16,530원을 내지 못해서 3천 얼마인 저축한 돈, 앨범, 졸업장도 받지 못했다. 나는 몇 년 후 재봉사로 일하다가 몸이 아파서 고향에 내려와 그 돈 16,530원을 아버지께 드려서 졸업장을 찾아오게 했다. 하지만 학교에서는 이미 기간이 지나서 찾을 수 없다며 그냥 돌아오셨다.

그때 내 베개가 젖어 있는 것을 내 작은 뺨이 발견하고 흐느꼈다. 내 마음을 알아서일까. 그 후 어느 선생님에게서였는지 홍표 형이 중고(헌

것)였지만 내 중학교 졸업앨범을 받아와서 내게 선물해 주었다. 감사한 마음에 아직도 그 앨범을 버리지 못하게 하고 있다.

고교 졸업 후 형은 얼마 동안 동양화가 밑에서 수습생으로 있었다. 형이 먼저 서울에 올라가 영등포 목동에서 자리를? 잡더니 나보고 올라오라는 전갈이 왔다. 나는 청운의 꿈을 안고 하얀 눈이 내리는 동네 골목길을 나와 서울행 완행열차에 홀로 몸을 실었다. 그때를 기억하는 어머니는 내가 서울에 가면 무슨 좋은 일 곧 일어날 것처럼 싱글벙글하며 길을 떠났다고 했다. 그때 어머니께서 마음이 아파 눈물짓는 줄은 수십 년이 흘러서야 조금 알 수 있었다.

완행열차에는 다양한 사연을 싣고, 꿈과 희망을 싣고 서울로 올라가는 사람이 많았다. 전라도 사람은 서울에나 가야 뭐라도 할 수 있고, 이리저리 부대끼며 살아갈 길을 찾곤 했다. 나는 커다란 보자기 두 개에 냄비, 작은 솥단지, 밥과 국그릇, 숟가락과 젓가락, 김치 조금, 옷가지 몇 개 싸 들고 서울행 완행열차에 몸을 실었다.

영등포역에 내리니 홍표 형이 기다리고 있었다. 그때부터 홍표 형과 1년 정도의 목동 자취생활이 시작되었다. 난 서울에는 적어도 최소한 기와집에서 산다고 생각했다. 목동을 뚝동이라 불렀다. 그때 고향을 떠나온 가난한 사람들이 둑을 따라 움막 같은 집을 짓고, 작은 꿈을 안고 고단한 서울 생활을 견뎌 내는 곳이었다.

뚝동은 내 생각을 확실하게 교정시켜 주었다. 물론 기와집도 있으나 윤이순 이모가 사는 동네는 보기 드문, 어느 소설이나 만화책에 나오는 그런 동네였다. 종이에 기름을 발라 만든 기름종이 지붕에 오밀조밀 작은 집들 사이로 아이들도 참 많았다. 거기만 보면 서울이 아니라 어느 피난민촌과 같았다. 그래도 이 거대한 서울에 내 몸 하나 누울 곳 있다는 게 얼마나 큰 혜택인가? 방 하나에 작은 부엌, 들어가는 문도 길가에 있어 참 편리하다. 작은 부엌을 한걸음에 건너면 바로 방이다.

여기서 형과 나는 아침에는 냄비 밥에 젓갈 반찬, 저녁에는 수제비를 먹었다. 뜨뜻한 밥에 마가린 넣고 간장에 비비면 얼마나 맛있는지 모른다. 점심은 걸렀으나, 아침저녁만은 굶지 않고 끈질기게 찾아 먹었다. 그래도 지친 몸을 안고 퇴근하면 작은 집에서 정다운 형이 기다리고 있으니 그곳은 우리 형제에게 작은 천국이었다.

아무리 야간근무가 고단하고 철야 작업이 힘들어도, 안양천의 바람이 가슴팍을 파고들어 온몸을 떨게 하여도, 홍표 형이 따뜻한 방 마련해 놓고 기다린다고 생각하면 힘이 솟아 지친 다리를 옮겨놓곤 했다.

한번은 형이 그림을 그리기 시작했다. 이유는 그 그림을 팔아 생활비에 보태 쓰려고 그런 것이다. 유명화가도 아닌데 어쩌지? 하지만 형이 누군가? 왕년에 전국대회 나가 우승한 것이 몇 번인가? 형은 작은 액자에 그림을 넣어 그럴싸한 작품을 완성했다. 문제는 파는 것이다.

어디서 팔까? 뚝동은 문화 수준이 낮아서 명품을 알아주지도 않고 살 수 있는 돈도 없겠지. 그러면 문화 서울의 중심 명동으로 가야지. 우리는 명품 다섯 점을 빌린 낡은 자전거 뒤에 단단히 묶고 명동을 향해 길을 나섰다. 그때가 한여름이었다. 조금만 걸어도 땀이 흐르고 쉽게 지치는 그런 때였다.

하지만 우리가 누군가? 어제의 특공 용사들이 아닌가. 한강 다리를 건너고, 신촌 로터리를 지나고 중앙청 앞 16차선 도로를 무단 횡단하여 드디어 명동에 도착했다. 어디에 두고 전시한다는 말인가? 우리가 가지고 간 그림은 그 명동의 괴물같이 큰 건물에 비해 너무 작고 초라했다. 나는 용기 있게 한국은행 본점 건물 입구에 작품 다섯 개를 진열하고 고객을 기다렸다.

역시 명품은 알아보는 사람은 있었다. 지나가는 사람들이 힐끔힐끔 쳐다보는가 싶더니 한국은행 경비가 우리 작품을 보호하겠다며 다가오는 것이 아닌가? "여기서 이러시면 안 됩니다." 두 형제는 그의 정중한? 요청을 품위 있게 받아들여 그 소중한 작품을 다시 보자기에 싸 들고, 장장 네 시간의 거리를 걸어 고향 잃은 사람들이 작은 꿈을 키우는 곳으로 열심히 자전거를 끌고 걸음을 옮겼다.

목동 집을 떠난 후로 목구멍으로 넘어가는 것을 허락한 적이 없는 우리는 가다가 지치면 음료수는 못 사 먹고, 서울의 대표 음료, 조금 약 냄새나는 수돗물로 타는 목을 달래며 서산 해가 질 무렵 자취방에 도착했다.

형은 일용직도 나가고, 목동에 있는 비닐공장에도 나가더니 어느 날 갑자기 자동차 학원에 간다고 했다. 3개월 다니면 3급 자동차 정비 자격증을 딸 수 있다는 것이다. 나이로 보나 눈치로 보나 항상 나보다 앞서 갔다. 형은 그 자격증 딸 때까지 내가 집세와 먹을 것을 감당하라고 했다. 내 월급이 얼마 되지 않았으나 잘 견뎌 낼 수 있었다.

형은 어느 날 공군 기술병으로 입대한다며 나를 조그만 목동, 낯선 서울에 홀로 남겨 두고 홀연히 떠나고 말았다. 나는 더는 자취할 자격을 잃어 밥도 굶지 않고, 잠잘 곳까지 제공해 주는 공장 기숙사로 들어가게 되었다. 그곳에서 새로운 사람들과 낯을 익히며 이제는 배곯지도 않았고 방세 걱정 없이 잘 지낼 수 있었다.

형은 군대 갔다 오더니 대학에 간다며 나보고 대학원서 사서 고향으로 보내 달라고 했다. 그래서 나는 경희대 원서와 세종대 원서를 사서 우체국 소포로 보내주었다. 그래서 세종대에 들어가는가 싶더니 결국 여주, 이천을 거쳐 오늘에 이르지 않았나 싶다.

홍대 미대에서 장학생으로 오라고 할 때 좀 사치스럽게 그림을 그렸으면 어떻게 되었을까. 아마 대작(代作) 파동에 휘몰리지는 않는 그런 화가, 전국 1등을 몇 번을 했을 화가가 되어 있을 것이 아닌가.

세월은 보내지 않아도 흘렀다. 내가 육군에 입대하고 나서 3년의 세월이 지나자 제대했다. 학창시절의 아쉬움을 검정고시에 합격하여 이겨냈다. 그래서 아세아연합신학대학(Acts)에, 들어가게 되었다. 형은 그때 가톨릭 농민회를 통해 국제적으로 활발히 활동하고 있었다.
내 기억으로는 내 대학등록금을 위해 여러 번 홍콩 달러를 보내준 것으로 기억한다. 형은 목동 자취 시절 그 작은 방에서 약속한 것을 잊지 않고 기억하고 있었다. 형은 그 약속이 아니더라도 자신이 어렵게 대학공부 했기 때문에 동생이 헉헉거리며 공부하는 것을 그냥 내버려 두지는 않았을 것이다.
감사한 일은 형의 세종대학 졸업식 때 양복 한 벌 선물한 것이다. 대학 시절 내내 한 작품의 옷만으로 세종대학 남성 패션을 주도했던 형의 고집을 꺾어 드렸다. 형이 졸업식 날에 위아래로 새 양복을 입고 나타났으니 교내가 다 떠들썩했다. 내가 증인이다. 나는 그 바쁜 시간에 가서 입학원서만이 아니라 졸업식에도 가서 축하해 주지 않았는가.
어찌 된 일인지 그때부터 필름이 빨리 돌기 시작하더니 달리는 열차처럼 한숨 자고 나니 내릴 역 가까이 오듯 어느새 환갑이라는 정거장에 잠시 쉬게 되었다. 이곳에서 물도 마시고, 산책도 하고, 지나온 역들을 회상하고, 앞으로 다가올 정거장에 대한 부푼 꿈을 천천히 상상하며 몸을 쉬어 가리라.

환갑(還甲), 곧 화갑(華甲)이다. 긴 인생의 여정을 쉬어 가며 살아온 날들을 돌아본다. 그래서 그 길에서 만났던 사람들의 그 손을 다시 잡아 보며, 그 귀한 마음을 헤아리고 새겨 보면 어떨까. 오늘이라는 환갑, 화갑이라는 오늘에 형이 이런 모습, 이런 여정이 있으리라고 예측할 수 있었을까? 그러기에 인생을 가볍게 여길 수 없고, 순간마다 생을 허락하신 생명의 주(主)를 기억하고 감사하며, 경건한 마음으로 또 다른 환갑을 기대하며 사랑의 발자취를 새기며 걸어가야지 않을까.

아직도 나보다 허연 홍표 형의 머리칼이 낯설지만, 언제나 지나치리만큼 진지한, 또 어떤 때는 무슨 얘기라도 터놓고 얘기할 수 있는 여유와 재치가 있어 보이는 형이다. 형이 앞서가니 아우 된 내게는 조교가 시범 하나를 공짜로 보고 마음에 새롭게 다짐하는 한 병사처럼 길을 가리라. 또 누가 길을 물을 때, 인생이란 함께 가기에, 나와 네가 형제라는, 이웃이라는 만남으로 만나 생명의 끈을, 사랑이라는 소망의 줄을 잡고 거기에 가 볼 만하다며 미소를 머금고 손 내밀어 줄 수 있는 그런 사이가 아닐까?

내겐 언제나 좋은 친구 같은 형은 육십 평생을 살아 놓고 뭐라고 인생 여정을 일기장에 쓸까? 가야 할 길이 더 있다면 무슨 그림을 그리려 할까? 그동안 여러 산을 넘고, 강을 건너고, 광야를 지나왔으니 이제 가끔 멋진 정자도 들르고, 시냇물에 발도 담그며, 너른 강에 낚시 드리우며, 인생도 낚고, 사랑도 만들고, 하늘 꿈도 담아 보면 어쩌랴! 형의 회갑을 진심으로 축하드린다.

* 華甲: '華' 자를 풀어쓰면 '十' 자 여섯과 '一' 자 하나가 되는 데서 '환갑(還甲)'을 이르는 말.

80. 내 말에 태클을 건 사람, 볼트
(그래, 가끔 활짝 웃어 보자)

며칠 전 브라질 리우데자네이루에서 열린 제31회 올림픽 경기가 끝났다. 세계의 젊은 선수들이 저마다의 힘과 기술, 재능과 솜씨를 뽐냈다. 세계 최강 미국이 일 등 하고 놀랍게도 이 등은 섬나라요 땅 크기도 우리보다 조금 더 큰 영국이 차지했다. 우리나라는 애초 목표했던 것과 비슷하게 금메달 아홉 개에 8위를 차지했다. 하지만 항상 우리나라와 경쟁자로 생각하는 일본은 메달 수에서만이 아니라 여러 면에서 앞섰고 우리의 마음에 부러움을 살 만한 경기도 많았다.
선진국은 특별 종목만 선수를 지원하고 양성하는 것이 아니라 모든 운동의 기초가 되는 육상경기부터 잘 훈련하고 양성한다. 또한, 거기에 맞는 학교체육 활성화에 힘쓸 뿐 아니라 시민들이 언제 어디서든 자신이 원하는 운동 종목을 선택하고 즐길 수 있는 시설이 되어 있고 또한, 이용하는데도 큰 부담 없이 즐길 수 있게 되어 있어 참 부러웠다. 우리나라는 우선 학교체육을 활성화해야 하지 않을까 생각한다.

미국 청소년들의 체육활동과 학교공부의 상관관계 연구 결과를 보면 학교체육이 활성화되었을 때 신체가 성장 발육하는 데 도움이 될 뿐만 아니라 운동을 통해 뇌 기능을 일깨워 학업 성취도도 더 높다는 연구 결과를 발표했다. 꼭 그런 연구 결과가 아니더라도 우리 스스로 경험한 것으로 알 수 있다. 운동하면 땀도 나고 노폐물도 빠져나가 스트레스도 풀리고 상쾌하고 정신도 맑아지는 것을 알 수 있다. 그런데 이번 올림픽 경기에서 나의 말을 무시한 선수가 나타나서 기분이 좀 언짢다!? 난 평소에 아이들에게 십 대, 이십 대는 전체 인생 중에 참 중요한 시기다. 이때 어떻게 하느냐에 따라 평생 빛나고 명예로운 자리를 지켜 갈 수 있다고 가르쳤다.

그 비결은 청소년기는 마치 올림픽에서 백 미터, 이백 미터 단거리 경기하는 것과 같다. 그러니 목표물(target)을 향해 온 힘 쏟아야 한다. '달리는 도중 누가 손뼉 친다고 손을 흔들거나 옆 사람과 얘기할 틈이 어디 있느냐? 쳐다보거나 웃을 틈도 없지 않으냐?'고 가르쳤는데 이번 올림픽 이백 미터 달리기 경기에서 내 말에 찬물을 끼얹은 이가 있었으니 그는 바로 우사인 볼트다.

백미, 이백 미터 경기에서 골인 지점만 보는 것이 아니라 전광판(電光板)도 보고 누가 내 뒤에 따라오나 하고 옆 사람을 쳐다보지 않나, 얼굴을 마주 보고 씨~익 웃기까지 한다. 내가 평소에 그럴 틈이 없다고 그렇게 일렀거늘 이게 무슨 징조야? 무시해도 유분수지.

내가 경기를 몇 번이고 자세히 보니 다른 경주자들은 옆 사람을 보거나 전광판(電光板)을 보거나 하며 헛 눈을 판 사람은 하나도 없었다. 거의 죽자 사자 달리고 있었다. 사실 그래도 일 등은 정해져서 아쉬웠지만….

그래도 난, 근육이 흔들리고 볼때기 살이 쏟아질 듯하며 최선을 다해 경주한 선수들에게 기꺼이 박수를 보낸다. 꼭 일등이 아니면 어떤가. 최선을 다하고 스스로 감사하고 또한 일 등, 이 등 한 다른 선수들을 보며 축하와 격려를 보내는 모습이 참 보기 좋았다.

우사인 볼트의 삶이 어떤지 다 알 수 없지만, 승자의 여유랄까. 아니면 배려와 너그러운 마음의 발로일까. 경쟁 중에도 함께 가는 사람을 바라다보고 씩 미소 짓는 모습에 함께 빙그레 웃지 않을 수 없었다. 그렇게 가끔 달려가다가 옆 사람도 돌아봐야겠지. 그래서 그 표정도 살피고, 웃고 있는지 울고 있는지. 그 표정을 보고 같이 안타까워하고, 또 함께 방긋 웃음 웃어야겠지. 그래 인생살이 경주를 열심히 하자. 일등이 아니면 어떠냐. 최선을 다한다면, 그럴 수 있는 것만으로도 감사하지 않은가.

또 내가 인생의 경기장에 서서 뛰고, 달리고 포기하지 않도록 훈련해 주고, 또 끝까지 응원하고 손뼉 쳐 주는 인생의 감독이요 코치요, 응원부대인 부모님과 형제, 그리고 이웃들에게 감사해야 하지 않을까. 또한, 이 믿음의 경주를 사랑을 따라 최선을 다해 결승선을 통과한 이들을 위해 하늘과 땅의 상을 예비하신 은혜의 하나님께 감사하자.

내가 이 세상의 커다란 경기장에 멋진 경주자로서 있을 수 있다는 사실, 우리의 경주에 영광스러운 상까지 준다고 하니 가다가 쓰러져도 힘을 내어 다시 일어나고, 골인 지점이 저 앞이라면 기어서라도 가 보자. 넘어져 일어나지 못하는 사람은 일으켜 천천히 가더라도 함께 가 보자. 거기엔 먼저 달려온 이들의 반겨줌이 있으리라. 너부러져 쉴 수 있는 푸른 잔디도 있으리라. 우리에겐 이미 받은 사랑의 심장이 쿵쿵 뛰고 있지 아니한가!

81. 어머니의 〈가요무대〉

나는 오늘도 〈가요무대〉를 시청하고 있다. 매주 월요일 밤 10시가 되면 KBS 〈가요무대〉가 열린다. 어머니께서 고향에 홀로 계실 때 즐겨 들었다고 했다. 2015년 12월에 안산 초라한 예배당에 있는 우리 집에 오셔서 겨울 동안 계실 때에 월요일 밤이면 〈가요무대〉를 틀어 드렸다. 어머니께서 보고 싶고 하고 싶은 것을 꼭 곁에서 해 드리고 싶어서였다. 고향에 계시면 어머니 즐겨 들으시는 옛날 노래 들으며 어머니의 외로운 마음, 그리운 마음, 그 한스러운 마음을 조금이나마 헤아려 드리고 위무해 드리고 싶었다.

고향에서는 마음껏 텔레비전 채널을 선택할 수 없었다. 어머니의 큰아들이 집에 와서 채널을 독점했기 때문이다. 일주일에 한 번만이라도 어머니를 위해 즐거워하는 프로를 보시도록 틀어 드릴 수 없었을까? 너무나 아쉽고, 송구하다. KBS 한국방송에 직접 어머니 모시고 가서 방청하며 구경시켜 드리고 싶었는데 이제는 옛사람의 꿈같은 희망이 되고 말았다.

일제강점기를 견뎌 내고, 6·25 전쟁 중 죽음의 공포를 온몸으로 견뎌내고, 지긋지긋한 가난을 온몸이 바스러지도록 맞부딪치고 일곱 자식의 입에 풀칠이라도 하려고 도둑질 빼놓고는 다 하셨다는 우리의 어머니. 자랑스러운 어머니, 무한 감사하고 사랑스러운 어머니. 이 세상 어디 가서도 이만한 배경이 없고, 이만한 자랑이 없고, 이런 도움이 없고, 이런 응원의 힘이 없고, 이런 기쁨과 희망이 없었다.

열 시 반이 넘어가는 시간에도 〈가요무대〉의 노래는 계속 흘러나온다. 하지만 "저 노래 아세요? 저 노래 들으니 어때요? 저 노래 참 좋죠?" 이렇게 말하고 싶어도 반응할 어머니가 안 계신다. 옆에 함께 계신 것만도 얼마나 좋았는데, 아무 말씀 안 하셔도 쳐다만 보아도 너무나 좋았는데, 우리 집에 어머니 계시는 것이 보물이었는데, "어머니! 어디 계십니까? 내 가슴에 어머니는 지울 수 없어요. 지워지지 않아요. 잊을 수 없어요." 난, 〈가요무대〉에 나오는 노래 중에 남진의 어머님"을 제일 좋아한다.

1. 어머님 오늘 하루를 어떻게 지내셨어요? 백날을 하루같이, 이 못난 자식 위해 손발이 금이 가고 잔주름이 굵어지신 어머님, 몸만은 떠나 있어도 어머님을 잊으오리까? 편히 한번 모시리다.

또 태진아의 〈사모곡〉도 참 좋아한다.

"콩밭 매는 아낙네야 베적삼이 흠뻑 젖는다. 무슨 설움 그리 많아 포기마다 눈물 심누나 홀어머니 두고 시집가던 날…. 어린 가슴속을 태웠소."

* 한세일의 〈모정의 세월〉도 울 어머니 얘기 아닌가.

"동지섣달 긴긴밤이 짧기만 한 것은 근심으로 지새우는 어머님 마음 흰머리 잔주름이 늘어만 가시는데 한없이 이어지는 모정의 세월 아~ 가지 많은 나무에…."

가사가 구구절절이 모두 내 어머니 얘기다. 평생 못난 자식들을 제일 소중하고 제일 잘난 줄만 아시고 새벽마다 고향 학다리 중앙교회에 나가 엎디어 하늘의 하나님께 빌고 빌었던 어머니다. 당신의 형편은 조금도 돌보지 않고, 오직 자식들이 잘되기만, 세상의 빛으로 살기를, 남들에게 도움받기보다는 나눠 주고 꾸어 주는 삶이 되길 기도하셨던 어머니다.

어머니는 봄이나 여름이나 곡식 거두는 가을이나 겨울눈 내리는 겨울이나, 홀로 계시며 자식들 걱정하고 잘되기만 바라셨다. 그 외로움의 시간이 얼마나 길고 긴 세월이었는지. 어린 우리는 다 헤아려 드리지 못했고, 헤아려 드릴 능력이 없었다. 우리만 괜찮으면 어머니도 괜찮은 것으로 생각했다. "그동안 홀로 외로이 계시게 한 것 너무 죄송해요. 얼마나 외롭고 고달팠을까? 깊이 헤아려 드리지 못한 것 너무나 죄송해요. 어머니!"
올겨울에 우리 집에 계실 때 〈가요무대〉를 틀어 놓고 "어머니! 저 노래 들어 보세요." 해도 반응이 별로였다. 아무 재미도 없다 할 때는 가슴이 저미어 왔다. 아! 세상의 희로애락(喜怒哀樂)을 점점 느끼지 못하구나. 안타깝구나. 나 또한 외로운 객지 생활에 늘 부모·형제 한 집에 모여 사는 것이 그렇게 부럽고, 그리웠는데 어머니는 그 외로움과 고통이 얼마나 크셨을까. 이제는 저렇게 아무 흥미도, 재미도 잃어버린 나날, 인생의 아무 낙도 느낄 수 없는 모습이 애처롭다,

저무는 서녘 하늘 아래 있으니 어쩌랴! 어찌하면 남은 생애 동안 조금이라도 어머니를 기쁘게 해 드릴 수 있을까 염려했는데….
지금은 아무리 불러도 대답이 섧고 그리움만 사무쳐 온다. 지금은 천릿길이라도 달려가서 뵈려고 해도 어느 곳으로도 갈 곳이 없다. 그립고

아린 마음만 밀물처럼 밀려오기만 한다. 파도처럼 끝없이 사라지지도 않고 그리움만 밀려온다. 어머니 사랑해요. 어머니 내 음성 듣지 못해도 "사랑합니다. 어머니 고맙습니다. 자랑스러운 어머니!" 아! 〈가요무대〉가 방금 끝나고 말았다. 또 다음 주를 기다려야겠지. 어머니와 함께 할 〈가요무대〉는 더는 없구나.

82. 급브레이크

토요일 밤에 전화다. 아들이다. 상록구 일동에 있는 풋살 운동장에 좀 태우러 와 달라는 부탁이다. 발을 다쳤는데 걷기가 불편하단다. 그래 데리러 가야지. 집에 가면서 세화병원에 들러 뼈 사진이라도 찍어 보고 가자고 그의 엄마가 얘기했다. 밤늦게 우리 말고도 여러 사연을 가진 사람들이 응급실에서 진료를 기다렸다. CT 사진으로는 이상을 발견할 수 없으니 월요일에 MRI 사진을 찍어 봐야 정확한 진단을 내릴 수 있단 다. 임시로 보조기를 착용하고 집으로 왔다.

주일을 보내는데 아무래도 불편하다. 편히 잘 수도, 앉을 수도 없다. 왼 쪽 다리 하나 다치니 전체가 다 불편하다. 어제보다 훨씬 부어올랐다. 나는 어렸을 때, 높은 나무 위에서 거꾸로 줄을 타고 내려오다 긴 줄이 끊어져 그대로 고꾸라져 오른쪽 팔을 심하게 다쳐서 숟가락질도 할 수 없어 왼손으로 밥을 먹었다. 울기도 참 많이 울었다. 하지만 병원에 가 지 않고 그냥 지내다 다 나았다. 아들도 그냥 원상회복되면 얼마나 좋 으랴!

월요일 아침에 나는 정기 시찰(視察) 모임에 가기 위해 나섰고, 명진이 는 고잔 정형외과에 가서 예약한 MRI 사진 찍으러 갔다. 결과 나오면 문자로 내게 알려 달라 하고 모임에 나갔다. 점심 식사 후에 연락이 왔 다. 십자인대가 심하게 파열되어 수술해야 한다며 대학병원으로 가라 고 했다. 올 것이 오고 말았다. 의사 말로는 군대 가기도 힘들 것이라고 했단다.

그래서 중앙대 병원에 가서 접수하고 대기 중이라고 아들에게서 연락이 왔다. 수술 날짜를 잡았는데 9월 21일 입원해서 9월 22일 목요일에 수술할 것이라고 했다. 학사 장교로 가기로 되어 있는데…. 이미 휴학 신청해서 일 년을 쉬면서 해외 가서 공부도 하고 경험도 쌓고 배우고 싶은 것도 배운다고 했는데 어찌 될 것인가?

길이 막히면 또 다른 길을 내시는 하나님을 바라본다. 그리 안 되었으면 좋았을 텐데…. 할 수만 있다면 필름을 거꾸로 되돌리고 싶다. 아들은 서울 중앙대 부근 자취방에서 수술 날짜를 기다리고 있다. 고향에도 가려고 했었는데 그렇게도 못할 것 같다. 여러 모양으로 아쉬운 시간이 갔다.

83. 설득

시찰(視察) 회 가기 위해 봉고차 몰고 안산역 방향으로 2차선 중앙로를 달리고 있다. 안산역 조금 못 미쳐서 오토바이 한 대가 3차선에서 쑥 들어와 좌회전하기 위해 1차선 쪽으로 들어섰다. 난, 깜짝 놀라며 경적을 울렸다. 오토바이 타고 가다 차와 충돌하면 대형사고 아닌가?

젊은 그 청년은 경적을 듣고 화를 내며 뭐라고 해댔다. 창문을 열고 들어보니 가관이다. 나는 아무 말도 안 했는데 보자마자 반말이다. 어처구니가 없다. 함께 반말하자니 그 젊은이에게 반말하자고 허용하는 꼴이 되고, 존칭하자니 젊은이는 반말하는데 나는 존칭 쓰고 있으면 영 모양이 말이 아니다.

그 젊은이는 터진 입이라고, 무슨 해를 입었다고 마구잡이로 욕하는가? 만약 참지 못한 사람을 만났으면 어쩔 뻔했는가? 자신이 사랑하고 존경하는 사람에게도 위아래 없이 저렇게 할까? 욕을 해대는데, 낯선 욕설을 했다. 평소에 잘 들어볼 수 없는 욕이라 속에서 불끈하는 것이 올라오고 당황스러웠다.

이 새끼, 저 새끼 하며 '내려 보라. 나도 블랙박스 있으니 한번 보자. 내가 고등학생으로 보이냐?' 등등 얘기하는데 이런 무례한 자가 있나? 기가 찼다. 그렇다고 목사가 길바닥에서 싸울 수도 없잖은가. '자네 다칠까 봐 위험해서 그랬다.' 말하고 창문을 닫았다.

'너는 아비도 안 기르나? 부모가 가정교육을 그렇게 하더냐.' 속에서 이런저런 말이 올라오려는 것을 설득하느라 몇 번이나 숨을 크게 내쉬었다.

'미친 사람일 거야. 강도 만난 셈 치자. 그래도 아무것도 다친 것이 없는데 얼마나 다행이냐? 목사가 주먹과 힘과 욕으로 어떻게 세상 사람을 이길 수 있겠어.' 숨은 나를 설득 시키느라 길을 가다가도 자꾸 기도가 나왔다.

내 속에 키워야 할 사랑의 나무가 많이, 많이 자라게 해야겠다. 그런데 나보고 영감이라던가. 노인네라고 하던가? 그것도 꽤 큰 충격을 주었다. 내공을 쌓아 두지 않았더라면 벌써 세상으로 쓰러졌을 것이다. 그래도 기도했다. 그 인간이 사고 안 나고 마음이 새로워지도록….

갑작스러운 욕을 먹는 상황에서도 당황하지 않고, 모욕적인 말을 듣고도 여유 있는 마음 들도록. 온유와 겸손의 마음, 욕을 먹으면서도 저주하지 않고 도리어 기도하고 진정 축복하는 사람 되는데 방향을 잘 잡고 가도록 지금도 설득 중이다.

"잘하고 있냐?"

84. 수술실 가는 아들

오후 1시 20분에 큰아들 명진이 십자인대 수술하기 위해 4층 수술실로 들어갔다. 보호자는 수술실 입구까지만 따라갈 수 있고 대기실에서 기다리란다. 수술시간은 두 시간, 전신마취 회복시간은 한 시간 정도 걸린다고 일러 준다. 오후 네 시 반 넘어야 끝날 것 같다. 원래 열두 시에 하게 되어 있는데 앞사람이 늦게 끝나 한 시간 반 정도 늦게 수술하게 되었다. 대기실에는 모니터에 수술 대기자, 수술 진행자, 회복실에 있는 사람을 알려 주었다.

대기실에서 잠시 머리를 숙였다.
"주께서 사랑하는 아들을 긍휼히 여겨 주셔서 아무 탈 없이 잘 수술하도록 은혜 주옵소서. 그리고 아들의 앞길을 새로이 열어 주소서. 또 이곳에 있는 많은 환자가 아픔 중에 주의 은혜 기억하고 주의 자비로 나아 주를 찬송케 하소서."
난 지하 1층으로 내려갔다. 점심 먹기 위해서다. 아들은 어젯밤 12시부터 금식이다. 수술실 들어가기 전, 난 아들에 "잘하고 와", "편히 한숨 자고 나면 다 끝날 거야." 얘기했다. 밥을 먹어야지. 힘이 있어야 아들 돌보지 않겠는가. 수술 중이지만 난, 내 할 일을 해야겠다. 밥은 지하식당에서 순두부를 시켰다. "맛은 있을까?"

85. 기다리는 마음

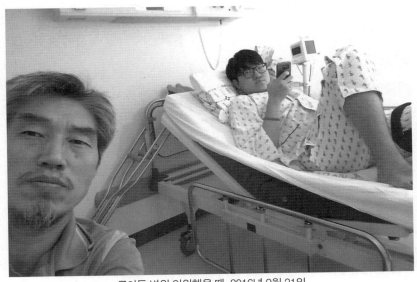

큰아들 병원 입원했을 때. 2016년 9월 21일

큰아들이 수술받기 위한 만반의 준비를 마치고 12층 병실에서 4층 수술실로 향했다. 오후 한 시 이십 분에 아들이 수술실로 들어갔다. 모니터에 대기자 김명○ 이름이 뜬다. 수술하면 어찌 될까보다는 그 기다림의 지루함 때문에 어서 수술실로 들어가길 바랐다. 아들이 얼마나 아플지, 상처 부위가 어느 정도인지는 모르나, 어찌 됐든 빨리 수술해서 끝나기를 기다렸다.

한 시 반쯤 모니터를 보니 김명○라고 수술 중이란 글이 떴다. '다행히 수술 시작했구나.' 힘들지만 두 시간만 기다리면 되겠지. 하지만 두 시간이 지나도 회복실 명단에 아들 이름이 오르지 않는다.

수술실에 들어가 볼 수도 없고, 무작정 기다려야만 하니 답답하기만 하다. '열어 보니 안 좋은 부위가 발견되었나?' 수술 시작한 지 세 시간 반이 지난 저녁 다섯 시가 되어서야 회복실로 옮겨졌다. 마취 깨는 데도 한 시간가량 걸린단다.

다시 한 시간 기다리는 것이 지루하다. 수술은 정상적으로 잘되었는지. 왜 수술시간은 예정보다 한 시간 반 더 걸렸는지 담당 의사에게 물어봐야겠다.

기다리는 중에 휴대전화 충전시키고 있었다. 회복실에서 나올 때 방송으로 보호자 부른다고 해서 두 귀를 쫑긋하고 모니터를 바라보았다. 그런데 휴대전화에 불이 들어온다. 달려가 보니 전화가 왔었다. 다시 연락해 보니 12층 병실로 가고 있단다. 분명 방송으로 대기실에 있는 보호자들에게 방송해 준다고 했는데…. 문자로도 연락해 준다고 했는데, 오지 않았다. 그런데 수술 끝나고 병실로 가고 있다니.

'이런! 얼른 가 봐야지.' 승강기를 타고 뛰어가 봤다. 아들이다. 회복실에서 금방 나와서인지 전신마취에서 덜 깬 듯 표정이 약간 멍하고, 핏기도 없다.

"고생 많았지? 이젠 괜찮을 거야."

안심시키고 붕대로 감은 다리를 잡았다. 참 다행이다. 깨어난 얼굴로 말도 하고 표정도 지을 수 있으니 얼마나 좋은가. 하지만 아직 마취에서 덜 깨어서인지 창백한 얼굴에 메스꺼운 표정이다. 몹시 목말라 보인다. 입술이 타서 메말랐다. "물 마실래?" 난 냉장고에서 시원한 물을 따라 주었다. 처음엔 그냥 삼키는 것도 잘 못했다. 구역질이 약간 있는 모양이다.

"쉬었다가 천천히 다시 마셔 봐." 마시기에 적응하도록 기다렸다. 간호사가 와서 소변보았는지 묻는다. 오늘 밤 12시 넘기 전에 소변 200mL 정도 보아야 한다고 했다. 밤 아홉 시 반쯤 시도했는데 나오지 않는다. 열 시 반쯤 해 봐도 감각이 없다. 물도 몇 컵 더 마셔 보았다. 아직이다.

새벽 한 시쯤인지 아들이 깨운다. 한 번 시도해 보겠단다. 간이침대에서 선잠 자다 깨어 무거운 아들의 몸을 일으켜 세웠다. 발에서 허벅지까지 반 깁스해서 움직이고 자세 잡기가 불편하다.

'내 몸에 기대라. 긴장 풀고 편하게 다시 시도해 봐.' 몇 번이고 애쓰다가 드디어 기다리던 소변이 나왔다. 딱 200ml다. 반가운 마음에 간호사실에 달려가 신고했다. '얼마나 감사한가.' 이제는 잘 나올 거라고. 밤을 지키는 간호사가 귀띔해 준다.

한 시간쯤 후에는 450ml, 또 한 시간 지나 소변 마렵다고 깨운다. 아침 여섯 시 반까지. 이때도 많이 나왔다. 잘 되어 가고 있는 느낌이다. 기다림이 하나 없어졌지만 감사하다.

오늘 낮, 오후, 저녁에는 명진이의 동료, 선후배들이 많이 다녀가겠지. 어제는 신앙동아리 지도하는 이혁기 목사님 오셔서 기도해 주셨다. 다른 동료들은 저녁 8시 넘어서는 면회가 제한되어 내일 온다고 했단다. 군대 갔다 휴가 온 같은 과 형제도 왔다 갔다. 지금도 동아리 형제 자매가 병문안 와서 화기애애한 얘기 나누고 있다.

난 12층 병동 창가에 앉아 한강 물결에 일렁이는 파란 가을 하늘의 흰구름을 잡고 무지갯빛 이야기를 속삭이며 놀고 있다.

86. 영인산(靈仁山) 휴식처

칠십이 넘은 노인과 한자리에 앉았다. 영인산(靈仁山) 휴양림 휴식처에. 나는 그가 가진 카메라에 관해 물었다. 가격은? 사진은 찍어서 뭘하는지. 그는 동호회원들과 전시회를 열곤 한단다. 내 카메라는 몇 화소냐 묻는다. 난 정확히 몰라 1,200만 화소 정도 될 것이라고 했다.

그랬더니 메뉴를 열어 확인해 보라고 해서 확인하니 9MN이 최고다. 이건 1,200만 화소가 아니라고 했다.

그는 내 카메라를 들어 보더니 자기 것보다 가볍다고 한다. 그래서 나도 그의 것과 내 것을 한 번 들어 보았다. 둘 다 약간 무거웠다. 비슷하다. 가격을 물어보았다. 일백이십만 원대라고 했다. 독일산으로 렌즈가 오리지널이라고 한다. 내 렌즈는 후지산 부근 것이다. 이것을 쳐다보더니, 플라스틱 렌즈일 것이라고 한다. 그러면서 조용히 일어섰다.

끄응! 갑자기 내 물건만 아니라 나 자신까지 좀 못한 느낌 드는 것은 왜일까? 아니 인생의 황혼에 있기에 이것저것 물었는데, 묻지 않음만 못했고, 그 휴식 자리에 괜히 앉았다는 생각도 들고.

꼭, '내가 은연중 너보다 낫다, 크다, 좋다'고 하는 커다란 울림에 어쩐지 휴양림 밖으로 튕겨 나간 느낌이 숲속을 헤치고 달아났다. 아직 얼마나 많은 가을이 세월의 등을 타고 놀아야 저 여문 가을 하늘을 품고 있는 영인(靈仁)을 닮으리오.

87. 버리면 쓰레기

이사 가는 날 기대감보다 왠지 모르게 마음이 분주하다. 15년 동안 살던 곳, 코흘리개 아이들이 이제 어엿한 사내가 되어 나라의 장정이 된 곳. 그런데 이곳을 떠나란다. 언젠가 떠나야 한다는 건 알았지만 떠난다고 하니 마음이 괜히 이상하다. 원래 내 집도, 내 땅도 아니었으니 떠나야지 않는가. 어차피 이 땅은 나그네 생활 우린 그래도 천성을 바라보기에 그나마 조금 위로가 되었다.

떠날 땐 가벼이 떠나는 게 좋다. 무거운 건 내려놓고, 옷차림도 가볍게 하고, 꼭 가지고 갈 것만 가지고 가져가면 좋겠지. 하지만 말처럼 쉬운가. 사람 사이에 정들면 떨어지기 어렵다지만, 물건에도 정들면 떼어놓기 어렵다. 남들이 보면 값없고 하찮게 보여도 내 눈에 귀하면 그건 보물이다. 거기에 정까지 들면 떼려야 뗄 수가 없다.

두 달 전부터 조금씩 짐을 싸며 갖고 갈 것과 버리고 갈 것을 구분한다. 어떤 것은 낡아서, 어떤 것은 쓰지 않아서, 어떤 것은 미안하지만 시대에 뒤떨어져서 버린다. 엊그제까지 아이들이 소파에서 뒹굴고 어떤 땐 잠도 가고 손때와 함께 쓴 나물 단 나물 썹던 곳인데…. 갑자기 이삿날이 사흘이나 앞당겨 결정되니 당황도 큰 당황, 그것도 밤 열 시 반에…. 아! 이를 어쩌랴!

비상! 비상! 서울, 흑석동에서 공부하는 아들에게 "내일 당장 이사! 연락받은 즉시 귀가하라." "내일 당장 이사! 문자 본 즉시 귀가하라!" 무전을 치고, 하나 남은 대학생 막내아들에게 협박했다.

"야! 밤새야겠다. 어차피 할 건데 하루라도 빨리 가면 좋지. 이왕 이렇게 되었으니 한번 해 보자." 그러고 나서 급하게 SOS를 보냈다. 안산 사는 남동생, 아는 부동산 집사님, 안양에 C 목사님…. 놀라워라! 남동생에게는 힘들어도 좀 밤에 와 달라고 했지만, 다른 두 분이 밤 열두 시가 넘었는데 우리 집에 불같이 들어서는 게 아닌가. 반갑고 고마운 마음이 급한 염려를 조금 가라앉혔다. 금요일 비 온다기에 장마 중 소강상태에 든다는 월요일에 하는 것으로 주인에게 양해를 구했는데 전혀 달랐다.

그런데 D-day. 새벽을 깨우는 장맛비가 신나게 내린다. 아침이 밝아오는 언제 그랬냐는 듯 하늘이 살며시 미소를 보낸다. 부리나케 이사 당일 이사 업체를 구하니 이 일이 쉬운가. 이미 계약한 곳에 연락해 오늘 이사하니 와 들 수 없겠느냐 하니 이미 일정 잡혀 현장에 나와 있다 한다. 이리저리 전화해도 당일 이사는 어렵단다. 다행히 한 업체와 연결되어 오게 되었다. 그런데 이삿짐을 보더니 전화로 얘기한 것보다 두 배를 더 부르는 게 아닌가.

그러나 어쩌랴! 발등에 불이 떨어졌는데…. 그렇게 하기로 하고 나니 조금 마음이 놓인다. 다행 아닌가 할 수 있으니. 이사 갈 집에서는 전화로 잔금 오늘 제대로 치를 수 있는지, 몇 시에 할 것인지 걱정스러운 목소리로 묻고, 주인은 짐 하나라도 남김없이 다 빼지 않으면 전세금 돌려줄 수 없다고 하지. 야단이다.

우리 때문에 이사 갈 그분이 어려움 당할까 봐 마음은 분주하고 새벽 세 시까지 짐 싸고 새벽 네 시 좀 넘어 깨어나 이리저리 움직이느라 오전에 부동산으로, 은행으로. 왔다갔다 하느라 정신은 몽롱하고 몸은 이미 파김치다. 이삿짐 아저씨는 이사 갈 곳의 문을 따 달라 한 시간이나, 기다리며 채근하지…. 그래도 끝까지 정신 놓으면, 안 되겠지. 스스로 다짐했다. 아마 이스라엘이 애굽을 탈출할 때 그러했으리라.

아침도 모두 다 못 먹고 점심도 때를 한참 지나 기념으로 자장면 곱빼기 시켜 억지로 목구멍으로 밀어 넣었다. 얼마나 경황이 없는지. 갑자기 짐들이 뒤죽박죽. 부동산 계약서나 중요한 서류나 물건을 담아 둔 가방인 블랙박스도 잃어버려서 다음 날에야 찾았다.

저녁 다섯 시가 되어 그나마 모든 짐을 크지 않은 빌라에 우선 가득 쑤셔 넣었다. 지친 몸을 이끌고 늦은 저녁을 먹으러 가는데 비가 억수같이 내린다. 다른 이에게는 몰라도 내게는 은혜다. 한없는 은혜다. 감사할 따름이다. 만일 이사 도중 비가 이처럼 내렸다면 어찌 되었겠는가?

다음 날 광야에 있는 교회에 설교하러 가는데 성경 든 가방을 찾지 못했다. 잘 둔다고 그 블랙박스에 함께 넣어 두었는데…. 그래서 어찌했느냐고요? 목사 가정인데 아무리 짐이 쌓이고, 뒤죽박죽이어도 성경 한 권 못 찾겠는가.

주님의 은혜로 설교 잘 마치고 서울에서 돌아와 어제 버려 둔 쓰레기를 정리하러 갔다. 어제 가구나 소파, 책상들에 버리는 스티커 사서 붙였다. 큰아들과 분리수거 작업하고, 못 붙인 스티커 사다 붙였다. 좀 전까지만 해도. 여러 모양으로 우리와 함께하고 정들었던 물건들이 밤새 비에 흠뻑 젖어 전혀 볼품없이 길거리에 나뒹굴고 있지 않은가. 불쌍한 생각이 들었다. 아무리 소중하고 귀한 물건이라도 버리면 쓰레기가 되는구나. 가치 있던 물건이 하찮은 것이 되는구나.

쓰레기를 다 정리하고 재활용품은 따로 모아 폐품 모으는 곳에 갖다 주고, 쓰레기는 커다란 쓰레기 봉지에 담아 버렸다. 하지만 쓰레기 더미 위에서 내 눈을 간절히 바라보는 이와 눈이 마주쳤다. 제발 나를 버리지 말고 데려가 달라며 애원했다. 나 버리면 쓰레기 돼요. 등받이가 있는 방바닥 의자, 비에 젖어 깔린 방석에서 물이 주르르 흐르는 작은 의자 둘을 들고 집으로 가져가기 위해 차에 실었다. 버리며 새것도 쓰레기. 아마 사람도, 사랑도 그러하리라. 하늘은 지난날 아무 일도 없었다는 듯 자신의 새 하늘을 열어 보였다.

* 이사 후 녹초가 된 상태에서

88. 댕이골 집들이

댕이골 집들이 때 형제들

고기는 씹어야 제맛이고 여름은 더워야 제맛이리라. 그래도 공장에서 일하는 근로자나 전방초소를 초병에게는 더위란 견디기 힘든 벗으려야 벗을 수 없는 갑옷 같은 존재다. 도시인은 인정하기 싫더라도 시골 농촌, 산촌, 어촌에 여름날에도 무더위 피하지 않고 콩밭 매는, 논에 피 뽑는, 어장에 그물을 손질하고 굴을 따는 우리 어머니, 아버지의 거친 손과 휜 허리가 이 거친 숨을 들이 내쉬는 밤이 없는 도시다.

아무리 스마트폰이 우리 젊은이들의 눈과 귀를 빼앗아 가도 좁은 목구멍으로 저 산과 들에서 굵은 땀방울 흘려 빚어낸 싱싱한 무, 배추, 콩, 고추, 김과 생선이 좁은 통로를 따라 넘어가야 살 수 있지 않은가. 이 정성과 노고가 거대한 개미 떼와 같은 우리, 사방팔방에서 비좁은 한반도 너울성 파도를 쳐대는 이 땅을 지키고 있지 않은가.

하늘 푸르고 뭉게구름은 환한 얼굴로 드넓은 창공에 떡 자리 잡고 지상에서 땀 뻘뻘 흘리며 제 할 일에 바쁜 인생을 한가히 내려다보고 있다. 오다가 조금은 오만하고 한가한 하얀 구름의 시원한 길잡이 도움을 받았는지 모르나 우리 육 남매가 새로 이사한 집에 축하하기 위해 함평에서, 익산과 이천, 그리고 서울에서 안산을 향해 오고 있다. 난 온 식구와 형제들이 우리 집에 모이는 것을 좋아한다. 맘은 있었으나 조그마한 교회를 하고 있다 보니 기회를 마련하지 못했다.

생애 첫 집을 살 때 힘을 얻으라고 국가에서 도움을 주는 '디딤돌대출'을 받아 처음으로 내 집을 마련했다. 무슨 계획이 있어 몇 개년 준비하고 마련한 것이 아니다. 건물 주인이 갑자기 집을 비워 달라고 하여 쫓기다시피 부랴부랴 이리저리 이사 갈 곳을 찾다가 댕이골이라는 곳에 2002년식 빌라를 발견하고 많은 사연을 간직하고 이사하게 되었다.

맨 먼저 둘째 영헌이 형과 홍강이가 문을 노크한다. 오는 길에 만나 냉장고 수박을 사서 같은 차를 타고 왔다. 형은 나만큼이나 즐거운 웃음을 한가득 얼굴에 담고 축하한다며 손을 내밀어 악수를 청했다. 매우, 매우 반갑고 기쁘다. 안부를 물으면서 많이 응원해 준 영헌이 형께 감사했다. 양숙이는 함평역에서 열차 타고 올라온 큰형을 익산역에서 만나 승용차에 함께 태우고 올라왔다.

셋째 형은 오후 4시 10분에 형수님 학원 강의 끝나면 함께 출발한다고 전했다. 이사 온 댕이골 집(2002년식)은 새집은 아니나 디딤돌대출 받아 산 것을 기뻐하고, 축하하러 먼 길 마다하지 않고 달려왔다. 이런 형제들이 있어 뿌듯하고 설레고, 감사하고 기쁘다.

여섯 시 반쯤 되어 이천 셋째 형 부부가 먼저 도착하고 조금 있다가 열심히 살아가는 막내 양숙이가 큰 오빠 모시고 무사히 도착했다. 모두 싱글벙글 서로 떨어져 살다가 어머니 돌아가신(작년 2016년) 이후 모처럼 한자리에 모였다. 반가움에 서로 악수하고 기쁜 마음을 나누었다. 양숙이와 멀리서 달려온 형은 남도의 별미 무화과 열매 작은 두 상자를 사 왔다.

이곳에서는 선뜻 무화과 열매 보기도 어렵고 사 먹는 일도 드물다. 또 고향 집 텃밭에 심은 가지와 고추도 비닐봉지에 가득 따왔다. 참 감사하고 기쁘다. 셋째 형수는 열무김치를 담아 왔다.

둘째 영헌이 형의 집들이 축하 시(詩)

조금 있다가 저녁 식사 예약해 둔 댕이골 "들녘"으로 향했다. 집에서 걸어서 5분 거리에 있어서 다 함께 바람도 쐬고 얘기도 나누며 기분 좋은 산책을 했다. 예약했기 때문에 자리와 음식이 준비되어 어머니가 계셨더라면 제일 기뻐하고 즐거워하셨을 텐데…. 그래도 모두의 얼굴에 웃음이 가득했다. 여기까지 인도하신 하나님께 감사 기도를 하고 한식으로 맛을 즐기고, 이사에 관한 이런저런 얘기 나누며 모처럼 온 형제들이 모여 즐겁게 지냈다.

식사 후에 모두 다 다시 우리 집으로 갔다. 차와 과일을 나누며 여유 있는 시간을 가졌다. 감사한 것은 어려운 중에도 입주 축하한다며 성의를 보여 주었다. 또 멋쟁이 둘째 형은 릴케의 수필집 책 한 권도 선물 해 주었는데, 책 뒷면에 이런 글을 써 놓았다.

* 벗들 / 김영헌

> 영배야!
> 벗들을 소개해 줄까?
> 함박눈 내리는 소리, 별빛 흐르는 소리
> 달빛, 하늘, 소낙비, 바람, 나무, 꽃, 그리고 잡초
> 벗들이 너를 찾아갈 거야
> 대접 잘해라.
>
> 자연과 대화하면서 순수함이 꽃처럼 아름답기를

둘째 형, 美村 김영헌
(난 이 책을 매일매일 자연을 산책하듯 읽어 가며 형의 마음을 새겨 보았다.)
또 한지(韓紙)에 붓글씨로 멋진 시를 써와서 펼쳐 보이며 내용에 대해

설명까지 곁들어주어 의미가 더했다. 그 시를 여기에 옮겨 본다.

* 들꽃 / 美村 김영헌

　　발길 드문 길가에 새벽안개 어깨에 두르고
　　들꽃은, 아침 햇살을 기다린다.
　　이제 두터운 겨울 산에서 새어 나온 물로 봄을 키운다.
　　바람 소리, 눈 내리는 소리, 이슬 구르는 소리
　　앳된 소리 먹고 커 갔던 가난한 마음
　　그러나 맑은 음성이 고왔고 아름답다.

　　들꽃
　　이제 두터운 겨울 산에서 옹골찬 삶들이 모인 이곳
　　편안한 마음으로, 깨끗한 마음으로 키우길 바란다.

어머님이 하늘나라로 떠나신 지 일 년이 조금 더 지나 아직도 그 얼굴, 그 목소리, 그 몸짓이 생생하기만 하다. 함께 기뻐해야 할 이 자리에 안 계시니 말은 안 꺼냈지만, 마음속 한 곳이 횅하니 빈 것만 같고 저 멀리 고향 함평에서 곧 오셔서 '영배야! 빚내어 샀지만 참 잘했다. 집도 참 좋다.'고 몇 번이고 말씀하실 것만 같다. 사랑하는 어머니는 훈훈한 우리 형제들의 마음속에 계실 것이다.
형제들 모두 자기 삶의 무게를 온몸으로 견뎌 내면서도 누구 탓하지 않고 큰 권세와 재물이 없어도 잘도 견디고 성실하게 살아가고 있음에 응원의 박수를 보낸다. 무더운 여름밤 고향에 두고 온 은하수 별빛 따라 끝없는 이야기 골짜기로 꿈의 항해를 멈추지 않았다.

89. 지는 해, 뜨는 해

기나긴 겨울잠을 깨우는 동백의 붉은 꽃을 반기던 때가 어제만 같은데 벌써 다사다난했던 한 해가 저물고 있다. 새로운 꿈을 머금은 태양을 맞이하기 위해, 몸과 마음을 새롭게 하고 창조주께서 만드신 역사의 무대에 다시 서려고 출발 선상에 선다. 가슴을 치며 아파한 일도 있었고, 환희에 젖어 눈물을 글썽일 때도 있었을 것이다. 아직도 아픈 마음 달래느라 애타고 아픈 몸 끌어안고 어서 건강 회복하길 간절히 기도하는 사람도 있을 것이다.

어떤 이에게는 원치 않은 이별도 있고, 어떤 이는 새로운 만남으로 삶의 활기를 찾은 사람도 있을 것이다. 허둥지둥 갑자기 떠오른 동녘의 해를 맞으려 했던 사람도, 치밀한 계획과 설계도를 가지고 새해를 맞이한 사람에게도 아쉬움이 있고 감사할 일도 있고 후회할 일도 있을 것이다. 다시 되돌려 쓰라면 더 잘 써 볼 텐데 하며 누구나 자신의 역사(History) 쓰기에 주저하겠지만, 이미 역사에 기록되어 지울 수 없는 이야기가 되었다. 그래도 돌아보면 살아 있음에 감사하고 그리울 때 불러 볼 이름이 있다는 것이 감사하고, 찾아갈 때 반겨줄 누군가가 있다는 것이 감사하지 않을까?

세월이 흘러갈수록 내 인생의 몫에 태워진 짐을 내려놓는 것도 좋다고 생각한다. 과도한 책임도 짐이다. 너무 책임 안 지는 것도 좋은 것 같지만 가벼워 삶이 아무 데나 날아갈 수도 있겠다. 적당한 긴장과 책임 속에 산다는 것도 감사한 일이요, 생의 낙이 아니겠는가.

또한, 건강한 몸, 멀쩡한 손과 발, 내가 좋아하는 사람을 바라볼 수 있는 눈, 예뻐 보이는 꽃을 향해 그곳까지 데려다준 건강한 다리도 얼마나 감사한가. 지나온 한 해를 돌아보면 아쉽고 섭섭한 것은 물에 새기고 감사하고 고마운 일이 있거들랑 마음에 새겨 계속 삶의 힘을 주는 원동력이 되었으면 한다.

인생은 누구나 온 우주 가운데 지구라는 둥글고 매일 한 번씩 자전하고 1년에 꼭 한 번은 떡국을 먹도록 태양의 주위를 도는 지구촌 무대에 올라 있다. 물론 우리가 태어날 나라나 어떤 땅, 부모도 정하지 않았다. 하지만 내가 사람인 것을 인식하게 되던 날, 우리를 이성 없는 짐승처럼 지음 받지 않고 고귀한 인격을 가진 사랑의 하나님 형상대로 창조된 것이 얼마나 감사한가.

누구나 이 땅에 한 번 태어났으면 창조주께서 마련하신 그 무대에서 멋진 춤을 추고, 사랑의 노래를 불러야 한다. 길을 나서는 나그네처럼 앞으로 걸어가야 한다. 처음 걸음마 배우는 아가처럼 걷다 넘어져도 다시 일어나 걸어가는 것을 배워, 스스로 걸어갈 뿐 아니라 나중에 넘어진 다른 사람을 일으켜 세워 줄 수 있도록 팔과 다리에 근육도 길러야 한다.

1960년 로마 올림픽에서 69명의 마라톤 선수 중 유난히 사람들의 이목을 끄는 사람이 있었다. 세상의 모든 사람이 놀란 눈으로 그를 바라보았다. 그는 로마 올림픽 마라톤 우승자 아베베다. 특별히 놀라운 것은 맨발로 42.195km 전 구간을 뛰었다는 사실이다.

아베베는 최초의 아프리카 선수로서 우승자이기도 하다. 그런데 그가 그렇게 힘차게 달린 이유를 들어보면 이렇다. "나는 남과 경쟁하여 이긴다는 것보다 자신의 고통을 이겨 내는 것을 언제나 우선으로 생각한다. 고통과 괴로움에 굴복하지 않고 마지막까지 달려 나는 승리했다."
아베베는 그 후로도 계속 달려 1964년 도쿄 올림픽 마라톤 경주에서도
우승하여 멋진 인생을 살아갔다.

마라톤 경주자처럼 모든 사람은 경주자와 같다. 꼭 앞에 간다고 승리자
가 아니며, 뒤에 쳐져 간다고 지거나 실패한 것은 아니다. 아베베처럼
맨발이라도 달려 우승하면 참 좋겠지만 우승하지 않으면 또 어떤가. 우
리 하나님은 모든 사람의 삶을 지켜보시고 마음조차 살펴 그에 따라 상
을 주시고 은혜를 주신다.

로마 시대에 살아갔던 사도 바울은 인생의 황혼길에 원치 않은 로마 감
옥에 갇혀 죽음을 기다리는 신세가 되었다. 어둡고 칙칙한 감옥에서 죽
을 날을 기다리는 사람에게 무슨 낙이나 소망이 있겠는가? 하지만 그의
유언과도 같은 고백을 들어보면 그는 행복하고 승리자의 삶을 살아간
것이 분명하다. "내가 선(善)한 싸움을 싸우고 나의 달려갈 길을 마치고
믿음을 지켰으니 이제 후(後)로는 나를 위하여 의(義)의 면류관(冕旒
冠)이 예비(豫備)되었으므로 주(主) 곧 의(義)로우신 재판장(裁判長)이
그날에 내게 주실 것이니 내게만 아니라 주(主)의 나타나심을 사모(思
慕)하는 모든 자(者)에게니라."(딤후 4:7-8)라고 고백했다.

그 바울의 삶은 파란만장했지만 선한 싸움을 다 싸웠다고 했다. 세상에
할 일이 많고 많지만 선한 일, 착한 일하는 것보다 더 훌륭하고 복된 일
이 있을까? 우리가 이 땅에서 착한 일을 하면 하늘에 계신 하나님께 영
광이 된다고 예수께서 말씀하지 않았는가(마 5:16). 착하게 살면 좀 바
보스럽게 보고 세상 사람들이 알아주지 않을지라도 염려할 것 없다. 하
지만 마음은 단단히 먹어야 꾸준히 착하게 살 수 있다.

천지 만물을 창조하고 때를 따라 햇빛과 비를 주어 풍성한 열매와 행복을 주시는 하나님께서 착한 일한 사람의 삶을 헛되게 하시겠는가? 전혀 그렇지 않다. 사도 바울이 소망한 것처럼 저 영원한 천국에서 빛나는 의의 면류관을 주실 것이다. 한 번 살아가는 나그네 인생길. 작은 일에 너무 아웅다웅하지 말고 불의하고 악한 일은 저 멀리 두고 착하고 아름다운 일을 위해 작지만, 최선을 다해 새해에도 선물로 받은 시간을 그렇게 살아 내면 어떨까. 착하고 아름답게 살면 전혀 외롭지 않다. 함께하는 이웃이 있고 지켜보는 하나님도 함께하니 좋지 아니한가.

90. 당신은 아직 타고 있는 연탄재?

"연탄재 함부로 차지 말라."는 말이 있다. 왜냐고 물었더니 '너는 한 번이라도 남을 따뜻하게 한 적이 있느냐?'고 묻는다. 하기야 요즘에는 연탄재 차려고 해도 발로 찰 연탄이 없다. 전에는 겨울 오기 전 연탄을 100장, 200장 들여놓으면 벌써 따뜻한 기운이 온몸에 오른다. 밤새 방바닥 뜨겁게 달구는 연탄을 꺼뜨리지 않는 것이 중요하다. 자다 말고 깨어나서 연탄을 갈아야 냉방을 면할 수 있었다. 마치 군대에서 보초서듯 자다 말고 꼭 일어나야 한다. 그런데 신기한 것은 어머니들이 그 깊은 밤에 어찌 알고 자다 말고 깨는가? 서울 처음 와서 목동에서 형과 자취할 때도 불 꺼뜨리지 않고 잘 땠던 것으로 기억한다. 이미 고향에 살 때 불 때고 연탄 때는 일에 이력이 상당히 붙어 있었기 때문이다.

잠자기 전에 미리 연탄을 갈아 주면 아침까지 넉넉히 간다. 연탄 갈 때가 한밤으로 생각하고 그냥 자면 중간에 깨지 못하고 불을 꺼뜨려 추운 아침을 맞이해야만 한다. 그때는 아직 다 타지 않아 좀 아깝더라도 미리 연탄을 갈아주어야 한다. 또 가스 중독 피하려고 바람구멍 활짝 열어 두었다가 불이 확 올라오면 그때 바람 구멍 조절 해 주고, 뚜껑을 덮어 열기가 방으로 향하게 해야 한다. 그래야 연탄가스 중독도 피할 수 있고 아침까지 따뜻하게 보낼 수 있다. 연탄 땔 때야 얼마나 따뜻하고 좋은가. 그런데 연탄재 처리 문제가 여간 곤란한 게 아니다.
다른 곳은 청소부 아저씨가 가져가기도 했지만, 목동 안양천 둑 밑에 살던 가난한 사람들은 그 연탄재를 안양천 둑 너머에 버리곤 했다. 연탄재 발로 찰 때는 뭔가 억울하거나 분을 풀 때, 아니면 장난삼아 차기도 했다. 그런데 연탄재 차지 말라니 무슨 말인가? 발로 찬다고 무슨 일이라도 생기는가? 이미 자기 할 일 다 하고 하릴없이 너부러져 있는 걸 발로 좀 차면 어떤가? 그 말이 꼭 그 말이겠는가? 너는 남에게 한 번이라도 따뜻한 일, 착한 일, 좋은 일한 적 있느냐? 연탄이 자기 일 다 하고 저렇게 너부러져 있지만, 그 수고를 생각해라. 그 공로를 잊지 마라. 그런 말 아닐까?

자기 온몸을 다 불사르고 나서 아주 쓸모없는 재가 되어 버려질지라도 그 길을 기꺼이 가는 연탄의 일생이 감동을 준다. 올해도 변함없이 새해의 일출을 맞으러 사람들은 경포대로, 호미곶으로, 동해로, 지리산으로, 서해로, 자기만의 길을 따라 설레는 마음으로 그 광경을 기다린다. 태양이 떠오르는 순간 사람들은 다 같이 소원을 빈다. '복을 달라. 잘 되게 해 달라.' '건강하고 공부 잘하게 해 달라.' '대박 나게 해 달라.' 각자의 소원은 다르겠지만 간절한 마음으로 기도를 한다. 꼭 그렇게 되도록 누가 해 주는 것은 아니지만 일단 빌고 본다.

송년의 붉은 태양 떠올라, 설악을 타고 넘어 우리가 사는 동네에 밝게 비춰 주니 얼마나 고마운 일인가? 살다 보면 상처 하나 받지 않고 사는 사람 어디 있겠는가? 어디 상처가 하나둘뿐이겠는가? 또 몸에 난 상처는 세월이 약이 되어 낫지만, 마음에 받은 상처 곧, 배반, 배신, 시기와 다툼, 불신, 사기, 분쟁 등 통해 받은 다양한 상처가 아직 아물지 않는 모습으로 마음 구석 여기저기 있지 않은가? 흔들리지 않고 피는 꽃이 어디 있으며 상처받지 않고 크는 나무가 어디 있겠는가? 나무에 가지치기도 상처가 나서 불뚝 튀어 올라 있다. 그러나 그것으로 인해 더 단단해지고 더 높이, 더 멋지게 자라지 않는가? 살다 보면 예기치 않은 어려움을 당할 때 더욱 견디기 힘들다. 그래서 새해에 점집에 사람들이 몰려 미래에 대한 불안을 조금 해소해 보려 하는 듯하다. 하나님은 우리에게 고난과 시련을 통해 생명의 하나님을 더욱 의지하게 하려 한다고 했다. 또한, 고난과 아픔을 통해 나 아닌 다른 사람의 아픔과 고난의 상처를 더욱 이해하게 되는 밑거름이 되기도 한다. 성공할 때보다 실패를 통해 더 배우는 것이 많다고 하지 않는가?

새해는 사랑의 하나님 선물이다. 부모나 국가도 주지 않은 새해, 새 땅, 새 환경, 새 시간, 새 기회를 우리 영혼의 하나님이 주셨으니 얼마나 감사한가? 우리는 세월이라는 달리는 기차에 올라타 있다. 뛰어내리려야 내릴 수도 없다. 내가 가만히 있어도 빠른 속도로 세월의 열차는 잘 달린다. 너른 들판, 푸른 산, 드넓은 바다가 우리의 춤을 출 무대로 주어졌다. 지난해 고난과 역경을 이겨 내고 새해를 선물로 받았다면 감사한 마음으로 한 번도 걸어 보지 않은 눈길을 걷듯 한 걸음, 한 걸음 걸어 보자. 발길마다 감사의 씨앗을 뿌리고 성실의 땀도 흘리고, 소망의 씨앗을 뿌려 보면 어떨까. 내가 뿌린 것을 당대에 거두지 못한다고 할지라도 그게 무슨 대수겠는가? 내 자녀 내 이웃들이 좋은 열매를 거둘 수 있다면 기쁨이요 영광이 아니겠는가? 하나님은 심은 데로 거둔다는 창조의 대원칙을 아직도 적용하고 있다. 미움을 심으면 시비와 다툼을 거두고 사랑을 심으면 또 다른 사랑과 은혜를 거두지 않겠는가? 살아 있음에 감사하고, 도토리처럼 작은 것이라도 심을 수 있다면 감사하자.

내가 사랑하는 사람 부를 수 있다면 그 또한 행복이요, 작은 몸짓으로 들꽃 향 드러내는 사람 곁에 있을 수 있다는 것 감출 수 없는 행복이 아닐까. 늦게 피는 꽃은 있어도 피지 않는 꽃은 없다고 하지 않는가? 여러분은 모두 꽃이다. 각자 독특한 모양과 향을 지닌 하나님의 꽃이다. 여러분 가슴에는 모두 세상의 어둠을 밝히는 작은 반딧불 같은 착한 빛이다. 여러분 착하고 아름다운 몸짓으로 하루를 살아 내는 것만으로도 세상의 빛이요, 향기로운 들꽃이다. 당신은 아직 다 타지 않은 연탄인가? 아니면 다 타 버린 연탄재인가?

91. 어느 마담의 웃음꽃

봄꽃이 흐드러지게 피어 봄 길 가는 나그네 발길을 유혹하는 때다. 하지만 무심한 마음이 눈길을 주지 않으면 꽃은 그 찬란한 아름다움을 감추고 말리라. 십 년이면 강산도 변한다는데, 이게 얼마 만인가. 아마도 십 년만인지 큰아들과 모처럼 함께 탁구장에 등록하여 탁구 하며 즐겁게 지내고 있다. 난, 두 아들이 초등학교 다닐 때, 어느 곳, 어느 사람이나 가볍게 어울릴 수 있도록 이런저런 운동을 다 가르쳐 주었다. 축구, 농구, 야구, 배드민턴, 바둑, 장기, 태권도(모두 공인 3단) 수영 등을 배우게도 가르치기도 했다. 그리고 피아노는 제 엄마에게, 기타는 아는 형에게 배웠다. 물론 태권도 외에는 학원비로 쓴 것이 거의 없다. 장소 문제로 어려움 겪는 테니스는 라켓이라도 사서 만져 보고 공원 같은 곳에서 몇 번이고 휘둘러 보도록 했다.

어릴 때 배운 습관 때문인지 둘째 아들은 중학교 2학년 때 뜬금없이 학교 탁구 선수로 뽑혔다며 내 귀를 의심하게 했다. 학교 클럽활동 차원에서 종목별로 하는 운동이라지만 그 정도 실력으로 무슨 학교 대표냐 생각이 들어서다. 그래서 시합 날 구경하러 단원고등학교 강당체육관을 찾아갔다. 물론 단체경기였다. 그런데 아들은 친한 친구와 함께 대표로 뽑혔는데 자기가 팀 에이스란다. 지도하는 체육 교사가 있는데 자기가 선생님과 게임을 해서 이기니까 게임준비나 작전 짤 때 아들에게 물어본다고 했다.

이게 웬일인가 덜컥 안산(安山)시 대회에서 우승하고 말았으니. 우린 어쩔 수 없이 다른 학부모들과 어울려 경기도 의정부시에 있는 어느 학교 경기장까지 아이들을 응원하러 가야 했다. 안산시 대표가 되어 아들이 경기한다는데 안 가 볼 수 있겠는가. 여기까지도 행운인데, 예선만 통과해도 감사할 일이지. 그런데 이게 웬일? 결승까지 올라간 게 아닌가. 우린 다른 학부모들과 어울려 목청껏 응원해야 했다. 접전 끝에 마침내 성안중학교 팀이 우승했다. 모두가 싱글벙글 얼굴에 기쁨이 가득했다. 저녁에 안산(安山) 와서 불고기 파티에 함께 참석했다.

나중에 또 놀라운 통보가 날아들었다. 아들이 속한 학교 탁구팀이 경기도 대표가 되어 전국대회 나가게 되었다는 것이다. 물론 선수들은 그때 그 선수들이다. 내가 놀란 이유를 굳이 설명하는 것은 아들의 실력이 일반인이 생각하는 그런 실력이 아니기 때문이다. 하여튼 이건 가문에 영광 아닌가. 그 일 후에 난 친척들을 만나면 '우리 형제들 가운데 경기도 대표가 된 사람 있으면 나와 보라고 해.' 하며 난 큰소리를 친다. 조카들 가운데도 다른 쪽으로 재능을 발휘하고 있지만, 경기도 대표해 본 사람은 없다. 물론 충북 단양에서 열리는 전국대회(2011년)에 나가 강력한 우승 후보 서울 대표팀을 만나 분패해서 8강에서 떨어졌지만 그게 대단하지 않은가(마침내 서울팀이 우승). 경기도대회에서 우승했을 때 중학교 정문에 우승 현수막이 걸리기도 했다.

둘 다 공부만 할 줄 알아 재미없다고 이상한 소문이 난 동산고등학교를 다른 학생들과 별다르지 않게 머리 싸매고 버티더니 잘 졸업했다. 이제는 둘 다 대학 다니느라 언제 함께 탁구 해본 적은 없으나 큰아들도 둘째와 거의 실력이 비슷할 거다. 잘하고 못하고를 떠나 아빠랑 함께 어울려 함께 운동하며 땀 흘릴 수 있는 것을 큰 기쁨으로 생각한다.

실은 큰아들은 지금 이 년째 중앙대 휴학 중이다. 그렇게 축구를 좋아하더니 경기 중에 왼쪽 무릎 인대가 파열되어 완전히 끊어졌다. 그래서 수술 후에 빠져버린 근육량도 늘려야 하고 걷는 데도 불편 없도록 지금까지 재활훈련과 치료를 병행 중이다. 가을에 4학년 2학기로 복학 예정이지만 다섯 가지의 시험절차를 거쳐 학사 장교 시험을 통과하고 졸업하면 장교로 입대하기로 되어 있었다. 그래서 주위 분들에게 축하 인사도 받았는데 이제는 그럴 수 없게 되었다. 병무청에 가서 재검받은 결과 병역면제 판결을 받았기 때문이다. 난 참 아쉬웠다. 그러나 아들은 또 다른 기회가 생겨서인지 크게 아쉬워하지는 않는 모습이다.

어제는 이 큰아들과 안양 호계체육관에 갔다. 아들도 5월 5일에 학교 탁구동아리 대표로 시합에 나가고, 나도 총회 체육대회(4월 30일) 노회 대표로 나가기 때문에 팀 동료들과 손발을 맞춰보기 위해 체육관에 모였다. 우린 어디까지나 믿음이 좋아? 기쁨조를 자처하고 있어 우승에는 관심이 없다. 사실 실력이 안 된다는 얘기다. 하지만 대표로 참여할 수 있는 것이 어디인가. 즐겁게 최선을 다해 볼 생각이다. 목사님들 네댓 분들과 운동 후에 저녁 식사하러 청계산을 옆구리에 끼고 나룻배처럼 산중에 두둥실 떠 있는 백운호수가 보이는 메밀막국수 집을 찾았다. 한 십오 년 전 의왕시에 살았을 때는 자주 바람 쐬러 놀러 오던 백운호수인데 모처럼 다시 보니 반갑기 그지없고, 새록새록 새 옷으로 몸단장하는 호숫가 야산들의 연초록 물결이 내 시선을 잡고 놓아주질 않는다. 비빔국수로 통일해서 식초도 넣고 육수 조금, 매콤하게 하는 소스를 곁들여 이리 비비고 저리 비벼 열무 생김치에 한입 깨물어 먹으니 소문답게 별미였다. 물론 큰아들도 자리에 함께했다. 모처럼 아빠와 아들만의 함께하는 시간을 보내 흐뭇하다.

식사 후 나오면서 뜨거운 메밀 차에 봉지 커피를 부었다. 이건 순전히 계산대의 주인이 시켜서 한 일이다. 손에 커피를 들고나오려는 순간 주인 마담이 날 부르는 게 아닌가. 식당에 들어오기 전 아들과 나를 보았다는 것이다. 어찌 사람을 알아보고?! 이제 쭉 돌아서 길 건너 주차장으로 가지 말고 식당 바로 밑 화분 옆 돌담 샛길로 내려가란다. 내가 누군가. 잘하고 멋진 모습을 보면 그냥 지나치지 못하는 나 아닌가. 그래서 긴 파마머리에 멋진 중년 마담에게 한마디 했다. "내가 들어올 때 인사하는 모습을 보니 어쩐지 눈이 아름답게 빛나더라. 했어요." 그때 백운호수 곁을 따라 봄꽃 향연을 펼치는 산속 길을 달려오는 내내 마담의 얼굴에 핀 웃음꽃 향이 떠나지 않았다.

92. 우리는 기쁨조

매년 봄바람이 불어오면 다들 설레는 마음으로 봄을 맞는다. 겨우내 쌓은 피로도 있지만, 새봄에 대한 기대도 작은 꿈을 더 부풀게 한다. 특히 우리 합신(合神) 교단은 4월에 총회 체육대회가 열리고, 5월에는 총회 교직자 수양회가 매년 열려 신앙과 삶을 점검하고 몸과 마음을 새롭게 하여 재충전의 힘으로 각기 가정과 교회로, 삶의 현장으로 달려간다. 또한, 전국각처에 흩어져 있는 여러 선배, 동료, 후배들과 오랜만에 만나 서로 위로와 격려로 마음을 나누고 기쁨도 어려움도 함께한다. 이번 총회 체육대회는 2018년 4월 30일(월) 충남 예산 종합운동장에서 열렸다. 내가 목회하는 안산은 경기중노회에 속해 있는데 사정이 있어 처음에 불참 결정했다가 후에 다시 종목별 가능한 팀 출전하기로 하여 준비된 팀은 경기에 참여할 수 있도록 했다. 그래서 4월 30일 월요일 처음 2시찰(안산지역) 8시 노적봉 주차장에 모여 출발한다는 카톡방 공지가 떴다. 다시 8시 30분 수정공지가 떴다. 세 번째 수정공지 8시 40분 안산 출발하기로 했단다. 가능하면 여럿이 어울려 가고 싶어서 그랬겠지. 난 8시 20분에 도착해서 다른 동료들을 기다렸다. 8시 40분이 다 되어 차가 도착했다. 9시 반에 개회 예배드리고 10시쯤 경기 시작할 텐데 조금 늦은 감이 들었다. 안산팀은 겨우 세 명만 그 차에 타고 출발했다. 월요일 아침 시간이라 그런지 특히 대형 트럭이 많이 달리고 있었다.

39번 국도를 따라가고 있는데 차 안에서 최○○ 목사님 전화다. 각 노회 텐트에 다른 분들은 많이 와서 선수 점검하고 작전 짜고 하는데 자기는 우리 텐트에 혼자만 있다며 "시간이 다 됐는데, 어디쯤 오느냐? 나 혼자 있다. 나 집에 그냥 갈란다." 하는 게 아닌가. 그것도 그분은 탁구는 이번에 처음 출전하는 선수다. 다들 목회에 바쁘다 보니 한 팀을 만들어 경기력까지 향상해 출전하기가 쉽지 않다. 나는 곧 도착할 테니 조금만 기다려 달라고 당부해서 겨우 진정시켜 놓았다.

그 최 목사님은 우리 팀 탁구선수로 연습 때부터 잘 참석하고 또 사모님이 적극적으로 후원했단다. 탁구라켓부터 신발, 유니폼, 가방, 신발까지 새것으로 준비해서 잘해 보라고 응원을 아끼지 않았다. 내가 그랬다. "분명 목사님에게 은혜가 있을 것입니다."

후에 보면 알겠지만, 이 최 목사님 때문에 은혜받는 일이 생긴다. 항상 그런 건 아니지만 난 적어도 가장 약한 사람을 통해 강한 자를 물리치고 은혜 주시는 하나님을 믿기 때문이다. 그런데 나중 경기할 때 이○○ 목사님과 최 목사님이 복식조 한 팀이 될 줄이야.

사실 최 목사님은 참가하는 데 의의를 둬야 할 만큼 상대를 기쁘게 할 만한 특별한? 재능이 있어 보였다. 우리 탁구팀은 처음 호계체육관에서 연습할 때부터 기쁨조 하자고 얘기했다. 왜? 우리 실력으로는 마음 비우고 그렇게 하는 것이 우리에게도 은혜가 되고 상대방도 기쁨이 될 것이기 때문이다.

우리가 도착하니 이미 개회식은 끝나고 서서히 경기가 진행되고 있었다. 약간 늦게 도착한 우리는 우리 본부에 대충 짐을 풀어 놓고 탁구 경기장으로 직행했다. 이미 조는 다 짜여 있고 예선 시작하는 팀도 있었다. 우리도 부랴부랴 선수 명단 적어 냈다. 경기 방식은 이단 일복(단식 2, 복식 1)이다. 예선은 1세트 11점, 3전 2승제로 경기는 진행되었다. 예선에서 난 단식으로 출발 명을 받았다. 단식이든 복식이든, 아니면 다른 선수가 있으면 언제라도 후보로 남겠다고 마음을 비운 상태다. 서로 시합하는 것이지만 경기에 열중하다 얼굴 붉히는 일은 없어야 하니 언제든 기쁨조 하겠다는 것을 마음에 숨겨 두고 있었다. 그렇다고 일부러 무성의하게 해서는 안 되겠지.

난 첫 상대가 어느 노회 소속인지도 확인하지도 않고 시합에 들어갔다. 다행히 2승 1패로 좋은 출발을 했다. 다음 상대는 언제나 우승 후보인 부산노회란다. 난 단식에서 상대 에이스에게 졌다. 그래서인지 다음에는 팀원들이 작전을 바꿔 임○○ 목사님이 단식으로 출전하고 나는 복식으로 심 목사님과 하자고 하여 기꺼이 동의했다. 오늘은 우리의 운동회 잔칫날 아닌가. 나는 어떻게 하든 함께 하는 것이 즐거운 일이고 기쁘게 생각했다.

오전 경기는 12시 20분까지 하고 점심시간에 들어갔다. 탁구 경기는 3시부터 한다고 광고가 나왔다. 오후 1시부터 승부차기가 열린다. 경기 중 노회 선수 가운데 탁구선수가 승부차기에 겹치게 출전한 사람이 네 명이나 있어서 일단 운동장에 가서 응원하기로 했다.

나이 30대 40대 50대 60대에 한 명씩 하고 그리고 자유 선수가 선발 출전하기로 했는데 젊은 나이대가 없어서 거의 오륙십 대가 모두 출전했다. 우린 최소 예선은 통과할 줄 알았는데 예선탈락이다. 충격이다. 우리 팀엔 적어도 운동만능인 이 아무개 목사가 있기 때문이다. 그는 족구 대표도 하고 축구에서 합신(合神) 교단 축구 감독이자 대표선수로도 뛰는 사람이기 때문이다.

우리는 다시 전열을 정비하고 탁구 경기장으로 갔다. 몇 경기를 치르고 나니 이제 준결승이란다. 사실 나는 4강이라는 말을 믿지 않았다. 우리 복식조는 패했다. 그러니 다른 복식조와 단식이 이겨야 다음으로 올라갈 수 있었다. 4강에서 임 목사 경기를 보니 세트 1 대 1. 세 번째 게임에서 10 대 8로 지고 있다. '아! 우리 여기서 탈락이구나.' 했는데 듀스 가더니 12 대 11로 앞서게 되는 것이 아닌가. 마지막 스매싱은 상대 테이블 끝에 맞아 경기 끝이다. 결승진출. 난 내 귀를 의심했다. 장난인 줄 알았다. 결승까지 올라온 것은 이·최 목사님 팀의 공로가 매우 컸다고 난 생각한다. 예상을 뒤엎고 몇 번이나 이겨서 생각지 못한 결승까지 올라오지 않았는가.

우리가 올라가 결승 상대를 보니 예선에서 붙었던 부산노회 팀. 말 그대로 강팀이다. 매번 모여 다음 시합을 위해 준비하고 연습한다는 소문이 벌써 있었다. 그들은 칠 연패(連覇)한 우리 교단 최고 팀이다. 그래도 끝까지 최선 다해 보자. 다짐하고 열심히 덤벼들었다. 결과는? 모두의 예상대로 겨우? 졌다. 아침에 출발할 때는 오기로 한 선수도 못 오고 해서 생각도 못 한 준우승 아닌가. 기쁨조가 기쁨과 즐거움이 되었으니 우리 모두 깜놀!

폐회 예배는 모두의 기대를 한데 모아 짧으면서도 은혜가 있는 시간이었다. 예배 후에는 행운권 추첨이 있었다. 다행히? 나는 무당첨(無當籤)이다. 전에 쌀, 족구 공 등 많이 당첨됐으니까. 모든 것을 마치고 서로 헤어지는 아쉬움을 남기고 다시 만날 약속을 하고 헤어졌다. 우리는 온천욕 하고 나서 저녁 식사는 예산 유명한 황금 버섯 식당에서 노루 궁둥이 전골이 별미라고 강력히 추천한 이 목사 말에 따라 모두 동의해 그곳으로 향했다. 우리는 예상치 못한 준우승으로 큰돈은 아니지만, 상금까지 받아 식사하는 데 보탰다. 노루 궁둥이 전골은 말 그대로 별미다.

식사 후 하늘뜨락 카페에서 커피와 음료로 오늘 하루 경기결과를 돌아보며 웃음꽃 피웠다. 시키지 않아도 내 자랑을 해 보겠다며 말문을 열었다. "이번 우리 탁구팀이 준우승 한 건 누구 덕택일까요?" 하니 이 목사님 나보고 왈 "김 목사님이 자기가 그 말 듣고 싶어서 물었을 것이니까 김 목사님 아니에요?" 한다.

"맞긴 맞지만? 그게 아니고 내가 스카우트를 잘해서입니다. 내가 이 목사님 차 함께 타고 오다가 족구 시합 나가게 된 이 목사님이 족구선수들 선수들이 모자랄 것 같다는 말을 듣고, '탁구팀 선수도 부족합니다. 선수 중 탁구 한 지 오래지 않은 분도 있고 하니 이 목사님 오면 좋은 일생길 것 같습니다. 탁구팀으로 합류하시죠?' 해서 탁구팀에 함께 하게 되었고, 마침내 오늘 준우승에 크게 이바지하게 되었습니다." (웃음) 자박수~~!! 쫙 쫙 쫙!

집으로 돌아오는 깊어 가는 밤길에 나는 시합 전부터 '우리 팀은 기꺼이 기쁨조 역할을 해 낼 거야!'고 했던 그 생각대로 된 것을 은근히 즐기며, 살며시 내게 다가와 어두운 길을 밝히며 마중 나온 별님에게 작은 윙크를 보냈다.

93. 32년 만의 만남

왼쪽부터 ACTS 최병선, 이영근과 함께 샘골 공원에서. 2018년 5월 8일

학교 가는 즐거움을 아는가? 30여 년 전 내가 학교 다닐 때 큰 즐거움 중의 하나는 서울에서 양평에 있는 아세아연합신학대학교(Acts)에 가다 보면 한강 최하위에 있는 팔당댐과 유유히 흐르는 한강을 보는 것이다. 그 팔당댐을 지나면 어서 오라는 듯 양팔을 크게 벌리고 반겨 주는 곳이 양수리다. 양 줄기에 시원한 물을 가득 담고 푸른 하늘을 머금은 채 한강은 아세아 복음화를 꿈꾸고, 학문과 경건 그리고 만민에게 복음을 전하라는 주의 마지막 명령을 따라 기도에 열정을 가진 우리 학우들을 반겨 준다. 가 본 사람은 알겠지만, 우리 학교 가는 길은 양수리 조금 지나 있어서 남한강을 따라 길을 가다 보면 말 그대로 어디로 도시락

싸 들고 소풍 가는 기분이 들었다.

양평 아신리, 일명 다르래기에 있는 우리 학교는 팔부능선 산에 있어 마치 수도원 같은 분위기가 난다. 울창한 숲을 자랑하는 로렐라이 언덕에 가면 이 땅의 평화를 품속에 깊이 간직한 남한강 물이 쉼 없이 흘러 남북이 갈린 우리 민족의 아픔을 하나로 이어지길 염원하고 있음을 대변하는 듯 유유히 흐르며 소리 없는 외침을 들려준다.

새벽이면 다락방 chapel 실에서 새벽기도회가 매일 열린다. 처음 입학했을 때 '부름 받아 나선, 이 몸 어디든지 가오리다…. 이름 없이 빛도 없이 감사하며 섬기리다.'라는 소명을 안고 엎디어 부르짖어 간구하는 소리가 동녘에 붉은 물 들 때까지 계속되었다.

외부 강사들이 오셔서 이구동성으로 하시는 말씀은 수업 분위기도 참 좋고 경치가 이보다 더 좋은 곳은 없다고 했다. 물론 학생들도 그 얘기에 다 동의하는 것 같지는 않았다. 왜냐하면, 학교가 산속에 있으므로 고등학교를 갓 졸업하고 입학한 학생들은 그 분위기를 힘겨워하는 이들도 있었다. 작은 매점 외에는 변변한 카페 하나도 없다. 수도원 분위기를 벗어나는 자유를? 누리려면 버스를 타고 양평 읍내에 나가야만 했다.

신입생은 의무적으로 일학년 학교생활을 기숙사에 들어와서 엄격한 규칙에 따라 생활해야 했다. 심지어 술 담배 하다가 발견되면 퇴학에 처한다는 규정도 있었다. 경건 생활에 따른 새벽기도, 매일 전교생 모여 오전 11시에 Chapel을 갖고 또 밤마다 매일 Room Chapel 시간도 있었다. 밤 10시 반에 한방을 쓰는 사람들이 모여 30분 정도 경건의 시간을 보냈다. 사실 즐겁고 은혜로운 시간인데 새벽이나 밤이나 매일 그렇게 하니 거기에 잘 적응이 안 되는 학우들도 있어 가끔 옆으로 걸어가는 친구들도 있었다. 이것으로 끝이 아니다. Room Chapel 끝나면 열심 특심한? 학우들은 에스겔 골짜기라는 기도 골짜기에 가서 각자 자기 믿음 크기만큼이나 큰 바윗덩어리를 하나씩 부여잡고 밤늦게까지 부르짖어 기도하고, 나아가 새벽이 밝아와 자신의 눈을 밝혀 줄 때까지 기도의 불을 피우는 학우들도 종종 있었다. 정말 대단했다.

나는 에스겔 골짜기 기도에도 갔지만, 밤 기도보다는 새벽기도에 집중했다. 새벽기도회는 매일 여섯 시에 열린다. 그리고 경건 생활에 도움을? 주기 위해 출석 체크도 했다. 나는 그때 기도 생활에 정진했다. 신학의 길로 들어선 이 몸, 성경을 알고, 그 성경을 기록하고 우리를 위해 하나님 아들을 십자가에 내어 주신 '이처럼의 사랑'을 깨닫고 더 깊이 알고, 그 은혜와 사랑을 전하기 위해 무릎으로 몸부림하며 기도했다. 비가 오나 눈이 오나, 덥거나 춥거나 변함없이 마치 구약시대에 아침저녁 드리는 제사처럼 나 자신을 드리는 시간을 기도에 보냈다.

새벽 설교 후 기도시간에 들어가면 나는 강당 바닥에 방석을 깔고 무릎 꿇고 엎드려 기도했다. 기도하고 찬양하다 다시 나라와 민족, 한국교회와 세계선교를 위해 기도했다. 기도를 마치면 보통 여덟 시나 여덟 시 반이 되었다. 나는 소위 굶식? 기도를 꽤 많이 했다. 왜냐하면, 아침밥 먹을 일이 없기 때문이다. 4학년 오월 말까지 굶식 기도가 이어지다가 이 사실을 어찌 알았는지 식당 권사님의 배려로 식당에서 밥을 먹게 되어 큰 힘이 되었다. 지금도 그 배려에 감사한 마음을 잊을 수 없다.

새벽기도를 마치고 일어서려고 하면 바로 일어설 수가 없었다. 무릎이 펴지질 않아 한쪽 손을 바닥에 집고 서서히 겨우 일어나 다락방 예배실 밖 테라스에 나가면 그 누구도 깰 수 없는 태고의 꿈을 안고 고요히 흐르는 남한강물이 내 품속으로 스미듯 맞아 준다. 얼마나 평화롭고 즐거운지 모른다. 사도 바울의 말을 빌리자면, 내가 몸 안에 있는지 몸 밖에 있는지 모르겠다는 그 말이 조금은 실감 날 정도다. 그 순간 아침 물안개 사이로 조그만 나룻배가 세월을 낚으려나, 노 저어 아직 미몽에 있는 민족을 깨우려나, 작은 파장을 일으키며 지나가면 신비를 가진, 한 폭의 동양화가 완성되곤 했다.

이처럼 세계선교의 비전을 갖고 함께 땀 흘리며 눈물로 기도했던 믿음의 용사들이 지금은 세계 곳곳으로 나가 선한 역사를 위해 온갖 정성과 사랑을 쏟고 있다. 이런 와중에 다르래기(Acts) 기숙사에서 함께 방을 썼던 이영근 형제가 페이스북을 통해 한국에 들어온다는 소식을 전해 왔다. 그래서 나는 안산에 올 일이 있으면 우리 집에 들르라고 했더니 5월 8일 화요일 바로 오늘 낮에 안산에 온다고 한다. 반가움에 함께 공부하고 기숙사에 놀러와 사진까지 같이 찍었던 최○○ 목사에게 안산에 오라고 연락했다.

점심을 함께 먹을 것으로 생각했으나 안산, 신길동에서 일을 마치면 오후 서너 시가 되어야 이쪽으로 올 수 있다고 한다. 그래서 최○○ 목사와 만나 우리끼리 점심으로 짬뽕과 짜장면을 먹었다. 네 시쯤에 전화 왔다. 상록수역에 내린다고 하여 차로 나가 대기했다. 조금 후에 영근 형제가 삼십이 년이 흘렀으나 전혀 변하지 않은 그 모습으로 우리에게 다가오지 않는가. 그는 한의사로 LA에서 동산한의원을 경영하고 있다고 했다. 자녀는 간호학을 공부하는 쌍둥이 딸과 아들이 하나 있는데 셋 다 대학생이라고 한다. 그는 신학 공부 후에 미국에 이민 가서 어려운 미국 생활에 잘 적응하고, 또 중국 가서 한의학까지 공부하여 아버지로부터 물려받은 한의원을 잘 운영하는 모양이었다.

이 원장은 지난 일주일 동안 캄보디아 의료선교 갔다가 지금 막 들어오는 길이라고 했다. 피곤하지 않으냐 했더니 듬직한 그는 선배님들 만나니 반갑고 기뻐서 피곤한 줄 모르겠다며 빙그레 웃었다. 1986년 Acts 기숙사에서 함께 사진 찍었던 후배 한남희는 필리핀에서 선교사역을 신실하게 감당하고 있단다.

우리는 며칠 있다가 만난 대학생 때처럼 반갑게 악수하고 일단 샘골 교회가 있는 공원으로 갔다. 일제강점기에 농촌계몽운동(農村啓蒙運動)에 몸과 마음 바쳐 헌신과 사랑을 쏟아붓다가 꽃다운 나이에 세상을 떠난 최용신(崔容信)의 묘와 그가 심었다는 향나무 다섯 그루도 보고, 그 당시 유물들을 전시해 놓은 전시관도 둘러보았다. 그 당시에는 천곡(泉谷)교회라고 했는데 지금은 그 이름을 순우리말로 바꾸어 샘골 교회라 한다.

이 원장은 대학생 때 동아리 활동하며 이곳 샘골 교회를 다녀갔다고 했다. 우리는 샘골 교회 유적지를 돌아보며 선조들의 믿음의 발자취를 되새겼다. 공원 벤치에 앉아 우리들의 Acts 학창시절 이야기로 웃음꽃을 피웠다. Acts 기숙사에서 한 방 썼던 주기철 목사는 러시아 선교사로, 주님 향한 뜨거운 열정의 소유자이며 그의 동기인 허민수 목사는 미국에서 목회하고, 그 외에도 여러 Acts 동문이 세계 곳곳에 나가 복음과 사랑을 전하고 있다는 말을 듣고 마음이 뿌듯했다.

우리는 청송탁구클럽에 들러 기다리고 있던 큰아들 명진이를 만나 30분 정도 탁구 했다. 저녁으로 동태탕을 먹으며 다르래기 시절 향수를 그리워하며 이런저런 얘기를 나눴다. 난 그가 Acts 기숙사에 한방 썼을 때 얘기하는 것을 듣고 몇 번이나 웃지 않을 수 없었다. 후배들은 자기들끼리 '그 방 방장이 누구냐?' 물으면 '김영배 선배다.'라고 하면 '너희들 다 죽었다.'고 했단다. 왜냐하면, 매일 새벽기도 빠지지 않고 나가지. 매일 Room Chapel 안 빠뜨리고 밤 열 시 반이면, 꼭 함께하지. 장난을 치나, 까불기를 하나, 농담은 해서는 안 될 것처럼 항상 경건한? 얼굴을 하고 살지. 후배들에게는 가까이하기에는 너무 힘든 경건파? 선배로 보였던 모양이다. '꼭 그런 사람 아니었다.'라고 아무리 변명해도 이제는 지나간 얘기가 되었다.

후배들은 내가 방에 앉아 성경 읽고 있으면 발꿈치를 들고 사뿐사뿐 다녔고, 내가 새벽기도 가기 위해 먼저 일어나 다락방 Room Chapel 실로 가면서 곤히 자는 후배들을 살짝 건드리며 '새벽기도 가자' 하면 절대 잠을 자려야 잘 수가 없어 어쩔 수 없이 뒤따라 채플 실로 갈 때도 있었다고 했다. 그랬구나. 난 군대 갔다가 와서 신학대학 들어간 소위 예비역이었고, 같은 방을 썼던 후배들은 이제 갓 고등학교를 졸업한 새내기들이었다. 그러니 나이 차이도 있고 신앙 연륜에서도 차이가 나서인지 힘든 부분도 있었을 것이다.

이영근 형제는 그 당시 늘 뒤에서 나를 바라보며 기도했는데, 한 번은 자신이 김 선배보다 더 오래 기도하기 위해 끝까지 기다리며 기도했다고 한다. 아침 식사시간이 다 지나도록 내가 계속 기도하니 어쩔 수 없이 자기는 기도를 멈추고 식사하러 갔다고 했다. 사실 앞에서도 얘기했듯이 나는 하나님의 특별한 섭리로? 굶식 기도를 하며 연단을 받는 때였다.

"그때 김 선배의 기도 생활, 경건 생활을 바라보며 힘을 얻었고, 지금까지 믿음의 길을 걷는데, 큰 힘이 되고 있다."라는 그의 말에 정말 형용할 수 없는 큰 위로와 감동이 되었다. 그는 지금도 LA에서 새벽기도 나가는데 매일 새벽 찬양대에서 찬양을 하고, 또 가끔 찬양 지휘할 때도 있다고 해서 내가 박수를 보냈다. 얼마나 아름답고 감사한 일인가. 그는 "선배가 얘기했으면 음식을 대접해 줄 수 있었을 텐데 왜 얘기하지 않았느냐?"고 하며 아침 금식 때문에 내가 그렇게 길게 기도한 줄 몰랐다며 웃음을 빵 터뜨렸다.

그는 식사 후에 댕이골 우리 집에 와서 최 목사 아픈 허리와 다리에 침을 놔주고 나서 또 약속 시각에 맞춰 떠나야 했다. 저녁 8시쯤 이 원장과 최 목사 떠날 시간 되어 상록수역까지 기쁨과 아쉬움을 다시 만날 약속으로 남기고 기꺼이 전송했다. 이제 저들의 앞길에 주께서 함께하고 저들의 발길이 닿는 곳마다 선한 역사가 힘 있게 일어나길 간절히 기도하며 집으로 향했다. 그는 돌아간 후 페북에 이런 메시지를 올렸다.

* "32년의 세월을 넘어!" / 이영근

캄보디아선교를 마치고 한국에 일이 있어서 잠시 들어왔다. 그런데 뜻밖의 귀한 만남을 가졌다. 32년 전 내가 신학대학 1학년 때 학교기숙사에서 같이 방을 썼던 선배님들을 만났다. 김영배 목사님과 최병선 목사님! 30년이 넘는 시간이 흘렀지만 마치 며칠 만에 다시 만나는 듯 착각이 들 정도로 두 분 선배님들과 만남은 기쁘고 감격스러웠다. 20대 초반 아무것도 모르던 그때 선배님들의 신앙의 열정과 하나님을 향한 뜨거움은 내 신앙의 이정표가 되었었고 지금까지도 내 신앙의 밑바탕이 되어 주고 있다.

"선배님들! 만나 뵙게 되어 너무나 기쁘고 행복했습니다. 언제 또 뵐 수 있을지 모르지만 머잖아 다시 뵐 수 있기를 소망합니다. 늘 강건하시고 늘 그러셨듯이 남은 생애 하나님께서 기뻐하시는 귀한 삶을 계속해서 이어나가시기를 간절히 기도합니다. ^^"

※ 선교사 이영근 미국 LA 거주. 동산한의원 원장,

임성렬이다.

가족들은 LA에 두 딸과 아들이 모두 대학생으로 예쁘고,

씩씩하게 잘 자라고 있다 한다.

2018. 5. 현재 이영근 53세.

94. 전에는 안 그랬는데, 내가 왜 이럴까?

"전(前)에는 안 그랬는데 내가 왜 이럴까?"
"뭐라고?", "전(前)에는 안 그랬는데 내가 왜 이럴까?"

이건 보통 흔히 쓰는 문장이 아니다. 소위 전문용어라고 하는 것이다. 사십여 년 전(前) 군대 생활하던 때의 일이 생각난다. 특히 고삐 풀린 망아지처럼 사회생활 하다 갑자기 영장을 받고 놀란 가슴에 더벅머리 빡빡 깎고 논산 훈련소에 불려온 장정들. 모두 사회 있을 때, 한 가닥, 한 어깨씩 한 것같이 거들먹거리고 눈빛도 예사롭지 않다.
흔히 아는 대로 수컷들의 은근한 경쟁이 시작된 것이다. 누가 시키지도 않았는데 키 재기 경쟁, 보이지 않는 힘자랑, 기(氣) 싸움이 시작된 것이다. 그래서 어디에 쓰려고 그러는지…. 사실 그 어디에도 쓸모가 없다는 것을 금방 알게 된다.
이름도 없고, 군복도 없이 늑대 같은 사내들을 한 울타리에 가두어 놓았으니 그 꼴이 어떠하겠는가. 서로 저 잘났다고 으스대다가 계급 없이 군복으로 갈아입고 조교들의 구령을 따라 훈련이 시작되면 서로 경쟁자가 아니라 멀리할 수 없는 동지라는 것을 깨닫기에 많은 시간이 필요하지 않다.

자신들이 사회에서 얼마나 제 맘대로 살아 왔고 낯선 군대훈련에 잘 안 맞는지 알게 된다. 시키는 일이 쉬어 보이나 그것이 맘대로 되는가. 이래도 틀리고, 저래도 잘못하니 자꾸만 얼차려를 받는다. 복창 불량 반복구호에 왜 몸은 잘 따라주지 않는지 틀릴 때마다 조교는 따라 하라고 한다.

"전에는 안 그랬는데, 내가 왜 이럴까?"
"뭐라고?", "전에는 안 그랬는데, 내가 왜 이럴까?"

그래도 땀을 찔찔 흘리면서 참고 인내하며 천방지축이던 자신이 멋진 대한민국 군인으로 변모한 자신을 만나게 된다. 그리고 훈련을 마칠 때쯤 되면 이제 갓 들어온 새까만 장정들을 보면서 은근한, 그리고 여유 있는 웃음을 흘리기도 한다.

"전(前)에는 안 그랬는데, 내가 왜 이럴까?"
"뭐라고?", "전에는 안 그랬는데, 내가 왜 이럴까?"

이제는 전혀 느낌이 다르다. 군대 얘기가 아니다. 명절이면 고향에 내려간다는 것이 언제나 꿈이요, 마냥 설레는 일이었는데 이제는 전혀 아니기 때문이다. 중학교도 제대로 졸업 못 하고 천리타향 낯선 곳에 올라와 형과 자취하며, 반찬 한 가지에 공깃밥 한 그릇 먹고도 힘든 줄 모르고 공돌이 생활에 열중했다. 매일 반복되는 야간작업, 뻑 하면 수출기일에 맞춘다며 철야 작업을 수도 없이 했다. 졸기도 하고 야단맞으면서도 몸이 지치기까지 열심히 일했는데 월급은 말 그대로 쥐꼬리만 했다. 그러다가 명절이 다가오면 얼마나 설레고 기다려졌는가. 목포행 완행열차에 몸을 실으면 꿈은 현실이 되었다. 아무리 특급열차를 앞뒤로 기다리며 가는 길이 멀고 시간은 열 시간 넘게 걸려도 지루한 줄 몰랐다.
어렸을 때는 부모님께 선물 받는 것이 명절 쇠는 즐거움이었는데 이제는 작은 선물을 가슴에 안고 가는 즐거움이 훨씬 더 크다. 외로운 타향에서 그리던 고향산천, 그리운 부모님을 찾아뵙고, 정겨운 형제들을 만나 그간 쌓인다고 얘기하고 노는 것이 얼마나 즐겁고 행복한 일이었던가. 아! 생각만 해도 좋다. 아! 생각하는 것만으로도 얼굴에 생기가 돌고, 고향에 내려가는 날짜를 마치 군대 전역하는 날 새는 것처럼 하나 둘 헤아리며 기다렸다.

"전에는 안 그랬는데 내가 왜 이럴까?" 그러나 이제는 그럴 일이 없어졌다. 생각만 해도 가슴이 먹먹하다. 찾아갈 고향이 있으나 그렇게도 정다이 반겨줄 그 누가 없다. "아이고! 내 강아지들!" 하며 반겨 주시던 어머니의 그 따스한 음성은 저 멀리 기나긴 추억 속에서만 맴돌고 있으니 어쩌면 좋은가.

추석 명절, 내가 설레지도, 그 먼 길을 찾아 나서지도 않은데 저렇게 수많은 사람이 고향 부모·형제를 찾는가. 해외여행 가는 사람들이 최대라고 방송에서 그러던데…. 내가 고향에 가지 않아도 아직 부모·형제, 고향산천을 찾는 사람이 저리도 많으니 참 좋겠다. 찾아갈 부모님이 계신다는 것, 그 얼마나 감사한 일인가. 그 길이 멀고 험해도 얼마나 행복하고 설레는 일인가.

남녘에 고향을 두고 있는 우리도 이럴 찐데 원치 않는 전쟁으로 북녘땅에 고향산천, 부모·형제 어제처럼 두고 온 저 실향민들은 명절 때마다 시리고 아픈 마음 어떠하겠는가. 가고 싶어도 갈 수 없고, 보고 싶어도 만나 볼 수 없는 저 실향민들은 그 얼마나 가슴이 타고 애달프겠는가.

학업 차 큰아들은 서울에, 둘째 아들은 청주에 내려가 있다가 추석이라고 안산 집에 온 아이들과 낯선 명절을 맞고 있다. 난 명절이면 고향이 아무리 멀고 차가 막혀도 길을 나섰다. 가족을 데리고 부모님을 찾아갈 수 있다는 것, 그 얼마나 행복한 일인가. 매년 길이 막힌다고 하고, 해외로 많이 나간다고 했는데 아직도 이렇게 많아? 하면서도 싫지 않았다. 그날이 기다려지고 기다려졌다. 왜냐고? 매년 그리움 가지고 찾아갈 그날이 얼마나 되겠는가. 아버지 돌아가신 지 삼십 년이 넘도록 홀로 고향 집을 지키며 외롭고 쓸쓸하게 보내다가도 명절이 되면 보물 같은 자식들 볼 수 있다는 그 기대감에 어머니는 얼마나 좋아했던가. 일 년에 몇 번이 된다고 길이 멀다, 차가 많이 막힌다며 투덜대거나 고향 찾는 일을 망설일 수 있겠는가.

요즘 돌아가신 어머니의 그 따스하던 손길, 그 정겨운 음성을 한 번이라도 떠올리지 않고는 하루를 그냥 넘기는 일이 없다. 새록새록 너무나 어머니 생각이 난다. 어찌 사람은 이렇게 살아야 할까. 명색(名色)이 거룩한 목회 한답시고 주일에는 한 번도 맘 편히 찾아뵙고 그 기나긴 외로움에 함께 해 드린 적이 없는데 재작년 그 따스했던 오월, 어머니는 세상의 모든 근심·걱정 내려놓고 저 하늘나라에 가셨다. 그때나마 상주(喪主)로 있으면서 주일에 함께 할 수 있었다.

외로울 때 같이 있어 주는 것이, 찾아 주는 없을 때 찾아가는 것이, 부유할 때보다 가난할 때, 성공했을 때보다 실패하고 마음 아파할 때 찾아보는 것이 사람의 도리일 텐데…. 이제는 그 모양이라도 흉내 낼 길이 없어 아쉽고 또 심히 아쉽다.

명절에 길 잃은 나는, 부족하고 연약한 백성에게 이 땅에 평화를 주시고, 저 너른 들과 계곡, 저 푸른 바다와 산에 우리 모두 먹고도 남을 풍성한 오곡백과와 싱싱한 먹거리를 선물로 주신 하늘의 하나님께, 은혜와 사랑의 하나님께 감사 기도를 드리고 집을 나섰다. 아주 낯선 여행이다. 서울 남산에 오르기로 했는데 아마 십오 년 만에 함께 다시 남산에 가는 일일 것이다. 그때만 해도 우리 두 아들은 어린 초등학생이었다. 그때도 출발지는 안산이었다. 총선인지 선거일이었다. 투표를 일찍 마치고 처음으로 아이들 데리고 남산에 갔다. 꼬맹이들을 데리고 식물원에 들어가 낯선 식물들을 많은 호기심으로 구경하고, 또 광장 구석에 있는. 호랑이상(像)에 올라 사진도 찍어주고 서울을 발아래 두고 여기저기가 어디 어디라며 알려 주기도 했다.

모처럼 함께 길 나서는 우리 가족을 반겨 주기라도 하듯 하늘은 쾌청하고 공기는 맑았다. 주머니에 많은 것을 챙기지 않아도 가족이 함께할 수 있어서 얼마나 좋으냐. 사실 마음속으로 애들이 가기 싫다고 하면, 뭐 나 혼자 갈 배짱은 없었다. 무슨 재미로 홀로 가겠는가. 더구나 민속 명절 한가위 아닌가. 우린 4호선 전철을 타고 서울역에서 내려 걸어서 바로 남산으로 향했다.

산(山)은 옛 산인데 남산을 둘러싼 주변은 옛 그대로가 아니었다. 그 사진 찍던 호랑이상은 안 보이고 여러 모양으로 변해 있다. 대신해 남산 입구는 잘 가꾸어진 공원으로 많은 시민에게 쉼터를 제공해 주었다. 거기에다 백범 김구 선생 기념 비석과 안중근 의사 기념 비석들이 아직도 나라와 이 민족의 연약한 부분을 뜨겁게, 돌처럼 든든히 사랑하고 있음을 그치지 않고 있다는 것을 웅변하듯 듬직하게 다가와 반겨 준다.

조그만 돌계단을 밟고 하나둘, 하나둘 올라서야 남산 팔각정에 다다를 수 있다. 십오여 년 전 어린 아들들을 데리고 갈 때도 이 길이었는데, 그때도 케이블카가 있었다. 막내아들은 그때 초등학교 이 학년이던가 했기에 날도 덥고 애국가에도 나오는 저 높은 남산에? 오르기는 얼마나 힘이 들까. 또 서울을 한눈에 내려다볼 수 있는 케이블카를 타면 얼마나 신나겠는가.

그래도 난 침착한 마음을 놓치지 않았다. 내심 온 가족이 함께 케이블카를 타면 돈이 얼마인가 헤아려 보았다. 지금도 살짝 보니 일 인당 만 원이란다. 나는 아이들을 설득했다.

"케이블카를 타고 그냥 올라가면 무슨 재미냐? 직접 튼튼한 두 다리로 걸어 올라가야 제맛이지. 만약 저 히말라야 에베레스트 정상에 케이블카로 오른다면 무슨 의미가 있겠느냐?? 인간의 의지를 실험하고 정상 정복을 도전한다는 게 무슨 의미가 있겠냐?" 하며 어린 아들들을 설득했다.

그래도 마구 들이대며 아빠에게 힘들다고 강한 조르기와 아빠의 언변이 서로 부딪치면 누가 승리하겠나. 안 해 본 사람은 모르겠지만 우리 가족들은 알 거다. 뭐든 온몸으로 부딪쳐 보아야 제대로 알 수 있고 정상에 섰을 때 그 성취감도 맛볼 수 있지 않은가. 나는 아이들에게 작지만 뿌듯한 성취감을? 선물했었다.

이제는 아이들이 커서 아빠보다 더 크다. 두 아들 모두 키가 백팔십 센티가 넘어 함께 서면 쳐다보아야 하는 위치로 세월이 그 자리를 바꾸어 놓았다. 또 그 옛날 어린아이들이 남산 오를 때 지쳐 힘들어하면 어쩔까 했는데, 지금은 아이들이 날 염려해야 하는 것으로 역전되었다. 난 마음이 홀가분하다. 케이블카 탈래? 하고 물어도 알아서 그냥 걸어가자고 한다. 전에 왔을 때보다 돌계단이 더 잘 정비되어 있다.

그런데 웬 사람들이 이다지도 많은가. 와! 입이 저절로 벌어진다. 사람들이 다 여기에 소풍 오기로 약속이라도 했나? 특히 중국인과 동남아인들이 많았다. 몸이 서로 부딪칠 정도다. 중간쯤에 가서 쉬기도 하고 운동하는 곳에서 아이들과 기구를 붙들고 몸도 비틀고 들어보기도 했다.

정상에 오르니 팔각정이 먼저 반겨 준다. 여기도 사람들이 가득 담긴 물처럼 많다. 왼쪽으로 보니 봉화대가 먼저 올라와 보라며 손짓한다. 마치 온 서울이 우리 발아래 있는 것 같다. 동서남북 안 보이는 곳이 없을 정도로 맑고 쾌청한 하늘이다. 한 마디로 감동이다. 눈이 부실 정도로 잘 보인다. 경복궁과 청와대, 명동거리, 건물 숲속에 파묻힌 동대문과 남대문이 살짝 얼굴만 내밀고, 서쪽으로 63빌딩도 여전하다. 하지만 아이들 어릴 때와는 많은 게 변해 있다. 특히 거대한 빌딩들이 서로 경쟁하듯 어깨를 맞대고 우뚝 서 있다.

팔각정 앞마당에는 한가위에 맞춰 행사를 준비하느라 분주하고, 사람들은 총연습이라도 이게 웬 떡이냐 하는 심정으로 넋을 놓고 보고 있다. 우린 남산 탑 입구에 가서 대충 둘러보고 옛 기억을 떠올려보았다. 그때도 탑에 오르지 않고 대신 오락실에 가서 화면에서 나오는 자동차를 운전해 보도록 한 생각이 난다.
벌써 점심때가 홀쭉한 뱃가죽에 신호를 보내 온다. 어떻게 하지? 의견을 물었다. 남대문시장이나 동대문시장에 가서 점심 먹기로 했다. 그런데 추석날이라 문을 연 식당이 있을까? 내려갈 때는 오를 때보다 가볍게 내려갈 수 있었다.
걸어서 남대문시장으로 향했다. 상점은 거의 다 문을 닫았다. 시장 거리 가운데로 작은 수레에 물건을 파는 적은 무리만이 이곳이 시장임을 알려준다. 핫도그 파는 곳이 있으나 우린 식당을 찾았다. 아무 곳에도 안 보인다. 방법이 있다. 낯선 곳에서 모르면 무조건 물어보는 것이 상책이다. 무작정 가다가 상점 주인에게 물어보니 오던 곳에서 뒤로 가다가 오른쪽 골목으로 가면 있다고 했다. 역시 아는 길도 물어가야지. 식당 문 연 곳이 한 곳뿐이어서 많은 사람이 북적댄다. 우린 식당에서 주린 배를 채우고 길을 광화문 쪽으로 잡았다.

오늘은 각 유명 고궁마다 무료입장이 허락된 날이기에 겸사겸사 경복
궁도 들러볼 계획이었다. 우리나라 대표하는 곳 서울. 그곳에서도 최고
의 거리라고 하는 명동에도 지나는 길에 둘러보았다. 여전히 사람들은
명절을 잊게 할 정도로 거리를 활보한다.

한국은행 본점 건물을 지나니 조선호텔도 옛 모습 그대로다. 여러 언론
사도 즐비하고, 미대사관(美大使館)도 보인다. 드디어 얼마 전 촛불로
어둠을 밝힌 곳, 광화문광장이다. 역시나 그 광장에 무슨 일이라도 있
는 듯 사람들이 우글거린다. 스쳐 가듯 광장을 지나 표 사는 쪽으로 갔
다. 거대한 광화문 대문이 우릴 알아보고 활짝 열어 주는 것이 아닌가.
우린 검문도 받지 않고 경비들의 인사를 받으며 궁궐 안으로 들어갔다.

이게 웬일인가! 인산인해(人山人海)란 말이 이래서 생겼다고 생각했
다. 우와! 웬 사람이 이렇게 많지? 서울시민 모두 경복궁으로 나들이 나
왔나? 시골로 고향 찾아간 사람들은 누구인가. 대단하구나. 특히 여기
도 외국인들이 과반이 될 정도로 많았다. 마치 시장 거리처럼 시끌벅적
했다. 우리는 조용한 고궁을 기대했다. 드문드문 한복 입은 사람들이
있겠지. 우린 한적하게 여유를 부리며 옛 선현들의 흔적을 살피며 그들
과 몇 마디 얘기를 나눠 볼 생각이었다. 우린 사람들에게 밀리고 마감
시간에 쫓겨 겨우 근정전(勤政殿)과 경회루(慶會樓)에게 눈인사만 하
고 서둘러 빠져나왔다.

광장 신호등에 서서 파란불을 기다리는데, 큰아들이 낯선 파란 눈의 젊
은 아가씨, 키가 아들보다 조금 작은, 큰 키의 아가씨와 얘기 나누고 있
다. 동유럽 아가씨인데 마포 어느 곳을 찾고 있단다. 함께 신호에 따라

건널목을 건너고 우린 우리의 길을 갔다. 그런데 아들을 계속 그 아가씨와 얘기 중이다. 다른 건널목 신호를 건너 아들을 기다리다 제 엄마가 한마디 한다. "그냥 놔두고 오지." 아들이 누군가? 아빠를 닮지 않았겠는가. 좀 과한 친절? 마치 자신이 길 잃은 양을 구해 주기라도 하듯 열심이다. 그 아가씨도 영어가 모국어(native language)는 아니라고 했다.

우리는 거리를 산책하듯 걸으며 집으로 가는 길을 잡았다. 시청역으로 가서 지하철 타고 서울역에서 4호선으로 바꿔 타면 바로 안산으로 갈 수 있다. 약간 시장도 하고 목도 말라, 길가 마트에 들렀다. 명절에 문을 연 마트는 사막의 오아시스처럼 반가운 곳이다. 음료수와 먹거리를 조금 사서 거기서 먹고 나와 힘을 내어 길을 가는데 다시 그 유럽 아가씨를 아들이 다시 만나서 못다 한 얘기를 하는지 뭐라고, 뭐라고 얘기를 주고받는다. 하루에 세 번이나 만났는데 우연인가? 필연인가. "아들! 그 아가씨 이름은 물어봤어?", "아니요." 한다.
참 오랜만에 낯선 나들이를 가족과 함께했다. 명절이 되면 전에는 안 그랬는데 이제는 어떻게 할까. 그리운 고향 어머니 손길도 저 멀리, 아주 멀리 있다. 그리워할 수 있을 때, 맘껏 그리워해야지. 볼 수 있을 때 찾아가야지. 사랑의 손 내밀 때 기꺼이 다가가 따뜻하게 그 손 잡아야지. 거대한 세월의 흐름 속에 기회도 함께 흐른다. 조금의 빈틈도 주지 않고. 후회와 안타까운 마음만은 속절없이 흐르는 강물 위에 둥둥 뛰어 놓은 채.

95. 아버지에 대한 추억: 잊어서는 안 될 역사

일본강점기 당시 한국인들이 강제노역 당하고 그 근로 임금 받지 못한 것에 대한 판결이 내렸다고 일제히 언론에서 아래같이 보도했다. (오늘, 2018년 10월 30일 화요일)

우리 아버지(김진호, 1919년생)는 일제강점기 때 징용으로 끌려가 남양군도에서 2차 대전 전쟁의 한 가운데 서 있었다. 2차 대전 말기 남태평양 어느 섬에서 미군 포격 때 구사일생으로 살아남아 고국에 돌아왔다. 아홉 살 어린 신부(우리 어머니)와 서른 살에 늦은 결혼을 하고 슬하에 칠 남매(오남이녀)를 두었다. 내 어릴 적 아버지에 대한 기억은 술만 드시면 소위 잔소리가 많았고 가끔 화나면 밥상을 뒤엎는 것도 목격하기도 했다. 아버지께서 장사하고 밤늦게 집에 돌아오실 때가 되면 우리는 잠자리에 들 수 없었다. 왜냐하면 "아버지 오셨다." 하면 자다가도 깨어나 밖으로 나가 인사해야 했기 때문이다. 그렇지 않으면 불호령이 떨어졌다.

난 어렸을 때 아버지의 그런 모습을 이해할 수 없었다. 술 안 드신 평소에는 말씀도 별로 없고, 조용히 열심히 일하는 모습이 기억에 뚜렷하다. 하지만 아버지는 술을 많이 드셨고, 담배도 자주 피웠다. 아버지는 태평양전쟁터에서 널린 시체 더미에서 구사일생으로 살아남아 그 충격적인 기억에서 벗어나지 못해 그 무섭고 두려운 기억을 잠재우기 위해 허구한 날 술로 인생을 보냈다. 나는 나중에야, 돌아가신 후에야 아버지의 그 고통과 아픔을 조금 이해하게 되었다. 너무 죄송하고 안타깝다. 아버지는 과다한 술, 담배 후유증으로 나중에는 위가 터져 대학병원에 가서 위를 꿰매는 수술을 받기도 했다. 봉초 담배도 지나치게 많이 태워 늘 기침하곤 했다. 드디어 병원에서 술 담배 금지령이 떨어졌다. 하지만 이미 온몸에 안 좋은 현상이 일어나 시골집에 홀로 계시다가 쓰러져 1984년 11월 28일 돌아가셨다.

오늘 일제강점기 때 강제로 끌려가 죽도록 고생하며 일하고도 임금을 받지 못한 것에 대한 배상 청구권이 효력 있다는 대법원의 너무나 늦었지만, 판결이 내려졌다. 우리 아버지는 돌아가신 후에 일본군에 강제로 끌려가 일한 그 증서와 신분증 등 관계 서류를 국가기관에 제출하여 오십만 원? 정도 받은 적이 있다. 어머니는 아버지 살았을 때는 한 번도 받아보지 못한 돈을 돌아가신 후에 처음으로 받아 보셨다며 쓸쓸하게 말씀하신 기억이 난다. 사랑하는 어머니도 아픈 기억을 가슴에 고스란히 묻고 2016년 5월 27일 고향 함평에서 돌아가셔서 이제는 더 옛 기억을 되살릴 수도 없게 되었다.

오늘 역사적인 대법원 전원합의체의 일제 강제노역 피해자 4명이 일본 신일본제철을 상대로 낸 손해배상 청구 소송 재상고심에 대한 판결을 보며, 우린 아직도 청산해야 할 역사가 많고 잊어서는 안 될 역사가 많다는 것을 기억해야 하고 역사의 교훈 곱씹어본다. 이제 다시는 그런 역사가 반복되지 않도록 해야 하고, 더 나은 삶의 정신과 가치관으로 극복하고 승리해야 할 것이다. 물론 모든 역사를 보고 심판하시는 하나님의 섭리와 심판을 분명히 믿으며 다시 아픈 우리 역사와 그리운 아버지를 그리워해 본다.

♤ 다섯째 꽃:
고목 나무에 새싹
(2019~2020년)

96. 밤길

오늘이 책 반납하는 마감날이다. 댕이골 집에서 오후 다섯 시 20분쯤 나섰다. 보통 때는 차로 가서 반납하고 또 빌려 오는데 오늘은 산책 겸 해서 뒷산 휴암산 길로 걸어서 평소 사람들이 운동 삼아 걷는 길을 따라 부지런히 걸었다. 감골도서관까지 거리의 중간쯤 오면 네 갈래 길 안내판이 나온다. 곧바로 가면 산 너머 족구장이 나오고, 오른쪽으로 가면 감골도서관 길이다. 겨울이라 그런지 집을 나설 때부터 반쯤 어스름했다. 평소 산책할 때와 달리 돌아올 생각에 더 빨리 걸었다.

드디어 도서관에 도착했다. 마치 나를 위해 마련해 놓은 것처럼 그곳에는 수십만 권의 책이 있다. 나를 위해 책을 보관하고 잘 관리하는 사서까지 두고 있는 듯하다. 난 언제든 마치 내 건물에, 내 책을 관리해 주는 직원들에게 가볍게 인사하고 나서 읽은 책 반납하고, 또 관심 있는 책 빌려 나왔다. 요즘에는 두 주일 동안 열 권까지 빌려준다. 얼마나 고맙고, 감사한 일인가. 여기가 나의 지식의 보물창고나 다름없다.

어서 가자. 더 어두우면 길이 안 보일 테니. 책을 가방에 넣어 등에 멨다. 벌써 눈에 뭔가 낀 것처럼 앞이 침침하다. 저녁이라 쌀쌀했지만 든든하게 입어 춥진 않았다. 주차장을 지나 오솔길에 다시 들어섰다. 거기까지는 가로등이 있어서 조금은 환했다. 그러나 불빛이 닿지 않는 곳은 그 불빛 때문에 더 어둡게 보였다. 길가다가 맨 먼저 만나는 곳이 왼쪽으로 가지런히 잘 가꾸어진 무덤이다. 쳐다볼 틈이 없다. 빛에 눈이 노출되면 어둠에 적응하기 힘들기에 못 본 척하고 조심조심 걸었다.

이건 초저녁이 아니라 완전 1월 초겨울 한밤이다. 분명 저녁 시간 때인데 사람은 아무도 없다. 가끔 부스럭거리는 소리만이 내 모든 신경을 가져갔다. 산길이라 돌부리와 나무뿌리가 돌출되어 있어서 넘어지지 않으려면 더욱 신경 곤두세워야만 했다. 몇 백미터 지나 왼쪽 길가에 또 무덤이 나온다. 눈을 돌려 숲을 바라보면 더 시커멓다. 굳이 날 부르지도 않은데 쳐다볼 필요가 뭐 있나. 아무 말 없이, 잠잠이 잘 걷기만 하면 되지 않은가. 언젠가 이 어둠의 굴을 뚫고 환한 집에 도착하리라.

왼발 오른발! 왼발 오른발! 마치 구령을 맞추듯 걷기만 했다. 가끔 큰 기침도 했다. 혹 나와 마주치는 고라니라도 만나면 놀라지 말라고 미리 알려 주는 셈으로 그렇게 했다. 혹 산에 운동하러 왔다가 아직 집을 향해 가고 있는 사람이 있다면 밤길에 놀라지 않도록 여기 움직이는 게 이상한 짐승이 아니고 사람이라는 것을 알리기라도 하듯 괜한 기침 소리를 냈다. 산 정상에 오르면, 물론 뒷동산이니 그렇게 높지는 않지만, 운동하는 기구가 여러 개 있고, 그곳을 지나면 바로 또 커다란 어느 문중 묘가 나온다. 난 애써 이것저것 쳐다보지 않고 외면하며 걸었다. 양쪽 숲 너머에는 여기가 대도시임을 알리는 불빛이 환히 자신들을 뽐내고 있다. 하지만 내 앞길을 밝혀 주는 데는 터무니없이 모자라다.

이번에는 작은 무덤이 오른쪽 길 가까이 와서 마지막 무덤임을 알려준다. 재들이 어딜 가느냐? 이 밤에. 왜 아무 말 없이 조용히 걷기만 하냐? 숲속에서 뭐라고 말을 걸어오든 난 대꾸도 하지 않고 걸었다. 한 발, 두 발 걷다 보면 반드시 내가 편히 쉬도록 반겨 줄 집에 닿을 것이다. 끝도 갓도 없이 이 어둠이 계속되진 않을 것이다. 그래도 내 등에는 환한 등불 아래서 자신의 속살을 드러내 보이며, 귀한 사연을 간직한 책들이 내게 말을 걸어 주기 위해 얼마나 밝은 빛을 기다릴 것인가?

저쪽 어두컴컴한 곳에서 불빛이 걸어온다. 사방에는 개 짖는 소리도 없다. 숲속 나무들은 자신들의 시간이 아니란 듯 무거운 침묵만 고수하고 있다. 검은 물체와 함께 조그만 불빛이 점점 내 앞으로 다가왔다. 아마 저쪽은 더 심장이 뛸지 모른다. 밤에 불빛도 없이 검은 물체가 자기에게 다가오니 어쩌겠는가. 드디어 조우(遭遇)!

우린 아무 인기척도 없이 스치듯 지나쳤다. 그는 중년 남자처럼 보였다. 작은 한 마리 개를 앞세우고 손에는 스마트폰 불빛에 의지해서 반대편으로 산길을 갔다. 여기가 적막고도(寂寞孤島)라면? 아! 그러면 평소에 보아 둔 '베어 그릴스'처럼 하면 되겠구나. 그는 어떤 어려운 정글이나 사막에서도 모든 어려움을 여러 생활의 재치와 용기로 마침내 살아남지 않는가.

어두움은 분명 끝이 있으리라. 그 어두움은 내가 한 걸음, 한 걸음 걸을 때마다 조금씩 뒤로 밀려나 마침내 내가 그리던 포근한 겨울 집 안으로 안내했다. 집에 도착해서 맨 먼저 눈길을 보낸 곳이 벽에 걸린 시계였다. 아! 아직 일곱 시 전(前)이네. 난 겨울 한밤중 같은 산길을 홀로 부지런히 걸어왔는데….

97. 내일 휴무입니다

새벽 다섯 시 반에 알람을 맞춰 놓고 잠을 청했다. 웬일인가. 새벽 네 시 반에 깨고 말았다. 조금 더 자자. 좀 더 자야 한다. 오늘부터 택배 아르바이트하기로 해서다. 새벽 여섯 시부터 일곱 시까지 차에 짐을 싣기 때문에 안산에서 군포 부곡동에 있는 화물터미널까지 빨리 가야 한다. 잠을 적게 자고 가면 낮에 운전하면서 졸리게 되면 위험하므로 피곤을 덜기 위해서였다.

더군다나 지난밤 아시안컵 16강전 한국과 요르단의 축구경기가 있었는데, 망설이다가 그만 보고야 말았다. 하필 후반에 한 골 먹어 1:1 동점이 되고 말아 연장까지 가지 않았는가. 무슨 애국심이라도 발동했는지 이길 때까지 보고 말았다.

그런데 다시 누워도 정신은 말똥말똥 잠이 오지 않는다. 삼십 분이라도 자자. 아니 십 분이라도 자자. 난 내 몸이 내게 요즘 반항하고 있다는 걸 잘 알기 때문에 타이르듯 얘기했다. 하지만 눈은 말똥말똥하고, 정신은 더욱 맑아졌다. 어쩔 수 없이 엎디어 잠시 이 땅에 고난받는 사람들의 평안과 오늘부터 시작하는 아르바이트에 안전하고 즐겁게 잘 감당할 수 있도록 기도했다.

지난주 택배회사에서 연락이 왔다. 이번에도 아르바이트하려면 답을 달라고 해서 그러겠다고 응답했다. 드디어 그날이 되었다. 사과 한 쪽에 우유 한 잔 마시고 집을 나섰다. 아직 사방이 어둡다. 자동차의 빛을 따라 열심히 달려 회사에 도착했다. 4번 차 배정받아 도우미를 찾았는데 아직 신입 도우미들 교육 중이라고 하여 내가 4층 사무실에서 1층 물류창고에 내려가서 혼자서 차에 물건을 실었다. 그 후에 다시 사무실로 올라와서 찾아갈 주소 점검하며 기다렸다. 한 시간 이상 기다리고 나서야 신입 도우미 교육 끝났다.

우리는 여덟 시 십 분쯤에서야 출발하게 되었다. 이 시간이면 현장에 도착해서 택배할 시간인데 이제야 출발이라니…. 그것도 신입 도우미와 함께? 이미 경험해서 어떻게 하루가 전개될 것을 안다. 신입과 함께 하면 처음부터 하나둘 가르치며 해야 하니 일은 더디고 성과는 안 나니 시간은 시간대로 자꾸만 흘러가고 만다. 힘도 빠지고 해는 떨어지고…. 하지만 대학 졸업하고 군대까지 갔다 온 친구에게 난 침착하고, 친절하게 상품을 갖다 줄 때 고객에게 전화하는 일, 아파트에 들어가서 고객 찾는 일, 연락 안 될 때, 경비실에 맡기는 일 등, 하나둘 가르쳐 주었다. 하지만 별 기대는 안 했다. 젊은이하고 하는 게 위안이라면 위안이다. 도우미 베테랑은 말 안 해도 알아서 잘해서 힘이 훨씬 덜 든다.

왜, 이런 일 하느냐고 묻지 마라. 삶의 이유 없는 일이 어디 있으랴. 묻어 두고 싶은 사연 하나둘 정도 다 가지고 있지 않은가? 이미 출근 시간이 되어 배달 지역까지 가는 데도 시간이 지체되었다. 수많은 사람이 자신만의 작은 꿈을 안고 열심히 삶의 현장으로 달려가는 차들 틈에 끼어 우리도 열심히 달렸다.

사실은 지난 추석 때 일 끝나고 물류회사 대표의 말이 '내년 설에 다시 보자'라고 해서 '난 이 일이 직업 아니다.'라고 했었다. 다시 안 하고 싶었는데 또 길을 나서고야 말았다.

오늘은 동탄 신도시 지역이다. 좀 편한 줄 알았는데 그게 아니다. 힘은 힘대로 들고, 일의 진척이 더디다. 해가 지도록 하고 나서 더는 안 되겠기에 아직 배송할 상품이 남아 있지만, 도우미에게 그냥 돌아가자고 했다. 원래 도우미는 네 시 퇴근하도록 교육받았다. 그래서 가능하면 그 비슷한 시간에 끝내고 가려고 했지만, 계획대로 되지 않았다.

예까지 왔는데, 하나만 더하고 가자고 말하며 마지막 갈 주소 검색하는데 내게 전화가 왔다. 대뜸 하는 소리가 성난 목소리의 일방적인 항의 전화다. 오늘 상품 온다고 해서 이제껏 기다렸는데 왜, 아직 오지 않느냐며 역정이다. 점심도 아내가 싸 준 샌드위치 빵 하나로 따스한 두유 사서 젊은 친구와 나눠 먹고 쉬지 않고 여기까지 왔는데, 대뜸 화부터 낸다. 나는 못 간다고 대답했다.

이미 돌아가야 할 시간이 지났다. 하지만 난 도우미에게 마지막으로 갈 곳이 어딘지 물어보니, 이게 웬걸, 마지막까지 하고 가려고 한 그 집과 왜 이렇게 안 오냐고 항의하는 오륙십 대 그 여성 고객의 목소리의 주인공과 이름이 같았다. 난 순간 웃음이 나왔다. 그 고객에게 "잠깐만요, 마지막 가려고 했던 집이 바로 고객 신○○ 댁이어서 곧 거기로 가겠습니다. 조금만 기다려 주세요." 하고 주소를 검색하니 남은 거리가 4.2km 정도다.

다행히 명절상품을 잘 전달해 주고, 동탄 신도시 대형 아파트 단지를 떠나 부곡동 복합물류센터로 향했다. 가는 도중에 '지금 어디쯤 오는지, 배송 못 한 상품은 얼마나 남았는지' 도우미가 사무실 직원의 전화를 받았다. 퇴근하는 차량 사이에 끼어 부지런히 도착하니 대부분 다른 사람들은 이미 일을 끝내고 돌아간 분위기다.

허겁지겁 집으로 돌아와 저녁을 먹는데 몸은 몹시 피곤했지만, 밥이 꿀맛이다. 식사 후에 소파에 누워 TV를 보다가 나도 모르게 잠이 들었다. 얼마나 잤을까 문 열고 이제야 들어오는 아내의 목소리에 잠을 깼다.

자면서 끙끙 앓는 소리를 냈다. 죽은 듯이 잤다. 자고 일어나도 온몸이 쑤시고 뻐근했다. 평소 안 쓰던 근육을 써서 그러나 보다. 입에서 '아! 피곤하다'라는 말이 절로 나왔다.

밤늦게 대표로부터 전화가 왔다. "김 기사님! 상품이 많지 않아 내일 휴무입니다."라고 한다. 얼마나 다행인가. 와우, 내일 오라고 하면 어떡하지 하고 있었는데…. 몸이 마음처럼 감당이 잘 안 된다. 다음 날 오후에 책을 읽다가 오후 〈두 시 만세〉 방송에 나오는 퀴즈 하는 시간을 듣게 되었는데, 끝까지 퀴즈 떨어지지 않고 맞춘 사람에게 최후 상품이 사십만 원 구두 상품권이란다. 어느 청취자가 퀴즈 참가한 동기가 아침에 아내가 병원 간병인으로 출근하는데 신발 뒤축이 많이 닳아 퀴즈 맞히기에 끝까지 가서 아내에게 신발 좋은 것을 선물하고 싶다고 했다. 그런데 갑자기 왜 내 마음이 뭉클한가. 왜, 내 눈가에 눈물이 젖는가? 왜, 가는 세월에 내 삶을 자꾸 비춰보는가?

98. 그해 설날

2016년 2월 8일 월요일 설날 아침이다. 나비 축제가 해마다 열리는 함평, 거기서도 유구한 역사와 전통을 자랑하는 학다리 중·고등학교가 있는 동창마을, 명암마을이라고도 불리는 동네에 여느 때와 다름없이 어머니가 살아오신 곳이다. 명절이 오면 객지에 나가 있는 자식들은 하나 둘 고향 집을 찾아든다. 모두 자연스럽게 고향산천 부모님 계시는 곳으로 발걸음을 돌릴 것이다.

세월의 무게를 그 누가 이길 수 있으랴. 이젠 어머니는 음식 준비에 거의 손을 대지 않는다. 그렇다고 가만 앉아 있는 성격도 아니다. 언제나 부지런하고 뭐든 참 잘하셨다.

동네 잔칫날이면 어머니는 집에 그냥 계시는 법이 없다. 이곳저곳으로 불러 가서서 음식에 대해 여러 가지로 조언을 하고 도움을 주곤 했다.

장녀로 태어난 어머니는 처녀 시절부터 할머니에게서 온갖 집안일과 살림 사는 것을 다 배웠다. 스무 살 시집오기 전에 김치 담그는 법, 길쌈하기, 누에고치로 실을 타서 문래로 베 짜기, 디딜방아를 이용해 쌀보리 찧어 떡 만들기, 옷감 짜서 산 사람 옷에서부터 장례 때 죽은 사람 가족들이 입는 상복 등등. 농촌에서 못하는 것이 없다 할 정도로 잘하는 한 마디로 팔방미인이었다. 뭐든 잘해서 어쩌면 인생길 고생길이었는지 모르겠다.

한 번 본 적도 없는 신랑과 뼈대 있는 집안과 결혼하도록 한 부모님 결정에 따라, 그것도 아홉 살이나 많은 사람, 눈 오고 추운 겨울에 육십 리 길을 가마 타고 가다가 내려서 걷다가 그 먼 길을 걸어왔다. 그 좋은?

시집살이하러 왔다고 사시면서 몇 번이고 한이 된다고 말씀하곤 했다.

1928년 12월 1일생(음력) 어머니 생신날이다. 아버지는 1919년 12월 5일 태어나셨다. 우리 민족이라면 모르는 사람 없으리라. 일제강점기에 아버지는 일본놈들의 야욕 가득 찬 전쟁놀이에 끌려가 남태평양의 어느 섬 징용으로 일하다 일본 패망 직전 미군의 우수한 폭격으로 수많은 동료가 죽는 가운데 구사일생으로 살아남아 고향으로 돌아올 수 있었다. 어머니와 결혼 후 영산강을 끼고 있는 일제 당시 금광이었다는 속금산 아래 진례(금송리)에 신혼살림을 시작했다. 아버지와 어머니 결혼은 아마 1948년에 하셨으리라. 장남인 큰형이 1949년생, 누나가 1950년생으로 어머니는 갓 태어난 딸과 큰아들 둘을 데리고 민족상잔의 비극 6.25를 맞았다.

서울이 사흘 만에 점령당하고 불과 몇 달도 지나지 않아 부산만 빼고는 전부 공산군에 점령당하고 말았다. 아버지는 마을 이장을 맡아 동네일도 열심히 하고 또 농사도 지으며 열심히 살았다. 어머니는 삯바느질도 하고 동네 온갖 일을 챙겨 가며 신혼의 꿈에 젖어 갈 때 전쟁의 소굴에 들어가게 되었다.

그때는 참 무서울 때였다. 훗날 아버지는 종종 이런 말씀을 하셨다. 밤에 누가 부르면 나가는 것이 아니다. 친구가 불러도 나가지 말고 여러 번 듣고 잘 확인하고 나가라고 하셨다. 그때는 소위 인공 때, 밤에 불려 나갔다가 불귀의 객이 된 사람이 많았다.

어느 날 밤, 몇 명의 밤손님이 군홧발로 방에까지 들어와 다짜고짜 아버지를 내놓으라며 아버지의 행방을 물으며 어머니를 위협했다. 어머니는 벌벌 떨면서 모른다고 어린 두 아이를 가슴에 안고 대답했다. 안다고 한들 어디 있다고 말하겠는가. 밤마다 아버지는 숨고 날이 밝으면 어디 숨었다가 오셨는지 다시 돌아오곤 했단다. 공비들 앞에서 벌벌 떨며 두 아가를 품에 안고 그 일분일초가 수십 년 같은 시간을 보냈을 어머니의 마음을 어찌 다 헤아릴 수 있으랴. 낮에는 또 경찰 군인들이 지배하는 때도 있어서 덜 했지만, 밤에는 그 밤손님들 때문에 무섭고 두려운 시간을 보냈다고 회고하곤 했다. 한 개인만이 아니라 이 나라 이 겨레의 아픔과 질곡이 아닌가. 아직도 그 커다란 상흔이 여기저기 남아 있어 아린 상처를 부둥켜안고 삶의 힘겨운 길을 새롭게 열어 가야만 하는 사람들이 많다.

명절이 올 때마다 드는 생각은 아! 어찌 세월이 이다지도 빠른가? 별 해 놓은 것도 없는데 무심한 세월은 저 멀리 발걸음을 옮기곤 한다. 어머님께 변변한 효도도 못 했다. 온 동네 사람들에게 어머니의 이름으로 잔치를 베풀어 사람들에게 자식들을 많이 낳고 기르느라 그렇게 고생을 하더니 이렇게 잘되어 효도 받고, 잘됐다는 칭찬도 들도록 하고 싶었는데 여전히 아직 준비되어 있지 않은 채 세월만 떠나보내고 있다. 나는 비록 가는 길이 멀고 먼 천릿길이라도 늙은 어머니가 고향에 계시니 어찌 멀다 할 수 있겠는가. 어찌 지겹고 귀찮은 일이 되겠는가. 어머니가 살아 계신다는 건 기적이다. 영광이다. 생애 보람 아니겠는가. 은혜이지요. 목회하며 산다는 핑계로 넉넉한 살림이 못되어 가는 여비조차 부담을 느끼니 생을 제대로 살아 내지 못한 나를 탓하기를 몇 번이었던가. 그래도 가야지. 어머님이 외로이 고향 집을 지키며 보석 같은 자식들, 사랑스러운 손자들 기다리느라 주름살 골이 얼마나 깊어졌나. 어머니에게 기쁨이 있다면 생때같은 자식들 얼굴이 아니겠는가. 가야지. 부지런히 가야지. 갈 곳이 있다는 게 얼마나 좋은 일인가. 고향 집 찾아가면 대통령보다 더 큰 자랑과 기쁨으로 반겨 주니 세상에 이보다 더 좋은 일이 또 어디 있겠는가.

명절에 우리는 상을 차려놓고 생명과 사랑의 하나님, 천지창조의 하나님께 감사예배를 드리고 나서 어머님께 세배드리고 손자 손녀들도 할머니께 세배드렸다. 올해에는 어머니께서 세배 안 받으시려 했다. 매년 그런 내색을 했지만 우리는 '뭘 그러시냐.'며 '어서 앉으셔서 절 받으세요.' 하면 또 그렇게 못 이긴 척하며 절을 받으시고 학교 다니는 손자들에게는 만 원짜리 지폐를 주시고, 아직 어린 꼬맹이들에게는 천 원짜리 지폐를 고사리손에 쥐어 주셨다.

이 모습 자체가 행복을 주지 아니한가. 얼마나 고맙고 다행한 일인가. 비록 지치고 힘없는 모습이지만 천년만년 우리 곁에 계실 것 같은 어머니가 아직 곁에 계시니 이 얼마나 행복한 일인가. 물론 지난겨울 지나면서 여주 노인 요양병원에 입원해 계시기도 하고 다른 병원에 가서 여러 치료를 받기도 했다. 그날이 가까이 오고 있음을 기억하고 조마조마하는 마음으로 보내곤 했었다.

어머니의 설은 언제나 바빴다. 어릴 적에는 우리와 떡 방앗간에 가서 떡가루를 만들어 시루떡을 쪄 내곤 했다. 또 가래떡을 뽑기 위해 밤새 기다리기도 하고, 집에 돌아와 불도 때고 마당도 쓸고, 나무도 날라 부엌에 옮기고, 여러 가지 일을 하며 어머니를 도우며 바쁜 시간을 보냈는데, 돌아보면 그때가 얼마나 행복한 시간이었던가 오랜 시간이 지나서야 깨닫게 되었다.

어머니는 우리 칠 남매가 다 잠든 사이에도 주무시지 않고 설 상에 올릴 것을 준비하느라 분주하게 시간을 보냈다. 방구들이 뜨끈뜨끈하여 몸을 이리 뒹굴고 저리 뒹굴며 단잠을 자고 어느 새벽 날도 밝기 전 딸

그락거리는 소리에 우리는 부스스 잠을 깨면 어머니는 언제 일어나셨는지 벌써 일어나 부지런히 설날 아침을 준비하고 계셨다. 매년 시루떡도 찌고, 쑥떡도 만들고, 과일은 밤, 대추, 사과, 배, 곶감 등을 마련해 두셨다. 그 시절 생각만 해도 웃음이 절로 나고, 참 좋았는데….

오늘은 2019년 2월 5일 설날 아침이다. 어머니는 2016년 5월 28일 그렇게도 눈부시게 밝고 화사한 오월 봄날에 세상의 모든 수고를 그치고 저 하늘나라에 가셨다. 그해 설날이 어머니와 마지막으로 보내리라고는 꿈에도 생각지 못했다. 그곳에 계시는 것만으로도 넘치는 행복이었는데, 부르고 싶을 때 부를 수 있는 것만으로도 응답하시는 하나님 같았는데….

어머니와 함께 보낸 설날 풍경이 눈앞에 선하다. 엊그제만 같다. 불과 삼 년 전의 일이다. 그곳으로 되돌아가고 싶다. 할 수만 있다면 그 시간이 멈추어 있도록 동아줄로 꽁꽁 묶어 놓고 싶다. 갈 곳을 잃었고, 찾아갈 곳이 어디인지 알 수가 없다. 인생이란 무엇인가. 사람답게 사는 것이 무엇이란 말인가.

설 명절이 되어도 재미가 없다. 뭔가 텅 빈 기분이 든다. 지구촌 어디를 가도 허전하고 텅 빈 마음을 채울 길이 없어 보인다. 천년이 하루같이, 엄위하게 흘러간다. 가면 다시 돌이킬 수 없는 길이다. 후회하는 것이 인간이 아니리오마는, 아니 가려 해도 안 갈 수 없는 인생이지만, 가야 하고 가야만 하는 길이라면 후회 없는 길 가야지. 후회하더라도 조금만 하는 길을 가야지. 가능하다면 돌아볼 때 그립고 돌아볼 사랑하는 얼굴로 살아야지. 저 하늘에 계실 어머니 너무나도 그립고 보고프다.

*설날 아침에

99. 큰아들 졸업식 가는 날
(큰아들 명진이 대학 졸업답사)

큰아들 졸업감사 예배 후. 2019년 2월 22일

큰아들 명진이 중앙대 심리학과 졸업감사예배 날이다. 학교 졸업식은 이미 2019년 2월 19일 화요일에 있었다. 그때는 오지 말고 차라리 금요일 그러니까 22일 졸업감사예배 때 오면 좋겠다 해서 오전 11시 예배시간에 맞춰서 안산에서 출발했다. 한 시간 이십 분 정도 여유를 두고 출발해서 티맵 t-map의 센스 있는? 안내를 받으며 잘 나갔다. 그런데 아는 사람은 다 알겠지만, 서울만이 아니라 대한민국 전체에서 가장 많이 차 막히는 곳이 사당사거리 부분이 아닐까 생각한다.

수십 년 전 사당사거리 지하철 공사할 때부터 해서 언제나 지체, 정체가 계속되는 곳이다. 그 공사가 끝나면 괜찮다고 생각했는데 지금도 아침이나 저녁 상관없이 시도 때도 없이 막히는 곳이다. 급한 일 있는 사람에게는 공중부양이라도 해서 벗어나고픈 곳이 바로 이곳이다. 그래도 낮에는 좀 괜찮겠지 했는데 아무렴, 기대를 벗어나지 않았다. 고속도로를 타고 비싼 요금 1,600원을 내고 나오니 남태령 부근 고속도로 출구에서 사당사거리 길로 들어가는 데도 인내심을 발휘하지 않으면 거의 통과하기 어려웠다.

누가 그런 말을 했나. 피할 수 없으면 즐기라고? 절로 기도가 나온다. 아내는 아들이 재학생 송사에 이어 답사를 맡았다고 제시간에 가야 한다며 발을 동동 구른다.

드디어 서울로 접어드는 그 유명한 사당사거리 대로에 끼어들 수 있었다. 1차선 길이 조금 더 잘 빠지는 것 같아 그 길로 차를 몰았다. 엥? 이게 웬일?! 좌회전 차선이 되고 마는 게 아닌가. 이게 아닌데? 차량이 많아 좌회전도 차선 두 개를 주고 있어서 난, 의도치 않게 미안하지만, 직진 차선으로 용감하게 끼어들었다. 다들 차를 바짝바짝 대고 있고, 신호대기도 몇 번 받아야 겨우 사거리 통과할 수 있으므로 운전자들도 신경이 조금은 날카로워져 있다. 난 아내에게 창문을 열고 뒤차에 손 신호 보내며 미안하다는 인사를 하게 시켰다.

아내는 장롱 면허로 터를 잡은 지 오래여서 여간해서는 그 터를 떠나려 하지 않는다. 말로는 시내 주행하겠다고 하는데, 내가 볼 때 아직 멀었다. 운전자의 감각, 자세, 심리를 가지고 조수석에 타야 직접 운전대를 잡으면 잘할 수 있다고 잔소리해도 잘 안되는 것 같다.

나 같으면 운전자가 말하지 않아도 끼어들 때 창문을 열고 손 신호 보내며, 미안하다는 인사를 하고 운전자가 신경 덜 쓰게 하고 운전을 돕는다. 이런 자세가 몸에 배었을까. 이러므로 더 고생하는 것은 내 몸이다. 상황이 벌어지면 몸은 벌써 움직이고 있다.

다시 사당사거리로 돌아온다. 드디어 손 신호의 혜택?을 보아 무사히 사거리를 통과했다. 그러나 아직도 흑석동 중앙대까지는 십여 킬로미터 남아 있다. 차만 안 막히면 이건 십여 분이면 충분히 갈 수 있는 거리다. 이미 약속한 열 한 시가 지났다. 날아갈 수도 없고 해서 마음을 느긋하게 먹기로 했다. 내비게이션을 보니 도착 예정 시간이 11시 24분을 가리키고 있다. 아들의 답사를 못 들으면 어떠랴! 나중에 써놓은 글 읽어 보면 될 테지.

드디어 사당동 꽉 막힌 거리를 빠져나와 동작동 현충문 앞을 지나 중앙대가 바라보였다. 반가웠다. 중대 부근도 좀 복잡하다. 옛날 길 그대로여서 차가 다니기에는 불편하고 사람들도 마찬가지일 것이다. 신호기도깜빡이 불로 바꿔 놓는 재치를 발휘하여 사람과 차가 서로 눈인사하며서로 양보하여 '형님 먼저! 아우 먼저!' 하며 소통의 물꼬를 트고 산다.

입춘이 지나, 우수까지 지났어도 아직 겨울바람이 골목대장이다. 하지만 대학생들의 밝은 표정에 겨울바람은 쪽도 못 펴고, 저 멀리서 눈치만 보며 거리를 젊음이 넘치는 싱싱한 웃음과 미래를 꿈꾸는 청년들에게 거리 가득 내주고 있다. 신속히 지하 3층에 주차하고 학교 채플 실(chapel)을 찾아갔다. 다행히 아직 찬양 중이다. 예배가 시작되지 않아좀 더 기다렸다. 안심되고 감사한 마음이 생겼다. 11시 반에 SCM 중앙대 기독동아리 회장의 사회로 예배가 시작되었다. 찬양과 감사 기도, 중앙대 57학번 최재선 박사의 설교가 이어지고 드디어 후배 중 한 여학생이 송사했다.

한없이 귀여울 것만 같았던 아들은 이미 고등학교 때 키 180cm가 넘었다. 그래서 밝은 눈으로 쳐다보아야 아들과 눈을 마주칠 수 있다. 꼬맹이 때는 텔레비전에 나오는 유명한 사람들 흉내도 잘 내고, 거의 모든 운동을 몸으로 흉내 내곤 해서 엄청나게 웃음을 주고 귀여움을 독차지했다. 아들은 참 많은 기쁨과 웃음을 우리에게 선사해 주었다. 그의 할머니도 무척이나 예뻐하셨다.

성안중학교 3학년 때, 공부 잘하는 또래들만 들어갈 수 있다는 안산 동산고에 추천을 받아 진학하게 됐는데, 그 학교에 가려는 마음이 없었다. 너무 부담이 커서 망설이고 고민하다 울먹이기까지 하며 거기로 안 가면 안 되느냐고 했었다. 하지만 1학기 다녀 보더니 자신감을 얻고 친구들과 잘 어울렸다. 반에서 선교부 반장을 하며 찬양 리더로 기타도 쳤다. 이렇게 하나님의 은혜로 여기까지 와서 드디어 오늘 대학 졸업하게 되었다.

나는 아들 입학 때 함께 와서 사진도 찍고, 학교 대강당에서 입학식도 참석한 것이 엊그제 같은데, 그런데 벌써 졸업이다. 아들에게는 남다른 추억이 있을 것이다. 변변치 못한 아빠 때문에 학비도 여러 모양으로 냈다. 난 아들에게 공부도 잘하고 낭만도 즐기는 대학 생활을 하도록 용돈도 제대로 주지 못해 늘 미안한 마음을 갖고 있다.

아들은 일 학년을 마치고부터는 용돈을 한 푼도 요구하지 않고 스스로 교내 아르바이트, 중대병원 아르바이트하며 동아리 형들의 자취방에 들어가 씩씩하고 당당하게 웃음을 잃지 않고 여기까지 잘 걸어왔다.

입학 후 6년 만에 졸업이다. 군대 갔다 와서 지금 졸업하는 것이 아니다. 사실 아빠의 바람으로 학사 장교 시험 보아 최종합격 통지서를 받아두고, 졸업하면 육군 장교로 3년여 근무하기로 되어 있었다. 그런데 4학년 1학기 때인지 안산 어느 풋살장에서 토요일 밤에 축구 하다가 넘

어져서 크게 다쳤으니 어서 와 달라는 연락을 받고 달려갔다. 고통에
신음하는 아들을 태워 병원에 가서 엑스레이 사진 찍고 집으로 왔다.
난 별일 없을 줄 알았다.

아들의 무릎이 하룻밤 자고 났더니 탱탱 부어올랐다. 서둘러 정밀 검사
받아 보니 사진을 본 의사가 아들을 보자마자 대뜸 하는 말이 '군대 갔
다 왔느냐? 물었다. 안 갔다 왔다고 대답하자, 자네는 군대 못 간다고
했다. 난 속으로 어? 이러면 안 되는데. 학사 장교 최종합격한 후 아들
장교로 군대 가게 되었다고 안양의 어떤 목사님이 축하한다며 저녁까
지 사 주어 맛있게 먹었는데 어쩌나? 난 사실 두 아들이 아빠처럼 군대
가기를 바랐다. 내가 군종으로 원주 가나안 농군학교 방문했을 때, 교
장인 김용기 장로님은 '군대는 인생 대학'이라며 씩씩하고 알차게 군 생
활을 할 것을 당부하던 말씀이 귀에 생생하다.

우리 형제는 칠남이녀(七男二女)였는데 해병, 공군, 육군 모두 군대 다
녀와서 자랑스럽게 생각한다. 그런데 군대 갈 수 없다니, 어쩌나. 어쩜
아들 아픈 것보다 순간 군대 못 가게 된 것을 더 아쉬워했는지 모른다.
의사의 말을 들으니 심각했다. 군대에 못 갈 뿐만 아니라 수술을 당장
받아야 한다는 것이다. 아들이 없는 살림에 또 돈을 벌어 준다니 얼마
나 고마운 일인가. 중앙대 병원에서 끊어진 무릎 십자인대, 연골 부분
손상된 부분까지 수술하여 연결하고 쇠붙이까지 넣고…. 이 주일 입원
하여 우리 부부가 교대로 병실을 지켰다.

아들을 퇴원시키고 우리는 안산으로 왔지만, 아들은 학교 근처에 자취
생활하며 재활 치료도 하고 좀 나아지자 가벼운 아르바이트를 하며 동
아리 활동도 하고 기타 개인지도도 했다. 한동안 무릎에 기구를 달고
여러 모양으로 재활 치료를 하느라 꽤 고생하며 2년을 휴학 시간으로
보내며 마음고생도 꽤 했으리라 짐작했다. 그렇게 해서 지난해 2학기

복학하여 오늘에 이르러 졸업하게 되었다.

이제 아들 명진이 답사의 차례다. 6년 동안 이곳에서 신앙과 학문을 닦은 모습이 목소리와 글에 녹아 있는 듯하다. 먼저 하나님께 감사하고 이끌어 준 선배와 함께했던 동료 후배들에게도 감사를 표했다. 그리고 하나님께서 찬양팀에서 봉사하도록 군대 가는 것까지 막으셨다는 유머로 어려움 겪었던 일을 웃음을 승화시켜 얘기했다.
마지막으로 그 내용을 글로 대충 옮겨 보면,

"먼저 여기까지 인도해 주신 하나님께 감사드립니다. 그리고 여러 모양으로 지도와 관심으로 이끌어주신 목사님과 선배, 형제자매님들께 감사드립니다. 저도 처음 입학할 때는 나름 풋풋했었습니다(웃음).
처음 영신관에서 전 중앙인 예배가 있다 하여 참석했는데 50명 왔더군요. 난 중앙인이 총 50명 인 줄 알았습니다. 그 후 SCM 기독동아리 모임 참석하면서 일주일에 한 명씩 데려온다고 공약을 했습니다. 하지만 어렵더군요(웃음). 이런저런 의심의 눈초리를 갖고 지낼 때쯤 저에게 학년 장을 맡기더군요.
아침 기도회 몇 번 빠지니 찬양 인도까지 맡겨 흔들리지 않게 해 주었습니다. 기도회에 참석하고 찬양 리더를 하면서 한 영혼이 얼마나 귀한지 알게 되었습니다. 그러는 가운데 세월이 흘러 지난번 중앙대 100주년 기념 예배 때 찬양 인도를 맡게 되었습니다. 이렇게 사용하기 위해 하나님은 제가 군대 가는 것까지 막으셨습니다. 아직 군대 안 간 형제들 열심히 하기 바랍니다(웃음).
선배가 되면 후배들에게 자연스럽게 뭔가 가르쳐줄 것이 있다고 생각했습니다. 그게 아니더군요. 오히려 후배들에게 배울 것이 있다는 것을 알았습니다. 끝으로 저는 이 한 말씀을 붙들고 앞으로 나아가려 합니다. 이 말씀은 저 뒤에 계시는 저의 아버지께서 좋아하는 말씀이기도 합니다.

'주의 법이 나의 즐거움이 되지…' (침묵) …. (정적) '죄송합니다. 주의 법이…' (정적)

(울먹이며) '주의 법이 나의 즐거움이 되지 아니하였다면…. 죄송합니다.' 결국, 울음을 터뜨렸다. 아내는 연속 화장지로 눈물을 찍어 냈다.

"다시 읽겠습니다.", "주의 말씀이 나의 즐거움이 되지 아니하였다면 내가 내 고난 중에 멸망하였으리이다."(시 119:92) "아직 이 말씀은 제 고백이 아닙니다. 언젠가 이 말씀이 제 고백이 되기를 소망합니다. 주의 말씀이 저의 즐거움이 되어 고난 중에 망하지 않고 승리하는 삶이 되길 기도해 주세요. 저도 여러분의 삶이 승리하도록 기도하겠습니다. 감사합니다."

예배 후에 촬영 시간을 갖고 식사할 겨를도 없었다. 오후 1시 반에 학교 행정과 인턴직원 뽑는데 면접 갈 시간이어서 우리는 면접하는 건물로 바로 향했다. 명진이가 이제 대문을 나서 새로운 인생의 길에 들어서니 주님과 동행하는 것을 기뻐하고 주의 말씀을 따라 사는 것을 영광과 부유함으로 알아 하나님을 사랑하고 이웃을 사랑하는 인간미 나는 삶을 살고, 믿음의 선진(先進)이 걸었던 더 나은 본향을 향한 거룩한 순례의 길을 걷기를 기도했다.

"주여! 여기까지 인도하신 것을 감사합니다. 주의 은혜로 앞길을 인도하소서!"

100. 나의 오지랖
(참고: 웃옷이나 윗도리에 입는 겉옷의 앞자락.)

말이 나왔으니 하는 얘기인데, 1990년 부평에서 수원 합동신학교 다닐 때 일이다. 한번 부평역을 이용해서 출퇴근해 본 사람이라면 다 기억할 것이다. 나는 새벽밥을 먹고 학교 가기 위해 구로행 전철을 타려는데 내리는 사람과 타려는 사람이 너무 많아서 이 층 승차장 부근에서 서로 오도 가도 못 하고 말았다. 승강장 계단 폭이 5m는 족히 될 것이다. 그런데 사람들이 먼저 가려다가 아무도 못 가고 서로 밀고들 난리다. 그 넓은 길에 사람끼리 서로 막혀 아무도 가지 못한다.

어찌 그런 일이? 이건 믿으셔야 합니다. 경험담입니다. 마치 병에 콩을 담았다가 꺼내려고 거꾸로 쳐들면 한꺼번에 나오려고 하여 콩이 못 나오는 모습 말이다. 사람에게도 이런 일이 있을 수 있다는 것을 그날 현장에서 목격했다. 아니, 이럴 수가. 이러면 안 되는데…. 진짜 서로 못 간다. 계단 올라오려는 사람들과 계단 내려가려는 사람들이 동시에 달려드니 꼼짝달싹할 수가 없다. 내가 누군가? 난, 마치 부평역 직원처럼 현장 지휘에 나섰다. "내려가는 사람들은 오른쪽으로! 올라오는 사람들은 왼쪽으로 오세요!"
소리를 지르며 사람 교통정리를 했다. 이게 웬일? 꽉 막혔던 길이 뻥 뚫린 것은 아니지만 흐르는 물처럼 좌우로 잘 빠져나갔다.

또 다른 에피소드가 떠오른다. 그때도 부평에 살 때다. 어느 날 저녁밥을 먹고 있는데 사이렌 소리가 귀를 때린다. 뭔가 심각한 일이 발생했다는 말이 아닌가. 나는 3층 단칸방 세 들어 사는 집을 뛰쳐나와 밖으로 가 보았다. 우리가 사는 바로 근처에 불이 나서 소방차가 달려와 있었다. 동네 사람들은 마치 재미있는 일 구경이나 하는 것처럼 바라보고 있었다. 소방대원들이 차를 대고 이리 뛰고 저리 뛰며 분주히 불을 끄고 있다. 소방 호스도 잡아야 하고, 다른 기구도 꺼내 불을 제압해야 하는데, 하지만 소방대원이 부족해서 어쩌지 못하고 있었다.

내가 또 누군가? 난, 마치 원래 소방대원인 것처럼 부리나케 붉은 소방차에 올라 도구도 꺼내 다른 소방대원에게 건네주고, 구경하는 사람들 위험하니 저 멀리 비키도록 소리치고, 소방 호스 꼬이지 않게 쭉 펴지도록 잡아주었다. 어느 정도 불길이 잡히고 안정을 되찾았다. 나는 마치 아무 일도 없었다는 듯 다시 3층 단칸 신혼 방에 올라가 먹다 만 늦은 저녁을 먹었다.

101. 구슬 나무에서 떨어져 봤어?

나의 어렸을 때 추억이 떠오른다. 초등학교 5학년이던가? 공수부대 유격 훈련한답시고 구슬 나무에 올라가서 줄을 매달아 두꺼운 새끼줄을 타고 내려오는 것이었다. 본 것은 있어서 바로 매달려 내려오지 않고 거꾸로 매달려 내려오는 것이다. 높이는 약 5m 정도였다. 문제는 이때부터 터졌다. 거꾸로 매달려 조금 내려오는 순간 뚜둑 소리와 함께 악! 하고 땅에 그냥 곤두박질 떨어지고 말았다.

난 그때 콧물, 눈물을 거의 평생에 흘릴 양의 절반은 다 쏟아 냈다. 3초쯤 기절하고 너무나 아파 그칠 줄 모르고 울었다. 그런데 억울하다면 억울한 게 있다. 내가 손을 놓아서 떨어졌다든지, 요령이 없어서 떨어졌으면 울지 않았을지 모른다. 거꾸로 물구나무선 자세도 좋고, 줄을 뒷발로 감고 멋진 자세로 하강했지만, 쿵! 순식간에 떨어져 낙법으로 몸을 보호할 틈도 없었다.

왜 떨어졌을까. 분석 결과 맨 위 묶은 부분의 새끼줄이 끊어진 것이다. 볏짚을 잘 골라 겉 부분은 털어 내고 야문 것만 가지고 물에 적셔 빨랫방망이로 두들겨 새끼를 두껍게 꼬면 어른 몇이 달려들어 당겨도 끊어지지 않는다. 그런데 난, 우리 집에 볏짚이 없어서 옆집에서 조금 얻기도 하고 논에서 줍기도 하여 양이 모자라 겉 부분 벗겨 내지도 않고 꼬았다. 그런데 그 약하게 꼰 부분이 끊어져 떨어지고 만 것이다.

나는 얼마나 오른팔을 붙들고 울었는지 모른다. 때는 여름방학이어서 학교에 가지 않아 다행으로 여기며 아픈 곳이 아물기를 바랐다. 오른손을 다쳐 숟가락질할 수 없어 왼손으로 했다. 다친 오른손에서는 검은 털이 나왔다.

그때 부모님은 아침에 장사 나가면 저녁 늦게 오시곤 해서인지 아마, 아들이 아픈지도 몰랐을 것이다. 난 용감하게 병원에도 가지 않고 잘 참고 이겨 내 여기까지 왔다.

102. 물류창고에서 하루

아직 떠나지 못한 겨울이 다가오는 봄볕을 밀어내고 있는 중간 지역 3월 중순이다. 아르바이트 신청에 이름, 생년월일, 연락처, 성별, 탑승지를 보냈더니 11일 월요일에 상록수역 앞 공영주차장에 아침 7시까지 나오란다. 휴대전화에 알람시계를 새벽으로 맞춰 두고 잠을 청했다. 미지의 세계를 향해 나아가는 길이라 그런지 왠지 모를 기대, 두려움이? 앞섰다.

아내가 덮어 놓은 우유 커피 한 잔 마시고 댕이골에서 차로 상록수역으로 갔다. 체육관 옆 운동장에 주차하려고 했는데 쇠봉을 세워 놓았다. 다시 차를 돌려 샘골 공원 주차장에 갔다. 시간이 급해 쌀쌀한 날씨에 뛰어갔다. 다행히 시간은 늦지 않았다.

한눈에 봐도 물류 아르바이트하는 사람들이 모여 떠날 시간을 기다리고 있다. 나는 처음이라 근로계약서(일명 갑을 계약서)에 서명하고 사인까지 했다. 팀장은 나보고 나이가 많은 데요 한다. 난 못 들은 체했다. 여기저기 대학생 또래 청년들이 차 타기 위해 서성이고 있다. 말 그대로 인력시장이다. 용인, 이천 지역에 있는 대형물류창고에 가서 일하는 것이다.

드디어 그랜드 스타렉스에 몸을 실었다. 구체적으로 어디로 가는지 막연하다. 스타렉스 세 대로 출발했는데 차마다 꼭 채워졌다. 어깨를 맞대고 앉은 청년이 누군지 모르는 낯선 사람이다. 한국인이 그러하듯 아는 사람끼리는 편히 말하지만 낯선 사람과는 말 섞기는 꺼리는 게 우리

습속이다.

말없이 한 시간여 달려 용인 휴게소에 들렀다. 거기에 가니 또 다른 몇 대의 승합차가 기다리고 있다. 모두 내려서 각 팀장의 지시에 따라 차를 옮겨 탔다. 누구도 선택권이 없고 타라는 대로 타야 했다. 마치 훈련소에서 훈련을 받고 자신이 생각하지도 못하는 곳으로 자대배치 받아 가는 것 같고, 노예시장에서 팔려 가는 일하는 노예가 이러하리라는 생각이 떠올랐다.

용인시 처인구 백암면 어느 물류창고에서 다시 내려 또 다른 곳으로 향했다. 나중에 보니 거기는 이천 양지병원 부근의 물류창고였다. 오전 아홉 시에 도착해서 숨을 좀 돌리자마자 붉은 면장갑을 받아 현장에 투입되었다. 종이상자 테이핑해서 쌓아 놓고 또 잘못 포장된 상자를 칼로 배를? 갈라 물품을 꺼내 바코드를 다시 붙여 새 상자에 넣고 테이핑하여 팔레트에 다시 키 높이 이상으로 쌓았다.

열심히 일했다. 오전에는 쉬는 시간이 없었다. 그곳에 직장으로 다니는 아줌마들이 있었는데 늘 하는 일이라 그런지 아주 익숙하게 잘했다. 기다리던 점심시간이다. 회사를 나와 밖으로 따라가니 한식뷔페 식당이다. 밥, 먹음직한 김치, 나물, 콩나물, 국, 돼지고기볶음 등 먹을 게 많았다. 난 감사 기도를 한 후에 천천히 배부르게 먹었다. 커피 한 잔 빼내어 여유롭게 마시고 식당을 나섰다. 창고까지는 몇백 미터 걸어가야 했다. 다른 직원들은 거의 다 가고 없다. 처음 길이라 어디로 가야 할지 몰라서 두리번거려 가는 사람들을 살펴보았다.

걸음을 빨리 옮겨 따라갔다. 뒤늦게 가는 두 아줌마를 따라잡을 수 있었다. 그곳 팀장 아줌마에게 얘기했다. "밥 먹고 늦게 나오니 아무도 안 보이지 않겠어요? 어떡하지 했는데 이런 말이 생각났어요. '길을 잃으면 향기 나는 곳을 따라가라.' 그래서 열심히 따라오니 두 분이 계시네요. 향기가 여기 있었군요." 그랬더니 두 아주머니가 깔깔깔 웃으면서 나보고 재미있는 사람이라고 했다. 내가 웃자고 일부러 그렇게 얘기하고 나도 즐거워 웃으면서 일터로 들어갔다.

오후에는 거대한 물품 수송 차량에서 커다란 상자를 내렸다. 함께 간 수원 아저씨와 둘이서 그것을 다 내렸는데, 정말 장난이 아니었다. 그 사람은 벌써 경험 있는 사람이라 두꺼운 옷을 입고, 신발도 안전화를 신고 왔다. 서로 마주보며 힘이 든다는 표시를 했다. 높은 곳에서 떨어지는 상자도 조심해야 했다. 우리가 팔레트에 상자를 쌓으면 지게차가 와서 금방 싣고 간다. 두 사람이 하나씩 팔레트에 쉴 틈 없이 열심히 쌓아도 기계를 댈 수 없다. 온몸에서 땀이 나고 입이 벌어졌다.

좀 쉬면서 하고 싶은데 그럴 수 없다. 대형화물차 한 대를 끝내자마자 또 다른 차가 하차를 기다렸다. 관리자는 바로 우리를 불러 상자 내리는 일을 시켰다. 농촌에서 일할 때는 힘들면 물도 마시고 잠깐 쉬며 한숨 돌리고 하는데 여기는 그게 없다. 우린 서로를 보며 '이건 옛날 같으면 노예네'라고 얘기했다.

오후 세 시 반가운 휴식시간 삼십 분을 줬다. 남자는 우리 둘, 꿀맛 같은 휴식을 취했다. 다시 휴식 끝, 작업 시작이다. 팔레트에 상자를 키보다 높이 쌓은 것을 랩으로 덮어씌우라고 한다. 쉽게 보이나 쉽지 않았다. 요령이 필요했다. 얇은 랩을 상자 사이에 끼워 당겨야 빙빙 돌며 덮을 수 있었다. 그런데 갑자기 쌓은 상자가 무너지려 했다. 얼른 손을 뻗어 잡았다.

웬일? 어지럼증이 생겼다. 랩을 씌우며 몇 바퀴 빙빙 돌고 나니 지구가 돌았다. 내가 어지럼증이 생기며 마치 상자가 쓰러지는 것처럼 보였다.

아! 이러면 안 되는데…. 조심스럽게 몸을 안정시키고 있다가 휴게실에
가서 물을 한 잔 마시고 돌아왔다.

몸이 감당이 안 되었다. 뇌경색으로 쓰러진 경험이 있어서 지금도 뇌혈
관 약을 매일 먹고 있다. 집 때문에 대출받은 것 같는데 조금이라도 보
탬이 되려 했는데 쉽지 않았다. 겨우 시간이 흘러 퇴근이라고 일러 주
는 작업반장 말이 반갑기 그지없다.

기다리고 있는 승합차에 몸을 실었다. 용인 휴게소에 도착해서 안산으
로 가는 차로 바꿔 탔다. 창가에 봄비가 보슬보슬 내리고 있었다.

103. 다급한 아들의 목소리

2019년 9월 10일 화요일 저녁 8시 13분 전화벨이 울렸다. 화면에 아들 명진이라고 뜬다. 반가운 마음에 얼른 받았다. "아빠! 지금 응급실에 실려 가고 있어요. 탁구 교습받다가 알레르기 반응으로 온몸이 부어오르고 목도 부어서 호흡 곤란이 와서 숨쉬기도 힘들어요."
아주 다급한 아들 명진이의 목소리다.
"어느 병원으로 가냐?", "중앙대 병원으로 가요.", "어떤 안 좋은 음식 먹었냐?"
"지금 응급차 안인데…."
그리고 말이 끊어졌다. 구급대원이 눕히고 안정을 회복시키느라 그러는 줄로 생각했다. 나중에 알아보니 아들이 전화 어디서 끊었는지 모르고 있었다. 그 순간 정신을 잠깐 잃었던 모양이었다.

추석을 며칠 앞두고 있는데, 긴급상황이다. 나는 안산 한양대 운동장에 산책하러 나간 아내에게 긴급상황을 알리며 빨리 집으로 오라고 하고 전화를 끊었다. 호흡 곤란이란 말에 마음이 다급해졌다. 저녁밥을 먹고 커피 우유를 마시며 여유로운 시간을 보내고 있었는데, 급히 서둘러 양치질을 하고 서울 중앙대 응급실로 갈 채비를 하고 아내를 기다렸다. 화장실 가는 것도 뒤로 미뤘다.
아내는 한양대 운동장에 산책하러 갔다. 그래서 급히 전화해서 상황을 알리고 빨리 집으로 오라고 했다. 일일이 여삼추(一日如三秋) 같은 시간이 지나가는데 아내는 집에 도착하지 않는다. 운동장은 우리 집에서 가까운 곳에 있어서 신호등 하나만 건너면 한양대학교에 이르고 800m 쯤 가면 운동장이다. 그런데 도착할 시간이 되었다고 생각하는데도 아직 도착하지 않아서 다시 전화했다.

전화 받은 아내는 금방 도착한다고 했다. 나는 '뭐 하고 있느냐?' 나무라며 차에 시동을 걸어 놓고 떠날 준비를 하고 있었다. 헐레벌떡 도착한 아내는 집에 들어가 화장실을 보고 온다고 한다. 나는 화장실 가는 것도 참고 있는데….
아들이 숨 쉬기도 곤란한 상황이라고 하지 않는가. 마음이 다급했다. 아내는 큰일을 보고 오는지 생각보다 늦게 나왔다. 나는 급한 마음에 '뭐하고 이제 나오느냐?'고 했다. 그렇게 급했으면 어떻게 운동장 돌고 있었느냐고 물었다. 자꾸만 다급하게 전화한 아들의 모습이 눈에 아른거렸다. '아무 일이 없어야 할 텐데….' 하며 차 속도를 더 내 중앙대 응급실로 향했다. 가다가 속도위반 카메라를 보면 속도를 줄이고 또다시 서둘러 갔다.

가는 도중에 아내가 명진이가 다니는 이태희 목사님(열린우리 교회)과 통화를 했다. 목사님은 성경공부 인도 중이라 사모님과 대신 통화를 했는데, 교회 아는 집사님이 응급실에 먼저 가서 상태를 살피며 옆자리를 지키고 있단다. 지금은 알레르기 치료제 주사를 맞고 안정을 찾았다고 하니 참으로 다행이었다.
사당사거리는 언제나 막히는 곳인데, 아니나 다를까 오늘도 변함없이 그 복잡하고 느릿한 자리를 굳게 지키고 있었다. 그저 차가 잘 빠져나가도록 기도하는 마음으로 기다릴 수밖에 없었다. 비는 내리고 차량은 많고, 마음은 급하고….

그래도 안전사고 없이 차를 운전해야 하기에 침착함을 잃지 않고 앞으로, 앞으로 나아갔다. 드디어 사당사거리를 벗어났다. 동작동 현충원을 지나 중앙대 병원으로 향하는데, 비가 억수같이 내렸다. 도중에 명진이와 통화를 했는데, 목마르다며 사이다를 사 왔으면 한다고 해서 중앙대 입구 부근 편의점에서 음료수를 사 들고 갔다.

가는 도중에 또 한 번 전화했는데, 아들이 교회 남자 집사님의 퇴원 절차를 거쳐서 퇴원하여 그 집사님 차를 타고 자취방으로 갔다고 했다. 아들은 많이 좋아져서 이제 안정만 찾으면 된다고 했다. 다행이다. 마음에 안심이 되었다. 빗 사이를 뚫고 조심스럽게 아들이 자취하는 집으로 향했다. 반지하 방문을 열고 들어가니 아들이 누워 있었다. 아직 그 충격에서 벗어나지 못했으나 안정을 많이 찾고 있었다. 하지만 아직 붓기가 다 빠지지 않았고 정신도 멍한 모양이었다.

우리가 방에 들어가 큰 탈 없이 안정을 찾은 아들을 보니 다행이고 감사한 마음이 들었다. "우리 다 함께 하나님께 감사의 기도를 드리자." 나는 아들과 아내와 함께 무릎을 꿇고 주님께 지금까지 지켜주시고 안정을 되찾은 아들을 다시 보게 하신 하나님, 때마다 붙드시고 은혜 주시는 하나님께 감사의 기도를 드렸다.

왜 그런 일이 발생했는지 아들의 얘기를 들어보니 저녁으로 밀가루로 만든 어떤 음식을 사 먹고 나서 바로 탁구 개인지도 받았다고 한다. 일주일에 두 번 15분씩 받는데 그때는 명절 연후로 못 받은 것을 한꺼번에 모아 30분을 받았다고 한다. 25분 정도 받았을 때, 뭔가 조짐이 있어 몸이 불편함을 느꼈으나 그날은 컨디션도 좋고 5분만 더하면 곧 끝나기 때문에 참고했다. 개인지도 마치고 나서 씻고 나자 그때부터 몸에 알레르기 반응이 와서 온몸에 두드러기가 나고 호흡 곤란이 왔다고 했다.

참 다행이다. 옆에 사람이 있어서, 그리고 아들이 직접 내게 전화해서 위험한 상황을 들을 수 있어서 말이다.

조금 앉아 있다가 아들이 사는 방 화장실에 갔다. 그동안 참은 소변을 보기 위해서다. 둘러보니 여러 곳에 곰팡이가 슬어 있고, 낡은 집이라는 곳을 여러 곳에서 발견할 수 있었다. 여러 곳이 눅눅하고 퀴퀴한 곰팡내가 났다. 열악한 곳에서 대학 1학년 마치고부터는 줄곧 홀로의 힘으로 아르바이트하며 자취방 생활비와 학비를 다 챙겨 여기까지 오느라 힘쓰고 애쓴 아들의 모습이 떠올라 아비로서 별 도움이 되지도 못해 마음이 아파 왔다.
우리는 그간의 과정을 이리저리 묻고 알아보았다. 좀 전과는 달리 의사소통에 별다른 문제가 없어 마음껏 얘기했다. 우리는 아들이 정신이 안정되자 급하게 오느라 옷과 신발, 그리고 라켓 등을 탁구장에 놓고 온 것을 찾으러 갔다. 그런데 밤늦은 시간이라 이미 문을 닫아서 그냥 돌아섰다.

오는 도중에 아들이 다니는 교회에 들렀다. 목사님은 문을 닫고 나서는 순간 우리가 들어섰다. 반갑게 만나 안부를 묻고 아들을 보살펴 준 것을 감사하고, 그간의 사정에 대해 여러 얘기 나누다가 다시 아들의 자취방으로 향했다. 자치하는 집에 도착하자 아들은 방으로 들어가고, 우리는 손을 흔들어 잘 있으라 하고 다시 안산 집으로 향했다. 오는 도중 내내 "제발 아프지 마라. 아들아! 제발 아프지 마. 몸 잘 돌보고 무리하지 마라. 힘을 내라. 아프지 말고…."
이 말을 몇 번이나 혼잣말로 반복하며 어두운 밤길을 뚫고 달렸다. 밤늦게 안산 댕이골 집에 무사히 도착하여 조용히 감사의 기도를 드리고 오지 않는 잠을 청했다.

104. 어? 어제의 해운대가 아니네

부산 용두산 공원에서 2020년 2월 3일(월)~5일(수)

《출발》

안산에서 부산 해운대까지 400km가 넘었다. 2020년 2월 3일, 길도우미 양만 따라 1번 경부고속도로로 가는데 경주가 보였다. 여기가 아닌데, 아까 밀양 쪽으로 안내 나올 때 갔을걸….

어쩌랴, 이제는 이 방향으로 부산까지 가야지. 그래서 거의 430km 넘게 기록이 나왔다. 몇 년 만인가? 아! 변해도 많이 변했구나. 해운대 주변 호스텔에 숙소를 예약했는데 빌딩 숲속에 있어서 잘 보이지도 않았다. 하지만 4인 1실 2박에 7만 원이면 매우 싼 가격이라 만족했다.

숙소에 도착하여 결제하고 302호 방에 가 보니 사진으로 보는 것보다 못했다. 물론 사진보다 못할 것이라는 걸 예상했지만.

참 단출하게 있을 것만 있었다. 그래도 창문도 있고 에어컨 있고, 화장실도 있고 따뜻한 물로 샤워를 할 수 있고, 또 마음에 쏙 드는 푹신한 침대가 있어서 고맙고도 감사했다. 다른 식구들도 저렴한 방이었지만 만족감을 표현해 주어서 고마웠다.

여장을 풀고 저녁은 유행가 가사에도 나오는 국제시장 가서 먹기로 했다. 광안대교를 지나 부산항대교를 지나는데, 우와! 모두 탄성을 절로 나왔다. 말 그대로 야경이 장난이 아니었다. 국제시장 거리가 복잡하고 사람도 많았다. 이리저리 왔다 갔다 하다가 돼지족발 먹기로 하고 느긋하게 기다리다 약간 차가운 고기를 먹었다. 뜨거웠으면 좋았을 텐데.

《둘째 날》

첫날밤 자기 전에 내일 아침에 비상훈련 있다고 아들들에게 일러 주었다. 몇 걸음만 나가면 해운대 백사장인데, 예까지 와서 그냥 잠만 잘 수가 있나? 일어나 일출은 보고 가야지. 그래서 좀 일찍 일어나 아이들을 깨워 해변으로 나갔다. 바람은 쌀쌀하여 추위를 타는 사람들에게는 일출의 맛을 잃게 했다. 우리에게는 그런 찬바람은 문제도 되지 않았다. 파도 소리 섞인 모랫바닥을 조금 걷다 보니 뭔가 분위기가 심상치 않았다. 동녘이 불그스레 물드나 싶더니 드디어 뭔가 올라온다. 작은 노른자 같기도 하고 정열에 불타는 혓바닥을 조금 내미는 것 같기도 했다. '아! 우리에게도 이런 날이 있구나. 우리만을 위한 저 태양, 해운대 앞바다, 파도는 이 시간을 위해 어젯밤부터 임 마중에 파도 소리 철썩철썩 박자를 조심스레 맞추면서 이 시간을 기다렸다지.'

저 태양이 오늘의 주인공인지 우리 가족이 주인공인지 서로 어우러져 잘 분간은 안 되었지만, 모두가 처음으로 가족이 함께한 일출, 최고의 순간이었다.

배낭 여행객을 위해 준비된 1층 식당으로 가서 빵과 우유로 아침을 먹고 여행길에 본격적으로 나섰다. 오늘 갈 곳은 먼저 태종대 보고 자갈치시장에 가서 회 한 접시 먹고, 용두산 공원을 걸으며 산책을 하고, 출출해지면 서면 시장에 가서 저녁을 먹기로 했다.

태종대에 가 보니 그 옛날 한문으로 쓰인 태종대(太宗臺) 비석은 그대로인데 모든 게 변했다. 주차장에 주차하고 나오는데 우리를 바닷가에 친절하게 태워 주는 주는 사람이 있다. 선착장에 가니 우리를 위한 유람선이 떡 기다리고 있는 게 아닌가. 부산에서 가장 싼 가격이라는 말에 배에 올랐다. 여기 오기 전에 검색해 보니 한 사람당 비용이 우리로 다음에 타도록 설득해서 결국 포기했었다.

유람선은 오륙도를 멀리서 돌아오기까지 다양하고 놀라운 광경을 선물해 주었다. 우리는 배 위층에 푸른 바다와 어울리는 갈매기와 하나가 되어 마음껏 바닷바람에 몸을 맡겨 훨훨 날아갔다.

태종대를 떠나올 때 안내도에 고신대학교가 눈에 띄어 발길을 그곳으로 향했다. 봉래산 높은 자락에 터를 잡고 있어서 부산 앞바다가 한눈에 들어왔다. "Coram Deo"(하나님 앞에서)라고 커다랗게 쓰인 교훈 간판이 눈에 쏙 들어왔다.

특히 태종대 다녀오는 길에, 영도구에 고려신학대학교가 있는 것을 알고 내가 이 신학교에 잠깐 들러 가자고 했다. 교정 분위기도 보고 잠깐 기도도 하기 위해서였다.

영도구의 섬 중앙에 있는 봉래산(395m) 중턱에 신학교가 있어서 약간 가팔라서 넓은 운동장이나 주차장은 기대할 수 없었다. 어디에 채플 실이 있는지 알 수가 없어 그냥 차를 잠깐 세워 놓고 함께 돌아가면서 기도하자고 제안했다. 길게는 하지 말고……

먼저 막내 명인이, 아내 명숙, 그다음에 명진이 차례로 기도했다. 큰아들이 기도 시작해서 '주님! 오랜만에 가족과 함께 멋진 여행을 오게 해 주신 것을 감사합니다.' 하고는 쉼표를 길게 찍었다. 우린 시간을 넉넉하게 주며 기다렸다.

아들은 목이 메 쉽게 다음 말을 이어가지 못했다. 어떤 사연이 있길래, 혹 현재 자취하며 중앙대 인턴 행정직을 하는데 무슨 어려운 일이 있을까, 아니면 장래 일을 생각하며 고민하는 일이 있을까, 무슨 눈물일까 생각해 보았다. 주님께서 선하고 복된 길로 인도하시리라 생각하며 그때 주신 하나님의 감동에 대해 아들에게 잠깐 물어보았다.

아들은 어떤 교회나 기도원 같은 처음 가 보는 예배 처소에 가면 마음에 뭉클한 감동이 온다고 했다. 어떤 마음의 짐이 있었을까.

나도 주님이 이곳에 귀한 선지(先知) 학교를 세워 이 나라, 이 민족에 긍휼과 자비를 베풀어 하나님의 종들을 길러 주시는 주님께 감사 기도를 드리고, 부산을 이렇게 멋지고 아름다운 산과 잘 어우러진 해변과 높은 하늘로 꾸며 주셔서 가족과 함께 꿈같은 시간을 갖게 하신 주님께 감사 기도를 드렸다.

출출한 배를 채우기 위해 우리는 그 유명하다는 자갈치시장에 갔다. 가는 날이 장날이라는 말이 있는데, 그날이 오늘인가 보다. 주차하고 시장에 들어서니 오늘은 휴일이라고 했다. 이런?! 어떻게 하지? 어떻게 해? 그냥 나와야지. 그냥 부근 시장이라도 돌아보고 적당한 곳에 가서 점심 먹으면 되지. 거리 어물 시장 돌아보는데, 신 자갈치시장이 눈에 들어온다. 가까이 가 보니 오늘 영업이란다. 발이 끄는 데로 가니 여기저기서 사람들이 팔을 잡아당겼다. 뿌리치기 어렵게 한다. 간판도 모두 비슷하고 장사하는 사람들의 복장도 다 비슷하다.

다 잘해 주겠다며 공약을 하는데, 어디로 가야 하나? 우린 두 번째 집에서 낙지도 굴도 덤으로 더 주겠다고 손을 잡아끄는 통에, 안으로 갔다가 아니면 그 집으로 다시 오겠다고 약속하고 더 들어가 보았다. 나는 약속을 지키기 위해서 왔다며 아까 그 두 번째 집에서 활어를 사고 3층으로 올라갔다. 갈매기가 창가에 와서 자꾸 뭐라고 손짓한다. 우리를 반기는 줄 알았는데, 함께 나눠 먹자는 얘기라고 했다.

여기까지 인도하신 주님께 감사 기도를 드렸다. 아들들은 먹기 전에 해야 할 일이 있다며 손을 잡았다. 사진에 담아 어디에 쓰려는지. 회에 찌개를 더하니 더는 먹지 않아도 살 것 같았다. 아들들도 '아이 배불러.' 하며 만족을 표했다.

용두산 공원으로 향했다. 부산타워가 제일 먼저 우리를 알아보고 손짓을 했다. 어서 오라며 꽃시계도 소개해 준다. 산천은 의구하되 인걸은 간데없다는 옛시조가 떠올랐다. 관광객들이 많이 오지는 않았지만, 외국인 관광객들이 종종 눈에 띄었다.

서면 시장으로 갈 차례다. 역시나 시장은 시장이다. 웬 사람들이 그렇게 많은지 부산사람들이 여기에 다 모인 것처럼 북적북적한다. 길가 유료 주차장에 주차하고, 시장 속으로 빨려 들어갔다. 큰아들의 안내를 따라 가 보니 여기는 순댓국 등 국밥집이 양쪽 골목에 가득 차 있다. TV에도 여러 번 나왔다는 국밥집에 들어가 밥을 기다렸다. 시설은 별로였으나 사람들이 끊이지 않았다. 소문난 식당인가 보다. 국밥에 고기가 많이 들어 있다. 덤으로 밥도 더 주니 만족 못 할 이유가 있겠는가.

큰아들이 추천한 광안대교 야경이다. 공영주차장에 느긋하게 주차를 하고 바닷가로 향했다. 여러 빛깔이 서로 질서정연하게 춤을 춘다. 빛으로 만들어진 광안대교는 한번 사로잡은 눈을 놓아주지 않았다. 그녀가 잡은 손을 떼기 위해 사진도 여러 장 찍고 해변 이쪽에서 저쪽 해변까지 둘이서 짝을 지어 걸으며 남겨 둔 얘기를 마저 했다. 드디어 광안대교의 찬란한 눈빛에서 조금 벗어났다. 아쉬움은 모래사장에 감춰 두고 숙소로 향했다.

아! 낯선 부산에 우리 가족만이 들어갈 수 있고 아무의 방해도 받지 않고 쉴 곳이 있다는 것이 얼마나 감사한지 모르겠다. 지친 몸과 마음을 씻고 나서 편안하게 자리를 잡았다.

《여행한 소감 나눠볼까?》
(부산 가족여행 갔을 때 밤에 나눈 얘기. 2월 4일 밤, 캔버스 호스텔 숙소에서)

☆ 아들 명인:
'여행은 여유로운 행복 같다.'라는 말이 생각납니다. 소문난 곳은 듣는 것보다 꼭 가 보는 것이 더 좋겠다는 생각이 들었습니다. 해운대 해돋이 보면서 더욱 그 생각을 해 보았습니다. 정말 좋았습니다.

☆ 큰아들 명진:
감사한 것은 그동안 지켜 주신 것 감사하고, 기대 이상이어서 감사하고, 여러 모양으로 좋은 시간, 좋은 장소에 가족과 함께할 수 있어서 감사합니다. 여행에 서로 의견 차이가 있을 수 있는데, 거의 그런 것 없이 잘된 것도 또한 감사합니다.

여행은 갔을 때보다 나중에 뒤돌아볼 때, 좋은 추억으로 남은 것이 좋은 여행이라 생각합니다. 이번이 그런 여행이 될 것 같습니다.

좋은 글이나 시를 준비하라고 아빠가 말씀했는데, 저는 이어령 교수 책에 아빠가 책 앞면에 쓴 글을 기억해서 적어 왔습니다. 그중에 한 구절을 소개하면, '아들들에게 자기 방을 마련해 주고 싶다'라는 글(난, 못난이 아빠로 목회한답시고 두 아들이 청년으로 성장하기까지 자기들만의 꿈을 꿀 수 있는 방을 한 번도 마련해 주지 못하고 예배당 한쪽을 막아 방으로 쓰며 그곳이 우리의 가장 소중한 공간으로 삼아 왔다. 아이들에게는 꼭 그들만의 공간이 필요했을 텐데….)이 마음에 남고, 이제는 그런 것이 온전치 않으나 현재는 어느 정도 이루어져 있는 것이 감사합니다. 아빠가 안산에서 부산 먼 곳까지 혼자 운전하는 것 보고 감사하면서, 나도 빨리 운전 배워야겠다는 것 생각을 했습니다. (참고, 그는 대학 일학년 때 1종 면허증 취득)

♧ 아빠 영배:
좋은 글 생각, 준비해 온 것 있으면 얘기해 볼까?

☆ 명인:
네, 저는 예전에 명진이 형이 추천해 준 미국 영화인데, 〈행복을 찾아서〉 영화예요. 아빠도 한번 봤으면 합니다. 나도 그 영화를 보고 더 열심히 살아야겠다는 좋은 자극 받았습니다.

♧ 아내 명숙:
모든 것 한가지로 감사하고요…. 또 출퇴근 운전하지 않고 먼 부산여행에 안전하게 운전한 아빠 똘에게 감사합니다. Thank you. Thank you.

명인이 교사 임용고시에 합격한 것 매우 감사합니다.

☆ 명인:
임용고시 합격, 조금은 기대했었고, 그렇다고 장담할 수도 없고 해서 약간은 긴장하며 지냈습니다. 안되면 일 년 더 열심히 해야 한다고 생각하고 있었는데, 이렇게 실제로 합격 소식을 들어 아주 감사한 마음입니다. 점심때, 회와 찌개를 먹으면서 농담으로 '명인 때문에 부산도 여행도 오고 맛있는 것도 먹는다.'라고 했는데, 정말 다행이고 감사하게 생각합니다.

꿈 명숙:
명인이 생각하며 좋은 꿈 꾼 게 기억나는데 꿈대로 이루어진 것 같아서 감사합니다. 모든 게 감사합니다.

꿈 영배:
내가 40년 만에 부산 왔는데, 해운대 모래하고 태종대(太宗臺) 한문으로 쓰여 있는 돌비석하고, 용두산 공원의 부산탑과 꽃시계는 그대로인데, 나머지는 너무 많이 바뀌었어요. 특히 해운대 주변은 마치 홍콩의 중심가처럼 변해 가고 있어서 다른 나라에 온 기분이 듭니다. 이렇게 생전 처음으로 여행다운 여행을 가족과 함께해서 매우 기분 좋고 아주 만족합니다.
숙소도 저렴하지만 푹신한 침대에 샤워 시설이 있고 비바람을 막아 주고, 특히 해운대 바닷가를 걸어서 5분 거리에 있다는 거, 그것도 거대한 호텔 옆에 자리 잡고 있어서 우리가 커다란 호텔을 숙소로 잡은 것 같은 생각마저 듭니다. 이것도 매우 기분 좋은 일입니다.

든든한 체격의 두 아들과 개구쟁이 아내와 오붓하게 여행을 마음껏(웃음)? 할 수 있다는 것이 얼마나 감사한 일인가 생각합니다. 거기에 날씨가 받쳐 주어 날은 화창하고 그리 춥지도 않아 걸어 다니기에 전혀 불편함이 없지, 그리고 오늘 아침 해돋이를 보고 함께 감탄하고 흐뭇한 표정을 짓는 것을 보고 기분이 참 좋았습니다. 그리고 여러분이 아빠는 뭘 준비해 왔느냐고 묻는다면 난 이것을 카톡으로 전해 줄 테니 한 번 읽어 보세요.

누가 읽을까? 명인아! 네가 읽어 볼래?

제목: 아들아, 바쁘냐? / 野花今愛

바쁘지? 세월의 바람에 흔들리다
꺾인 고목 나무에 쌓인 푸르른 이끼를 쳐다보려무나.
…(중략)

바쁘냐? 가끔 파란 하늘을 쳐다보자.
때론 저물어 가는 서녘 하늘, 붉은 노을을 외면하지 말고
끝까지 지켜보려무나. 뭔가 조용히 들릴 듯 말 듯한
얘기를 들을 수 있을 거야. 이건 뭐지?

그리고 이 글은 너희들이 십 년 뒤에 다시 한번 읽어 보렴. 거의 새벽 1시가 다 되기까지 서로 소감과 여행하고 느끼는 것들을 이야기했다. 모두 단잠을 청했다. 잘 자라. 해운대에서 마지막 밤은 그렇게 깊어 갔다. '내일은 또 내일의 태양이 뜨겠지.'

《셋째 날》

난, 좀 일찍 일어나서 성경 몇 장 읽고 해돋이 보려고 마음을 먹었다. 아이들을 깨우며 일출 보러 가지 않을래? 했더니 잠에 취하는 것이 일출에 취하는 것보다 더 좋다고 몸으로 응답했다. 그래서 난, 화장실에 들어간 아내를 기다리다 혼자 해변을 산책하기로 했다. 가족과 함께 가려다 좀 늦게 왔더니 벌써 넘실대는 파도 위로 타는 태양이 먼저 와서 반가이 맞아준다. 오늘은 해운대 서쪽으로 가 봐야겠다. 조선호텔 쪽 동백섬 해안 길이다. 밤새 잠도 안 자고 잔잔한 자장가로 바닷가 여행객들의 고단한 몸을 녹여 준 파도 소리도 정겨웠다. 갈매기도 따라오며 좋은 아침을 반기고, 동백섬의 붉은 동백은 초록 잎새에 얼굴을 감추고 살며시 웃는다. 참 좋다. 시원하고 상쾌한 바람, 탁 트인 바다와 동백섬의 진한 솔향, 바위 선을 따라 잘 다듬어 놓은 산책길이 마음의 긴장까지 내려놓게 한다.

갑자기 전화벨이 울린다. 늦게 나온 아내의 목소리다. 이쪽 동백섬으로 오게 해서 구름다리를 걷고 나서 숙소로 왔다.

아이들을 깨워 안산으로 떠날 준비를 했다. 명인이 서류제출과 신체 검사하고 결과를 제출해야 하기에 빨리 청주 교원대에 가야 한다고 해서 준비했다. 하지만 동백섬을 다 돌아보지 않고는 그냥 갈 수 없어서 아들들과 함께 동백섬으로 향했다. 약 40분 정도면 한 바퀴 돌 수 있을 것 같았다.

동백섬 안으로 깊숙이 들어가니 전에 APEC 정상회담 했던 멋지고 훌륭한 장소가 우리 가족을 대통령처럼 맞이해 주는데, 기분이 으쓱해졌다. 길을 걷는 동안 동백꽃과 오래된 소나무의 느긋함과 향이 깊은 인생의 향을 드러내는 듯해 기분이 좋아지고 상쾌했다.

우리는 꿈과 멋지고 아름다운 추억을 각자 한 보따리씩 안고 또 다른 이야기를 쓰기 위해 삶의 터전으로 향했다. 오는 길 내내 커다란 손이 하얀 구름처럼 따라왔다.

어머니의 마당

ⓒ 김영배, 2023

초판 1쇄 발행 2023년 5월 18일

지은이   김영배
펴낸이   이기봉
편집   좋은땅 편집팀
펴낸곳   도서출판 좋은땅
주소   서울특별시 마포구 양화로12길 26 지월드빌딩 (서교동 395-7)
전화   02)374-8616~7
팩스   02)374-8614
이메일   gworldbook@naver.com
홈페이지   www.g-world.co.kr

ISBN   979-11-388-1921-3 (03810)